Bevor sich Elizabeth Dunkel, 41, ganz der Schriftstellerei widmete und mit ihrem Erstlingsroman »Der Fisch ohne Fahrrad« auf Anhieb einen Bestseller schrieb, war sie als Werbetexterin bei einer großen Agentur tätig. Sie ist mit einem Mexikaner verheiratet, hat zwei Kinder und lebt in Yucatán.

Von Elizabeth Dunkel ist außerdem erschienen:

*Der Fisch ohne Fahrrad* (Band 60995)

Dieses Buch wurde auf chlor- und säurefreiem Papier gedruckt.

Vollständige Taschenbuchausgabe April 1995

Titel der Originalausgabe »Under the Mosquito Net«

Originalverlag Donald J. Fine, New York
Umschlaggestaltung Agentur ZERO, München
Umschlagfoto Adriano Heitmann, Stabio
Satz Ventura Publisher im Verlag
Druck und Bindung Ebner Ulm
Printed in Germany
ISBN 3-426-60395-0

2 4 5 3 1

ELIZABETH DUNKEL

# Unter dem Moskitonetz

Roman

Aus dem Amerikanischen von
Michaela Grabinger

Knaur

*Para*
*Alfredo Roberto Enriquez Ordoñez*

*Und immer hat das Schicksal seine Hand im Spiel*
*Anita Loos*

# 1

Maia Rose wippte nervös mit dem Fuß, während der Koreaner die chemische Reinigung nach ihrem Seidentuch durchstöberte. Sie warf einen hastigen Blick auf ihre Armbanduhr. Fünf nach acht. Um diese Zeit saß sie normalerweise schon in ihrem Büro und bereitete sich in aller Ruhe auf den Tag vor, ehe gegen neun das Chaos eingeläutet wurde.

»Immer mit der Ruhe, Maia«, murmelte sie zu sich selbst. »Das *Chic* überlebt auch ohne dich – es wird ihm gar nichts anderes übrigbleiben.« Heute war ihr letzter Arbeitstag vor dem Urlaub. *Urlaub!* Aus ihrem Mund klang dieses Wort sonderbar, ganz ungewohnt. Sie wußte, daß nach ihrer Rückkehr in zwei Wochen wahrscheinlich alles genauso sein würde wie jetzt, vor ihrer Abreise – die gleichen Projekte, die gleichen Probleme. Warum nur hatte sie trotzdem das Gefühl, während ihrer Abwesenheit werde alles zusammenbrechen?

Seit acht Jahren hatte sie nicht mehr offiziell Urlaub gemacht. Ihr Job brachte es zwar mit sich, daß sie häufig mit Kollegen in interessante Gegenden kam – Hawaii, Jamaika, Paris –, aber wenn dann einmal wieder richtige Ferien angesagt waren, na ja, dann hatte sie immer einen Grund gefunden, nicht wegzufahren. Sie hatte sich hin und wieder einen Tag frei genommen, lange Wochenenden als Gast an einem Privatstrand oder in der Skihütte von Bekannten verbracht, das schon, aber meistens stand sie eben doch vor dem Problem, daß sie niemanden fand, der mit ihr wegfuhr. In den ersten Jahren war es immer an

Termingründen gescheitert – sie hatte im August Zeit, aber die in Frage kommende Freundin konnte erst ab Oktober, beispielsweise. Jetzt waren die meisten ihrer Freundinnen verheiratet und machten natürlich mit ihren Ehemännern Urlaub – Ballonfahren im Schwarzwald oder Kochkurse bei Marcella Hazan in Bologna und ähnliche exotische Unternehmungen, die sie immer schon ein Jahr im voraus planten. Die Sekretärinnen, die ihre Club-Med-Ferien mit Freundinnen oder dem aktuellen Freund verbringen konnten, beneidete Maia geradezu.

Sie war alles andere als glücklich darüber, allein verreisen zu müssen, aber was hätte sie machen sollen? Die Dame von der Personalabteilung hatte ihr gesagt, wenn sie ihren Urlaub dieses Jahr nicht wahrnehme, würden ihre Urlaubstage allesamt verfallen.

»Wir können die doch nicht endlos anhäufen«, hatte die füllige Cecile mit einem vorwurfsvollen Zungenschnalzen zu ihr gesagt. Einem Menschen wie Cecile war es völlig unerfindlich, wie jemand nicht jede ihm zustehende Minute Urlaub in Anspruch nehmen konnte – und ein paar extra obendrein.

Heute abend würde Maia also nach Mexiko fliegen – zwei Wochen Sonne und ... Sie brachte den Satz nicht zu Ende; mehr fiel ihr zu ihrem Urlaub nicht ein.

»Fliegst du ganz allein nach Mexiko?« lautete bei fast allen, denen sie davon erzählte, die erste Frage.

Sie empfand diese Frage als demütigend. »Na klar«, antwortete sie in möglichst lockerem, beiläufigem Ton.

»Ziemlich mutig. Ich glaube, ich würde da nicht allein hinfliegen.«

Daß es nun Mexiko sein würde, war reiner Zufall. Ihr ursprüngliches Reiseziel war Australien und Neuseeland gewesen. Sie hatte mit Iris, einer Reiseveranstalterin, die ihr von irgendeiner Kollegin empfohlen worden war, schon die tollsten

Pläne gemacht – Wanderungen auf dem Milford Track, eine Fahrt zum Ayers Rock, ein Hubschrauberflug über das Great Barrier Reef. Sie hatte sich in Landkarten vertieft und sich bereits, in einen Sarong gehüllt, auf Tahiti gesehen, wo sie auf dem Rückweg einen kurzen Zwischenaufenthalt einlegen wollte.

Aber dann machte sie an einem höllisch heißen Augustabend einen Spaziergang, um für eine Weile der drückenden, stickigen Luft in ihrer Wohnung zu entfliehen. Sie hatte immer noch keine Klimaanlage. Der Sommer ist doch nur so kurz, sagte sie sich immer, wenn sie sich wieder einmal durch die wenigen wirklich heißen Tage quälte. Es war ein Freitagabend; viele Leute hatten die Stadt übers Wochenende verlassen. Diejenigen, die geblieben waren, befanden sich in Feierstimmung: Sie hatten die sommerliche Stadt ganz für sich, saßen in den Straßencafés, nippten an farbenprächtigen Cocktails mit über den Glasrand hängenden Plastikäffchen und fühlten sich wohl bei dem Gedanken, nicht auf dem Long Island Expressway im Stau stehen zu müssen.

Maia ging die Columbus Avenue hinauf, vorbei an den schicken Daheimgebliebenen, und immer weiter, bis sie in Spanish Harlem landete, wo Menschen lebten, die keine andere Wahl hatten, als die Wochenenden in der Stadt zu verbringen. Sie verlangsamte ihre Schritte und merkte plötzlich, daß sie sich im Rhythmus der Latino-Musik aus den Bodegas wiegte. Ihr ganzer Körper war schweißverklebt, und sie fühlte sich herrlich sexy, als sie auf das grell leuchtende Neonschild des Papaya King zuschlenderte.

»Einen Papaya-Drink, medium«, sagte sie. Er rann ihr kühl und cremig die Kehle hinab. Neidisch betrachtete sie die spärlich bekleideten puertorikanischen und dominikanischen Mädchen, die sich an ihre Macho-Liebhaber klammerten, und plötzlich ... »Australien ist nicht das Richtige«, überlegte sie.

»Es ist einfach zu – sauber.« Am nächsten Tag rief sie Iris an und verlegte ihren Urlaub nach Mexiko.

Sie blickte auf ihre große Segeltuchtasche hinunter, die sie am Abend zuvor nach einer gründlichen Bestandsaufnahme ihres Kleiderschranks gepackt hatte. Hauchdünne Leinenhosen und ein extra weites Leinenhemd (sie versuchte sich vorzustellen, wie sie darin aussehen würde, während sie im Abendwind an einer Margarita nippte, aber es gelang ihr nicht). Zwei Badeanzüge (Bikinis trug sie schon lange nicht mehr), zwei Strandkleider, ein Paar Jeans, mehrere weiße T-Shirts und ein schwarzes Nachthemd, das erstaunlicherweise auch als Abendkleid dienen konnte. Ihr Freund Todd, ein Fashionstylist, hatte darauf bestanden, daß sie es mitnahm.

»Darling, das ist ein absolutes *must*. Oder *müüst*, wie die Franzosen sagen würden. Schließlich ist sogar Marlene mit so etwas in die Wüste gegangen!« Und dann hatte sie natürlich noch das dabei, was sie gerade trug, einen sackartigen schwarzen japanischen Overall, der in ihrer Branche als ultraschick galt, weil er sich, da ohnehin ständig verknittert, bestens für Flugreisen eignete. Wenn sie sonst noch etwas brauchte, würde sie es dort unten kaufen.

Der Koreaner kam mit ihrem in Plastik eingepackten Seidentuch zurück. Maia traute ihren Augen nicht.

»Was?« rief sie, riß die Plastikhülle auf und starrte auf das ausgebleichte, völlig ruinierte Tuch, ihr Lieblingsstück, und begann vor Wut zu zittern. »Was haben Sie damit gemacht? Das ist ein Hermès-Tuch! Wie ...«, stotterte sie, »w-wie haben Sie das fertiggebracht?«

Der Koreaner gab sich sehr kühl und beschloß offenbar, von nun an die englische Sprache nicht mehr zu verstehen.

»Was haben Sie mit meinem Seidentuch gemacht?« Maia wurde völlig hysterisch. »Haben Sie es gebleicht, oder was? Wie kommen Sie dazu, ein Hermès-Tuch zu bleichen?« Sie wußte, daß sie auf diese Weise nicht gerade wie eine selbstbewußte Kundin wirkte, aber sie hatte ihre Wut einfach nicht mehr im Griff.

»Lady, Sie wo'en Fleck 'aus, ich mache Fleck 'aus.«

»Aber das Ding ist *hin!«* Maias Gesicht war knallrot geworden, sie stand kurz davor, draufloszuweinen. Sie haßte es, dieses Gefühl der Hilflosigkeit. Dieses Tuch hatte sie mit nach Mexiko nehmen wollen.

»Isch ge'e Ih'e'n neue'. Wieviel kostet?«

»Sie wollen mir ein neues Hermès-Tuch kaufen?« wiederholte sie seine Worte mit vor Unglauben bebender Stimme. »Die kosten zweihundertfünfundzwanzig Dollar.« Aber vielleicht hatte er ja gute Beziehungen nach Hongkong.

»Nei', nei', nei', Lady! Das gib's nisch', das Tuch kost' swei'u'der'fü'fu'swa'si'!«

»Aber natürlich! Das ist von Hermès! Hermès! Aus Paris! Fragen Sie, wen Sie wollen, das wird Ihnen jeder bestätigen!« Maia sah sich in der Reinigung nach Beistand um, aber da stand nur ein Mann mit ein paar schmutzigen weißen Hemden und sah sie hilflos kopfschüttelnd an. Maia hielt das ausgebleichte Seidentuch in der Hand und trauerte darum. Es war so schön gewesen mit den klaren, leuchtendbunten Fahnenmotiven auf weißem Hintergrund und dem dunkelblauen Rand.

»Lady, isch gebe a'dere Tuch. Genau gleische.« Er verschwand und kam mit einem Knäuel winziger Seidentücher zurück.

Das war der Tropfen, der das Faß zum Überlaufen brachte, die letzte Beleidigung vor ihrer Abreise aus New York.

»Nein«, sagte Maia. Sie versuchte sich zusammenzureißen und nicht hysterisch, sondern cool zu wirken. »Sie müssen mir ein neues Hermès-Tuch bezahlen! Genau das gleiche!« Sie wußte, daß sie nicht überzeugend klang. In solchen Situationen haßte sie es, eine Frau zu sein. In der Arbeit schaffte sie es immer,

gebieterisch aufzutreten, wenn es nötig war. Aber draußen in der Welt, im wirklichen Leben, da schrumpfte sie zu einem dummen, greinenden, schwachen Weibchen zusammen.
»Isch gebe fü'fu'swa'si' Dolla'. Nisch meh'.« Der Koreaner, der sich sonst immer vor Verbeugungen und Unterwürfigkeit nicht mehr kriegen konnte, zeigt seine fiese Seite.
»Wie lautet Ihre Lizenznummer? Ich werde Sie verklagen und gegen Sie prozessieren«, sagte Maia und zog ihren Filofax aus der Tasche.
»Gut, klage' Sie! Sie bekomme' nix. Verstehe' Sie! Nehme' Sie fü'fu'swasi' Dollar – okay!«
Maia entdeckte seinen Gewerbeschein, der über dem Schild mit der Aufschrift »Die Reinigung Ihrer Kleidungsstücke erfolgt auf Ihr eigenes Risiko« angebracht war, und schrieb ab, was darauf stand: Hwo Kee Fung, Chemische Reinigung, Gewerbeberechtigung New York City, Nr. 4631260. Sie stopfte das ausgebleichte Seidentuch in ihre Reisetasche und stürzte, bemüht, ihre Würde wiederzuerlangen, aus dem Laden.
»Ist doch bloß ein Seidentuch«, versuchte sie sich einzureden, »ein blödes Stück Seide. Du kannst dir jederzeit ein neues kaufen.« Aber darum ging es ja nicht. Sie fühlte sich verletzlich und verletzt, als sie sich auf den Weg zur Arbeit machte.
»Ich werde morgen darüber nachdenken«, beschloß sie in Erinnerung an die Worte, die Adrian, die Astrologin des *Chic*-Magazins, ihr für Streßsituationen empfohlen hatte.

# 2

Adrian hatte sie beim Mittagessen der Parfum-Foundation im großen Ballsaal des Waldorf Astoria an Tisch 8 kennengelernt. Es war erstaunlich, aber in all den Jahren, die Maia nun schon für *Chic* arbeitete, war sie ihr nie begegnet, der berühmten, aber sehr zurückgezogen lebenden Astrologin des *Chic*-Magazins, die nie in die Redaktion kam, sondern ihre monatlichen Kolumnen mit der Post, per Boten und später als Fax versandte. Maia wußte, daß einige der Sekretärinnen sich von ihr beraten ließen, aber sie hatte an so etwas nie geglaubt, obwohl auch sie jeden Monat als erstes ihr Horoskop las.

»Endlich lernen wir Maia Rose kennen«, sagte Adrian, noch bevor sie Gelegenheit gehabt hätte, einen Blick auf Maias Namensschildchen zu werfen. Sie strahlte sie an und streckte ihr die Hand hin. »Gottes Segen sei mit Ihnen!«

»Ja, danke schön. Also ...« Das »Gottes Segen« brachte Maia aus der Fassung. Sie schielte auf das Namensschild der Frau und sagte dann nervös lachend: »Und Sie sind die berühmte Adrian! Schön, Sie nach so vielen Jahren endlich kennenzulernen!« Sie fühlte sich wie durchbohrt von dem Blick aus Adrians kalten blauen Augen; ihr wurde ein bißchen beklommen zumute. Sie entfaltete ihre Serviette, trank einen Schluck Eiswasser und packte nervös die Schachtel mit dem Parfum aus, die als Gastgeschenk neben jedem Gedeck lag.

»Valentino ... nicht schlecht für eine kostenlose Dreingabe«, sagte sie, an dem Flakon schnüffelnd. »Läuft bei denen wohl nicht so gut dieses Jahr.« Sie sah Adrian an. »Was machen Sie eigentlich bei einem Luncheon der Parfum-Foundation?«

»Gute Frage«, antwortete Adrian lächelnd und zündete sich auf die cool-derbe Art eine Zigarette an, indem sie sie locker von der Unterlippe herabhängen ließ. »Heute vormittag habe ich in der Redaktion angerufen, nachdem ich meine Kolumne gefaxt hatte, und Stephanie erzählte mir, daß sie mehrere Eintrittskarten für dieses Luncheon zu vergeben hat, und ... Ich hatte einfach das Gefühl, daß ich gut daran täte, hierherzukommen.« Sie sprach mit deutlichem Akzent, Brooklyn oder Queens. Sie hob die Augenbrauen und blies den Rauch aus. »Deshalb bin ich hier.« Die Art, wie sie die in den Ballsaal strömenden Beauty-Biz-Leute betrachtete, zeigte, daß sie ihre Zweifel an der Veranstaltung hatte.

Maia sah sie an und lachte verlegen. Adrian sah nicht so aus, wie sie sich eine Astrologin vorgestellt hatte: Sie trug einen rosaroten Jogginganzug und rosarote Reebok-Joggingschuhe. Mit ihrer geschleckten Farrah-Fawcett-Frisur, den pinkfarbenen Lippen und den langen, weißlackierten Fingernägeln wirkte sie eher wie eine Sekretärin aus Queens. Maia glaubte nicht an Psychologen und Astrologen, aber Adrians Anwesenheit ließ doch ein ungewohntes, ja unheimliches Gefühl in ihr aufkommen. Sie kam sich ganz und gar durchsichtig vor, wie eine formlose Masse, die ihr Inneres nach außen kehrt. Wenn Adrian sie ansah, war ihr, als würde sie von einem Laser- oder Energiestrahl durchbohrt.

»Na, dann fangen wir mal an, oder?« sagte Maia und begann Butter auf ihr Brötchen zu streichen und von dem delikaten Salat zu kosten, der vor ihr stand.

»Ja.« Adrian beobachtete, wie Maia in dem Salat herumstocherte. Dann sagte sie plötzlich: »Seit Stephens Tod leben Sie nicht mehr richtig.«

Maia blieb die Luft weg. Der Satz brannte sich in ihr Herz. Es lag vor allem an Adrians Tonfall; es hatte fast wie eine Warnung geklungen. Ihr Gesicht fühlte sich ganz heiß an. Ihre Hand zitterte. Sie legte die Gabel weg und sah Adrian an.

»Was?« flüsterte sie. Seit Jahren hatte sie mit niemandem mehr über ihren Mann gesprochen.

»Das ist nicht gut, *bubbula*«, sagte Adrian in jiddisch-mütterlichem Tonfall. Sie schob sich eine große Gabel voll Salat in den Mund und lächelte zwei Frauen an, die gerade auf ihren Tisch zukamen. »Herzlich willkommen!« sagte sie mit einer Handbewegung zu den leeren Stühlen hin.

Maia konnte sich nicht konzentrieren. Sie hatte das Gefühl, rot angelaufen zu sein. Um sich herum nahm sie nur noch ein Rauschen wahr. Daß die beiden Frauen sich Adrian und ihr vorstellten, bekam sie gar nicht mit.

Innerhalb weniger Minuten waren die restlichen leeren Stühle an ihrem Tisch besetzt. Nervös winkte Maia Pooch, der Herausgeberin des *Chic*-Magazins, zu, die an einem Tisch weiter vorn im Ballsaal saß. Die anderen an ihrem Tisch kannte Maia nicht; es waren junge Frauen aus den Werbeabteilungen von Clairol, Avon, Vidal Sassoon, alles wichtige Anzeigenkunden des Magazins. Sie stellten sich vor, und es war nicht zu übersehen, daß jede der jungen Frauen sich freute, neben »Maia Rose« und »Adrian« sitzen zu dürfen. Man machte Small talk, nippte am Weißwein und knabberte den Salat, bis der offizielle Teil mit einer Rede der Präsidentin der Parfum-Foundation begann. Als sie erklärte, in diesem Jahr seien in den Vereinigten Staaten dreiundzwanzig neue Parfums vorgestellt worden, so viele wie noch nie zuvor, reagierten die Zuhörer mit enthusiastischem Applaus. Als nächstes erhob sich ein Rabbi und sprach auf hebräisch das Tischgebet; das Segnen aller Anwesenden erfolgte auf englisch. Schließlich kamen die Kellner mit dem ersten Gang – Tomatencremesuppe mit einer gelben Kapuzinerkressenblüte in der Mitte jeder Schale.

Adrian rührte in der Suppe wie in einer Tasse Kaffee und starrte Maia an, als könnte sie allein dadurch jede Information erlangen, die sie benötigte. »Passen Sie auf, ich stelle Ihnen nur eine einzige Frage. Welches Tierkreiszeichen sind Sie?«

»Löwe.«

»Ah, Löwe«, sagte sie aufseufzend, als würde das alles erklären. »Löwe, Löwe, Löwe.« Sie langte in ihre Handtasche und reichte Maia einen kleinen Schreibblock, auf dessen Seiten oben in Schreibschrift »Adrian« gedruckt war. »Da. Schreiben Sie, was Sie wollen. Muß kein eleganter Stil sein. Einfach drauflos kritzeln.« Sie schob ihre Suppenschale zur Seite und zündete sich eine Zigarette an. Dann holte sie einen Pack Spielkarten hervor und begann mit den Fingern darüberzustreichen. »Also – sind Sie soweit?«

»Ja«, antwortete Maia, ohne genau zu wissen, für was sie soweit sein sollte. Sie zog einen Kugelschreiber aus ihrer Tasche und warf einen Blick auf die anderen Frauen am Tisch, die jedoch viel zu sehr mit dem Essen und mit Gesprächen über Marktanteile beschäftigt waren, um mitzubekommen, was Maia und Adrian machten.

Adrian begann die Karten zu mischen. »Ich gehe sie durch, aber ich lese sie nicht richtig«, erklärte sie. »Sie helfen mir beim Denken ... sie können sehr viel auslösen.«

»Okay.« Maia nickte, den Kugelschreiber gezückt.

Adrian ging in rascher Folge Karte für Karte durch. Plötzlich stieß sie ziemlich laut hervor: »Was zum Teufel haben Sie eigentlich in New York zu suchen?«

Maia öffnete den Mund, aber sie brachte kein Wort heraus.

»Raus mit Ihnen, Mädchen!« zischte Adrian theatralisch. »Sie gehören nicht hierher! Sie können hier nicht leben! Sie können hier nicht das geringste erreichen! Ja, natürlich, Sie haben einen phantastischen Job, aber glauben Sie mir, *bubbula,* die kommen auch ohne Sie ganz gut zurecht. Hier haben Sie doch keinen Spaß, Sie haben keine Rendezvous ... Mensch, nicht mal gevögelt werden Sie hier!«

Maia wurde knallrot. Sie sah sich am Tisch um, ob es jemand gehört hatte.

Adrian begann zu kichern. »Ich sitze zur Zeit selbst ziemlich

auf dem trockenen«, erklärte sie, um Maia aus ihrer Verlegenheit zu befreien, und fügte mit leiser Stimme hinzu: »Die Männer finden mich ziemlich anstrengend, das können Sie sich ja wohl vorstellen ...«
Jetzt mußte Maia lachen.
Adrian wurde wieder ernst und sprach in sanftem Ton auf Maia ein. »Sie gehören nicht hierher. Sie werden hier noch sterben, sage ich Ihnen. Nein, ich meine nicht, daß Sie sterben werden, ich meine, Sie werden hier nie richtig *leben.*«
Maia schrieb »aus New York weggehen« auf den Notizblock.
Adrian bewegte wieder ein paar Karten. »Ah, das ist gut. Also, nur keine Bange!« Sie sprach jetzt eine Nuance leiser. »Sie gehen ja sowieso fort von hier, im September. Im September sind Sie weg.«
»Na ja, ich mache Urlaub. In Australien.«
»Urlaub – papperlapapp! Ich rede von einem längeren Aufenthalt. Sehen wir mal nach, wo!« Die Karten ratterten durch ihre Hände. »Spanien, Italien, Lateinamerika. Ja, irgendwo in Lateinamerika, das paßt. Eine heiße Sache – und Sie sind selbst schon ganz heiß.«
»Im Augenblick habe ich nicht das Gefühl ...«
»Doch, doch, Sie wissen es nur noch nicht. Meine Güte, Mädchen, ich sage Ihnen, Sie gehören nicht in die Vereinigten Staaten! Sie fühlen sich hier nicht zu Hause!«
Maia wußte nicht, was sie davon halten sollte.
»Mit den amerikanischen Männern können Sie nicht allzuviel anfangen, stimmt's?«
Maia zuckte mit den Schultern. Darüber hatte sie noch nie nachgedacht. Es war ihr nie in den Sinn gekommen, im Ausland zu leben. So etwas machten immer nur die anderen.
»Ich will hier gar nichts prophezeien«, betonte Adrian. »Es gibt durchaus so etwas wie den ›freien Willen‹, wissen Sie. Sie können aus dem, was ich Ihnen sage, jetzt machen, was Sie

wollen. Ich gebe Ihnen nur ... Wegweiser, sozusagen, um Sie auf Ihrem Weg zu leiten.«

Die Kellner nahmen die beiden unberührten Suppenschalen weg und servierten den Hauptgang: Huhn Kiew, Kroketten und grüne Böhnchen.

»Aber wie kann ich denn weg von hier?« rutschte es Maia heraus. »Schließlich habe ich hier in New York meinen Job, meine Wohnung ... Und wohin überhaupt?«

»Nur kei-ne Angst!« sagte Adrian in ihrem jiddischen Singsang. »Nur kei-ne Angst! Gaanz ruhig! Alles wird wie von selbst passieren, vertrauen Sie mir. Sie fahren jetzt erst mal nur zum Spaß weg, das andere kommt dann schon.« Sie lächelte Maia an, senkte den Blick auf die Karten und runzelte die Stirn. »Und wer ist Bruce?«

Jemand vom Magazin mußte ihr davon erzählt haben. »Ach, nur ein neuer Bekannter«, antwortete Maia kleinlaut. »Reine Arbeitsbekanntschaft.«

*»Bubbula,* Sie haben mit dem Gedanken gespielt, daß er ein bißchen mehr als nur ein Freund werden könnte! Ist ja auch in Ordnung, aber glauben Sie mir, Sie können sich den Aufwand sparen. Vergessen Sie ihn. Es würde bestimmt nicht gutgehen. Das ist kein Mann für Sie.«

»Und welcher wäre was für mich?« fragte Maia. Jetzt war sie wirklich neugierig.

Adrian besah sich flüchtig einige Karten und hielt inne. »Was das betrifft, sehe ich keine Probleme. Läuft alles nach Plan. Sie müssen nur raus aus New York. Hier werden Sie keinen kennenlernen. Ich habe es Ihnen ja schon gesagt, Sie können mit amerikanischen Männern nichts anfangen. Ich sehe da einen Ausländer, und damit meine ich nicht einen, der hier hockt und Probleme mit seiner Aufenthaltsgenehmigung hat, sondern einen richtigen Ausländer, einen dunkelhaarigen. Sie werden in Zukunft nicht in diesem Land leben. Sie gehören nicht hierher, verstehen Sie? Sie werden einen Ausländer heiraten und auf einer Farm leben.«

Maia schrieb hin: »Bruce vergessen. Einen Ausländer heiraten. Auf einer Farm leben, nicht in den Vereinigten Staaten.«

»Macht Ihnen das Spaß?« fragte Adrian und blickte Maia direkt in die Augen.

»Was?«

»Macht Ihnen das hier Spaß?«

»Ja ...« erwiderte Maia leise.

»Na, dann machen Sie doch mal ein fröhliches Gesicht!«

Maia nickte.

»Passen Sie auf, *bubbula,* jetzt sage ich Ihnen mal was. Das Leben ist unheimlich. Sie wissen das, ich weiß es. Sie sind seit Jahren wie versteinert. Aber ich möchte, daß Sie von jetzt an immer dann, wenn Sie Angst haben oder frustriert sind, das sagen, was Scarlett O'Hara immer gesagt hat, wenn sie in der Patsche saß. Erinnern Sie sich, was sie da gesagt hat?«

Maia war völlig verdutzt. Sie strengte sich an, auf Scarletts Worte zu kommen, aber sie konnte sich nicht daran erinnern. Wie ein kleines Kind, das nicht mehr weiter weiß, schüttelte sie schließlich den Kopf.

»›Ich werde morgen darüber nachdenken‹, hat sie dann immer gesagt. Zufällig paßt das auch als Ihr persönliches Motto. Also, wenn Sie sich das in schwierigen Situationen immer brav vorsagen, werden Ihre Ängste schon am nächsten Morgen verschwunden sein, und Sie können mit neuer Kraft und Klarheit weitermachen. Verstanden?«

»Ja.«

»Ich werde morgen darüber nachdenken«, wiederholte Adrian ganz langsam, als wäre sie sich nicht sicher, daß Maia es wirklich kapiert hatte.

Maia lehnte sich in ihrem Stuhl zurück. Wer war diese Adrian, und wie konnte sie solche Dinge sehen? Sie glaubte jetzt nicht mehr, daß es nur Hokuspokus war. Sie spürte, daß ihre anfängliche innere Abwehr immer schwächer wurde.

Das Huhn wurde abserviert, bevor die beiden es angerührt hatten; statt dessen standen jetzt jeweils eine Schale mit drei kleinen Sorbetkugeln in verschiedenen Farben und ein Teller mit feinen Keksen vor ihnen. Maia hatte Hunger und begann rasch zu essen.

Adrian plapperte weiter auf sie ein, bombardierte sie mit einer Information nach der anderen. Maia glaubte schon, Adrian hätte Stephens Tod gesehen, denn einmal zitterte sie ein bißchen und sagte: »Nun, über das Traurige in Ihrer Vergangenheit muß ich Ihnen ja nichts erzählen. Aber das ist jetzt alles vorbei. In der Zukunft liegt viel Gutes für Sie bereit. Aber Sie müssen ins reine kommen mit sich selbst, Mädchen! Schaffen Sie Platz für die guten Dinge, die jetzt kommen! Bringen Sie zum Beispiel Ihre Finanzen in Ordnung.«

»Aber sind die denn nicht in Ordnung?« protestierte Maia.

Adrian hörte gar nicht hin. »Sie werden schon bald an die Westküste gehen, nach Kalifornien wahrscheinlich. Kennen Sie dort eine Frau namens DeeAnn oder einfach nur Dee? Nein? Na, schreiben Sie den Namen trotzdem mal auf.« Offenbar würde diese Dee irgendwann in ihrem Leben auftauchen und in Zukunft sehr wichtig für sie sein.

»So, und für wen schwärmen Sie?«

»Wie bitte?«

»Für wen Sie schwärmen«, wiederholte Adrian, als wäre Maia eine Idiotin. »Ich rede von Filmstars. So wie man sagt: ›Ich finde Al Pacino toll‹, Sie wissen schon.«

»Ach so – Paul Newman, keine Frage«, antwortete Maia lachend und wie aus der Pistole geschossen. »Ein toller Schauspieler!«

»Na, Sie werden ihn ja kennenlernen«, sagte Adrian. »Mein Wort in Gottes Ohr – Sie werden lachen, wenn der Augenblick

gekommen ist, und dann werden Sie an mich denken. Ja, Sie werden ihn kennenlernen.« Dann sprach sie über eines von Maias früheren Leben in der Türkei und wie sie ihr Geld am besten verdienen könne, aber Geld werde ohnehin nie ein Problem sein, es werde immer da sein, wenn sie es brauche.
Der Kaffee wurde serviert. Den nahm Adrian endlich dankbar entgegen. Sie warf drei Zuckerwürfel hinein, rührte um, trank in einem einzigen großen Schluck, lehnte sich zurück und zündete sich eine Zigarette an. Sie wirkte jetzt ein bißchen müde, als hätte das Kartenlesen sie erschöpft. Die Stühle an ihrem Tisch leerten sich allmählich. Die Werbefrauen mußten in ihre neonbeleuchteten Bürozellen zurück und sich den Kopf über die optimale Schaufensterpräsentation von Shampoo zerbrechen.
»Haben Sie noch irgendwelche Fragen an mich?« fragte Adrian.
»Nein«, antwortete Maia mit schwacher Stimme. In ihrem Kopf drehte sich alles. Sie konnte sich auf nichts Bestimmtes konzentrieren.
Adrian beugte sich zu ihr hinüber. »Jetzt sage ich Ihnen mal was über Sie und mich, über Leute unserer Generation – wir gehören ja derselben Altersgruppe an. Sie sind einunddreißig, richtig? Na, und ich bin fünfunddreißig.« Sie ging zu einem vertraulichen Ton über. »Wir sind in eine sehr schwierige Sternenkonstellation hineingeboren. Uns hat man von allem ausgeschlossen – oder sehen Sie das anders? Empfinden Sie es nicht genauso? Da arbeiten wir und arbeiten wir, Jahr für Jahr, aber wenn wir uns die anderen ansehen, die Leute, die ein bißchen älter und die, die ein bißchen jünger sind als wir, was sehen wir da? Die streichen die guten Sachen ein! Die heiraten, kaufen sich Eigentumswohnungen, Landhäuser, Autos, kriegen Kinder, machen *beaucoup* Knete an der Börse ... Und wir sitzen da und sagen: Hey, und was ist mit mir? Ja, diese

vergangenen Jahre waren kein Zuckerschlecken für uns, aber Gott sei Dank – jetzt kommen wir mal an die Reihe, jawohl! Jetzt sind wir dran! Also, immer mit der Ruhe. Ist alles schon auf Ihre Tagesordnung gesetzt. Sie müssen nur noch raus aus diesem Land.«

Maia seufzte auf und nickte. »Und es wird einfach so passieren? Ich brauche mir keine Gedanken zu machen, wie es passieren wird, ja?«

»Jetzt haben Sie's kapiert. Es wird einfach passieren. Hey! Immer daran denken: Sie fahren einfach in Urlaub, um Spaß zu haben. Das ist alles.« Sie legte die Karten auf den Tisch. Die Sitzung war beendet.

Maia sah auf die Uhr. Es war zwei. Sie stand unsicher auf und zog ihren Kaschmirblazer an. Dann langte sie in ihre Brieftasche, nahm fünf Zwanzigdollarscheine heraus und gab sie Adrian. Sie hatte so ein Gefühl, daß die das Geld gut brauchen konnte.

»Danke, sehr großzügig«, sagte Adrian und nahm das Geld. »Gottes Segen!«

»Vergessen Sie nicht, Ihr Parfum mitzunehmen«, sagte Maia lächelnd und ging. Die Kellner deckten unter lautem Geschirrgeklapper die Tische ab. Maia trat hinaus in die seidenweiche Juniluft und fühlte sich leicht und traumverloren und wie etwas ganz Besonderes.

Und sie vergaß alles – bis zu jenem Morgen.

# 3

Als sie den Park durchquert hatte und an der Fifth Avenue angelangt war, hatte sie sich wieder ein bißchen gefangen. Während sie darauf wartete, daß die Ampel grün wurde, betrachtete sie in aller Ruhe das bunte Treiben, das um sie herum herrschte. Es war der Freitag der ersten Arbeitswoche nach Labor Day. Ein Prickeln lag in der Luft, denn mit dem Herbst nahte die aufregende Zeit der Parties und Feste. Alles stürzte sich in die Arbeit, alle waren voller Energie und sahen nach dem langen, trägen Sommer frisch aus in ihren neuen Herbstgarderoben. Zwei sehr gutaussehende Männer um die Fünfzig joggten nach ihrer Runde durch den Central Park gerade zum Plaza zurück. Maia stellte sich vor, daß sie sich gleich ein köstliches Frühstück mit Eiern Benedict – pochierten Eiern auf Toast mit Schinken und Sauce Hollandaise – im Palmenhof schmecken lassen würden. Vielleicht waren ihre Frauen auch dabei – Frauen, die den Vormittag im Arden-Salon verbrachten, den Nachmittag beim Einkaufen bei Bergdorf's und die hinterher selbstverständlich zum Essen und ins Theater gingen.

»Ach, Maia«, sagte sie sich und mußte lachen, »das kannst du wirklich gut – dir das ›perfekte‹ Leben der anderen vorstellen!«

Sie bestaunte einen Mann, der sechs riesige Hunde an der Leine führte; die ganze Gruppe bewegte sich in vollkommener Harmonie. Er war etwas übertrieben elegant hergerichtet, wie aus einer Seifenoper entsprungen – wahrscheinlich ein Schauspieler, der sich vormittags ein bißchen Geld dazuverdiente. Ob einer dieser Hunde Diane von Fürstenberg oder Regis Philbin gehörte?

Junge Büroangestellte in ihrer Stewardessenkluft, wie Maia das immer nannte, und teuren Joggingschuhen stürmten, als gehörte es zu ihren Aerobic-Übungen, in die Geschäftshäuser, das *Wall Street Journal* unter dem Arm, und aus ihren Aktentaschen lugten flache Pumps hervor. Scharen von gesichtslosen Männern in Anzügen breiteten sich beim Überqueren der Straße wellenartig aus und verschwanden hinter den Portalen der Bürohäuser. Und die buntgekleideten Sekretärinnen brachen wie Blüten aus den Subway-Stationen hervor, endlich angekommen aus Queens, aus Brooklyn, Staten Island und New Jersey, und standen um Kaffee und Donuts Schlange vor den häßlichen Plexiglas-Kaffeeständen, die in letzter Zeit an den Straßenecken Manhattans aufgetaucht waren, als gäbe es nicht schon genug griechische Coffee-Shops in jedem Straßenblock.

Der September faszinierte Maia jedes Jahr wieder. Dieser Monat bedeutete einen Neuanfang, einen neuen Rhythmus, auch wenn sich in ihrem eigenen Leben nie etwas zu ändern schien. Acht Jahre waren wie im Flug vergangen. Im Juli war sie einunddreißig geworden. Sie wohnte immer noch im selben Haus – fünfter Stock ohne Lift – an der West Side, die jetzt als schick galt, aber sehr laut war. Sie arbeitete immer noch für denselben Betrieb. Und sie fühlte sich immer noch nicht als New Yorkerin.

Sie hob den Blick zu dem mit mattweißem Marmor verkleideten Hochhaus, das vor ihr aufragte; dort, in der sechsundvierzigsten Etage, war ihr Büro. Die weichen, klaren Linien des Gebäudes wirkten jedesmal wieder anregend auf sie. Das Beauty-Haus, Ecke Fifty-ninth Street und Fifth Avenue. Ein einziges geschäftiges Treiben rund um die Schönheit des menschlichen Körpers, Sitz der größten Kosmetikfirmen der Welt: Estée Lauder, Revlon, Max Factor, Avalon, Borghese, Linique. In jeder dieser Etagen wurde an streng geheimen Neuheiten getüftelt. Und die Redaktion von *Chic,* dem »Magazin für Schönheit und Mode«, hatte die Aufgabe, alle diese Entwicklungen mitzuverfolgen.

Maia betrat das Gebäude durch die Drehtür. Von ihrem Job, das war ihr sehr bewußt, träumten viele. Seit Jahren beschäftigte sie sich mit dem Aussehen der Amerikanerinnen und durchstreifte in deren Namen die Welt der Kosmetik.

»Ich glaube, ich kann gerade deshalb so gut über Schönheit schreiben, weil ich selbst nicht schön bin«, lautete Maias entwaffnender Kommentar, mit dem sie die Menschen, die von ihrer Berufsbezeichnung übertrieben beeindruckt waren, ein wenig beschwichtigte. »Meine Psyche spiegelt die Psyche der Durchschnittsamerikanerin wider.« Sie war die erste, wenn es zuzugeben galt, daß sie unter einem wenig ausgeprägten Selbstvertrauen litt und sich ihres Aussehens nie ganz sicher war. Sie hatte dünnes Haar (*Chic* hätte es als »feines Haar« bezeichnet) von einem unbestimmbaren Braun, das in den letzten Jahren fahl geworden und schon von einer Menge silbergrauer Strähnen durchzogen war. Wirklich gut sah es nur in einer bestimmten Länge aus, nämlich in Kinnlänge und als Bob à la Louise Brooks geschnitten, aber ihr war langes Haar lieber – es kam ihr sexier vor, und in Umfragen hieß es immer, daß Männer langes Haar lieber mochten. Also war es auch bei ihr, wie bei allen Frauen, ein ewiges Hin und Her zwischen Schneiden – was gut aussah – und Wachsenlassen – was ihr besser gefiel, aber, wie sie selbst wußte, schlechter wirkte. Was ihre Figur betraf, so sah sie – ein grausames Wort – »gesund« aus. Aber ihre Knochen ließen sich eben durch keine noch so lange und strikte Diät, durch kein noch so ausdauerndes Bodybuilding verändern. Allerdings achtete Maia auf ihre Ernährung und hatte das Aussehen einer Frau, die aus dem, was nun einmal da war, das Beste zu machen verstand. Sie zog sich gut an, meistens im typischen Stil der Modebranche, à la Diana Vreeland – die ewigen schwarzen Hosen und ein Rollkragenpullover, dazu aber sehr teure Krokoschuhe, nur wenig Schmuck, einen breiten Armreif, schicke Ohrringe und eine elegante Herrenuhr. Sie hatte sehr schöne Hände, rauchte nicht und wußte ganz genau, mit welchen Produkten und wie sie sich vorteilhaft schminken konnte. Schließlich war sie schon von den besten Visagisten der Welt beraten worden.

Einmal im Monat ging sie in sich, wühlte in ihren Unzufriedenheiten herum oder grub eine ihrer Phantasien aus und zeigte sie dann offen der ganzen Welt. Beim erstenmal hatte sie das noch als sehr peinlich empfunden. Damals war sie als Redaktionsassistentin (Sekretärin) im Reiseressort angestellt gewesen, wo sie ursprünglich Karriere machen wollte. Um die Welt zu reisen und dafür noch Geld zu bekommen, erschien der jungen Maia Rose wie der Himmel auf Erden. Aber eines Tages steckte das Ressort »Schönheit« in der Klemme. Alle Redaktionsassistentinnen wurden in die Redaktionskonferenz gerufen und gebeten, an einem Brainstorming teilzunehmen – auch »große Ideensuche« genannt.

Als Maia an der Reihe war, stand sie auf und sagte: »Ich habe da eine Idee – einen Artikel über die Schönheit, die sich auf dem Gesicht jeder Frau zeigt, nachdem sie mit einem Mann geschlafen hat.«

Es wurde totenstill im Raum.

»Das ist eine Schönheit, die wirklich jede Frau hat, egal, wie ›unschön‹ sie sonst sein mag. Sie ist dann ganz sie selbst, ganz Frau. Wir könnten Aufnahmen im Schlafzimmer machen – alles zerwühlt, verstehen Sie, handbestickte Schweizer Baumwollkamisole auf naturleinenen Kissenbezügen, und auf den Gesichtern der Models Blicke, die zu verstehen geben: ›Ich bin gerade von einem Mann so herrlich gevögelt worden, daß mir Hören und Sehen verging‹ – aber nichts Vulgäres oder Playboyartiges. Ganz ehrlich, ungekünstelt und natürlich.«

Wenn sie daran zurückdachte, fiel ihr wieder ein, wie sehr sie sich gewunden hatte, während sie das alles beschrieb, aber als dann kein einziger lachte und die Herausgeberin schweigend nickte, wußte sie, daß sie etwas angesprochen hatte, das jede Frau kannte. Am nächsten Tag stand ein Blumenstrauß auf ihrem Schreibtisch; daneben lag ein Brief der Chefin vom Dienst, in dem es hieß, Maia habe die Idee zu dem Projekt gehabt, nun werde von ihr erwartet, daß sie es auch realisiere. Ihr Foto-Feature trug dazu bei, daß die Anzeigenkunden von *Chic* Lippenstifte und Rouge im Wert von mehreren Millionen Dollar verkauften. Von da an durfte sie jeden Monat Ideen für die Redaktion »Schönheit« beisteuern. Nach einiger Zeit wurde sie zur stellvertretenden Redakteurin »Schönheit« befördert und enthüllte in ihren Artikeln weiterhin vor allen Frauen der Welt ihre geheimen Ängste, Wünsche und Phantasien. Das kam an. Sie wurde *die* Maia Rose.

Ihre Kolumne »Maia Roses Streifzug durch die Welt der Schönheit« wurde an Beliebtheit nur vom Horoskop übertroffen. Als die Leute von der Leserforschung ihr das erzählten, konnte sie es nicht glauben. Aber dann wartete sie eines Tages an der Ecke Sixth Avenue und Fifty-seventh Street auf ein Taxi und beobachtete dabei eine Frau, die an einem Zeitungskiosk die neueste Ausgabe von *Chic* in die Hand nahm, das Horoskop aufschlug, die Information unter ihrem Sternzeichen las, dann zu Maias Kolumne weiterblätterte und die Zeitschrift schließlich kaufte. Maia nahm an, daß die Frauen in ihr eine Journalistin sahen, die ihnen endlich die ganze Wahrheit über die Unmengen neuer Produkte sagte, die jeden Monat auf den Markt geworfen wurden.

»Wie kann man sich nur mit etwas so Oberflächlichem beschäftigen!« bekam sie häufig von Frauen zu hören, die in »seriösen« Berufen als Ärztinnen oder Anwältinnen für die sozial Benachteiligten arbeiteten.

»Wenn ich dazu beigetragen habe, daß Frauen mehr zu sich stehen, habe ich meine Zeit nicht verschwendet, finde ich«, lautete ihre ehrliche Erwiderung. Einige Kolleginnen und Kollegen behaupteten sogar, es sei Maia zu verdanken, daß sich das Schönheitsideal Amerikas verändert habe – weg vom Ideal der klassischen Plastik-Blondine, hin zu einem eher europäischen, individualistischen Schönheitstyp, der *jolie laide,* als die sich auch Maia selbst empfand.

Sie stand in der von Freitagshektik erfüllten Eingangshalle. Je nachdem, in welcher Stimmung sie gerade war, flößte das hochaufragende Marmorgewölbe ihr das Gefühl ein, bedeutend und überzeugend zu sein, oder aber sie empfand sich als klein und unwichtig. Sie ging auf die Fahrstühle zu und stellte sich brav zu all den Sekretärinnen, die geduldig darauf warteten, daß einer der Aufzüge sie hoch in die Wolken zu einem letzten Arbeitstag entführte. Sie hatten es nie eilig, morgens hinaufzufahren. Wie ein gehorsames Schaf bewegte sich Maia mit den anderen auf die Lifttür zu, die sich eben geöffnet hatte, betrat die Kabine und drehte sich um, so daß ihr Gesicht der Tür zugewandt war. Sie lächelte Margie zu. »Toller Pullover«, sagte sie zu Helen. Maia machte gerne Komplimente, das kostete sie nichts, und die Menschen fühlten sich danach gleich besser. Sie hörte den typischen Liftgesprächen zu, die sich um die Verabredungen am Abend zuvor und um die Pläne für das Wochenende drehten, um den Ausverkauf bei Bloomies und um das Allerneueste, eine wirklich gute Salatbar, die vor kurzem ein Stück die Straße hinunter eröffnet worden war. Der Aufzug glitt vierzig Stockwerke hoch, erst von da an öffnete sich die Tür für die programmierten Etagen vierzig bis zweiundfünfzig.

Im sechsundvierzigsten Stock verließ Maia den Lift und flitzte an den Goldbuchstaben vorbei, die den Namen CHIC MAGAZINE bildeten. Sie begrüßte Sara, die Empfangsdame des Monats, mit einem Lächeln. Die Arbeit an der Rezeption war ein Anfängerjob, und es schien wirklich allmonatlich ein neues Mädchen dort zu sitzen.

»Welche Farbe heute?« rief Maia kokett, mit Verschwörermiene auf die Lippen des Mädchens deutend.
»Milano Tomato.«
»Toll!«
In den Gängen des *Chic*-Magazins herrschte geschäftiges Treiben. Maia spornte diese Stimmung jeden Morgen an, wenn sie die Redaktion betrat. An den weißen Wänden hingen wunderschöne Farbfotografien; das beruhigende Geräusch tuschelnder Frauen, die wie exotische Vögel durch die Gänge huschten, und das Klingeln der Telefone erfüllten die Luft. Deutlich unterschieden sich die Redakteurinnen in ihrer einfachen schwarzen Kleidung von den Sekretärinnen und Redaktionsassistentinnen, die immer die letzte Mode und die jeweilige *Must*-Farbe der Saison trugen. In diesem Jahr galt »Fuchsia« als *die* neue Farbe für die Grundausstattung. Im Zimmer der Schuhmoderedakteurin konnte man sich über die Schuhe der nächsten Saison informieren, und die für Accesoires zuständige Redakteurin gleich daneben verlieh, wenn man es ihr geschickt abschwatzte, für einen Abend etwas aus den glitzernden Bergen von Ohrringen, Armreifen und Halsketten, die sich dort verführerisch auftürmten. In der Redaktion »Essen« wurde ständig von der neuesten Kreation aus der Testküche genascht. Maias Büro bildete die Zentrale der Redaktion »Schönheit« – vollgestopft mit Lippenstiften, Konturstiften für Augen und Mund, Cold Creams, Sonnenschutzcremes, Nachtcremes, Rouge und Mascara.
»Sie ist noch nicht da«, sagte Lulu, Maias patente Sekretärin mit der witzigen Mickymausstimme am Telefon, und hauchte Maia, die an ihr vorbeiflitzte, lautlos den Namen irgendeines Firmenrepräsentanten zu. Maia drängte Lulu immer, einmal ein Demoband abzuschicken und für Radio- und Fernsehwerbespots vorzusprechen. Sie war eine abgebrühte New Yorkerin mit kurzem, blondem, stark gespraytem Haar, hatte lange

lackierte Fingernägel und rauchte Mentholzigaretten. Ihr Freund Eddie war Polizist.

»Bahn frei für unsere Ferienmaus!« kreischte Lulu, als sie Maias pralle Reisetasche sah. »Wie immer?« Wie immer, das war Tee mit Milch und ein getoastetes Zimt-Rosinen-Bagel ohne Butter. Nach Rücksprache mit Maia rief Lulu jeden Morgen im Deli an und bestellte das Frühstück. Etwa einmal im halben Jahr kam es vor, daß Maia etwas anderes als »wie immer« wollte.

»Nein, heute nicht«, sagte Maia gereizt. »Schau dir mal diese Katastrophe hier an!« Sie winkte Lulu zu sich und zog ihr ausgebleichtes Seidentuch aus der Tasche. Sie wollte Beileidsbekundungen hören. »Such mir die Nummer der New Yorker Verbraucherschutzzentrale raus, und dann muß es da noch einen Verband der Chemischen Reinigungen oder so was geben …«

Die nächste halbe Stunde verbrachte Maia am Telefon im Gespräch mit mehreren anonymen Männerstimmen, die ihr erklärten, daß nichts zu machen sei. Wer immer an ihrem Redaktionsbüro vorbeiging, mußte sich die Geschichte von ihrer Hermès-Katastrophe anhören.

»Du könntest einen Kissenbezug daraus machen«, schlug Lulu vor.

»Liebste, es ist zwar jammerschade darum, aber noch ist nicht alles verloren!« sagte die Moderedakteurin Margie, als sie in einem ihrer typischen schwarzen Stretch-Catsuits vorbeikam, um ihr eine gute Reise zu wünschen. »Schau mal!« Sie nahm das Tuch, legte es mit professionellem Geschick zusammen und band es Maia um die Taille. »Du mußt es so falten – und fertig!« Sie trat einen Schritt zurück, um ihr Werk zu begutachten. »Oder du ziehst es durch die Gürtelschlaufen einer Jeans, das ergibt dann dieses *je ne sais quoi.*«

»Genau deshalb bist du Moderedakteurin«, stöhnte Maia und

legte den »Look« wieder ab, den Margie gerade für sie kreiert hatte. Aber die Idee mit der Jeans war gar nicht so schlecht. An diesem Vormittag hatte Maia nichts mehr zu tun. Sie hatte alles Nötige bereits erledigt, Memos geschrieben, Anweisungen hinterlassen, Projekte delegiert, alle darüber informiert, wann sie wieder zurück sein würde, etcetera, etcetera. Lulu kam in Maias Büro. »Wir müssen noch deinen Terminplan durchgehen«, sagte sie.

Maia klappte den grauen, mit ihrem Monogramm versehenen Filofax auf, den sie während eines kurzen geschäftlichen Trips nach London bei Harrod's erstanden hatte, und blätterte. »Das habe ich völlig vergessen. Sag für die nächsten zwei Wochen meine Shiatsu-Stunden ab. Du weißt ja, wo das ist, in diesem Loft in Chinatown. Oh, und mach einen Termin bei Alberto aus, für den Tag, an dem ich zurückkomme. Es ist mal wieder höchste Zeit«, meinte Maia. Sie kämmte sich mit zehn Fingern durchs Haar. »Wenn sie dir bei Arden Probleme mit dem Termin machen, sag ihnen nur, daß ich bloß einen Schnitt und ein paar Strähnchen brauche. Alberto quetscht mich schon irgendwo rein.«

Lulu schrieb eifrig.

»Meine Krokotasche ist nächsten Mittwoch fertig. Wenn du sie nicht abholen kannst, schick einen Boten.«

»Meinst du diese todschicke dunkelgrüne? Was war denn damit?«

»Der Trageriemen war durchgescheuert, und bei so einem teuren Ding ist mir das zu riskant. Sie ist bei Giovanno's, diesem Handtaschenreparaturladen auf der Madison, wo alle reichen Damen hingehen.«

Lulu blätterte einige rosa Telefonmerkzettel durch. »Kiki bei St. Laurent hat wegen deinem Wildlederrock angerufen. Am siebzehnten ist er fertig, und sie möchte, daß du ihn anprobierst, bevor sie ihn zum Einfärben gibt. Ich hab' ihr gesagt,

daß du in der Zeit nicht da bist, und sie hat mir einen vorgejammert, daß du doch ganz sicher sein müßtest, was die Farbe angeht, weil die später nicht mehr zu ändern ist. Und dann hat sie mir noch gesagt, daß sie in der Woche nach deinem Urlaub einen Musterverkauf haben, und du sollst allen deinen Freunden Bescheid sagen.«
Maia trug den Termin in ihr Buch ein. »Avon stellt seinen neuen Duft vor, auf der Rockefeller-Eisbahn, und zwar am Eröffnungstag der Wintersaison. Es wird eine Benefiz-Schlittschuhparty zugunsten von Mutter Hales Heim für Aids-Babys. Du hast noch nicht Bescheid gesagt, ob du kommst.« Lulu zog eine Grimasse. »Was hat Parfum mit Schlittschuhlaufen zu tun?« fragte sie.
»Wahrscheinlich heißt der neue Duft *Ice*«, murmelte Maia desinteressiert.
Lulu nickte. »Am ersten Oktober hast du den Fototermin für Summer Fruits mit Penn. Er bat mich, dir zu sagen, daß sie endlich Paulina dafür gekriegt haben. Und die Präsentation des neuen Skin-Care-Programms von Lauder ist am selben Nachmittag.«
»Hmm ... Ich muß mich eben irgendwann wegschleichen und mich dort blicken lassen«, überlegte Maia.
So ging es noch eine Weile hin und her. Um Viertel vor zwölf bat sie Lulu, ihr einen Salat und ein Brötchen aus der neuen Salatbar zu bringen, von der sie im Aufzug gehört hatte.
»Mein letzter Salat«, seufzte sie, an einem Blatt Radicchio knabbernd. »Alle sagen, in Mexiko darf man nicht mal einen Bissen Salat essen.«
Um zwölf Uhr dreißig verkündete Lulu: »Deine Limousine wartet. Also, ich muß schon sagen, die meisten Leute würden an ihrem letzten Tag nicht mehr zur Arbeit gehen«, fügte sie vorwurfsvoll hinzu und versuchte Maia aus dem Zimmer zu bugsieren.

»Ich wollte nur alles geregelt wissen«, sagte Maia und holte tief Luft, um keine Rührung aufkommen zu lassen. Sie gab Lulu einen Kuß auf die Wange. »Immer daran denken: Du bist ein Star!« und: »Vergiß nicht, meine Pflanzen zu gießen! Du hast doch die Schlüssel zu meiner Wohnung, oder?«
Lulu stöhnte in gespielter Ungeduld und drückte auf den Aufzugknopf.
Maia fand ihre Limousine, Nummer 111, die in der Reihe der wartenden Wagen stand, und stieg ein.
»Kennedy.« Sie ließ sich auf den Sitz fallen. Während sich der Wagen langsam durch den Verkehr in Midtown quälte, schwirrten ihr Gedanken über alles und nichts durch den Kopf. Urlaub zu machen war ziemlich anstrengend, fand sie, vor der Abreise hatte man einen hohen Preis dafür zu zahlen, denn alles mußte geplant sein, und wenn man zurückkam, bezahlte man noch einmal, indem man das entstandene Chaos ausbügelte und alles Versäumte nachholte.
Sie konnte sich vorstellen, daß viele Frauen nur ein verächtliches Zungenschnalzen für sie übriggehabt und sie für verwöhnt und undankbar gehalten hätten. Schließlich flog sie im Auftrag von *Chic* um die ganze Welt, begleitet von Fotografen, Stylisten, Visagisten und Haarstylisten, alles auf Geschäftsrechnung. »Papiergeld« nannte sie es, weil es nur auf dem Papier stand und gar kein richtiges Geld war, es gehörte niemandem, nicht einmal der Firma, der es zu gehören schien. Anonyme Buchhalter bewilligten ihre Spesenrechnungen ohne jede Nachfrage. Nicht, daß sie dabei mogelte – und wenn, dann nur bei Kleinigkeiten, wenn sie sich zum Beispiel eine Taxifahrt zum Flughafen bezahlen ließ, obwohl in Wirklichkeit eine Freundin sie hinbrachte; aber das machten alle so. Sie war ja nicht dumm, aber raffgierig war sie auch nicht. Sie wußte, daß sie ein privilegiertes Leben führte.
»Ach – Schönheit ist doch ein häßliches Geschäft«, hatte Todd

gesagt, gestern im Cipriani bei ihrem Abschiedslunch, bestehend aus Carpaccio und Rucola-Salat, als sie mit Bellini-Cocktails anstießen.

Sie war keine Jackie-Collins-Heldin, war nicht aus einfachen Verhältnissen zu einem üppigen Lebensstil aufgestiegen. Nein, sie war die typische überarbeitete, einsame New Yorkerin, die mit ihren sechzigtausend Dollar im Jahr kaum auskam, weil sie nichts von der Steuer absetzen konnte und in einem winzigen Apartment wohnte. An der Einrichtung ihrer Wohnung hatte sich seit dem Tag, an dem sie und ihr inzwischen – bei dem Wort erschauderte sie – verstorbener Mann eingezogen waren, nicht das geringste verändert: ein Doppelbett im modernen, schnörkellosen Design, ein schwarzes Telefon mit Wählscheibe, stapelweise Kunstbände für die Couchtische. Damals war das Ausdruck reiner, Funktionalität erzwingender Armut gewesen; jetzt lief dasselbe »Dekor« unter der Bezeichnung *minimal chic*, und die Leute fragten sie nach dem Namen ihres Innenarchitekten. Sie steckte all ihre Energie in die Arbeit, anstatt ihre Wohnung neu einzurichten und sich nach einem Mann umzusehen. Aber sie glaubte an ihr Glück in der Liebe und daran, daß die Liebe einen fand, wenn man für sie bereit war.

Im Lauf der Jahre hatten ihre Freunde sie aus ihrer Zurückgezogenheit herausgeholt, und von da an traf sie sich mit Männern, die gemeinhin als begehrenswert galten – Anwälte, Banker, Makler, sogar ein paar Ärzte waren darunter. Aber der Zauber fehlte. Sie wußte, wie es war, wenn man liebte, und so war es nie wieder gewesen. Die Männer interessierten sich offenbar mehr für ihren Beruf als für sie. Aber die meiste Zeit über bewegte sie sich in der Welt der Schwulen – in der Welt der Werbung, der Fotografen, der Modefachleute, der Haarstylisten und Visagisten, der Firmenvertreter, Kosmetikhersteller und Kunstinteressenten, einer Welt von Männern, die ihre

Zeit damit verbrachten, zu entscheiden, was der amerikanischen Frau zu gefallen hatte – in diesem Monat.
Wie so viele New Yorkerinnen fand auch Maia, daß sie, wenn sie schon keinen Erfolg in der Liebe vorzuweisen hatte, wenigstens in der Arbeit etwas leisten mußte. Als sie klein war, hatte ihre Mutter immer gesagt: »Wenn du ein fröhliches Gesicht machst, wirst du auch fröhlich.« Todds Version dieses Spruches lautete, in die Sprache der achtziger Jahre übersetzt: »Es kommt nicht darauf an, wie du dich *fühlst,* Darling, sondern wie du *aussiehst.«* Und meistens klappte es auch. In ihrem Alltag zählten Disziplin und das Vermeiden jeder privaten Nachlässigkeit, die sich negativ auf ihre Arbeit auswirken konnte. Um sechs aus dem Bett, Orangensaft, Dusche, Anziehen, Schminken, rascher Fußmarsch in die Redaktion, zehn bis zwölf Stunden Beauty Biz, danach ins Fitneßstudio, wenn sie nicht ohnehin schon völlig erschlagen war, im Taxi nach Hause, chinesisches Fertiggericht im Bett, Fernsehen, Lesen, Schlafen. Außer dem, was im *Chic*-Magazine darüber stand, hatte sie kein Liebesleben. Auf den Seiten der Zeitschrift lebte sie ein von sinnlicher Schönheit erfülltes Leben.

## 4

Es wird Zeit, mal wieder die schönen Seiten des Lebens zu genießen«, sagte der Mann mit einem selbstgefälligen Ausdruck auf dem Gesicht.
Maia saß im Flugzeug neben einem älteren Ehepaar, das nach einem Besuch bei den Enkeln im Norden des Bundesstaates New York zu seinem Alterssitz in San Miguel de Allende zurückkehrte. Die Frau erzählte ihr alles über San Miguel, und was es für ein nettes kleines Städtchen sei. »Sie müssen unbe-

dingt bei uns vorbeischauen, wenn Sie mal in der Gegend sind!«

Es rührte Maia, von wildfremden Leuten eingeladen zu werden. »Vielen Dank, aber ich übernachte in Mexico City und fliege morgen nach Acapulco weiter«, sagte sie.

»Trotzdem, es kann nichts schaden, wenn wir Ihnen unsere Adresse geben. Für alle Fälle. In Mexiko weiß man nie genau, wo man landet.« Dann: »Reisen Sie allein?«, gefolgt vom unvermeidlichen: »Sie sind wohl nicht verheiratet, meine Liebe, oder?«

»Nein.« Maia lächelte.

»Ein so nettes Mädchen!« meinte die Frau bedauernd. »Na, hoffentlich finden Sie einen!«

Maia lief rot an. Kommentare dieser Sorte haßte sie. Das Flugzeug fuhr mit einem Ruck auf die Rollbahn und ersparte ihr eine Fortsetzung des Gesprächs.

Im Lauf der Jahre hatte sie gelernt, ihre Ehe nicht zu erwähnen. Anfangs mochte sie über Stephen nicht sprechen, weil es ein zu trauriges und schmerzliches Thema für sie war. Sie hatte sich eine Überlebensstrategie zurechtgelegt, die darin bestand, so normal wie möglich zu wirken und zu handeln. Nach dem gräßlichen Unfall hatte sie sich nichts so sehr gewünscht wie ein normales Leben.

Später merkte sie, daß sie über Stephen nicht sprechen wollte, weil sie seinen Tod als etwas sehr Privates empfand. Das Unglück war ihnen beiden zugestoßen, und sie hatte das Gefühl, daß Stephen nur dann weiterhin ihr gehören würde, wenn sie über ihn schwieg. Außerdem lernte sie bald genug, daß es viel zu kompliziert war, Freunde zu gewinnen, wenn sie mit der Enthüllung einer so schrecklichen Begebenheit begann. Ganz am Anfang hatte sie den Fehler gemacht, Lynn, einer Sekretärin in der Redaktion, während eines gemeinsamen Mittagessens bei Chock Full O'Nuts davon zu erzählen. Danach war ihre Freundschaft nie mehr dieselbe gewesen. Lynn empfand offenbar Mitleid mit ihr, lud sie zu Partys ein und stellte sie einigen Leuten vor, aber Maia hatte den Eindruck, daß Lynn ihnen die Geschichte erzählt hatte, und der Ausdruck in den Augen dieser Leute sagte ihr, daß sie auch ihnen leid tat.

Als Maia sich einige Zeit später wieder mit Männern verabredete, wurde ihr schnell klar, daß sie alles andere als erpicht darauf waren, etwas über den Tod ihres Ehemannes im absurden Alter von dreiundzwanzig Jahren zu hören. Das war einfach zuviel Vergangenheit. Und wiederum später wurde ihr bewußt, daß ihre Geschichte zumindest für die Freunde, die sie schließlich gewann, nur Stoff für den Partyklatsch abgegeben hätte.

»Die im schwarzen Kleid, das ist Maia Rose. Ihr Mann ist bei Macy's einfach tot umgefallen. Können Sie sich das vorstellen?« – so hätte es immer geheißen.

Im Grunde hatte sie nach Stephens Tod sofort kehrtmachen und aus New York wegziehen sollen. Sie war die letzte, die bestritten hätte, daß sie niemals darüber hinweggekommen war. Sie waren beide noch so jung gewesen. Frisch verheiratet, seit drei Monaten erst, miteinander verbunden durch eine Liebe, die ihnen beiden völlig schwerelos und selbstverständlich erschienen war.

Sie hatte ihn an einem Freitagabend in ihrem ersten Collegejahr im Pit kennengelernt. Das Pit war ein winziger, niedriger Raum im Keller des katholischen Studentenzentrums auf dem Campus, wo alle auf dem Fußboden saßen und sich Folkmusik anhörten. Jeder, der singen wollte, durfte singen. Sie spielte damals Gitarre und hatte in der Woche zuvor selbst ein kleines Konzert gegeben, Songs von ihren Lieblingssängerinnen, den drei J's, wie sie sie nannte: Joni Mitchell, Judy Collins und Joan

Baez. An diesem Freitag war sie jedoch nur zum Zuhören gekommen.
Sie saß in dem abgedunkelten Raum, ein Glas Wein in der Hand, ganz in die melancholische Musik versunken, und ließ den Blick über die anderen, ebenfalls konzentriert zuhörenden Studenten schweifen, da bemerkte sie, daß ein junger Mann ihr mit glänzenden Augen zulächelte. Sie hatte ihn dort noch nie gesehen, und auch ein solches Lächeln noch nie: so warm, so offen, so zärtlich. Was waren ihre ersten Worte gewesen? Wie fing alles an? Sie konnte sich nicht mehr daran erinnern.
»Lunch?« Die Stewardeß reichte ihr ein kleines Plastiktablett mit dem Mittagessen. Maia trank einen Schluck von ihrem Whiskey Sour und stellte die Kopfhörermusik auf Klassik ein. Behalt deine Erinnerungen, Maia – wenn du es nicht tust, sind sie für immer verloren.
Das einzige, was sie noch wußte, war, daß sie irgendwann aufstand und in die Runde hinein sagte, sie wolle kurz rausgehen und ein wenig Luft schnappen, und daß er aufsprang und ihr folgte, genau wie sie es gehofft hatte. Sie gingen nach draußen und standen dort verlegen nebeneinander.
»Hi«, sagte sie schüchtern lächelnd.
»Hi.«
Die Spannung war kaum zu ertragen. Ihr Körper schrie geradezu, aber nicht einfach vor Lust. Die Anziehung, die er auf sie ausübte, war mehr als nur körperlich. So etwas war ihr noch nie passiert, und sie bekam Angst. Heute wußte sie, daß in jenen ersten Momenten schon eine geistige Beziehung zwischen ihnen entstanden war, aber damals hatte sie nicht die geringste Ahnung, was eigentlich los war. Sie wußte nicht, was sie tun sollte. Ihr Gesicht brannte.
Er lächelte sie wieder an, und sie glaubte, jeden Augenblick losweinen zu müssen.
Ohne ein Wort fielen sie einander in die Arme. Es war eine

wunderbare Umarmung, So zart, so fest. Sie hatte das Gefühl, nach Hause gekommen zu sein.
»Komm«, sagte er zärtlich. Sie stiegen in sein Cabrio und fuhren zu einem Park, in dem es damals noch nicht gefährlich war, sich nachts aufzuhalten. Er nahm eine Wolldecke aus dem Kofferraum, sie suchten sich ein schönes Fleckchen, und dann hielten sie einander die ganze Nacht hindurch im Arm, vertrieben die Frühlingskühle mit ihren Küssen und Liebkosungen. Sie wußte nichts über Sex. Sie zogen sich nicht aus. Einmal lag er auf ihr und bewegte sich und wurde ganz aufgeregt, aber dann seufzte er nur und ließ es sein. Sie wußte nicht, was er da tat, aber er schien sehr glücklich zu sein. Als die Sonne aufging, fuhr er sie zum Studentenwohnheim zurück und sagte, er wolle sie am Abend wiedersehen. Auf dem Weg in ihr Zimmer überlegte sie, ob sie wohl noch dasselbe für ihn fühlen würde, wenn sie ihn wiedersah. Und sie fühlte wieder dasselbe. Sie wurden Maia und Stephen.

Jetzt, im Rückblick, mußte sie über das Klischee lachen, das sie beide damals abgaben: Zwei College-Absolventen, die in die Großstadt gezogen waren, um es allen zu zeigen, standen in der sechsten Etage von Macy's und mußten sich entscheiden zwischen den Bezügen »Antik-Weiß« und »Rosengarten« für das neue Ehebett in ihrer winzigen Wohnung im fünften Stock ohne Lift. Es war wie ein Taumel, dieses Leben im Big Apple, ihr Leben miteinander. Jede Kleinigkeit, jeder Tag in dieser riesigen, unmöglichen Stadt war ein Triumph für sie.
»Ich weiß nicht ...« sagte er stirnrunzelnd, den Kopf mit dem hellblonden Haar ganz schief gelegt, als würde ihm das beim Nachdenken helfen. »Die Rosen gefallen mir schon, aber wenn man sie ständig sieht, wird es wohl ein bißchen viel.«
»Aber findest du nicht, wir brauchen etwas Ländliches hier, etwas, das einen Kontrast zu den strengen Linien der Stadt

bildet?« fragte sie hoffnungsvoll. Sie wußte, es würde ein schwieriger Einkauf werden, denn Stephen war Grafiker und mochte weiße Flächen. Sie nahm ihm den Bezug aus der Hand. »Ich gehe ein paar Schritte zurück, dann kannst du sehen, wie es von weiter weg wirkt«, sagte Maia.

Sie drehte sich um und ging etwa drei Meter von ihm weg, und als sie sich ihm wieder zuwandte, lag er auf dem Boden. Sein starrer, leerer Blick ließ keine andere Deutung zu: Er war gestorben. Später sagte man ihr, es sei ein Aneurysma gewesen, eine krankhafte Arterienerweiterung. Der Tod war auf der Stelle eingetreten. Es war keine Zeit geblieben, einen Arzt zu holen, keine Zeit, sich voneinander zu verabschieden. Sie hatte immer geglaubt, so etwas passiere nur anderen Menschen oder in Seifenopern, aber da lag er, ihr Mann, der Mann, den sie liebte, und war tot.

»Was?« flüsterte sie. Ihr stockte der Atem, sie rang verzweifelt nach Luft. Wut stieg in ihr auf, Wut darüber, daß er ihr nun nicht mehr helfen konnte, und dann erfaßte sie eine wirbelnde Angst, die ihr Herz wie rasend schlagen ließ. Sie empfand solches Grauen, solche Scham, und bis zum heutigen Tag konnte sie nicht glauben, daß sie es gewesen war, die dort auf dem Fußboden kniete und seinen geliebten Körper in den Armen hielt, sein Gesicht, sein langes Haar streichelte, während ihr lautlos die Tränen an den Wangen hinabliefen. Ihr einziger Wunsch war, ihn zu beschützen; niemand sollte ihn so sehen. Wie würde sie ihn von da wegbekommen? Die Stimme versagte ihr. Menschen liefen zusammen, Menschen, die zuerst nicht wußten, was geschehen war, und dann allmählich wie weit entfernt einen Kreis des Schreckens um sie und Stephen bildeten. Sie hörte eine Stimme im Befehlston sagen, sie sollten weitergehen, und nach einer Weile, sie wußte nicht, wie viel später, fühlte sie eine Hand auf ihrer Schulter, und da waren zwei Polizisten, und sie wurde vom Boden hochgezogen. Sie

trugen seine Leiche fort, und sie folgte ihr, schwerfällig, mechanisch.
Sie wußte nicht mehr, wie sie das alles geschafft hatte, sie hatte sich eben durchgekämpft, wie jeder andere auch in dieser Situation, es blieb ihr nichts anderes übrig. Die Polizei, das Krankenhaus, die Autopsie, der Gerichtsmediziner. Sie mußte seine Eltern verständigen, dann ihre. Diese ersten grauenhaften Nächte allein in der Wohnung, keine Menschenseele kannte sie damals in New York. Dann kamen die Verwandten aus beiden Familien. Sie alle bedrängten sie, nach Rochester zurückzuziehen, aber sie wollte Manhattan nicht verlassen, sie wollte ihren Traum weiterleben, ihrer beider Traum.
Dann war wieder nur noch sie in der Wohnung, in der noch sein Geruch hing, sein Zeichentisch stand, seine Hemden lagen. Irgendwie schaffte sie es, die Tage an sich vorbeiziehen zu lassen, und als sie den Sekretärinnenjob in der Zeitschrift bekam, sagten daheim alle, sie könne sich glücklich schätzen. Und wenn sie jetzt zurückblickte, erschien ihr Stephen nur als eine kurze Episode in ihrem Leben, wenn man bedachte, daß sie inzwischen länger allein lebte, als sie ihn überhaupt gekannt hatte.
»Maia«, hörte sie manchmal in sich das schwache Echo seiner Stimme, »du darfst die Wunde nicht immer von neuem aufreißen. Streich über die Narbe und laß sie heilen.«

# 5

Peng! Kaum hatte Maia in Mexico City das Flugzeug verlassen, schleuderte die schwül-heiße Luft sie in ein ganz neues Lebensgefühl. Aber anstatt sich willkommen und umsorgt zu fühlen, war sie plötzlich auf der Hut. Das hatte sie nicht erwartet: Die Luft roch ... primitiv, sie fand kein anderes Wort dafür. Ihr ganzer Körper verkrampfte sich vor Nervosität, als müßte sie jeden Moment einen Angriff abwehren. Sie stieg die Metallstufen hinab, die sich auf dem Rollfeld aufgeheizt hatten, und ging im blendenden Sonnenlicht auf den Terminal zu.

Mit einemmal fühlte sie sich der Verrücktheit dieses Flughafens nicht gewachsen – einer Art Grand Central Station mit schwitzenden, schreienden Mexikanern, greinenden Babys, im Kreis herumtrottenden Kleinkindern und Müttern, die mit Stricken aneinandergebundene Koffer schleppten. Es gab keine Schlangen, nur Massen von Menschen, die alle gleichzeitig durch winzige Türen wollten. Maia bahnte sich einen Weg durch das Chaos in der Zollabfertigung; sie hielt einfach ihren Paß in die Höhe, bis ein Zollbeamter ihn ihr aus der Hand nahm. »Wie lange bleiben Sie?«

»Zwei Wochen.« Sie war erleichtert, daß er Englisch sprach. Er beäugte sie mißtrauisch.

Hielt er sie für eine Drogenschmugglerin? »Urlaub«, fügte sie schüchtern hinzu. Von ihrem New Yorker Selbstbewußtsein keine Spur mehr.

»Ich gebe Ihnen neun Monate«, sagte er, als wäre es ein Gerichtsurteil. Er stempelte ihr Einreisevisum ab, drückte es ihr mit dem Paß zusammen in die Hand und winkte den nächsten heran. Maia ging sofort in die Wechselstube und ließ sich für ein paar Dollar Pesos geben. Beim Kofferkarussell trieben sich einige schäbig aussehende Gepäckträger herum,

die mit gierigen Blicken alles beobachteten, was sie tat, während sie daraufwartete, daß ihre Reisetasche auf dem Laufband erschien. Kaum hatte sie nach der weichen Tasche gegriffen, stürzten sie alle gleichzeitig auf sie zu.
»Mieß! Mieß! Taxi! Ich tragen Tasche, Mieß! Wohin gehen? Mieß! Taxi! Hierher!«
Sie hielt ihre Tasche eisern fest und drängte sich an ihnen vorbei, aber sie folgten ihr wie ein Schwarm Bienen. Endlich hatte sie eine Reihe Taxis entdeckt, ließ sich dankbar in eines davon fallen und versuchte erst einmal, ihre überreizten Nerven zu beruhigen.
»Ach, ja.« Sie hatte bemerkt, daß der Fahrer sie im Rückspiegel erwartungsvoll ansah. Er wollte ihr Fahrtziel wissen. Sie beugte sich in ihrem Sitz vor und ließ sich wieder zurückplumpsen. Was sollte sie machen? Nach dem stundenlangen Flug wollte sie jetzt nicht in einem Hotel herumsitzen. Aber hatte sie auch den Mut dazu, gleich etwas auf eigene Faust zu unternehmen? Sie warf einen Blick auf ihre Uhr. Hier war es zwei Stunden früher als in New York, die Nachmittagssonne schien noch grell. Ach, sei's drum!
»Ja, äh..., *un momento, por favor...*« Ihr jahrzehntealtes Highschool-Spanisch kam nur stotternd heraus. Sie zog einen mexikanischen Reiseführer aus ihrer Tasche und blätterte ihn hastig durch. Typisch New Yorkerin, dachte sie sarkastisch, da versuche ich doch glatt, jede Minute meines Urlaubs zu nutzen, nur damit ich keinen Augenblick Zeit für mich selbst habe, zum Nachdenken ...
In diesem Moment sah sie ein Gesicht vor sich. Ein Gesicht aus einer Fernsehdokumentation, die sie einige Monate zuvor im Kulturprogramm gesehen hatte: buschige Augenbrauen, dunkle Augen, ein durchdringender Blick, ein sinnlicher Mund. Dahinter exotische Tiere, üppige Pflanzen und Früchte.
»Frida Kahlo«, sagte sie laut, als ihr der Name einfiel. Eine

spontane Idee. »Ihr Haus. *Su casa.* In Coyoacán?« Sie bemühte sich, den Eindruck zu erwecken, sie wüßte, von was sie da redete. Noch ein Blick in ihren Reiseführer. Das Haus war bis sieben Uhr abends geöffnet.

Im Spiegel konnte sie sehen, daß der Fahrer die Augen weit aufgerissen hatte. Er ließ den Motor an und dachte sich wahrscheinlich, sein Fahrgast sei eine völlig verrückte Gringa. Aber sie war in Urlaub, sie konnte so verrückt sein, wie sie wollte. Sie konnte überhaupt jede Frau sein, die sie sein wollte. Einen Moment lang triumphierte Maia. Sieh mal, Maia, es geht ja doch, feuerte sie sich an. Du bist der Boß. Du kannst allein sein und doch deinen Spaß haben! Alles würde gut werden.

Doch der Stolz auf ihre Entscheidung schwand rasch dahin, während der Taxifahrer den Wagen durch den dichten Nachmittagsverkehr steuerte und Maia die ersten Eindrücke vom Leben in einer lateinamerikanischen Großstadt bekam. Mexico City mit seinem über allem hängenden grauen Smog erschien ihr völlig chaotisch, eine Stadt außer Rand und Band. Ohne jede Abfolge von erkennbaren Stadtteilen, ohne Maß und Ziel breitete es sich aus, endlos, wie es schien. Busse, Taxis, Personenwagen, alle in wahnwitziger Geschwindigkeit unterwegs. Das Auffallendste waren die Menschenmassen, viel zu viele Menschen. Menschen, in Bussen zusammengedrängt, Menschen, die auf bereits vollgepackte Straßenbahnen warteten oder im Pulk über die Straße gingen. Menschen, die mit ausgebeulten Plastiktüten in der Hand vor den Tortillerias Schlange standen, und alle paar Sekunden kam einer heraus, einen hohen Stapel in braunes Papier gewickelter Tortillas balancierend. Andere drängelten sich vor Taco-Ständen, schäbigen, primitiv zusammengezimmerten Karren, denen ein Gestank nach Rauch, Öl und Fleisch entströmte, wieder andere standen in den kühlen, dunklen Eingängen heruntergekommener Zigaretten- und Süßwarenläden. Überall Coca-Cola-Schil-

der. Alles war reparaturbedürftig, alles schien jeden Augenblick in sich zusammenzufallen. Das Licht war grellweiß, die Sonne unerträglich heiß. Die Körper, an die hohe Temperatur gewöhnt, waren in abgetragene, von der Sonne ausgebleichte Kleidung gehüllt. In dieser flimmernden, smoggetränkten Hitze war alles in ständiger fließender Bewegung. Und die Bettlerinnen. Vor jedem Häuserblock saßen Mütter mit zu vielen Kindern, die leeren Hände den Passanten entgegengestreckt.
Maia ließ sich in ihren Sitz zurückfallen; sie war nur froh, das alles aus dem sicheren Innenraum eines Taxis zu sehen.
Als sie zwanzig Minuten später vor einem großen blauen Haus im Kolonialstil abgesetzt wurde, das sie von der Fernsehsendung her wiedererkannte, versetzte ihr die Höhe des Fahrpreises den nächsten Schock: »Dreißigtausend Pesos?« Sie war empört, konnte aber nicht gut genug Spanisch, um zu verhandeln. Sie bezahlte.
Ein Museumswärter forderte sie auf, die Reisetasche in der winzigen Eingangshalle stehen zu lassen. Sie schlenderte durch einen Gang, vorbei an zwei riesigen Figuren aus Pappmaché, und gelangte in einen kühlen, begrünten Innenhof. Völlig entnervt von der Taxifahrt, dem Jet-lag und dem Kulturschock, ließ sie sich auf einer Steinbank in der Mitte des Gartens nieder. Sie lauschte dem fremd klingenden Vogelgezwitscher, sah in den Himmel hinauf, atmete tief durch, um ihre Lungen von dem New Yorker Mief zu befreien. Die exotische und friedvolle Luft breitete sich wie ein Balsam in ihr aus. Dann versuchte sie sich vorzustellen, sie wäre Frida, die in ihrem wunderschönen Garten saß. Was für ein angenehmes Leben! Hatte Frida dort in dieser Nische die Inschrift *»Frida y Diego vivieron en esta casa 1929–1954«* angebracht? Sie wußte es nicht mehr.
Zu dieser späten Stunde waren nur noch wenige Touristen da. Ein deutscher Hippie mit dünnem, ausgefranstem Haar und abgetretenen Birkenstock-Sandalen, ein pummeliges Mädchen

aus England, das ehrfürchtig umherspazierte, ein mexikanischer Fremdenführer, der in schlechtem Englisch auf eine Amerikanerin einschrie, die ganz offensichtlich nicht die geringste Ahnung hatte, wer Frida Kahlo war und warum man sie hierhergeschleppt hatte.

Maia trat ins Innere des Hauses und sah sich Fridas Bilder an. Die Sinnlichkeit und exotische Ausstrahlung der Gemälde faszinierten sie. Ihr fiel auf, wie sehr Frida in ihrem Werk jede banale Einzelheit ihres Lebens mythologisiert hatte – ihre Herkunft, ihre Liebschaften, ihren Körper, sogar ihre Augenbrauen, und am allermeisten ihre schweren Krankheiten und Operationen. Sie hatte einfach ihr Leben als Rohstoff für ein einziges gewaltiges Epos benützt.

Ein kleines Bild mit dem Titel *»La novia que se espanta de ver la vida abierta«* – »Die Braut erschrickt vor dem offenen Leben« – gefiel Maia besonders gut. Das Gemälde zeigte eine puppengroße Braut in Weiß, die den Blick auf einen Tisch mit üppigen, sinnlich wirkenden, aufgeschnittenen Früchten – Papayas, Wassermelonen, reifen Bananen, Ananas, Kokosnüssen – und einer Eule richtete. Für ein unberührtes Mädchen war eine solche Welt unvorstellbar. Aber da sie nun eine Ehefrau geworden war, öffneten sich ihr auf wundersame Weise diese Symbole unbeschreiblicher Süße, Symbole der Sinnlichkeit, Sexualität, Fortpflanzung – ob sie nun dafür bereit war oder nicht.

Maia hatte sich weiß Gott nicht so gefühlt, als sie Stephen heiratete. Frida hatte einfach intensiver empfunden, das war es wohl.

Maia sah sich die hübsch gekachelte Küche an und betrachtete das von Frida selbst getöpferte Geschirr. Sie stellte sich Frida an dem großen Eßtisch vor, wie sie dasaß in ihren schönen indianischen Gewändern, umgeben von bezauberten und bezaubernden Gästen. Sie betrachtete Fridas Bett, den Ort ihrer

Schmerzen, und die Gipskorsetts, die sie wegen ihres Rückenleidens hatte ertragen müssen und die im Schlafzimmer aufgestellt waren wie Skulpturen, einige sogar von ihr dekorativ bemalt. Dann Diegos Schlafraum. Diego, dieser monströse Ehemann. Sein riesiger Hut und die Bluejeans, die an einem Kleiderständer in der Ecke hingen.
Was für ein gewaltiges Leben, dachte Maia. Im Vergleich zu all dem kam sie sich ganz klein vor.
Als sie Fridas Haus verließ, stand ihr Taxi noch da. Der Fahrer döste im Wagen. Sie klopfte ans Fenster, und er fuhr sie zum Hotel. Ihr Urlaub hatte offiziell begonnen.

»Was ist los? Was wird da durchgesagt?« Maia packte den Arm der Frau, mit der sie am Flughafen geplaudert hatte, während sie auf ihren Anschlußflug wartete.
Über den Lautsprecher ertönte eine verzerrte Stimme, die irgend etwas von *vuelo numero 184*, Maias Flug nach Acapulco, sagte. Die Frau – sie hieß Natalie, war um die Vierzig und hatte blondiertes Haar – stammte aus Winnetka, Illinois, und lebte in einer Stadt namens Dolores Hidalgo auf der Halbinsel Yucatán. Diese Natalie war schon seit viel längerer Zeit eine Gringa als Maia, ihr Spanisch war also bestimmt um einiges besser.
»Oooh!« sagte Natalie in ihrem Midwest-Akzent und versuchte sich angestrengt auf die unzusammenhängenden Fetzen Spanisch zu konzentrieren. »Der Flug wird verschoben.« Sie verzog das Gesicht. »Auf dem Flughafen von Acapulco herrscht dichter Nebel.« Sie lachte. »Die sagen, man soll in zwei Tagen wiederkommen.«
Maia fand das überhaupt nicht lustig. »In zwei Tagen? Das ist ja unerhört! Ich bin hier auf Urlaub! Ich habe in Acapulco reserviert!« sprudelte es aus ihr heraus. »Ich komme aus New York!«

Natalie schenkte ihr ein mitleidiges Lächeln, als hörte sie das alles nicht zum erstenmal.
»Wie kommen die dazu? So etwas ist mir in meinem ganzen Leben noch nicht passiert – da sagt eine Fluggesellschaft einem einfach mir nichts, dir nichts, man soll in zwei Tagen wiederkommen! Wir müssen etwas unternehmen! Wir müssen uns beschweren! Sind die nicht verpflichtet, uns Hotelzimmer zu besorgen oder uns wenigstens etwas zu essen zu geben?«
Sie stellten sich zu den anderen Passagieren, und ein Mitarbeiter von AeroMexico teilte ihnen mit, sie sollten zum Ticketschalter gehen und einen anderen Flug reservieren.
»Und was ist mit der Genfer Konvention?« rief Maia und schwenkte ihren Flugschein mit den vielen eng bedruckten Blättern. Der Typ von der Fluggesellschaft warf ihr bloß einen ungläubigen Blick zu, der wohl besagen sollte: Mach's – oder laß es bleiben.
Natalie zog sie beiseite. »Hey, wir sind hier in Mexiko!«
»Was soll das heißen?« fragte Maia.
»Daß es hier nicht nach Regeln geht. Wir sind hier im Land ohne Regeln. Hier muß man sich mit der Strömung treiben lassen – die *Vamos-a-ver*-Schule des Lebens.«
»Na, wunderbar!«
Die mexikanischen Passagiere, offensichtlich daran gewöhnt, daß das Schicksal ihre Angelegenheiten in die Hand nahm, zerstreuten sich, ohne zu protestieren, und ließen Maia mit ihrer so plötzlich gewonnenen Freundin und der Frage, was denn nun zu tun sei, zurück. Maia versuchte krampfhaft, die Tränen zurückzuhalten. Alle ihre Reservierungen waren jetzt hinfällig.
»Immer mit der Ruhe. So ist das eben in Gringoland«, erklärte Natalie.
Maia verzog den Mund. »Ich hab' doch nur zwei Wochen, und ich will endlich mit dem Urlaub anfangen«, schimpfte sie vor

sich hin und fügte etwas leiser hinzu: »Ich bin eben gewohnt, daß alles klappt.«

»Ich habe eine Idee!« sagte Natalie. »Flieg doch einfach mit mir nach Cancun. Wir starten in zwanzig Minuten. Es ist da auch nicht anders als in Acapulco. Schöner sogar, sagen manche. Wir übernachten zusammen in einem schicken Hotel, und morgen steige ich in meinen Bus nach Dolores. Die Fahrt dauert vier Stunden – eine kleine Pause zwischendurch ist da ganz angenehm.«

Fast hätte Maia sie gefragt, ob sie den Verstand verloren habe. Natalie plapperte lachend weiter. »Ja, warum denn nicht? Sonne ist Sonne. Was willst du denn hier machen – noch zwei Tage länger in diesem versmogten Mexico City herumhängen und dich im Anthropologischen Museum verlaufen?«

»Ich kann doch nicht einfach nach Cancun fliegen.« Maia blieb eisern. »Das liegt auf der anderen Seite des Landes!« Natalie mochte sie für eine Zimperliese halten, aber das war ihr egal. »Ich weiß nicht, was ich jetzt machen soll. Ich muß mich hinsetzen und nachdenken. In Mexico City will ich nicht bleiben, aber ...«

Natalie war ganz Ohr.

»Ich kann doch nicht einfach nach Cancun fliegen, nur weil ich jetzt schon mal am Flughafen bin und in zwanzig Minuten ein Flugzeug dorthin startet!«

»Warum nicht?«

Weil ich nicht mal weiß, wer du eigentlich bist, dachte Maia, aber sie sagte es nicht.

»Hey, wir sind hier in Me-hii-ko!« summte Natalie.

Nein. Maia blieb hart.

»Schon gut, schon gut«, lenkte Natalie ein. »Würdest du dann bitte auf mein Handgepäck aufpassen, während ich einchecke?«

Maia blieb bei dem Gepäck stehen und sah Natalie zu. Als Natalie vor dem Schalter der Fluggesellschaft stand, hörte Maia

die Stewardeß sagen, daß Natalie Glück habe, es seien gerade noch zwei Sitze im Flugzeug frei.
In diesem Augenblick spürte Maia, daß sie es nicht ertragen würde, allein hierzubleiben. Wie in Trance ging sie an den Schalter und gab Natalie ihr Ticket. »Ich komme mit.«
Natalie johlte: »Super!« und schlug Maia anerkennend auf den Rücken.
Maia beschloß, sich an Natalies Selbstvertrauen ein Beispiel zu nehmen. Sie rannten zu ihrem Flugsteig, der offenbar am anderen Ende des Flughafens lag. Atemlos kamen sie an Bord und sahen sich nach den letzten beiden freien Sitzen im hinteren Teil der Maschine um. Sie saßen nicht nebeneinander, aber das machte nichts. Mit wild klopfendem Herzen zwängte Maia sich neben zwei Mexikaner und versuchte sich zu beruhigen. Als das Flugzeug losrollte, wischte sie sich den Schweiß von der Stirn und drehte sich zu Natalie um, dieser Frau, die sie gerade mal seit einer Stunde kannte. Natalie, die drei Reihen hinter ihr saß, bemerkte ihren Blick, und wie auf Kommando begannen beide zu kichern, so herrlich absurd kam ihnen die Situation auf einmal vor. Maia hatte ein Ziel – das war alles, was in diesem Augenblick für sie zählte. Sie fühlte sich frei, das war ein schönes Gefühl. Sie kramte in ihrer Tasche nach dem Reiseführer und las den Eintrag über die Halbinsel Yucatán. Jede Menge Maya-Ruinen gab es dort zu besichtigen, falls sie der »funkelnden Karibik« überdrüssig werden sollte. Sie sah nach, was in dem Buch über Natalies Zielort Dolores stand. Es war ein Fischerdorf auf der anderen Seite von Yucatán, an der Golfküste gelegen, mit einer kleinen Kolonie amerikanischer Maler und Schriftsteller. Sie lehnte den Kopf zurück und döste vor sich hin.

Bei der Ankunft in Cancun schlug Maia noch heißere, noch dickere Luft entgegen, wenn das überhaupt möglich war. Sie fand es wirklich unangenehm. Yucatán war auch sonst ganz anders als das, was sie bisher von Mexiko kennengelernt hatte. Zwei Kulturschocks in zwei Tagen – zuerst die größte Stadt der Erde und dann eine tropische Halbinsel. Die Leute sahen anders aus, sie waren klein und untersetzt; ihre Gesichter trugen deutlich die Züge der Mayas. In dieser Hitze waren anscheinend alle darauf aus, möglichst wenig am Leib zu tragen. Die Frauen hatten weiße, mit Blumenmustern bestickte Unterhemden an und das lange schwarze Haar zu winzigen Haarknoten zusammengesteckt. Die Männer schienen alles zu tragen, was sie in die Finger bekamen – meist nicht mehr als ein paar zerrissene Fetzen. Keiner hatte richtige Schuhe an, alle gingen in Strandsandaletten.

Als sie auf das Gepäck warteten, fühlte sich Maia einen Moment lang wieder mutterseelenallein.

»Ach, was soll's!« sagte sie zu ihrer eigenen Verwunderung. »Meine Urlaubspläne sind nun mal den Bach runter, da kann ich genausogut diese Magical Mystery Tour fortsetzen.« Irgendwie war ihr der gute alte Beatles-Song in den Sinn gekommen.

Natalie sah sie an.

»Ich komme mit dir nach Dolores«, hörte sich Maia sagen.

»Wirklich?« quietschte Natalie. Sie war offenbar ehrlich begeistert davon, daß Maia ihr Gesellschaft leisten wollte. »Wenn es dir nicht gefällt, kannst du ja immer noch nach Cancun zurückfahren«, fügte sie rasch hinzu, für den Fall, daß Maias New Yorker Ordnungssinn noch einmal aufbegehrte.

Das Gepäck kam. Bevor Maia ihre Meinung wieder ändern konnte, schubste Natalie sie in ein Taxi, und sie fuhren zum Busbahnhof.

# 6

Maia!« Sie schreckte aus ihrem Siesta-Schlummer auf. Sie wußte zwar, wer da sprach, aber die alte Macht der Gewohnheit ließ sie trotzdem fragen: »Wer ist da?«

»Nur Natalie«, kam die Antwort in schnörkellosem Midwest-Slang. Arme Natalie. Sie sprach von sich selbst immer als von »nur Natalie«, als ob sie nichts wäre.

Während der endlosen Busfahrt von Cancun, die sechs statt vier Stunden dauerte, weil der Fahrer immer wieder auf Pausen bestand – Sandwichpausen, Eispausen, Tankpausen –, hatte Maia mehr über Natalie erfahren, als sie eigentlich hören wollte.

Natalie lebte in Dolores vom Unterhalt ihres geschiedenen Mannes und war angeblich dorthin gezogen, um sich endlich der Malerei zu widmen, aber in Wahrheit suchte sie einen neuen Mann. Natalie liebte Dolores, sie nannte es ein »richtiges« mexikanisches Fischerdorf im Gegensatz zu der Touristenstadt San Miguel. »Die Gringos haben dort tolle Sachen auf die Beine gestellt. Es gibt eine Theatergruppe, eine winzige *biblioteca*, einen Zeichenclub und viele andere Freizeitaktivitäten. Na, du wirst ja sehen.«

Maia schlurfte zur Tür ihres Hotelzimmers und öffnete sie. »Hi«, sagte sie, selber überrascht von dem enthusiastischen Unterton in ihrer Stimme. Sie war einfach froh, jemanden zu haben, mit dem sie englisch reden konnte.

Natalie war groß und hatte eine atemberaubende Figur für eine Frau in den Vierzigern mit zwei erwachsenen Kindern. Maia fand es erschreckend, daß Natalie kein Selbstwertgefühl als Frau besaß, daß sie nicht ohne Sex und ohne Männer leben konnte und ganz wild darauf war, wieder zu heiraten, aber im Grunde tat sie ihr leid.

Natalie trug einen Skizzenblock unter dem Arm und hielt einen Plastikkorb mit bunten Kleidungsstücken in der Hand. *»Hola,* störe ich dich?« Sie war noch ganz atemlos vom Treppensteigen. »Leticia hat mich raufgehen lassen.«
Leticia leitete das Hotel Coco und war im Ort berüchtigt für ihre Energie und ihre Selbständigkeit. Maia hatte schon ein paarmal mit ihr geplaudert und mochte sie, obwohl Leticia sie noch immer etwas mürrisch und sehr reserviert beäugte. Sie hatte wohl schon zu viele Gringos kommen und gehen sehen.
»Nein, überhaupt nicht. Komm rein.« Maia deutete auf den einzigen Stuhl des kleinen Zimmers, in dem sich ansonsten nur noch ein Bett, ein Nachtkästchen, ein Deckenventilator und ein Schreibtisch befanden. Das Zimmer war das »Penthouse«, ganz oben auf dem Dach; helles Sonnenlicht strömte zum Fenster herein. Bei Maias Ankunft hatte Leticia ihr gesagt, es sei das beste Zimmer des Hotels.
»Danke, aber ich wollte dich nur fragen, ob du mitkommst zur Happy Hour im Refugio. Da trifft man jede Menge Leute.«
El Ultimo Refugio. Natalie hatte ihr davon erzählt. Happy Hour in der »Letzten Zuflucht« stellte den Höhepunkt von Natalies Tag dar. Das war eine Institution hier in Dolores Hidalgo. Alle Gringos krochen dann aus ihren Höhlen, in denen sie den ganzen Tag hindurch angeblich gemalt oder geschrieben oder Skulpturen gemeißelt oder was auch immer getan hatten, und trafen sich im Refugio, wo man um diese Zeit zwei Drinks zum Preis für einen und so viel gesalzenes Popcorn bekam, wie man essen konnte. Es klang so ... exilmäßig. Aber warum nicht. »Okay, ich komme.«
»Super! Treffen wir uns dort so gegen halb sechs?«
»Klingt gut«, sagte Maia nickend.
Natalie wandte sich zum Gehen.
»Was ist denn in dem Korb?«
»Ach«, Natalie machte eine wegwerfende Handbewegung,

halb verlegen, halb erfreut, daß man sie danach fragte, »nur mein neuestes Projekt. Jane, das ist so 'ne clever aussehende Frau, die jeden Vormittag einen Aerobic-Kurs in der *biblioteca* leitet, also, die macht ein Wahnsinnsgeschäft mit dem Import von Kleidern aus Guatemala, die sie an Boutiquen in den Staaten verkauft. Da habe ich mir überlegt, daß ich es auch mal probiere. Kann ja nicht schaden, oder? Das da sind meine Musterstücke, die bringe ich jetzt zum *correo* und schicke sie an meine Tochter. Sie hat sich einverstanden erklärt, die Sachen herumzuzeigen, einfach um mal die Reaktion zu prüfen, verstehst du. Was hältst du davon?« Sie begann handgewebte guatemaltekische Tops, Hosen und Röcke aus dem Plastikkorb zu ziehen.

»Aber was ist mit dem Glaswarenimport, von dem du während der Busfahrt gesprochen hast?«

»Ach, das ... Ich habe mir überlegt, daß der Bruchschaden viel zu groß wäre. Kleidungsstücke sind doch viel einfacher zu transportieren, oder?« Sie stopfte die Sachen wieder in den Korb, und Maia begleitete sie über den Balkon, von dem aus man einen schönen Blick auf den Garten im Hof hatte.

*»Hasta luego«,* sagte Maia fröhlich, als Natalie langsam die glatten gefliesten Stufen hinabging, das Schmiedeeisengeländer fest gepackt, um nicht hinzufallen.

Ein paar Minuten später schlenderte Maia hinunter, nahm eine Cola aus dem Kühlschrank hinter der Bar und legte dreihundertfünfzig Pesos in die Schale, so wie Leticia es ihr erklärt hatte. Sie nickte der Frau, die gerade Laub zusammenkehrte, freundlich zu. Die rhythmischen Bewegungen ihres Besens waren wie ein sanftes Zischeln in der nachmittäglichen Stille.

»Du kannst dir ein Zimmer aussuchen«, hatte Leticia ihr gesagt, als sie vor zwei Tagen angekommen war. »Du bist mein einziger Gast.«

Maia warf einen Blick in den luftigen, offenen Innenhof mit den vielen hochgewachsenen Pflanzen und Palmen und überlegte, ob die Sache nicht doch einen Haken hatte.
»Am 31. August ist die Saison zu Ende gegangen, alle Touristen sind abgereist«, erklärte Leticia, und erzählte ihr dann von dem Penthouse-Zimmer. »Das nehmen die Gringos am liebsten.«
Das Hotel Coco kam Maias augenblicklicher Stimmung sehr entgegen – sie fühlte sich wie eine leicht konfuse, umherreisende Heldin aus einem Roman von Jane Rhys. Das Haus war ein bißchen heruntergekommen und sehr romantisch. Jedes Zimmer hatte einen in Farbe und Muster anders gefliesten Fußboden. Im Foyer lockte eine Bar mit Holzsofas und Topffarnen, die sich im leichten Wind wiegten.
»Vor einigen Jahrzehnten war das hier noch ein Privathaus. Es gehörte einer reichen Familie«, erzählte Leticia. »Der neue Besitzer lebt in Mexico City und läßt sich hier nie blicken. Er haßt Yucatán.« Offenbar setzte er aber volles Vertrauen in die tüchtige Leticia, die wie eine von Botero gemalte Hure aussah, eine Frau, die ihre besten Jahre bereits hinter sich hatte, zu enge Kleider trug, sich zu stark schminkte (einschließlich Schönheitspflästerchen) und in hochhackigen Pantöffelchen herumschlurfte.
»Du heißt Maya?« hatte Leticia sie grinsend gefragt.
»Ja, aber man schreibt es M-a-i-a. So hieß eine Nymphe in der griechischen Mythologie.
*»No importa«*, sagte Leticia in tröstendem Ton, als wäre Maia zu bemitleiden, weil sie eine griechische Maia und keine Maya-Maia war.
Dann war etwas Peinliches passiert. Nachdem Maia sich eingetragen hatte, wandte sie sich dem Mann zu, der die ganze Zeit über an der Rezeption gelehnt, dem Gespräch gelauscht und jede ihrer Bewegungen mit eindringlichem Blick beobachtet

hatte. Er war etwa fünfundvierzig, sein Gesicht faltendurchzogen und braungebrannt. Das Leben in der Sonne macht die Menschen schneller alt, dachte Maia. Er hatte dickes schwarzes Haar, das sich an der Stirn lichtete, und einen struppigen Schnurrbart. Er wirkte sehr … indianisch, im Vergleich zu den eher spanisch aussehenden Mexikanern.

»Ich habe nur diese beiden Taschen«, sagte sie, auf ihr Gepäck deutend.

Er sah sie merkwürdig an, hob die Taschen auf und trug sie hoch in ihr Zimmer. Als Maia ihm bei seiner Rückkehr ein Trinkgeld geben wollte, knurrte er sie an.

»Was hat er denn?« fragte Maia.

*»Ay chica,* ich glaube, er mag es nicht gern, wenn man ihn für einen Gepäckträger hält«, feixte Leticia. »Miguel Angel ist ein Freund von mir. Er hat es trotzdem getan, um höflich zu sein und einer Dame zu helfen. *No es verdad,* Miguel Angel?«

Maia war vor Schreck erstarrt. *»Oh señor, lo siento mucho«,* sagte sie.

Er brummte irgend etwas vor sich hin und verschwand.

»Ich glaube, Gringas mag er auch nicht besonders«, vertraute Leticia ihr an.

»Jetzt habe ich mir meinen ersten Feind in Dolores gemacht.« Maia seufzte. Etwas Hitziges, Wildes ging von dem Mann aus. Sie warf einen Blick auf Leticia und überlegte, ob die beiden wohl ein Verhältnis miteinander hatten.

Sie saß unter dem gemächlich schwirrenden Deckenventilator und trank ihre Cola. Während der Siesta konnte sie in aller Ruhe nachdenken – über das Leben, das sie hinter sich gelassen hatte, und wie es möglich war, daß es ihr schon nach wenigen kurzen Tagen so fremd erschien. Sie schlug das Notizbuch auf, das sie sich am Vormittag in einem der beiden Läden des Dorfes gekauft hatte, und begann mit ihrem Tagebuch.

*Dolores ist ein Dorf, in das es die Menschen ganz zufällig verschlägt. Es macht einfach nicht genug her, als daß jemand bewußt hierherfahren würde. Die Leute hier haben einen regelrechten Minderwertigkeitskomplex, weil ihr Dorf nicht an der zauberhaften Karibikküste liegt, sondern an der Golfseite von Yucatán. Es braucht dringend Nachhilfe in Sachen Charme. Aber die Dorfbewohner mit ihren Gesichtern voller Sonne und Meer haben keinen Schönheitssinn und leben weiter in ihrem häßlichen Durcheinander von zusammenfallenden Hütten und schlechten Straßen. Wenn sie das Dorf ein bißchen aufpeppen würden, könnte ihnen der Tourismus viel Geld einbringen – aber nein, Dolores macht weiter wie immer, verharrt in seiner deprimierenden Armut. Alle sind hier viel zu lethargisch, um auch nur einen Finger zu rühren und den Kampf aufzunehmen gegen das Meer und die Sonne, die das alles dem Verfall preisgeben.*

Während der Busfahrt war ihr Yucatán als eine exotische, unglaublich primitive Gegend erschienen. Zu ihrer großen Überraschung und Bestürzung fand sie es häßlich – ausgetrocknet, flach, schäbig –, ganz anders als das Tropenparadies, das sie sich immer darunter vorgestellt hatte. Die wenigen Ortschaften mit ihren baufälligen Hütten waren armselig, häßlich, trostlos. Man kam sich vor wie am Ende der Welt.

Einen Monat im Jahr, erzählte Leticia Maia, jeden August, feierte Dolores seine Glanzzeit; dann strömten Angehörige der Mittelschicht Yucatáns aus Mérida in das Dorf, dann war *temporada*, Saison. Das Dorf wurde dadurch zwar auch nicht schöner, aber alles war dann in Bewegung, so daß man die Häßlichkeit des Ortes vergessen oder zumindest ignorieren konnte. Das Wasser des Golfes war in dieser Zeit von klarem Grün, nicht trübe und grau wie sonst, und am Strand drängten

sich von Sonnenaufgang bis in die Nacht hinein die Zecher. Uralte Klapperkisten säumten die schmalen Straßen, in Zweierreihen geparkt. Altertümliche, nur noch mit Draht zusammengehaltene Motorräder waren mit ganzen Familien vollgepackt, während neureiche, sonnengebräunte Jugendliche auf ihren schicken neuen japanischen Motorrollern mitten durch den Verkehr flitzten und alle in Gefahr brachten. Die *Pescado-frito*-Stände machten den ganzen Tag hindurch ein Riesengeschäft, und die Männer, die herumgingen und eisgekühlte Kokosnuß anboten, waren schon zur Mittagszeit ausverkauft. In der *farmacia* des Dorfs bekam man alles, von Strandschuhen und Eiscreme bis zu Medikamenten, und in der Bäckerei und der Tortilleria wurde mit Volldampf gearbeitet.
Das restliche Jahr über war Dolores dann wieder vergessen; die Gringos und die Einheimischen hatten es ganz für sich allein.

# 7

Sie war sehr befangen, als sie durch die sandigen Straßen des Ortes schlenderte und den Dorfplatz überquerte, einen von Bäumen beschatteten Treffpunkt mit Bänken, der sich jetzt, nach der Siesta, gerade wieder zu beleben begann.
Als sie sich der verschlissenen Eleganz des Refugio näherte, schlug ihr von drinnen schon fröhliches Gelächter entgegen. Einer nach dem anderen trudelten die Gringos ein und schlüpften durch die Tür, wie Gläubige, die zu spät zur Kirche gekommen waren. Maia blieb, in der Hoffnung, Natalie zu entdecken, am Eingang stehen, aber Natalie war nirgends zu sehen, und Maia kam es schließlich albern vor, so lange zu warten. Sie trat ein und setzte sofort den wichtigtuerischen,

abgehetzten Gesichtsausdruck auf, der besagen sollte: Ich bin nicht allein, ich suche jemanden.
Die Kneipe bestand aus fünf sehr großen, hohen Räumen, die ineinander übergingen und sich alle auf einen in der Mitte gelegenen Hof hin öffneten, in dem eine ziemlich schlechte Marimba-Band spielte. Maia dachte, daß wohl auch dieses Haus um die Jahrhundertwende ein wunderschöner Familiensitz gewesen war, bis es schließlich zum Ultimo Refugio, einer Kneipe für Gringo-Aussteiger, herabsank. Die Bodenfliesen waren zwar verblichen und voller Sprünge, aber Maia gefielen ihre Farben und die komplizierten Muster, die sie bildeten, in jedem Raum ein anderes. Der Besitzer hatte alte Korbsofas, Schaukelstühle und Couchtischchen zu kleinen Gruppen zusammengestellt, was dem Lokal eine – etwas schäbige – Heimeligkeit verlieh. Eingetopfte Palmen und Farne bewegten sich leicht in dem Luftzug, den die träge rotierenden Deckenventilatoren entfachten.
Maia fühlte sich wie ein Eindringling, als sie das Lokal auf der Suche nach Natalie durchstreifte; in jedem Raum hoben die Leute den Kopf, unterbrachen ihr Gespräch und starrten sie fragend an. Wieder einmal siegte ihre Befangenheit, und sie ging rasch in den ersten Raum zurück und setzte sich in eine leere Ecke. Weil sie Nichtraucherin war, konnte sie nicht mit Zigaretten und Feuerzeug herumspielen; es blieb ihr nur, ein freundliches Lächeln aufzusetzen und sich so locker wie möglich zu geben.
»*Una margarita, sin sal, por favor*«, sagte sie, als der Kellner vor ihr auftauchte. Gleich darauf brachte er ihr zwei Gläser. Um diese Tageszeit wurden die Margaritas in rauhen Mengen gemixt. Sie kam sich ein bißchen läppisch vor, so ganz allein mit ihren zwei Gläsern auf den bereits durchgeweichten Papierservietten.
»Da bist du ja!« Natalie stürmte herein. Sie sah blendend aus

in ihrem weißen, hauchdünnen Kleid, dem Gürtel mit der muschelförmigen Schnalle aus falschem Türkis und dem knalligen, leuchtend orangeroten Schal, den sie sich dramatisch um die Schulter geschlungen hatte. Eine solche Schockfarbe konnte aber auch nur Natalie tragen – und es stand ihr großartig. Maia war ehrlich beeindruckt. Ihr war noch keine einzige Frau begegnet, die sich extra für die Happy Hour in Schale warf.

*»Hola.«*

»Also, dieser Raum hier ist genau der falsche«, sagte Natalie. »Der beste ist der da drüben. Komm mit!« Sie bemächtigte sich der beiden Gläser, als wäre Maia ein kleines Kind, und schubste sie in eine andere Richtung. »Wir setzen uns zu Dodie und Rolf und Isolde. Dodie ist die Masseurin hier im Dorf.«

Maia sah eine Frau, die direkt aus den sechziger Jahren zu kommen schien. Sie trug eine Bauernbluse, einen geblümten Rock, mehrere Perlenketten und ein lavendelfarbenes Tuch um den Kopf.

»Von allen Gringos lebt sie schon am längsten hier. Sie weiß *alles* über *jeden«*, erklärte Natalie theatralisch. »Rolf schreibt Pornos! Alle meinen, daß er im Bett unglaublich scharf ist. Er schreibt für *Penthouse* – oder ist es *Playboy*? Na, eines von beiden ist es, jedenfalls habe ich das gehört. Er macht es, um Geld zu verdienen, aber in Wirklichkeit ist er offenbar ein wirklich guter Schriftsteller, der gerade an irgendeinem großen Roman arbeitet. Isolde, die große Rothaarige, ist seine Freundin; sie kommt aus Deutschland und ist seit ungefähr einem Monat auf Besuch hier.« Rolf war eine ernst dreinblickende Gestalt, ungefähr fünfzig, während Isolde noch jung war, Ende zwanzig vielleicht, und auf eine ungewöhnliche Weise schön, die Maia sehr gefiel. Sie war blaß und knochig, sah sehr nordisch aus, großgewachsen und schlank.

Aus Natalie sprudelte es nur so heraus; sie liebte es, in Gesellschaft zu sein. »Alle mal herhören!« flötete sie, als sie am Tisch angelangt waren. »Ich stelle euch eine neue Freundin vor. Ich habe sie in Mexico City kennengelernt, wir sind zusammen mit dem Bus von Cancun hierhergefahren. Dodie, Rolf, Isolde«, sagte sie und deutete jeweils auf die bezeichnete Person. Die drei sahen Maia an. »Das hier ist Maia.«

*»Hola«,* sagte Maia lächelnd und nickte jedem einzeln zu. *»Hola, hola«.«*

»Ich weiß gar nicht, wie du mit Nachnamen heißt, Maia«, murmelte Natalie entschuldigend und ein bißchen peinlich berührt.

»Rose.«

»Maia Rose?« Natalie verzog das Gesicht, als käme ihr der Name bekannt vor.

»Maia Rose?« wiederholte Dodie, als hätte sie den Namen schon einmal gehört, könnte ihn aber nicht einordnen.

Maia lächelte Dodie an.

»Maia Rose«, sagte Dodie noch einmal.

»Ja, das bin ich«, sagte Maia und setzte sich. Verlegen lächelnd sah sie zu Natalie hinüber, die sie jetzt mit neugierigem Blick musterte. Ihr Gesichtsausdruck zeigte, daß sie immer noch nicht wußte, wer Maia war, jedoch den Eindruck hatte, es wissen zu müssen.

Sie nippten an ihren Drinks. Natalie zündete sich eine Zigarette an und sah sich nach interessanten Männern um. Isolde bemühte sich, Maia so unauffällig wie möglich zu beobachten. Dodie plauderte mit jemandem vom Nachbartisch. Rolf versuchte den Kellner heranzuwinken.

El Ultimo Refugio füllte sich allmählich, und obwohl Maia die New Yorker Barszene stets gemieden hatte, fühlte sie sich in diesem Moment sehr wohl in dieser Kneipe. Sie ließ ihren Blick durch den Raum schweifen, betrachtete die anderen Gruppen von Gringos, die es sich auf den Sofas und Stühlen bequem gemacht hatten. Was für ein buntes Völkchen das war, und

Maia mittendrin! Eine ältere Frau weckte besonders ihr Interesse: Sie saß ganz allein da, rauchte, trank Sherry und löste ein Kreuzworträtsel, offenbar das der *New York Times.* Sie trug ein ungewöhnliches Trägerkleid aus einem mit blaßvioletten Schwertlilien bemalten Seidenstoff.

Natalie machte Maia auf zwei männlich wirkende Frauen aufmerksam, die Maia schon einmal auf einem Motorrad durch das Dorf hatte brausen sehen; die beiden waren in eine einzige Wolke aus Zigarettenrauch gehüllt. »Suki und Sam«, klärte Natalie sie auf. »Sie haben das blaugrüne Art-deco-Haus am Strand gemietet, du weißt schon.« Sie senkte ihre Stimme zu einem Flüstern: »Die beiden sind ein Paar!«, und warf Maia einen vielsagenden Blick zu.

Nach all den Jahren in New York hatte Maia ganz vergessen, daß an Beziehungen dieser Art noch irgend jemand Anstoß nehmen konnte.

Ein hagerer, grauhaariger Mann mit jungenhaftem Gesicht blieb an ihrem Tisch stehen und fragte, ob jemand Birch gesehen hätte. Er trug eine Gitarre und wurde Maia als Eagle – Adler – vorgestellt.

»Sie holt gerade einen Korb Popcorn aus der Küche«, antwortete ein vorbeikommender Kellner.

»Eagle – das ist aber ein ... besonderer Name«, sagte Maia. Es war nicht leicht, ein Adjektiv zu finden, das ihr Erstaunen ausdrückte, ohne unhöflich zu wirken.

Er sah sie mit forschenden Augen an, als wollte er ihrer Seele mit einem Blick auf den Grund kommen. »Ich habe meinen Namen aus Protest aufgegeben, um von der Steuerliste gestrichen zu werden. Ich weigere mich nämlich, einer Nation anzugehören, die die Ureinwohner ihres Landes praktisch ausgerottet hat und an Übergriffen auf friedliche Völker aller Nationen teilnimmt.«

Maia schwieg.

»Ich wollte auf eindringliche und freie Art und Weise dagegen protestieren, nicht mit Gewalt«, fügte er hinzu.

Sie nickte. »Eagle scheint mir die richtige Wahl zu sein. Die Adler sind ja auch praktisch ausgerottet«, sagte sie. »Auch politisch sehr korrekt.«

Birch kam mit ihrem Popcorn aus der Küche gelaufen, sah ihren Vater und versuchte, einen Haken zu schlagen, um ihm zu entwischen, aber Eagle hatte sie schon entdeckt und packte sie an der Hand. Birch war ein ungestümes, schönes kleines Mädchen, etwa sechs Jahre alt, schätzte Maia; sie hatte wildes schwarzes Lockenhaar und dunkelbraune, funkelnde, schelmisch dreinblickende Augen. Es war deutlich zu spüren, daß sie sich in der Welt der Erwachsenen sehr heimisch fühlte.

»Wir unterhalten uns bald mal ausführlicher«, sagte Eagle zu Maia, als hätte sie bei ihm um eine Audienz nachgesucht. Und schon war er, Birch im Schlepptau, verschwunden.

»Dieses Pärchen dort drüben«, fragte Maia, »wer sind die denn?« Sie deutete auf zwei völlig mit sich beschäftigte junge Leute, die beide schwarze Baskenmützen nach Art der Beatniks aus dem Greenwich Village der fünfziger Jahre trugen. Das Mädchen hatte seidiges, langes blondes Haar, das ihr bis zur Taille reichte, der Junge fiel durch sein dämliches, kindisches Grinsen auf. Sie hielten Händchen und knutschten heftigst. Maia lachte. Junge Liebe erschien ihr immer wie eine unreife Melone – alles andere als reizvoll.

Isolde antwortete mit ihrem köstlichen deutschen Akzent; »Ach, das sind Daniella und Jeremy. Sie sind hier, um Spanisch zu lernen. Wir sitzen in derselben Klasse im *Circulo Español*. Er spielt Flamenco-Gitarre. Sie ist sehr nett.«

Ihre ersten beiden Margaritas hatte Maia rasch getrunken. Sie schmeckten wie harmlose eiskalte Limonade. Rolf bestellte mit einer einzigen Handbewegung eine weitere Runde für alle am Tisch.

»Dakota hat sich gestern nacht bei Patty total besoffen«, erzählte Dodie.

»Ach nein!« Rolf verzog das Gesicht in gespieltem Erstaunen.

»Er war so besoffen, er weiß gar nicht, *wie* furchtbar besoffen er war«, erklärte Dodie. »Dabei hatte ich selbst auch ganz schön einen in der Krone, und wenn *ich* gemerkt habe, daß er besoffen war ...«

»Dann war er *wirklich* besoffen«, ergänzte Rolf lachend. Er schien fast tatsächlich ein bißchen beeindruckt zu sein.

Maia konnte kaum fassen, wie albern diese Unterhaltung war. Wenn es das war, was sie ihr Leben lang versäumt zu haben geglaubt hatte, dann hatte sie rein gar nichts versäumt. »Wer ist Dakota?« fragte sie. Sie bekam allmählich mit, daß die Leute in Dolores sich vorzugsweise eines einzigen Namens bedienten. Vor- und Nachnamen gab es hier nicht.

Dodie lehnte sich zu ihr hinüber. »Der Typ da drüben, der mit der schmalen Krawatte und der Baskenmütze und dem Hund zu seinen Füßen. Er malt *und* schreibt Gedichte, und wenn wir Pech haben, steht er irgendwann auf und rezitiert aus seinem Werk – nachdem er eine entsprechende Menge Tequila getankt hat.«

Alle brachen in lautes Lachen aus.

»Welche Art von Massage machst du denn?« fragte Maia Dodie.

»Vor allem schwedische Massage und Shiatsu. Aber ich habe gerade in Baja an einem Seminar über Kristalle und Aromatherapie teilgenommen. Ich möchte jetzt mit Blüten arbeiten, die in Yucatán wachsen.«

»Hmmm ...« machte Maia lächelnd.

Dodie lächelte zurück. »Wie lange willst du denn hier bleiben?« fragte sie. Maia zuckte mit den Achseln und lachte verlegen. »Ich weiß noch nicht. Ich mache Urlaub ... kleine Erholungspause.«

Dodie nickte ihr so verständnisvoll zu, als wüßte sie alles über kleine Erholungspausen, weil der Großteil ihres eigenen Lebens daraus bestanden hatte. »Und wo wohnst du hier?«
Bevor Maia antworten konnte, griff Natalie ein. »Im Hotel Coco. Findest du es da nicht wundervoll?«
Um die Band herum wurde es unruhig. Wie Dodie vorausgesagt hatte, brachte Dakota die Musiker dazu, eine Pause einzulegen. Er stellte sich breit grinsend vor das Mikrofon und schlug ein paarmal darauf, um zu hören, ob es noch eingeschaltet war. »Hallo, Freunde! Ich habe mir gedacht, ich bringe euch an diesem wun-der-schö-nen Nachmittag in Dolores ein, zwei Gedichte zu Gehör. Manche von euch kennen das eine oder andere vielleicht schon, aber ich habe auch ein paar neue, die würde ich euch gerne vorstellen.« Sein Gesicht war ganz rot, Maia konnte nicht erkennen, ob von der Sonne oder vom Tequila.
Dodie schüttelte den Kopf, als könnte sie es nicht fassen. Rolf hob die Augenbrauen – es war mal wieder soweit! Die Leute machten sich offenbar über Dakota lustig, aber er achtete gar nicht darauf und begann einfach. Maia war inzwischen ein bißchen angesäuselt und kicherte vergnügt vor sich hin. Aber sie war schließlich froh, als Ruhe einkehrte; denn sie fand diesen dümmlichen Dichter mit der beginnenden Glatze eher ergreifend als enervierend.
Nachdem er einmal angefangen hatte, hielt ihn nichts mehr. Die Wörter purzelten ihm nur so aus dem Mund, er trug ein Gedicht nach dem anderen vor. Daß ein Gedicht zu Ende war, erkannte Maia daran, daß er, je mehr es dem Ende entgegenging, sein Tequilaglas immer höher hob und nach dem letzten Wort jedesmal einen Riesenschluck nahm. Dann wußte sie, daß sie klatschen mußte. Die Gedichte drehten sich um seine erste Frau, um seine Scheidung, seine zweite Frau, seine zweite Scheidung, um die Erfahrungen, die er gemacht hatte, nach-

dem er aus North Dakota weggezogen und in der Sonne Mexikos auf sein wahres Ich gestoßen war. In einem Gedicht ging es um seinen treuen Hund, der starb und von ihm begraben wurde, in einem anderen um seinen neuen Hund. Das letzte handelte vom Leben in Dolores, und dieses Gedicht gefiel Maia sehr gut. Es bestand aus einem Mischmasch von Wörtern und handelte von Schatten, Ratten, Gauchos, Ponchos, Eseln, Mayas, Kakerlaken, Sonne, Siesta, Fiesta, Stierkämpfern, dem Ozean, Palmen – und endete mit dem Ausruf »Viva Mexiko, *toros* und *sonrisas!* Viva Mexiko!« Danach hielt er inne, streckte den Arm nach vorn und machte eine weit ausladende Bewegung. Es wirkte fast drohend.
»Viva Mexiko!« rief er mit brechender Stimme und krächzte: »Und wenn deine *recuerdos* am Verblassen sind, denk dran, daß sie dich liebte.« Zutiefst ergriffen stürzte er den Rest seines Tequilas hinunter.
Alles schwieg, bis aus dem hinteren Teil des Raums ein Betrunkener rief: »Viva Mexiko!« Und dann fielen alle Gringos halb widerwillig, halb erheitert in den Schlachtruf ein: »Viva Mexiko!« erschallte der Chor in einer Vielzahl von Stimmen und Akzenten.
»Total abgefahren!« sagte Maia fasziniert. Sie kicherte und klatschte laut mit.
Von nun an stürzte alles in einen einzigen trunkenen Taumel. Natalie verließ den Tisch, um sich mit Patty, einem Rotschopf, zu unterhalten, die sich von drei Männern gleichzeitig den Hof machen ließ. Patty war Besitzerin eines schicken pfirsichfarbenen Hauses, das Maia schon von außen bewundert hatte, und lebte »im Moment« mit Ray zusammen, dem Mann zu ihrer Rechten. Maia wußte nicht genau, was es war, aber Patty hatte etwas extrem Unangenehmes an sich. Maia betrachtete sie noch einmal eingehend mit den Augen der Fachfrau in Sachen Schönheit, und plötzlich sah sie es. Sie schüttelte den Kopf und

lachte. Hier hatte die plastische Chirurgie nachgeholfen; diese Patty besaß den Körper einer Fünfzigjährigen und das Gesicht einer Dreißigjährigen. Ihr Haar war zurückgekämmt und von Spangen gehalten wie bei einem kleinen Mädchen. Als der Kellner die Rechnung für ihren Tisch brachte, an dem außer ihr nur Männer saßen, bezahlte Patty.

Dakota lud alle in sein Haus ein. So sehr sich jedermann über ihn, seine Malerei und Dichterei lustig machte, so schnell waren sie doch alle bei der Sache, als es darum ging, von seiner Gastfreundschaft zu profitieren. Maia entschuldigte sich und stand auf, um ins Hotel zurückzugehen.

Sie war froh, daß Natalie bekommen hatte, was sie wollte, nämlich Anschluß an Pattys Männerhorde: Sie strahlte vor Glück. Als Maia sich von ihr verabschiedete, warf sie ihr noch aus glasigen Augen einen entschuldigenden Blick zu, drückte vielsagend Maias Arm und lallte: »Ich schau' bald wieder bei dir vorbei, ganz bestimmt, ganz bald.«

Isolde schrieb ihre Adresse auf die Rückseite einer Papierserviette und lud Maia ein. »Komm doch zum Treffen der Frauengruppe am Donnerstag. Sie findet bei Suki und Sam statt. Komm unbedingt! Ich sage es nicht bloß so, aus Höflichkeit.«

Die Abendluft wehte Maia herrlich sanft und kühl ins Gesicht, als sie gutgelaunt und unbeschwert zum Hotel zurückstolperte. Sie war viel betrunkener, als ihr bewußt war. Vier Margaritas auf leeren Magen und eine beträchtliche Menge gesalzenes Popcorn. Dieses kleine Leben, das die Gringos sich hier eingerichtet hatten, gefiel ihr. Sie waren eine richtige Gemeinschaft. Jeder kannte die dunklen Kapitel im Leben der anderen, aber sie hielten zueinander und wurstelten sich so gut wie möglich durch, ein jeder, wie er konnte. So sollte das Leben doch sein, und nicht so, wie Maia es lebte, in einem anonymen Backsteinhaus, wo man seine Nachbarn gar nicht kennen wollte und, wenn einem im Treppenhaus jemand entgegenkam, betete, daß er kein Ganove war.

Maia stand im Eingang des Hotel Coco und betrachtete Leticia, die sich hinter der Bar am Gasherd über eine Pfanne mit gebratenem Fisch, Zwiebeln und Kartoffeln beugte. Miguel Angel saß rauchend am Tresen.

*»Hola«*, sagte Maia, bemüht, möglichst nüchtern zu klingen.

Leticia warf ihr einen Blick über die Schulter zu. »Siehst aus, als könnte dein Magen ein bißchen Essen gebrauchen, *chula*.«

Der Geruch des gebratenen Fisches war ein bißchen viel für Maia. »Ach, geht schon. Danke, später vielleicht«, nuschelte sie in der Hoffnung, daß ihr Spanisch noch einigermaßen verständlich klang. »Ich lege mich nur ein bißchen hin.« Sie griff nach dem Geländer und begann sich daran langsam die Treppe hinaufzuziehen; sie mußte sofort von hier weg. Plötzlich rutschte sie aus.

*»No te preócupes«*, hörte sie Miguel Angel mit seiner mürrischen, mißbilligenden Stimme sagen, als er sie in seinen starken Armen auffing. Sie ließ es zu, daß er sie stützend die Treppe hinaufbegleitete. Oben angelangt, legte sie sich dankbar auf ihr Bett und wartete, daß das Zimmer endlich aufhörte, sich zu drehen.

# 8

*Ach, das Gringo-Leben! Ich bin wirklich erstaunt, wie schnell ich ihm verfallen bin. Meine Tage sind ausschließlich vom Wechsel der Tageszeiten, meinen Stimmungen und meinem hungrigen Magen bestimmt. Noch nie in meinem Leben habe ich überhaupt nichts getan (als ob das Nachdenken über Augencremes etwas wäre!), und so geschieht es jeden Tag, daß ich einige Sekunden lang gegen ein diffuses Schuldgefühl ankämpfen muß.*

*Ich verbringe ganze Stunden damit, auf dem Dach, am Strand oder in einem Café zu sitzen und den Himmel Yucatáns zu betrachten. Wolkenfernsehen nenne ich das. Und was es hier für leidenschaftliche, dramatische Wolkenspiele zu bewundern gibt! Gigantische wirbelnde Wattebäusche, cremige Sahnehäubchen, Strahlenstreifen in einer ganzen Palette von Weißtönen – ich wußte gar nicht, daß Weiß so viele verschiedene Nuancen haben kann –, die langsam in Rosa, Rot und Orange übergehen, wenn die Sonne* adios *sagt.*

*Ich finde alles am Leben in Dolores hinreißend. Allein schon von der Hotelterrasse aus die Kolibris um den Hibiskus schwirren zu sehen! Und das köstliche Gefühl aufzuwachen und sagen zu können: »Welch ein prachtvoller Tag!« – jeden Tag!*

*Leticia ermahnt mich ständig, alles etwas langsamer anzugehen.* »Cálmate, chula, cálmate«, *sagt sie. In New York sausen die Tage in halsbrecherischem Tempo an mir vorbei, prall voll mit hektischer Aktivität, so daß für nichts genug Zeit bleibt. Hier dauern die Vormittage eine Ewigkeit, die Nachmittage scheinen endlos, die Abenddämmerung kommt und geht in eleganter Trägheit, und die*

*Nächte dehnen sich lang und gemächlich bis in die Morgenröte hinein.*
*Kein Wunder, daß Frida Kahlo all das so tief empfunden hat. In Yucatán, wo es den Wirrwarr und die Aufdringlichkeit der modernen Welt nicht gibt, dringen die einfachsten Geräusche und Gerüche einer Kleinstadt viel deutlicher auf einen ein, alles ist viel intensiver. Das sanfte Klatschen der Wellen am Strand. Das hypnotisierende Rauschen der Palmen im Wind. Das Kinderlachen aus den* Palapa-*Hütten.*
*Heute morgen bin ich mit der Sonne aufgestanden, zu einer kleinen Holzbaracke an der Straße gegangen und habe frischgepreßten Orangensaft getrunken. Dann bestellte ich einen* banana licuado *und sah den Frauen zu, die ihre Plastikwannen mit aufgequollenem, eingeweichtem Mais zum* molino *trugen.*
*Anschließend spazierte ich zum Strand, wo ich jeden Tag in der Morgensonne schwimme, ehe es zu heiß wird. Und am Nachmittag saß ich in einem Café und schlenderte durch die wenigen, armseligen Souvenirläden, die es in Dolores gibt.*
*Ich habe mir zwei huipils gekauft, so heißen die weißen, geblümten Kleider der Maya-Frauen. Alles, was ich an Kleidung mitgebracht habe, ist fehl am Platz hier – viel zu heiß. Leticia erzählte mir, die Maya-Frauen mögen es, wenn eine Nicht-Mestizin einen* huipil *anzieht; sie betrachten das als Kompliment. Man fühlt sich so kühl und frisch darin. Außerdem habe ich ein paar* huaraches *erstanden, obwohl Leticia gesagt hat, daß die nur von den mexikanischen Männern getragen werden. »In Manhattan wird das todschick aussehen«, habe ich ihr erklärt und dabei daran gedacht, daß Ralph Lauren einem für genau die gleichen Sandalen ein Vermögen abknöpft. Ich habe*

*schon mit dem Gedanken gespielt, daß ich sie importieren und ein kleines Vermögen damit machen könnte.*
*Die Gringos sind hier offenbar allesamt Aussteiger, ziemlich bescheidene Menschen, die sich in den eleganteren Gringo-Orten wie Puerto Escondido oder San Miguel de Allende nicht wohl fühlen würden. Dolores ist ein Ort für die Gringos, die sich lieber zurückziehen, als gesehen zu werden, ein Ort, in dem man einander ohne Vorurteile begegnet, weil keiner in der Position ist oder auch nur Lust dazu hat, die anderen überhaupt zu beurteilen. Alle schimpfen über Dolores, aber keiner geht weg von hier. Genau wie in New York! Das Schimpfen auf Dolores ist im Grunde die Lieblingsbeschäftigung der Gringos, und trotzdem bleiben alle da. Oder sie fahren weg und kommen wieder.*
*Fast alle behaupten von sich, Maler oder Schriftsteller zu sein. Jeden Tag verkriechen sie sich einige Stunden lang, aber keiner bringt je etwas zustande. Der Roman wird nie ganz fertig, oder sie sind sehr krank geworden oder waren zu betrunken, oder sie sind für ein paar Tage zu den Ruinen gefahren und ganz aus dem Häuschen geraten vor lauter Begeisterung. Oder die Short story wurde nicht ganz so, wie sie gehofft hatten, oder sie können unmöglich auch nur einen einzigen weiteren Pinselstrich machen, bevor sie nicht die neue Tube Krapprosa in Händen halten, die ihnen mit der Post zugesandt werden soll, aber nie eintrifft.*
*Am meisten erstaunt mich allerdings, wie die Gringos Tür an Tür mit den Mexikanern und doch völlig getrennt von ihnen leben. Die Mexikaner stehen bei Tagesanbruch auf, fischen im Meer, essen ihre Tortillas und legen sich früh schlafen, während die Gringos ihre Brownies backen, Happy Hour feiern und die ganze Nacht aufbleiben.*

*Ich habe erkannt, daß die beliebteste Person in einem Ort außerhalb der Vereinigten Staaten immer der neueste Gringo ist. Die, die schon länger da sind, empfinden es so, als würde man frischen Wind mitbringen, weil sie durch den Neuankömmling Nachricht aus der Welt dort draußen erhalten. Man ist noch ein unbeschriebenes Blatt und trägt zu ihrer Unterhaltung bei, weil noch keiner von ihnen die Lebensgeschichte des neuen Gringos kennt. Das Wichtigste aber ist, daß man sozusagen unberührt daherkommt, weil man noch nicht in die mittlerweile als langweilig empfundenen Lebensumstände der anderen Gringos verwickelt ist, und so betrachten sie einen als einen neuen Verbündeten, den man für sich gewinnen muß, bevor die anderen ihn ›wegschnappen‹.*

»Versuch es erst mal bei Mario und dann in der *farmacia*«, sagte Leticia.

Maia stöhnte auf, als sie das altbekannte Tröpfeln zwischen den Beinen spürte. Sie hatte vergessen, Tampons mitzunehmen. Ob Tampons überhaupt bis nach Dolores vorgedrungen waren?

»In den Läden hier glaubt man immer, es gäbe gar nichts«, erklärte Leticia. »Man geht rein, und die Regale sind leer. Aber wenn man dann fragt, kramen sie es meistens irgendwo hervor, egal, was es ist – Hängemattenseile, destilliertes Wasser, Nähnadeln ...« Selbst sie fand das ein bißchen komisch. »Wenn man länger hier lebt, erfährt man, was die Leute alles aus ihren Häusern heraus verkaufen. Im einen Haus bekommt man Holzkohle, im anderen frische Eier, im dritten *tamales.*«

In Marios Laden war es düster und kühl. Auf einer zerkratzten alten Holztheke standen Metallfächer mit kleinen Kartoffelchipstüten und Chee-tos. In einem anderen Fach lagen Bimbo-Weißbrot und Hot-dog-Brötchen, die hier *medianoches* genannt wurden. Mitternächte. An einer Wand türmten sich Cola-Träger bis zur Decke hinauf. Hinter der Ladentheke sah man mehrere Stücke Seife, Toilettenpapierrollen, einige Pakete Waschpulver, Chilidosen und eine aufgerissene Tüte Windeln, die offenbar stückweise verkauft wurden. Tampons hatte Mario nicht, er kramte sie auch nicht von »irgendwo« hervor.

Als nächstes ging Maia in die *farmacia*, die im Vorzimmer eines Privathauses untergebracht war. Die winzigen Schachteln und Fläschchen mit Pillen und Tropfen waren auf den Wandregalen alphabetisch angeordnet. In einem Glasbehälter lagen ein paar alte Flaschen Sonnenmilch, verstaubte Kleenex-Schachteln, einige Kugelschreiber, drei Plastikpuppen, ein Kartenspiel namens *Loteria* und verschiedene Süßigkeiten. Maia warf einen Blick auf die Regale in der Hoffnung, dort entdecken zu können, was sie suchte, aber vergeblich. Eine junge, hochschwangere Frau kam gemächlich aus einem Hinterzimmer hereingeschlurft.

»Tampons?« fragte Maia hoffnungsvoll.

*»No hay«*, antwortete die Frau gleichmütig. Sie verschwand im hinteren Raum und kam mit Binden zweier verschiedener Marken wieder.

Maia las sich die Erläuterungen auf den Packungen durch, in denen die jeweiligen Vorzüge des Produkts angepriesen wurden. Da ihr der Unterschied nicht klar wurde, entschied sie sich schließlich nach der Farbe der Verpackung, bezahlte und legte die Binden in ihre Einkaufstasche aus Plastik. Mission erfüllt.

Als sie ins Hotel zurückkam, sah sie zu ihrer großen Freude ihre Kleider an einer Leine auf dem Dach im Wind wehen. Leticia wusch den Gästen für fünfhundert Pesos pro Maschinenladung die Wäsche, und Maia hatte ihr die Sachen nur zu gern überlassen. Sie ging ins Bad, entfernte das zerknüllte Toilettenpapier aus ihrer Unterhose und legte eine Binde ein. So ein Ding hatte sie schon seit Jahren nicht mehr benutzt; mit diesem blöden Mullpolster zwischen den Beinen fühlte sie sich sofort wieder wie dreizehn. Nachdem sie ihre Periode zweimal gehabt hatte, war sie damals zu der Ansicht gelangt, daß Binden barbarisch sind, und zu der Vermutung, daß es etwas Besseres geben mußte, obwohl ihr nie jemand etwas davon erzählt hatte. Die Lektüre der Tampax-Anzeigen im *Ladies' Home Journal*, das ihre Mutter abonniert hatte, brachte nicht viel; aus den vagen Umschreibungen wurde man einfach nicht schlau. Schließlich hatte sie sich eine Schachtel Tampons gekauft, ging, den Zettel mit der Gebrauchsanweisung in der Hand versteckt, daheim ins Bad und las sich wieder und wieder durch, wie man die Dinger einführen mußte, besonders aber die Stelle, wo man ihr versicherte, daß das kleine weiße Ding nicht einfach im Körper verschwinden werde. Wie überrascht sie damals war, als das Blut nicht mehr aus ihr herausfloß! In der gesamten siebten Klasse war sie die erste gewesen, die zu Tampons konvertierte, das wußte sie mit Sicherheit.

Als sie nun wieder eine Binde trug und spürte, wie sie das Blut auffing, kam sie sich weiblich und verletzbar vor wie noch nie seit ... Ja, seit wann? Auch dieses Gefühl gehörte zu dem einfacheren Leben ... das Blut und die Hitze und der Wind, der in den Palmen rauschte.

Es war höchste Zeit, zum *mercado* zu gehen, bevor er die Mittagspause über geschlossen wurde; sie brauchte noch ein paar Sachen für ihren Lunch auf dem Dach – eine Avocado, frische Zitronen; vor allem aber genoß sie es jeden Tag aufs neue, in die Atmosphäre dieses chaotischen und schmutzigen *mercado* einzutauchen. Der Markt war feucht und dunkel, und sie mußte den Kopf einziehen, um nicht an dem Blechdach anzustoßen, das auf ziemlich kühne Art zum Schutz vor der mörderischen Sonne befestigt war. Zuerst hatte sie den Eindruck gehabt, alles liege völlig ungeordnet herum, aber nach einigen Tagen erkannte sie eine gewisse Ordnung in dem

Durcheinander. Die Hühner lagen da, Obst und Gemüse dort, Schuhe und Kochtöpfe und Pfannen wieder in einer anderen Ecke.
Mit einem Anflug von schlechtem Gewissen stieg sie über die Kinder hinweg, die im Schmutz zwischen den auf ausgebleichten Stoffetzen gehäuften Obst- und Gemüsepyramiden spielten. Als sie an den kleinen Frauen vorbeikam, die mit ihren aufeinandergetürmten, handgeformten Tortillas hintereinander dasaßen, blieb sie stehen. Warum mußten sie bloß alle zusammenhocken? Welcher sollte sie nun etwas abkaufen? Vielleicht würde eine von ihnen ihre Familie heute nicht satt machen können, wenn sie gerade von ihr nichts kaufte!
»*Cuanto?*« fragte Maia eine der Frauen.
Der Blick, den sie erntete, besagte: Dumme Gringa. Wie konnte ihr der Preis für Tortillas unbekannt sein! Tortillas waren doch das wichtigste Nahrungsmittel überhaupt!
Maia kramte in ihren Pesos herum und bezahlte den geforderten Preis. Sie wußte, das Grinsen der anderen Frauen bedeutete, daß man ihr viel zuviel abgenommen hatte. Es gab zwei Preiskategorien, eine für die Gringos, die andere für die Mexikaner, und das fand sie gräßlich, aber Gringos, die mit diesen buchstäblich bettelarmen Indianerinnen handelten, konnte sie auch nicht ausstehen. Solche Typen konnte sie tagtäglich auf dem Markt beobachten, und diese selbstgerechte Haltung, die darin bestand, sich nie »anschmieren« zu lassen, fand sie einfach widerwärtig.
»Oh, sind das nicht wunderhübsche Auberginen? Diese Farbe!« kreischte eine leicht hysterische Stimme mit britischem Akzent. »Ja, die nehme ich.«
Maia, die gerade ihre Avocado, die Zitronen, *cilantro* und Tortillas in ihrer Tasche verstaut hatte, schaute auf. Es war die Frau, die sie im Refugio allein hatte sitzen sehen, die Frau mit dem Kreuzworträtsel. Die Tatsache, daß die *mestiza* keine Silbe

von dem Wortschwall verstand, dämpfte weder die Begeisterung der Frau noch stürzte es sie auch nur im geringsten in Verlegenheit. Sie bezahlte und nahm die Auberginen.
»Aber die kann ich unmöglich alle essen!« stieß sie hervor und lächelte Maia begeistert an. »Du mußt eine nehmen! Nein, nimm zwei!« rief sie lachend und reichte Maia zwei glänzende violette Auberginen.
So lernte Maia Annabelle Balfour kennen, eine Seidenmalerin aus Wales. Sie schlenderten gemeinsam über den Markt, und nach wenigen Minuten hatte Annabelle Maia zu sich zum Kaffee eingeladen. Schon beim ersten Schritt in Annabelles Haus sah Maia, daß sie eine Entdeckung gemacht hatte: Hier wohnte eine richtige Frau mit einem richtigen Leben.
Anna war eine echte Bohémienne. Alles, was sie tat, hatte einen künstlerischen Anspruch, sogar die Art, wie sie die Auberginen auf einer dunkelgrünen Platte arrangierte. Die Blumen in der Vase auf dem Küchentisch wirkten wild und malerisch. Sie hatte wahre Wunder vollbracht an ihrem Haus, das im Grunde nur ein rechtecktiger Ziegelkasten ohne jeden Charme war: Annabelle hatte daraus ein geräumiges, luftiges Domizil mit heimeligen Winkeln gemacht, in denen man sitzen und sich gemütlich unterhalten konnte. Die Böden waren weiß gefliest, und die von ihr bemalten Seidenstoffe, die als Kissen- und Sofabezüge, Bettwäsche, Vorhänge und Küchentücher dienten, gaben dem Ganzen eine besondere Note. Annabelle schien einen erstklassigen Geschmack zu haben.
»Sieh dich ruhig ein bißchen um. Ich mache in der Zwischenzeit den Kaffee. Hättest du nicht Appetit auf ein Sandwich mit gebrutzeltem Speck?«
Maia spazierte im Haus umher und erhielt einen ersten Einblick in Annabelles interessantes Leben. Anna steckte gerade mitten in einem Kreuzworträtsel der Londoner *Times* (das sie mit Tinte ausfüllte – mit was sonst!), die auf der Couch lag. Auf

dem Nachtkästchen neben dem großen Bett sah Maia eine Biographie, auf die sie sofort Lust bekam, als sie den Titel gelesen hatte: *I Shock Myself* von Beatrice Wood. Ein Korb mit dünnen Luftpostbriefen, deren Marken im Sudan, auf Bali und in Paris abgestempelt waren, stand auf dem Schreibtisch. Hinter dem Haus, am Ende eines üppigen Gartens, sah Maia eine traditionelle *Palapa*-Hütte aus Mörtel mit einem Binsendach.

»Die habe ich mir von Einheimischen aus Ticul bauen lassen«, rief Anna ihr zu. »Da drin ist mein Atelier. Geh ruhig rein!«

An den Wänden hingen Poster aus einer Galerie in Toronto, die Anna mit ihren Seidenmalereien belieferte. Fünf Seidentücher in unterschiedlichen Bearbeitungsstadien waren in Rahmen gespannt, daneben Airbrush-Utensilien. Anna verdiente sich offenbar auch mit Reproduktionen etwas dazu – Maia sah zwei farbenprächtige, noch feuchte Gauguins auf Leinwand.

»Ich glaube, du bist die einzige Malerin in Dolores, die wirklich malt«, bemerkte Maia, als sie in die Küche zurückkam.

Anna lachte. »Ich bemale auch Seidenkissen und andere Stoffe und verkaufe sie quasi illegal an Touristen und an reiche Mexikaner, die hier Urlaub machen«, flüsterte sie mit Verschwörermiene. »Mit meinem Visum darf ich hier kein Geld verdienen. Und die Reproduktionen – ich nenne sie lieber so – na ja, die finden schon ihren Weg in die Wohnzimmer ...«, fügte sie kokett hinzu.

Der Speck war knusprig gebraten, und sie legte ihn zwischen Weißbrotscheiben, während sie weiterredete: »Ich nehme nicht gerade regen Anteil an der Szene von Dolores. Eigentlich arbeite ich hauptsächlich. Weißt du, ich war immer der Ansicht, daß man entweder reich oder talentiert ist. Reich bin ich nicht, also muß ich talentiert sein.« Sie lachte. »Ich schlafe morgens lange, mache mir eine Tasse Tee und ein Sandwich und werkle den Rest des Tages herum, bis die Sonne untergeht. Dann werfe ich mich in meinen weißen Overall, schlüpfe in meine Espadrilles, binde mir eine Atemmaske und ein Kopftuch um, gehe in mein Atelier und sprühe oder male bis tief in die Nacht hinein. Das ist die beste Zeit zum Arbeiten, man wird von niemandem gestört.«

Maia war hingerissen. Sie trugen den Kaffee und die Sandwiches ins Wohnzimmer, das in einem, wie Maia fand, wunderschönen Gelbton gestrichen war; Anna ließ sich jedoch nicht davon abbringen, daß es eine bestimmte Nuance von Rosarot sei.

»Nun erzähl mir von dir!« sagte Anna.

Maia gab ihr einen kurzen Überblick über ihren Job und ihr Leben in New York; beides erschien ihr völlig unwirklich und fast ein bißchen lächerlich hier in Dolores. Aber Anna war beeindruckt. Sie hatte eine Art, Maias Leben so zu interpretieren, daß Maia sich wichtig vorkam, wie ein Mensch, dem alle Türen offenstehen.

Maia lehnte sich in einen Berg von Seidenkissen zurück und ließ den besonderen Flair, der diese moderne Frida umgab, auf sich wirken. »Ich finde es bewundernswert, wie du dir an einem Ort, der nichts zu bieten scheint, ein so angenehmes Leben geschaffen hast.«

»Aber findest du nicht, daß das gerade das Schöne am Leben ist – sich eine eigene Version davon zurechtzuzimmern? Man kann tun und lassen, was man will – besonders wenn man an einem Ort lebt, der keine Regeln kennt.«

Keine Regeln. Genau so hatte Natalie Mexiko genannt – das Land ohne Regeln.

Maia bewunderte Annas Lebensstil und die anscheinend unversiegbare Energie, mit der sie ihr Alleinsein meisterte. Allerdings war Anna nach zwei Ehemännern und zwei Kindern frei von dem Wunsch nach Bindung und konnte genau das Leben führen, das sie führen wollte. Daß Anna von Männern enttäuscht worden war, ließ sich nicht übersehen; nach der Art zu schließen, wie sie beim Erzählen über ihre sehr kurzen Ehen hinwegging, konnte sie Männer nicht besonders leiden. Wesentlich mehr erzählte sie davon, wie sie in Wales und London aufgewachsen war, wie sie ihre Kinder in einem eigenhändig renovierten Bauernhaus in der Toskana aufgezogen hatte, und daß sie nun in Mexiko lebte, weil das warme Klima ihrer Arthritis guttat. Wenn man sie so hörte, erschien einem das Alter um Mitte Fünfzig als ein ziemlich passabler, ja beneidenswerter Lebensabschnitt.

Der Vormittag ging in den Nachmittag über, und statt Kaffee tranken sie bald Sherry.

»In Dolores denken die Leute immer nur an Sex«, erklärte Anna. »Wer es mit wem treibt und wer nicht. Wer zu haben ist und wer nicht. Wer es auf wen abgesehen hat. Wer es mit einem treibt, den er gar nicht mag. Ach, da gibt es unendlich viele Kombinationen.« Sie schüttelte mit britischer Empörung den Kopf und bot Maia eine Schale mit Nüssen an, damit sie zum Sherry etwas zu knabbern hatte.

»Wenn man als Frau hierherkommt, versuchen nacheinander alle Männer bei einem zu landen, weil man sozusagen Frischfleisch ist, während die Frauen einen für ihre jeweilige Clique gewinnen wollen. Als Mann wird man von den anderen Männern ignoriert, während die Frauen um die Wette schmeicheln und intrigieren, um die besten Ausgangspositionen auf dem Weg in die Betten der Männer zu erlangen.«

Maia hatte die Männer im Refugio schon längst auf ihre eigene, unaufällige Art ausgekundschaftet und gesehen, daß es sich dabei um einen außergewöhnlich trostlosen Haufen handelte, von dem sie tief enttäuscht war; mehr oder weniger ehemalige Alkoholiker, dilettierende Künstler, Aufschneider und überhaupt ziemlich schwache Typen, die in Dolores den tollen Hecht markieren konnten. Da es mehr mannstolle Frauen als

zur Verfügung stehende Männer gab, reichte es schon, Hosen zu tragen, um in Dolores Erfolg zu haben.
»Im Gegensatz zu den meisten Frauen liegt mir nichts daran, mit möglichst vielen Männern zu schlafen«, sagte Maia seufzend. »Mein Neuigkeitswert wird wohl rapide sinken.«
»Dafür werden die Frauen dich um so lieber mögen, wenn sie sehen, daß du den bereits spärlichen Rest, der ihnen bleibt, nicht noch zusätzlich dezimierst.«
Es klingelte an der Tür. Annas mexikanischer Schüler trat ein, ein kleiner Junge, der malen lernen wollte. »Er reinigt meine Pinsel und fegt das Atelier aus, und dann beginnt der Unterricht«, sagte sie, nachdem sie ihm die Keksdose in die Hand gedrückt hatte. Anna gehörte offensichtlich zu den großzügigen Menschen, die alles, was sie haben, gerne mit anderen teilen.
Maia blickte auf ihre Uhr und sah, daß die Siesta längst vorbei war. »Es ist spät geworden! Ich muß noch mein Nickerchen halten und schwimmen gehen und essen. Heute abend bin ich in der Kiko-Galerie. Kommst du auch hin?« Maia hatte in der wöchentlich erscheinenden Gringo-Zeitung *Hola Dolores* davon gelesen.
»Ach, die Vernissage«, sagte Anna. »Ein Maler aus Belize. Ich werde wahrscheinlich kurz reinschauen, um mir einen Eindruck zu verschaffen.« Sie küßte Maia auf beide Wangen. »Komm auf jeden Fall wieder, bevor du abreist. Ruf deinen Namen, wenn du klingelst, damit ich weiß, daß du es bist, und dir aufmache!«
Maia trat hinaus in die Spätsommersonne. Nach dem Besuch bei Anna war sie zu jedem Abenteuer bereit.

# 9

Maia zog ihr schwarzes Nachthemd-Cocktailkleid an und mußte lachen, als sie einen Blick auf ihre Armbanduhr warf. Es war Viertel nach neun; die Vernissage in der Kiko-Galerie hatte um acht Uhr begonnen. »Hey, ich gewöhne mich an den mexikanischen Umgang mit der Zeit!« sagte sie zu ihrem Spiegelbild.

Sie begutachtete sich ein allerletztes Mal und seufzte auf. Es war nicht leicht, schick zu sein, wenn man sich in modischem Niemandsland befand. In Manhattan fühlte sie sich meistens gut gestylt, hier dagegen kam sie sich ziemlich plump vor. Die mexikanische Vorstellung von Weiblichkeit und Mode war nie über die fünfziger Jahre hinausgelangt: Den Mexikanerinnen gefielen hautenge Blusen, in denen sie ihre Brüste stolz zur Schau stellten, und figurbetonte Röcke, die jede Rundung hervorhoben. Je höher die Absätze, um so besser, egal, ob am Strand oder auf Kopfsteinpflaster. Ihre Frisuren verschönerten sie mit Haarreifen, Spangen und Tüchern – je mehr, um so besser. Abgesplitterter Nagellack schien in zu sein, ebenso wie Zehn-Karat-Goldschmuck im Übermaß: Ringe, Ohrringe, dünne Armbänder und Halskettchen, möglichst in mehreren Schichten. Kein Wunder, daß sie sich unter all diesen Frauen ihres modischen Gespürs nicht mehr sicher war und sich wie eine graue Maus vorkam. Würde sie es je wagen, ein enganliegendes glitzerndes Polyesterkleid zu kaufen?

Als sie das Hotel verließ, war niemand an der Rezeption. Komisch, dachte sie. Leticia war wohl kurz nach draußen gegangen. Maia ging am *zocolo* vorbei, und kurz darauf sah sie schon die hell erleuchtete Kiko-Galerie. Leticia hatte ihr am Nachmittag erzählt, daß sie dem reichen Sprößling einer alten Adelsfamilie aus Mérida gehörte, der sich in der Rolle des armen, sich mühsam durchkämpfenden Künstlers gefiel. Mittlerweile besaß er eines der elegantesten Hotels von Mérida und hatte vor kurzem eine zweite Galerie gleich daneben eröffnet. Die Türen standen offen, um den Wind vom Meer hereinzulassen. Angeregtes Geplauder in englisch und spanisch drang bis zur Straße hinaus. Maia suchte im Gewühl nach Anna, konnte sie aber nirgends entdecken. Sie ging erst einmal zur Bar hinüber, wo es Weißwein und Cola-Rum gab.

Ein Glas Wein in der Hand, schlenderte sie gemächlich die Wände entlang und betrachtete ein Gemälde nach dem anderen, wobei sie sich bemühte, den Kopf nicht so dümmlich zur Seite zu neigen, wie es viele Frauen in Museen taten. Zu sehen gab es die üblichen phantasielosen Kleckse und Spritzer, die ein sehr gutaussehender und sehr von sich selbst überzeugter Maler vollbracht hatte, der ausgerechnet in Belize lebte. Er stand, in typisch amerikanische Kleidung – rosagestreiftes Hemd, Khaki-Hose, Topsiders – gewandet, in einer Ecke herum, rauchte eine dicke, fette, kubanische Zigarre und war umgeben von drei ungewöhnlich attraktiven Frauen, die ihn anhimmelten. Er dampfte geradezu vor Selbstzufriedenheit. Maia fand ihn auf den ersten Blick unsympathisch. Wie konnte jemand, der es mit dem Malen ernst meinte, bloß in Belize wohnen? Ihrem New Yorker Selbstbewußtsein reckte sich der Stachel.

Vernissagen in Dolores waren genauso wie Vernissagen in New York; der einzige Unterschied bestand in der Kleidung der Leute. Niemand trug Schwarz (außer Maia), und niemand hatte eine verrückte Frisur mit lila Strähnen. Die Leute plauderten miteinander, hielten Gläser mit wäßrigem Cola-Rum und durchweichte Papierservietten in der Hand und warfen nur gelegentlich mal einen Blick auf die Bilder, während sie das Kommen und Gehen der anderen und die Frage, wer da war und wer nicht, wesentlich mehr zu interessieren schien.

Da war beispielsweise Dodie, die Masseurin, die ihren Hippie-

Alltagslook mit einem Zigeunergewand und Unmengen von Augen-Make-up vertauscht hatte. Suki und Sam pafften eine Zigarette nach der anderen; Suki schien bereits ein paar Gläser zuviel zu haben. Daniella und Jeremy standen eng umschlungen da, starrten mit tiefem Blick die Bilder an und erklärten sie einander mit ausgreifenden Handbewegungen. Auch ein paar Mexikaner waren anwesend, Intellektuelle und Malertypen, die wohl aus Mérida gekommen waren.

Endlich sah sie Anna, die sich in ihrem weißen, luftigen Overall zu ihr vordrängte.

»Du siehst so exotisch aus!« sagte Maia. »Was ist denn das?« Schon griff sie nach dem ungewöhnlichen Anhänger, den Anna um den Hals trug.

»Ach, das ist ein Kamelkreuz. Ich habe es im Sudan von einem Kameltreiber geschenkt bekommen, weißt du.« Sie tat so, als würde sie sich damit sehr wichtig vorkommen, und lachte. »Ich besuchte damals meinen Sohn Henry, der dort gerade für seine Dissertation recherchierte – über irgendein Insekt, das das ganze Getreide auffraß ... Na, jedenfalls machten wir einen wunderschönen Ausflug in die Wüste, und da traf ich den Kameltreiber.« Sie zwinkerte ihr zu.

Beide nippten an ihrem Wein.

»Und – wie findest du sie?« fragte Maia und zeigte auf die Bilder.

»Absolut grauenhaft!« flüsterte Anna und lehnte sich herzhaft lachend zurück. »Ich habe gehört, daß er Kiko Geld für die Ausstellung gegeben hat! Aber ich bin trotzdem froh, daß ich gekommen bin, weil ich Freunde getroffen habe, die ich schon seit Jahren kenne, ein pensioniertes Ehepaar, das sich in Ticul eine Hazienda renoviert hat. Ich habe sie auf einen Drink zu mir eingeladen. Sie wollen sich meine Sachen ansehen und geben mir vielleicht einen Auftrag für ihre Hazienda. Komm doch auch rüber, wenn du von dem hier genug hast!« Sie

umarmte Maia hastig und stürmte aus der Tür, um ihre Freunde nicht zu verpassen.
Maia entdeckte Isolde, die unsicher neben Rolf herumstand. Sie schien sich nicht gerade wohl zu fühlen. Rolf befand sich in einer hitzigen Diskussion mit einigen Mexikanern und beachtete seine Freundin überhaupt nicht. Maia winkte ihr zu. Isoldes Gesicht erstrahlte; sie lief zu Maia hinüber.
»Maia!« sagte sie eine Spur zu fröhlich und küßte sie auf die Wange.
»Wie geht es dir? Sind ja ziemlich viele Leute hier!«
»Allerdings«, sagte Isolde nachdenklich und stieß einen Seufzer aus. »Ich hasse solche Veranstaltungen. Rolf trinkt dann immer und vergißt völlig, daß ich auch noch existiere. Ich weiß nicht, warum er überhaupt will, daß ich zu so was mitkomme.«
»Unternehmen wir beide doch diese Woche etwas zusammen«, schlug Maia vor. »Wir könnten nach Uxmal fahren oder uns die Flamingos in Rio Lagartos ansehen. So was richtig Abenteuerliches.«
In diesem Augenblick blieb vor ihnen ein Kellner stehen und hielt ihnen ein Tablett mit quadratischen Weißbrotsandwiches ohne Rinde entgegen.
»Was ist da drin?« fragte Maia mißtrauisch.
*»Pâté«*, antwortete der Kellner.
»Leberwurst!« verbesserte ihn Isolde. »Sie sind köstlich. Ich habe schon Unmengen davon verdrückt.« Sie nahm sich noch zwei.
Maia aß ein Sandwich; es schmeckte ihr. Sie hatte zum Abendessen keine Zeit gehabt und war hungrig. Als der Kellner weitergehen wollte, hielt sie ihn am Ellbogen fest und stapelte sich so unauffällig und charmant wie möglich sechs Brötchen auf eine Papierserviette. Isolde und sie mußten loskichern. Daniella und Jeremy gesellten sich zu ihnen, sie unterhielten sich eine Weile miteinander.

»Entschuldigt mich einen Augenblick, ich muß mir noch ein Glas Wein holen«, sagte Maia schließlich. Sie durchquerte einen Gang, in dem weitere Gemälde hingen, bis sie in einem Hinterzimmer landete, in dem man eine zweite Bar eingerichtet hatte. Die Wände waren mit Schwarzweißfotografien bedeckt, die eine eigene Miniausstellung bildeten – Teile von Maya-Ruinen im dunstigen Morgenlicht oder gespenstisch vom Mond beleuchtet. Sie las die Titel – *Tulum, Chichén, Itzá, Uxmal, Dzibilchaltún*. Ihr fiel ein, daß die Besichtigungszeit, die in ihrem Reiseführer stand, strikt auf neun bis siebzehn Uhr begrenzt war, und sie fragte sich, wie es dem Fotografen gelungen war, sich zu so ungewöhnlichen Zeiten Zugang zu den Ruinen zu verschaffen. Der Name, der mit Bleistift unter jedes Foto geschrieben stand, lautete J. J. Canales.

»Gefallen sie dir?« ertönte es mit schwerem Akzent hinter ihr. Sie drehte sich um und sah einen stark schwitzenden Mexikaner mit hellbraunem, schlecht geschnittenem Haar. Als nächstes fiel ihr ein Kristall an einem Lederriemen um seinen Hals auf. Er trug amerikanische Kleidung, Levis-Jeans und ein ausgebleichtes grünes Polohemd.

»Sie sind hübsch«, sagte sie schulterzuckend.

»Also gefallen sie dir nicht.«

»Doch, doch«, versicherte sie, abermals ohne große Begeisterung. »Aber sie sehen aus, als ob sie mehr einem glücklichen Zufall als wirklicher Begabung zu verdanken sind.«

Er nickte.

»Aber es ist nicht so, daß sie mir *nicht* gefallen würden«, fügte Maia hinzu.

Schweigen.

»Mich darf man das wahrscheinlich gar nicht fragen. Ich komme aus New York, mein Geschmacksniveau ist – na ja, nicht ganz das übliche.« Sie überlegte, ob ihr Englisch zu schnell für ihn war.

»Aha.« Ihr letzter Satz schien ihn nachdenklich zu stimmen. Sie gingen gemeinsam weiter und blieben vor dem nächsten Foto stehen.
»Wie findest du das hier?« fragte diesmal sie ihn und beobachtete ihn, während er das Bild betrachtete.
Er hob die Schultern. »Könnte besser sein ...« Er trat einen Schritt zurück, um einen besseren Blick zu haben, und drehte sich dann zu den Leuten um, die mittlerweile in dem Hinterzimmer herumzugehen begannen. Das schien ihn zu verwirren. Er nickte einem jungen Mann zu, der gerade hereinkam. Er hatte eine protzige Kamera umgehängt.
Maia ging weiter. »Das hier ist gut, finde ich. Die Schatten fallen sehr schön. Die ganze Komposition ist gut, es paßt alles zusammen.« Sie wandte sich von der Fotografie ab und sah, daß er sie anstarrte.
»Wie alt bist du?« fragte er.
»Wie alt ich bin?« wiederholte Maia verärgert.
Sie schüttelte den Kopf und wollte ihm gerade klarmachen, daß sie diese Frage als unhöflich empfand, als er sich korrigierte: »Nein, nicht wie alt du bist – ich meine, wie jung du bist?« So ganz traute er seinen Sprachkenntnissen wohl nicht. Er setzte noch einmal an und sagte ganz langsam: »Nein, andersrum: Wie jung bist du?«
»Ach, wie jung ich bin?« äffte Maia ihn nach, als würde die Frage, so gestellt, plötzlich etwas ganz anderes bedeuten. Aber dann sagte sie es ihm, ohne es eigentlich zu wollen, doch: »Einunddreißig.«
Er musterte sie mit durchdringendem Blick. Dann nickte er übertrieben und verzog die Lippen zu einem abschätzenden Lächeln. »Sehr schön«, sagte er.
Maia wurde unbehaglich zumute. Sie wollte seinem Blick ausweichen, beschloß dann jedoch, ihm standzuhalten.
»Was ist ›sehr schön‹?« Ihre Stimme klang verärgert.

»Genau wie ich«, antwortete er. »Einunddreißig. Aber warum hast du nicht das da?« Er deutete mit den Fingern auf die Krähenfüße um seine Augen.
»Ich weiß nicht. Ich glaube, die Frauen in meiner Familie neigen nicht dazu, vorzeitig zu altern. Oder vielleicht wird man hier schneller alt, weil die Sonne so stark ist.«
»Du hast keine Cremes?« fragte er.
»Na ja, so kann man das nicht sagen. Also, ich benütze schon Cremes. Eine ganze Menge sogar.« Sie dachte kurz daran, ihm etwas über Cremes zu erzählen, fand es dann jedoch besser, es bleiben zu lassen.
»Du kannst ihn anfassen, wenn du willst.«
»Was denn?«
»Meinen Kristall. Los! Ich sehe, daß du ihn ansiehst. Das ist ganz natürlich.«
»Nein, danke«, erwiderte Maia kühl. Dieser Typ konnte einen wirklich nerven. Er hatte es ihr in einem so abgeklärten Ton angeboten, als würde er ihr damit einen großen Gefallen tun. Aber als er sich gerade von ihr abwenden wollte, bekam sie plötzlich doch Lust, den Kristall anzufassen. »Na gut.« Sie streckte die Hand aus und fuhr mit den Fingerspitzen über den kühlen Stein. Der Mann starrte sie dabei ungeniert an. Hatte sie den Kristall zu lange berührt? Sie hatte das Gefühl, ihn gar nicht mehr loslassen zu können.
»Bist du allein?«
Sie zog ihre Hand weg. »Ja.« Sollte sie sich dafür bedanken, daß sie den Anhänger hatte berühren dürfen?
Sie wollte fort von diesem Mann und ging zur Bar hinüber. Es war höchste Zeit, sich endlich den Wein zu holen, schließlich war sie deshalb hierhergekommen. Als sie sich nach dem Mann umdrehte, stand er immer noch da und betrachtete sie mit amüsiertem Gesichtsausdruck. Sie mußten beide lachen, er kam zu ihr und legte ihr freundlich den Arm um die Schulter. Das

Eis war gebrochen; Maias anfängliche Feindseligkeit war fadenscheinig geworden, etwas anderes schimmerte hindurch.
Er bestellte zwei Gläser Wein. »Wie heißt du?« fragte er.
»Maia. M-A-I-A«, buchstabierte sie ihm vor, wie sie es hier, im Land der Mayas, gelernt hatte.
»Juan José Canales.« Er stieß sein Glas an ihres.
»Ach!« Sie spürte, daß sie knallrot wurde. »Dann sind diese Fotos also von –«
»– mir«, vervollständigte er ihren Satz.
»J. J. Jota, Jota«, murmelte sie. So sprach man den Buchstaben auf spanisch aus, erinnerte sie sich.
»Ich signiere meine Fotos mit J. J., aber die Leute nennen mich Juan José.«
»Also, ich nenne dich Jota Jota«, sagte sie unnachgiebig. Sie mußten wieder lachen, und er berührte wieder ihre Schulter. Aber diesmal ließ er seinen Arm darauf ruhen, und sie lehnte sich an ihn. Das war ein schönes Gefühl. Nach zwei Gläsern Wein auf leeren Magen war ihr ganz leicht und froh zumute. Sie wanderten, hin und wieder an ihrem Wein nippend, durch die Galerie; Maia aß noch ein paar Leberwurstsandwiches. Jota Jota streichelte ihre Hand, während sie sich die Bilder ansahen, und obwohl sie befangen war, weil sie sich von allen beobachtet glaubte, genoß sie jeden Augenblick. Als sie ausgetrunken hatte, sagte er: »Gehen wir spazieren! Wart' draußen auf mich!«
Maia ging zur Tür, wo das Gedränge am größten war. Ein Mann rempelte sie an, und als sie aufblickte, sah sie, daß es ausgerechnet Miguel Angel war. Sie nickten sich zu, wechselten aber kein Wort miteinander. Sie trat ins Freie, und auf einmal war ihr schwindlig vor Vorfreude. Kurz darauf erschien Jota Jota mit einer Flasche Wein, die er aus dem Hinterzimmer geholt hatte.
Es war halb elf. Abgesehen von einem Betrunkenen, der aus einer *cantina* torkelte – offenbar kein Fischer, der um drei Uhr

morgens aufstehen mußte –, war die Straße menschenleer. Ein warmer Wind umschmeichelte sie. Schweigend, Arm in Arm gingen sie nebeneinander her und lauschten den Geräuschen der Nacht. Maia dachte darüber nach, wie leicht und wunderbar das alles war, ein echter Urlaubsflirt. Vielleicht hatte er ein Auto. Vielleicht konnte sie ihn dazu bringen, ihr einige Ruinen zu zeigen.

Er blieb stehen, den Blick auf ein Gebäude gerichtet. »Da drüben«, sagte er mit einer Handbewegung. »Lehn dich an die Mauer! Ich mag die Risse so gern, und wie rauh und uneben die Farbe ist.« Unsicher stellte sie sich an die Mauer. Er nahm seine Kamera zur Hand, stellte sie ein, hob sie an die Augen und betrachtete Maia durch den Sucher.

Plötzlich hatte sie das Gefühl, er könne durch diese Kamera alles in ihr sehen, und wandte den Kopf ab.

»So, jetzt schau mich an!« sagte er langsam.

Ihr Herz begann zu klopfen. Sie fühlte sich beklommen. »Nein!« Sie drehte ihr Gesicht von ihm weg.

»Schau mich an!« befahl er ihr in eisigem Ton.

»Nein!« wiederholte sie. Sie war jetzt wirklich nervös. Verlegen drehte sie den Kopf von einer Seite auf die andere, erst nach links, dann nach rechts, um seinem Kameraobjektiv zu entgehen.

»Maia, schau mich an!« kommandierte er verärgert.

Plötzlich fühlte sie sich von dem Drängen seiner Stimme im Innersten getroffen und gab nach. Am liebsten hätte sie geschrien: Ja, ja, ich mache, was immer du willst! Zeig mir, wie ich wirklich bin!

Sie blickte direkt auf das kalte schwarze Metall und die Linse seiner Nikon, und er drückte in rascher Folge mehrmals auf den Auslöser. Dann schloß sie die Augen und hörte noch einige Male das Klicken.

»Du siehst traurig aus. Denk an etwas Schönes!«

Sie spürte seine Lippen auf ihrem Mund. Ein hastiger Kuß. Als er von ihr abließ, lachten sie beide. »Und zieh deine Stirn nicht so in Falten!«

»Meine Stirn?« Sie versuchte sie zu glätten, aber ihr Gesicht verzog sich vom vielen Nachdenken erst recht. Sie mußten wieder lachen.

Nach einigen weiteren Aufnahmen ließ er die Kamera vom Trageriemen baumeln, nahm Maias Gesicht zwischen die Hände, fiel wie ein Räuber über sie her und küßte sie richtig. Lange, weiche, suchende Küsse waren es jetzt, so viele, daß sie außer Atem geriet. Wie lange war sie schon nicht mehr geküßt worden ... Sie war wie gebannt. Als er den Kopf ein wenig von ihr weghielt, um sie anzusehen, gab sie ihm einen Kuß.

»Sehr schön«, sagte er.

»Sehr schön«, äffte sie ihn nach, und sie lachten.

Ja, es ist schön, dachte sie, alt genug zu sein, um so etwas ohne Angst genießen zu können. Sie schlenderten weiter durch das Dorf; alle paar Schritte blieb Jota Jota stehen, sie küßten sich und lachten.

Sie schaute auf die Uhr. Es war Mitternacht geworden. Sie sagte ihm, daß es Zeit für sie sei, ins Hotel zurückzugehen.

»Du hast die Wahl«, sagte er zwischen zwei Küssen.

»Ach, wirklich?« fragte sie, und sie lachten und küßten sich wieder. »Welche Wahl habe ich denn?«

»Du kannst jetzt auf dein Zimmer gehen« – Kuß – »und allein sein« – Kuß – »oder du kannst mich einladen und« – er küßte sie so lang, daß ihr schwindlig wurde – »mit mir zusammensein.«

Das klang so einfach und direkt.

Er hatte es wirklich schlau eingefädelt.

Bei einer solchen Wahl gab es natürlich nur eine Antwort.

Sie wäre ja verrückt, wenn sie lieber allein bliebe als mit ihm zusammenzusein.

Hatte sie sich nicht genau das so sehr gewünscht?
Oder war sie für so etwas nicht doch schon zu alt?
Aber was wollte sie denn sonst, wenn nicht »so etwas«?

Miguel Angel saß an der Rezeption, als die beiden das Hotel Coco betraten.
»Leticias Schwester hat ein Baby bekommen. Sie besucht sie gerade in Mérida im Krankenhaus«, murmelte er kühl.
Maia fühlte sich ziemlich unwohl mit Jota Jota im Schlepptau. »Wir gehen nur aufs Dach und trinken ein bißchen Wein«, fühlte sie sich bemüßigt zu erklären, als tue sie etwas Unanständiges. Das wurmte sie. Mein Gott, sie war einunddreißig, Witwe sogar, sie konnte doch tun und lassen, was sie wollte!
Aber natürlich schafften sie es gar nicht bis zu der Bank auf dem Dach, sondern gingen geradewegs zu Maias Zimmertür, wo sie absichtlich ein bißchen mit den Schlüsseln herumhantierte, um sich die Sache noch einmal durch den Kopf gehen zu lassen. Ja, sie würde es einfach tun. Es machte ihr nichts aus, daß sie ihn nicht kannte und eigentlich auch nicht wußte, warum sie es tun würden. Es war höchste Zeit, daß sie so lebte wie alle anderen auch – ohne lange nachzudenken. Jota Jota nahm sie bei der Hand und führte sie zum Bett.
Er legte sich auf sie, küßte und streichelte sie leidenschaftlich. Ich bin nie jung gewesen, dachte sie. Ich war immer spießig und ängstlich und konservativ. Ich habe immer im richtigen Stadtteil gewohnt. Ich habe nie auch nur im Traum daran gedacht, meine Wohnung morgens zu verlassen, ohne ein Glas Orangensaft und eine Tasse Kaffee getrunken zu haben. Nie bin ich unter der Woche in eine Disco gegangen und habe danach in der Lower East Side zum Frühstück Blini gegessen. Nie habe ich blaugemacht und bin mit der Linie D ganz spontan nach Coney Island gefahren. Nie habe ich einfach mal so ein zu teures und völlig verrücktes Cocktailkleid gekauft.

Nie habe ich mir aus einer Laune heraus die Haare kurz schneiden und blond färben lassen. Und noch nie habe ich mich auf einen One-night-stand eingelassen.
Sie schloß die Augen, fuhr mit den Händen unter sein Hemd und erkundete, vor Erregung zitternd, seinen sehnigen Körper. Er stand auf, zog sich hastig Hemd und Hose aus, den Blick wie hypnotisierend auf sie gerichtet. Als er ihr schwarzes Kleid nach oben schob, lächelte sie vor sich hin. Den Übergang vom Abendkleid zum Nachthemd hatte der Fummel in dieser Nacht perfekt hingekriegt.
Dann fiel es ihr wieder ein. »Ich habe meine Periode«, sagte sie entschuldigend, weil sie befürchtete, daß er es sich nun anders überlegen würde.
Aber es schien ihm nicht das geringste auszumachen. Er drückte seine Lippen hart auf ihren Mund; seine Hände fühlten sich rauh an. Sie war zaghaft, irgendwie aus der Übung gekommen, und rang nach Luft. Sie als Person nahm er offenbar gar nicht mehr wahr, dafür schien ihn seine totale Herrschaft über ihren Körper zu erregen. Und zu ihrem eigenen Erstaunen erregte dies wiederum sie. Er knetete ihre Brüste so stark, daß sie aufschrie, und ehe sie sich's versah, drang er in sie ein. Sie stöhnte auf. Er stieß sie hart, ganz versunken in seine eigene Lust.
»Du brauchst das«, sagte er mit belegter Stimme und in seinem spanischen Akzent. »Das wußte ich sofort, als ich dich in der Galerie gesehen habe.« Sie überlegte, ob sie es widerlich finden sollte, daß er so etwas sagte, aber seine eigenen Worte spornten ihn noch mehr an. Sie schloß die Augen und versuchte, sich ihm hinzugeben. Sie spürte den Schweiß auf seinem Rücken an ihren Händen. Er keuchte und bewegte sich heftig in seinem eigenen Rhythmus, ohne sie wahrzunehmen, ohne auf sie Rücksicht zu nehmen.
Neid stieg in ihr auf, denn so wollte sie auch sein, so verloren

in der eigenen Lust. Aber sie war es nicht. Sie sah mit offenen Augen, daß dies alles passierte. Beim nächstenmal, nahm sie sich vor, würde sie an der Reihe sein.

Als er kam, stieß er ein tiefes Brummen aus und ließ sich zur Seite fallen.

Eine halbe Stunde später machte er sich davon.

»Bis bald«, sagte er. »Ich muß nach Hause.«

»Aber warum denn? Wann sehen wir uns wieder?« Sie wollte doch auch mal an die Reihe kommen! Wie konnte er einfach so verschwinden, dieser Mann, der ihr noch vor wenigen Minuten so anziehend und verheißungsvoll erschienen war, der den Schlüssel zu ihrer Seele in Händen gehalten hatte und auf einmal zu einer unangenehmen Erinnerung wurde?

*»Mañana.«* Er wischte ihre Fragen beiseite wie eine lästige Fliege.

Sie war erst seit wenigen Tagen in Mexiko, aber sie wußte schon, daß *mañana* das gleiche bedeutete wie »Wir essen mal zusammen zu Mittag« oder »Ich rufe dich an.«

Er gab ihr einen feuchten Kuß und ging. Sie hörte noch, wie er in großen Sätzen die Treppe hinunterhüpfte.

Sie kam sich vor wie eine Idiotin.

Während sie unter der Dusche stand, um seine Fingerabdrücke von sich abzuwaschen, fiel ihr ein, was Pooch gesagt hatte, als Maia ihr erzählte, daß sie nach Mexiko fliegen werde: »Du bist dir ja darüber im klaren, daß es bei diesem Urlaub nur um Sex geht!«

»Ganz und gar nicht!« hatte sie scharf erwidert.

Jetzt war auf traurige Weise wahr geworden, was Pooch prophezeit hatte. Maia hatte gerade ihren ersten Latin Lover gehabt.

Beziehungsweise – er hatte sie gehabt.

# 10

Sie wälzte sich schlaflos im Bett und ließ jeden einzelnen Moment ihrer mühelosen Verführung und den tiefen Sturz ins Nichts Revue passieren. Es war quälend, sich nicht in den Schlaf retten zu können.

Um halb drei wallte plötzlich ein entsetzlicher Schmerz in ihrem Bauch auf. Sie lief den Gang zur Toilette hinunter. Es war ein Gefühl, als wollte ihr Inneres sich nach außen kehren. Unmengen beißender, suppenähnlicher Scheiße strömten aus ihr heraus. Ihre Eingeweide schrien. Von dem Gestank in der Kloschüssel wurde ihr fast übel. Sie zog die Spülung und ging rasch hinaus.

Danach war sie ganz ruhig. Sie empfand Dankbarkeit für dieses Gefühl von Sauberkeit und Leere. Und Erschöpfung. Vielleicht würde sie jetzt schlafen können. Aber nein, es wurde immer schlimmer. Eine Stunde später begann sie, sich zu erbrechen. Von da an schiß und kotzte sie jede Stunde, als wollte ihr Leib sich aus allen Öffnungen entleeren. Jedesmal, wenn sie ihren fiebrigen Körper aufs Klo schleppte, fragte sie sich, wie lange das noch so gehen würde, was überhaupt noch in ihr war.

Gegen neun Uhr morgens klopfte es an der Tür. Wer konnte das sein? Leticia? Natalie? Sie torkelte aus dem Bett und erhaschte einen Blick auf ihr Spiegelbild, ein teigiges, graues Gesicht mit strähnigem, schlaffem Haar. Sie sah aus wie ein ausgewrungenes Geschirrtuch, fand sie, und so fühlte sie sich auch: schwach und schwindlig. Ihr Kopf dröhnte.

Als sie die Tür öffnete und das Sonnenlicht hereindrang, mußte sie blinzeln und verzog das Gesicht. Ein junges Mädchen, das sie noch nie gesehen hatte, stand mit frischen Handtüchern da.

»Leticia ist in Mérida. Sie hat mich gebeten, Ihr Zimmer sauberzumachen.«

Maia streckte die Hand nach den sauberen Tüchern aus und

gab dann mit einer Bewegung zu verstehen, daß sie aufs Saubermachen verzichtete.
»Sie sehen sehr schlecht aus«, sagte das Mädchen. Und dann: »Was haben Sie gegessen?«
Maia zuckte mit den Schultern. »Ich weiß nicht. *El agua?«* Da fiel es ihr ein. Stöhnend sagte sie auf englisch: »Ach ... diese Sandwiches bei der Vernissage.«
Das Mädchen sah sie fragend an.
»Ist schon gut. Können Sie mir bitte eine Cola bringen?«
Leticia hatte ihr erzählt, daß Cola eine gute Medizin für verdorbene Gringo-Mägen sei. Sie wartete, bis das Mädchen mit der Cola zurückkam, schloß die Tür und schlurfte zurück ins Bett.
In dem dösigen, fiebrigen Halbschlaf, in den sie nun fiel, war ihr, als müßte sie sterben. Es wurde allmählich Nachmittag, aber sie fühlte sich nicht stärker, sondern immer schwächer. Draußen brannte grell die Sonne, während sie abwechselnd zitternd und schwitzend in ihrem abgedunkelten Zimmer lag. Zu Hause in Manhattan haßte sie nichts mehr, als krank zu sein. Jedesmal kam sie sich dann mutterseelenallein vor, weil sich niemand um sie kümmerte, ihr Orangensaft brachte oder Hühnerbrühe oder die *New York Times.* Sie lag dann mehrere Tage in ihrer Wohnung und hatte schreckliches Selbstmitleid. Wenn es ganz schlimm wurde, rief sie im Deli an. Sie fragte sich dann immer, was der afghanische Botenjunge wohl von ihr dachte, wenn sie morgens um elf so schlaff in ihrem Morgenmantel dastand und in ihrer Handtasche nach Geld suchte, um die Rolle Toilettenpapier und die Packung Eiscreme zu bezahlen. Manchmal meldeten sich Kollegen aus dem Büro und boten an, ihr irgend etwas zu besorgen, aber sie lehnte immer ab. Sie gab einfach eine viel zu jämmerliche Figur ab, um sich so vor ihnen blicken lassen zu können, einsam und allein, wie sie war.

Aber hier war es noch schlimmer, krank zu sein, in einem Fischerdorf in einem fremden Land, einem Dritte-Welt-Land, ohne Telefon und ... *wirklich* allein. Den Nachmittag über glaubte sie mehrmals, unten Stimmen zu hören, und wunderte sich, daß Leticia nicht zu ihr heraufkam.

Es blieb ihr nichts anderes übrig, als im Bett zu liegen und zu atmen. Sie nippte an der warmen Cola, stellte ihr winziges Radio auf den einzigen englischsprachigen Sender ein, den sie erwischte, einen christlichen Kanal aus Texas, und hörte in ihrem surrealen fiebrigen Zustand den Predigern zu, die über die Verdammnis und die Errettung ihrer Seele wetterten.

Dann brachen die Dämonen über sie herein. Ja, ja, dachte sie, man kann fliehen, aber sie finden einen überall. Es dauert vielleicht einige Tage oder Wochen, aber sie verfolgen einen, da kann man sicher sein. Unheimliche Erinnerungen an Stephen huschten ihr durch den Kopf, Visionen von einer Geborgenheit, die sie nie wieder erleben würde. Dann quälten sie Gedanken an die Jahre, die sie allein verbracht hatte. In endlosen Wiederholungen stieg sie die fünf Stockwerke zu dem einzigen Raum, den sie auf der Welt für sich hatte, hinauf und hinunter. Tagein, tagaus. Lebensmittel hinauf, Müll hinunter. Schmutzwäsche hinunter, saubere Wäsche hinauf. Fahrrad hinunter, Fahrrad hinauf. Ganz allein in einer Stadt mit Millionen von Menschen. Und niemand wußte davon. Sie besaß keine Kraft mehr, die Dämonen packten sie mit aller Wucht.

Dann geschah etwas Seltsames: Es wurde ihnen langweilig, und sie verschwanden.

Maia glitt wieder in einen Halbschlaf. Der Tag schien tagelang zu dauern. Endlich kam die Dämmerung. Sie lag im häßlichen grauen Licht und erschauderte vor der langen Nacht, die ihr bevorstand. Sie knipste ihre Nachttischlampe an, aber das Licht blendete sie und machte ihr Herzklopfen. Sie war völlig verzweifelt. Nach einem ganzen Tag im Bett fühlte sie sich nicht im geringsten besser; aber wenigstens mußte sie nicht mehr andauernd ins Bad.

»Was ist das?«

Sie hörte ein Geräusch, ein wütendes, beharrliches Klopfen. Aber es war so ungestüm, es konnte nicht von dieser Welt sein. Träumte sie? Nein, jemand klopfte. »Nein! Nein! Aufhören! Geh weg!« Sie wartete. Aber nein, das Klopfen dauerte an, wild, verrückt.

Schließlich konnte sie es nicht länger ignorieren. Sie schleppte sich aus dem Bett und ging dem Lärm nach ... aus ihrem Zimmer, die Treppe zur Eingangshalle hinunter. Sie mußte die Augen zusammenkneifen, um in dem Halbdunkel den richtigen Weg einzuschlagen. An der Rezeption war immer noch niemand, das Hotel war leer und unbeleuchtet.

Das Geräusch war jetzt sehr laut. Maia ließ den Blick umherwandern und sah einen Vogel, der wie wild auf ein Fenster einhackte und dann wieder in den Hof hinausflog. Was war das? Sie konnte sich keinen Reim darauf machen. Nach einigen Sekunden stürzte der Vogel wieder ans Fenster, klopfte heftig mit dem Schnabel dagegen und ließ sich dann in wilder Panik erneut auf dem Zitronenbaum nieder.

Sie sah angestrengt nach draußen und entdeckte ein Nest mit kleinen Vögeln im Baum. Und dann sah sie, daß sich eine Schlange zu dem Ast mit dem Nest hinaufwand, um die Vogeljungen zu fressen.

Der Vogel bettelte um Hilfe!

Ohne zu überlegen, griff Maia nach einer Bratpfanne, die auf dem Gasherd stand, stolperte auf den Baum zu und begann, so heftig sie konnte, auf den Kopf der Schlange einzuschlagen. »Nein! Nein! Nein!« schrie sie. Ihr Kopf fühlte sich an, als würde er jeden Moment zerbersten. Die Schlange war verwirrt, aber sie lebte noch. Wie tötet man eine Schlange? Würde das Tier sie jetzt angreifen.?

Der Vogel kreischte immer noch. Die Vogeljungen tschilpten aufgeregt, die weit geöffneten Augen auf Maia gerichtet, die sich nun hinter die Bar schleppte und den Besen zur Hand nahm. Als sie den Besenstil durch die Windungen der Schlange steckte, um sie vom Baum herunterzuziehen, gab sie plötzlich Laute von sich, die sie noch nie aus ihrem Mund gehört hatte. Die schiere Muskelkraft der sich um den Baum windenden Schlange bereitete ihr Übelkeit. Maia erbrach sich, wo sie stand, aber es gab nichts mehr, was sie hätte von sich geben können; der Brechreiz brachte nur Gallenflüssigkeit hervor.

Plötzlich zog ihr jemand den Besen aus der Hand. »Nicht hinsehen!« befahl eine Stimme. Sie wurde zur Seite gestoßen. Sie sah das Aufblitzen der Machete und schloß die Augen. Es folgte ein peitschenartiges Zischen.

Der Vogel hörte auf zu schreien.

Miguel Angel führte Maia die Treppe zu ihrem Zimmer hinauf. Sie ließ sich aufs Bett fallen. Er machte einen Waschlappen feucht und wischte ihr damit das Gesicht ab.

»Was haben Sie heute gegessen?«

Sie deutete auf die fast leere Flasche Cola neben dem Bett.

»Sie sehen schlecht aus.«

*»Gracias«*, sagte sie, als hätte er ihr ein Kompliment gemacht. Das Reden fiel ihr schwer, so schwach war sie. »Wann kommt Leticia zurück?«

»Sie sind ausgetrocknet.« Er verließ das Zimmer, und Maia fiel wieder in einen Dämmerschlaf.

Dann war er wieder da, eine Plastikflasche mit klarer, rosaroter Flüssigkeit in der Hand. Er schraubte den hellgrünen Deckel ab. »Sie müssen das trinken«, sagte er und hielt ihr die Flasche an den Mund.

Es schmeckte grauenhaft. »Was ist das?«

*»Suero.«*

Sie sah sich die Flasche an und las. Es war eine sterile Elektro-

lyse-Lösung, die man Babys gab, wenn sie Durchfall hatten – damit sie nicht starben. »Muß ich denn sterben?« fragte sie.
»Nein, aber Sie sind sehr schwach.« Er bedeutete ihr mit einer Handbewegung, die Flasche leerzutrinken.
»Ich glaube, ich muß mich wieder erbrechen.«
Aber er bestand darauf. Es dauerte lange. Geduldig blieb er neben ihr sitzen, während sie in kleinen Schlucken trank. Dann legte er ihren Kopf nach hinten. Sie hatte nur getrunken, damit er schnell wieder ging.
Einige Zeit später kam er noch einmal und brachte ihr ein Glas mit einer warmen, dicken, klebrigen Flüssigkeit. Es sah aus und schmeckte wie rosaroter Kleister.
»Gehen Sie weg«, sagte sie. »Sie sind gemein!«
Er lachte. »Das ist *maizena*, ein Getränk aus Mais. Das hier ist mit Erdbeergeschmack. Die Kinder mögen es sehr gern. Es hat viel Protein, viele Kohlenhydrate und Kalorien.«
»Ich mag eure Dritte-Welt-Medizin nicht!« sagte sie. »Lassen Sie mich in Ruhe!«
Aber er ging erst, nachdem sie ihm das Glas leer zurückgegeben hatte. Erleichtert sank sie in den erholsamen Schlaf, den sie so lange vergeblich gesucht hatte.
Als sie mitten in der Nacht aufwachte, stand ein Krug *maizena* an ihrem Bett – diesmal mit Bananengeschmack. Sie trank ein bißchen davon und schlief wieder ein. Die Nacht hindurch glaubte sie mehrmals zu hören, daß die Tür geöffnet wurde, aber in der tiefen Dunkelheit konnte sie nichts sehen.
Am nächsten Tag wachte sie gegen Mittag auf, ruhig und friedlich. Was immer es gewesen war, es war vorbei. Am meisten sehnte sie sich jetzt nach einer Dusche. Sie ließ das Wasser an sich herabrinnen und ihre klebrige Krankheit abwaschen. Als sie sich einseifte, hatte sie den Eindruck, ihr Körper sei geschrumpft. Sie fühlte sich schwach und verletzlich wie ein winziges Neugeborenes, das gerade zu leben beginnt.

Sie war sehr hungrig, aber wie sollte sie an etwas Eßbares herankommen? Um zum Markt zu gehen, fehlte ihr die Kraft, und in ein Café wollte sie sich auch nicht setzen – dort hätte sie dem Essen nicht getraut. Nein, sie würde Anna besuchen.

»*Chula!* Jetzt geht es dir besser«, sagte Leticia, als Maia langsam die Treppe herunterkam.

»Es war schrecklich. Aber es ist meine eigene Schuld, daß ich im Urlaub krank geworden bin, schließlich habe ich diese blöden Sandwiches gegessen ...«

»Miguel Angel hat es mir schon erzählt«, fiel Leticia ihr ins Wort.

Was hatte er ihr erzählt? Klang Leticia nicht ein bißchen kühl?

»Du mußt ins Labor gehen. Du hast wahrscheinlich Amöben. Das ist nicht schlimm, die kriegen wir alle hier – vom Wasser.« Sie kritzelte die Adresse des Labors auf einen Zettel und gab ihn Maia.

Anna begrüßte sie überschwenglich. »Ach, mein armes Häschen! Du bist so blaß! Du warst bestimmt krank!« sagte sie sofort, als sie Maia sah. »Laß mich mal raten ... war es etwas, das du gegessen hast?« Sie lachte.

»Ja. Und hoffentlich hast du nichts dagegen, daß ich mir bei dir ein wenig Trost und selbstgekochtes Essen holen will.«

»Das passiert jedem mal«, meinte Anna freundlich. »Du legst dich jetzt auf die Couch, und ich mache dir Tee und etwas zu essen.«

Maia wollte sich nur zu gern verwöhnen lassen. »Ach, Anna, es war so schrecklich! Und dann – war es vorbei.«

»Ja, ist das nicht das Schlimmste, was es gibt? Das Allerschlimmste! Aber so läuft das immer ab. Man fühlt sich, als müßte man hundertprozentig sterben.« Anna ging in die Küche und begann herumzuhantieren.

»Leticia meint, ich sollte mich auf Amöben untersuchen lassen.

Ist das nicht ein bißchen übertrieben?« rief Maia ihr vom Wohnzimmer aus zu.
»Ziemlich lästig, ich weiß. Aber du solltest es wirklich machen. Es ist besser, wenn du die Amöben hier wieder loswirst, in den Vereinigten Staaten haben die Ärzte nämlich nicht die geringste Ahnung, wie man mit so etwas umgeht.«
Sie kam mit einem Tablett zurück und reichte Maia die Tasse Tee, nach der sie so gegiert hatte. »Es ist destilliertes Wasser und außerdem abgekocht. Da, der Honig.«
»Sieht aus wie Krankenkost«, sagte Maia lachend, als sie den Teller mit weichgekochten Eiern und trockenem Toast sah, den Anna vor ihr auf den Tisch gestellt hatte. Sie aß vorsichtig, aber voller Dankbarkeit, während Anna sich einen frühnachmittäglichen Gin Tonic genehmigte.
»Was weißt du über J. J. Canales?« fragte Maia beiläufig. »Ich habe gestern abend seine Bilder bei der Vernissage gesehen.«
Anna zündete sich eine Zigarette an, machte den ersten Zug und nickte. »Er ist ein Freund von Rolf. Fotograf. Aber sein Geld verdient er als Touristenführer bei den Ruinen.« Sie machte eine Pause. »Ist nichts wert«, fügte sie, mißmutig den Kopf schüttelnd, hinzu.
»Was – seine Fotos oder seine Führungen?«
»Er selber. Er ist nichts wert. Ist verrückt nach Gringas. Er schnappt sie sich und läßt sie dann fallen. War mal verheiratet, heißt es. Irgend jemand hat mir die Geschichte erzählt, es war vor meiner Zeit hier. Seine Frau war ein junges Ding aus Missouri oder Iowa, na egal, jedenfalls aus irgendeinem Staat im Mittelwesten. Er hat sie ganz mies behandelt. Sie hatten ein Kind, einen kleinen Jungen. Den hat er völlig ignoriert, und ihr hat er kein Geld gegeben. Zum Schluß mußte sie Schokoplätzchen backen und sonntags im *zocolo* verkaufen, um das Geld für ihr Ticket nach Hause zusammenzubringen. Kannst du dir das vorstellen?«

»Ist ja entsetzlich!« Maia war empört.
»Er lebt jetzt mit einem Mädchen aus Zürich zusammen, habe ich gehört«, fügte Anna in gleichgültigem Ton hinzu.
Maias Ego war nunmehr ganz offiziell angeknackst. Aber das brauchte ja kein Mensch zu erfahren. Außer er erzählte jemandem von seiner jüngsten Eroberung. Sie konnte nur hoffen, daß er ihr nie wieder über den Weg lief, aber in einem Kaff wie Dolores würde das natürlich schwierig sein. Gott sei Dank, Ende nächster Woche flog sie wieder nach Hause!

## 11

An den folgenden drei Tagen trug Maia frühmorgens einen kleinen Plastikbehälter in einer braunen Papiertüte durchs Dorf. Im Eingangszimmer des *laboratorio* roch es scheußlich, aber die Frau am Empfang schien weder den Gestank noch Maias Verlegenheit zu bemerken. Schließlich erfuhr Maia, daß sie tatsächlich Amöben hatte. Mit einem Stück Papier, auf dem stand, welche Art von Amöben es war, ging sie zur *farmacia* und erhielt ein Päckchen Pillen, die sie drei Tage lang einnehmen sollte.
»Die gleichen habe ich auch geschluckt«, sagte Leticia, als Maia ihr die Pillen zeigte. »Das ist ein Arsenderivat.«
»Hmm, lecker!« rief Maia sarkastisch. »Ich finde es großartig, daß die *farmacia* zwar keine Tampons, dafür aber jede Menge Arsenpillen vorrätig hat ...«
»Du darfst keinen Alkohol trinken, während du die nimmst«, warnte Leticia.
»Na ja.« Maia zuckte die Achseln. »Was ist eigentlich mit der Sonne los?« In zwei Tagen würde sie abreisen, und sie wollte ihre Bräune nicht verlieren. Das Wetter war in den vorange-

gangenen Tagen immer trüber geworden, das Meer war stark bewegt und von einem widerlichen Grün. Dolores wirkte richtig trostlos.

»Das ist nur der *norte* der Nordwind, *mi amor*. Das ist hier so im September und Oktober«, erklärte Leticia. »Aber es passiert nie etwas – nur ein paar Tage Regen, dann kommt die Sonne wieder, ganz bestimmt.«

Ihre nackten Füße schlitterten über den Sand, als sie den Strand zu Sukis und Sams Haus hinauflief. Es war erst zehn Uhr morgens, aber es hätte ebensogut sieben Uhr abends sein können. Der Strand strahlte etwas Bedrohliches aus. Wind war aufgekommen, dicke Wolken zogen rasch über den Ozean hinweg. Das Wasser war sehr bewegt und wenig einladend. Die geladene, unheimliche Atmosphäre machte Maia nervös; einen Augenblick lang sehnte sie sich nach Manhattan zurück. Es gab Gerüchte, daß ein Hurrikan bevorstehe, aber das nahm niemand wirklich ernst.

Auf ihren einsamen Spaziergängen war sie oft hier vorbeigekommen und hatte sich gefragt, wer wohl hinter den hohen aquamarinblauen Mauern dieses Hauses wohnte, das wie eine Geburtstagstorte aussah. Sie näherte sich ihm vom Strand her und ging dann nach vorn zum Eingang, einem Tor an einer sandigen Straße. Als die Klingel ertönte, begannen drinnen Hunde zu kläffen. Sie klopfte sich den Sand von den Füßen und schlüpfte wieder in ihre Sandalen. Ein Dienstmädchen mit vielen Goldzähnen öffnete das Tor.

*»Pasa!«* Sie winkte Maia heran und scheuchte die beiden Hunde weg. Der eine war eine Kreuzung aus Dackel und Pudel, der andere eine typische mexikanische Promenadenmischung. Hinter dem Tor erwartete sie ein kleines Paradies: Blühende violette und rosarote Bougainvilleas rankten sich an der Mauer empor, und auf Mini-Patios und Balkonen, die in

unterschiedlicher Höhe angebracht waren, standen weiße, ziselierte Käfige mit farbenprächtigen, zwitschernden Vögeln. Sie konnte sich vorstellen, daß das Haus bezaubernd aussah, wenn die Sonne schien, aber zu dem trüben Wetter wollte es nicht recht passen. An der runden Auffahrt parkten ein Motorrad, ein gelber Jeep und ein kleines Wohnmobil.

Als sie auf das Haus zuging, hörte sie Frauenstimmen, die sich auf englisch unterhielten. Das Dienstmädchen begleitete sie zu einer Außentreppe, die zum Wohnzimmer im ersten Stock hinaufführte. Dort saßen auf Stühlen sieben Frauen im Kreis und unterhielten sich. Unter ihnen war auch Isolde, die Maia zuwinkte, als sie den Raum betrat. Maia schnappte das Wort »Hurrikan« auf.

*»Bienvenido!* Ich bin Suki«, sagte eine kleine, drahtige Frau in Jeans und Stiefeln, die mit einer stattlichen Menge von Navajo-Türkisschmuck behängt war.

»Ich heiße Maia.« Sie schüttelte Suki die Hand und versuchte ihr vom Wind verwuscheltes Haar zu glätten.

»Isolde hat uns erzählt, daß du vielleicht mal vorbeischaust. Wir freuen uns über jedes neue Gesicht. Warum bist du hier in Dolores, und wie lange willst du bleiben?«

»Nur auf Urlaub«, sagte Maia seufzend. »In zwei Tagen reise ich ab. Aber es gefällt mir ausgezeichnet.«

»Schön, daß du da bist. Vielleicht können wir dich überreden zu bleiben. Setz dich irgendwo hin. Da drüben stehen Kaffee und Kekse. Samantha!« rief Suki. »Frag Socorro, wo die *limonada* bleibt!«

Samantha beziehungsweise Sam, wie sie von allen genannt wurde, sprang, immer zwei Stufen auf einmal nehmend, die Treppe hinunter. Arme Sam – ihr Körper glich in seiner Form so sehr einem Kühlschrank, daß Maia sich fragte, ob die Mexikaner sie nicht manchmal für einen Mann hielten. Auch sie trug Jeans und grinste breit, als sie, eine brennende Zigarette in der Hand, auf die anderen zuging. *»Hola,* alle miteinander«, sagte sie mit starkem texanischen Akzent. Sie strahlte etwas sehr Warmes, Anziehendes aus, während Suki Maia irgendwie nervös machte.

»Neuigkeiten über den Hurrikan?« fragte Maia in die Runde.

»Er hat jetzt einen Namen, Hurrikan Gilbert. Und offenbar kommt er genau auf uns zu«, antwortete Isolde.

»Das sagen sie doch jedes Jahr. Dann kommen ein paar düstere Tage, und das war's auch schon. Die drehen immer rechtzeitig ab«, spöttelte Suki.

Daß sich keine der Frauen sonderlich zu sorgen schien, beruhigte Maia; schließlich mußten die es wissen. Sie setzte sich neben Isolde und ließ den luftigen Raum mit seinem Ausblick auf den Ozean auf sich wirken. Das Zimmer war gemütlich und ganz und gar wie ein amerikanisches Vorstadthaus eingerichtet; es hätte genausogut in Florida oder New Jersey stehen können. In einer Ecke thronte ein riesiger Fernseher, offenbar mit der Satellitenschüssel verbunden, die sie auf dem Dach gesehen hatte; die Regale waren mit Romanen und Unmengen von Selbsthilfebüchern gefüllt, darunter das Gesamtwerk von Shirley MacLaine. Trotz der leichten Brise, die vom Meer hereinwehte, roch es nach Zigarettenqualm und Hundehaaren.

Dann erschienen noch zwei Frauen, und Suki eröffnete die Sitzung.

»Okay, Ruhe, bitte, Ladies! Es wird Zeit, daß wir anfangen. Ich lese jetzt die Zielsetzungen unserer Gruppe vor.« Ihre Stimme war heiser vom Rauchen. Sie räusperte sich. »Die Frauenselbsthilfegruppe von Dolores wurde von und für Frauen in Dolores gegründet, als ein Zufluchtsort, an dem Frauen über ihre Gefühle sprechen und sich über das, was ihnen wichtig ist, in einer vertraulichen, solidarischen Atmosphäre austauschen können. Jede Frau, die sich unserem Kreis anschließt, kann sich unserer Freundschaft und Unterstützung sicher sein.« Dann kamen noch ein paar kurze Mitteilungen: wo die Gruppe sich in der nächsten Woche treffen und daß das Thema dann Selbstverteidigung sein würde. Sam habe sich bereit erklärt, einen kurzen Vortrag zu halten, da sie früher in Lufkin, Texas, Hilfspolizistin gewesen war.

Heute aber lautete das Thema »Mutter und Kind«. »Ich fange einfach mal an, damit die Diskussion in Gang kommt«, sagte Suki und verlor sich in einem weitschweifigen Bericht über den Alptraum ihrer Kindheit. Zu ihrer Mutter, einer Alkoholikerin, hatte sie eine sehr problematische Beziehung gehabt. Dann sprach sie von ihren eigenen Erfahrungen als Mutter. Sie berichtete von ihrer geistig behinderten Tochter, die siebzehn Jahre alt war und in einem Heim lebte, sowie von ihrem kleinen Sohn, den sie ihrem Exmann überlassen hatte, als sie erkannte, daß sie etwas anderes im Leben wollte. »Ich fand, es sei das Beste für das Kind, weil ich die letzte bin, die bestreiten würde, eine Rabenmutter zu sein.«

Suki beendete ihre Geschichte mit dem Geständnis, sie leide unter Magersucht, habe Alkoholprobleme und sei lesbisch – als wäre letzteres ebenso ein Problem wie die beiden ersten Punkte.

Sam starrte die ganze Zeit über auf den Boden; es sah fast so aus, als sei es ihr peinlich, mit einem solchen menschlichen Wrack in Verbindung gebracht zu werden.

»Jetzt bin ich dran«, sagte sie rasch, um die unbehagliche Stille zu durchbrechen, die sich über das Zimmer gelegt hatte. »Also dann. Ich habe vier erwachsene Söhne, alle verheiratet, und sechs Enkelkinder. Ich war meinen Kindern gern eine Mutter.« Sie sprach schlicht und eindrucksvoll. »Jack, mein Mann, mit dem ich fünfundzwanzig Jahre lang verheiratet war, war mein bester Freund.« Irgendwann sei er ausgerastet oder etwas ähnliches, und sie hatte sich scheiden lassen und war nach Mexiko gegangen, wo sie bei Suki hängenblieb. Am Ende sagte

Sam: »Ich stehe meinen Söhnen und deren Ehefrauen immer noch sehr nahe und bin richtig stolz auf meine Enkel. Sie alle akzeptieren mein neues Leben hier unten. Ja, und ehe ich's vergesse: Ich liebe mein Motorrad. Und daß man hier ohne Helm fahren kann. In den Staaten ist das ein Ding der Unmöglichkeit!«

Alle lachten.

Eine Frau nach der anderen begann nun zu erzählen; das Zimmer erbebte geradezu vor menschlichem Elend. Sie waren Ende vierzig, Ende fünfzig und lebten in Dolores, um ihrer meist ziemlich gräßlichen Vergangenheit zu entfliehen. Die Kleinkindphase ihrer Kinder hatten sie fast alle noch sehr genossen, das Glucksen und Knuddeln. Aber dann tauchten Lernschwierigkeiten auf, die Kinder erlitten Unfälle, rebellierten in der Pubertät, bekamen Probleme mit Drogen, entwickelten psychische Störungen, unternahmen Selbstmordversuche. Maia erfuhr von häßlichen Scheidungsprozessen, von Ehemännern, die plötzlich schwul waren oder fremdgingen, von zweiten Ehemännern, von dritten Ehemännern – ein ganzer Katalog menschlicher Abstürze.

Maia fand diese improvisierte Gruppentherapie – ohne eine Therapeutin, die das Ganze deuten und eine Struktur in diese Ergüsse chaotischer, zusammenhangloser Gefühle hätte bringen können – ziemlich gefährlich. Sie selbst war zunächst entsetzt, dann fasziniert, peinlich berührt und schließlich voller Mitleid. Wie war es nur möglich, daß sich in einem einzigen kleinen Zimmer in Dolores, Mexiko, so viele glücklose Frauen versammeln konnten, so viele Leben, in denen alles schiefgelaufen war? Sie hatte das Gefühl, stärker zu sein als sie alle, aber dann dachte sie sich: Wenigstens haben sie gelebt.

Als Isolde an die Reihe kam, merkte Maia, daß sie sich sehr unwohl fühlte. Aber sie schluckte ihre Befangenheit hinunter, faßte sich ein Herz und berichtete in ihrem deutschen Akzent, daß ihre Mutter ihr nie etwas über die Menstruation gesagt hatte. Dann grinste sie plötzlich und gab Daniella mit einer Handbewegung zu verstehen, daß sie an der Reihe war. Maia überlegte, was Daniella, die jüngste Frau in der Runde, wohl zu erzählen haben würde – sie war immerhin erst neunzehn. Daniella, die noch süßer aussah, wenn Jeremy ihr gerade einmal keine nassen Küsse ins Ohr schmatzte, sprach voller Bewunderung von ihrer Mutter, die sie und ihre vier Schwestern allein aufgezogen hatte. Während sie erzählte, versuchte Maia sich diese hübschen Schwestern vorzustellen, die jetzt über die ganze Welt verstreut lebten – in Washington, Peking, London, Harvard und Dolores – und allesamt faszinierende Dinge machten. Daniella wirkte normal und mit sich selbst im reinen, locker und offen.

Maia beneidete sie um ihr Selbstvertrauen, das, wie sie annahm, von einem fortschrittlicheren Erziehungsstil herrührte. Daniella war eine postmoderne Frau, stark, gesund, unbelastet von den Vorurteilen vergangener Zeiten.

Dann war Maia dran. Was sollte sie ihnen erzählen? »Also, ich bin hier auf Urlaub – nur auf der Durchreise –, das heißt, ich werde nur dieses eine Mal an der Gruppe teilnehmen. Okay.« Sie holte tief Luft. »Ich heiße Maia Rose, und –«

»Maia Rose?« fragte die Frau, die einmal »Texas Rodeo Queen« gewesen war und in den siebziger Jahren ihrem Sprößling an den Stränden von Mazatlán geholfen hatte, vom Heroin wegzukommen. »Mensch, der Name kommt mir verdammt bekannt vor! Warte mal! Natalie hat mir von dir erzählt ... Bist du nicht Kosmetikredakteurin bei irgendeinem New Yorker Schickimicki-Magazin?«

Bevor Maia etwas erwidern konnte, wurde allgemeines Gemurmel laut. Alle sahen sie an, musterten sie von Kopf bis Fuß und wunderten sich wohl, wie diese unscheinbar gekleidete Frau die angeblich so elegante Maia Rose sein konnte.

»Toll! Erzähl uns deine Kosmetiktricks!« rief eine der Frauen. Alle lachten – an Gruppentherapie dachte keiner mehr. Maia sollte es recht sein. Mittlerweile hatten alle genug von unerfreulichen Ehen und Kindern, die einem das Herz brachen. Die Frauen bedienten sich mit Instantkaffee und scharten sich um Maia. Die eine fragte sie über die Nachtcreme aus, die sie benutzte, eine andere erzählte ihr, die mexikanischen Haarfärbemittel seien eine Katastrophe, und die dritte ließ sich über die besten Lidschattenmarken informieren. Es schien ihnen gutzutun, über solche Dinge zu plaudern – so wie es Frauen schon immer gelungen ist, ihre Laune durch einen neuen Lippenstift oder eine neue Frisur zu heben. In den Stimmen der Frauen lag ein Unterton, den Maia nur zu gut kannte. Eigentlich machten sie sich ja aus solch oberflächlichen Dingen gar nichts, aber in ihrem tiefsten Inneren eben doch.
Maia saß bequem zurückgelehnt auf ihrem Stuhl und verteilte Ratschläge in Sachen Schönheit, wie immer fasziniert vom Selbsthaß und der Unsicherheit vieler Frauen. Egal, wie schön eine Frau war, stets fand sie etwas an sich auszusetzen, jede wünschte sich, wie eine andere zu sein oder zumindest eine Kleinigkeit zu verändern. Wie traurig, daß keine Frau je mit ihrem Aussehen zufrieden war.
Maia brauchte nur einen Blick auf eine Frau zu werfen, schon wußte sie, wie sie sich einschätzte und welche Wunschvorstellungen sie hatte. Man sah es sofort an der Körperhaltung, an der Frisur, an der Art des Make-ups. War sie gut geschminkt oder kam sie in Kriegsbemalung daher? Trug das Make-up dazu bei, ihre Sexualität zu verbergen oder zu betonen? Wirkte es unbeschwert oder todernst? Diente es als Maske oder der fröhlichen Zurschaustellung? Hatte die jeweilige Frau ihren eigenen Stil gefunden oder war sie, was ihr Äußeres betraf, über die Teenagerzeit nicht hinausgekommen?
Isolde wollte gar nicht mehr weg von Maia, so beeindruckt war

sie von ihr und ihren Schönheitstips. Während Maia über die negativen Eigenschaften von Seife sprach, strich Isolde sich übers Gesicht, als prüfte sie, welchen Schaden sie ihrer Haut jahrelang zugefügt hatte.

Draußen war der Wind um einiges stärker geworden, und der Himmel sah bedrohlich aus. Sam schaltete das Radio an, um den Wetterbericht zu hören.

Es wurde still im Zimmer. Sam war sichtlich nervös, als sie die Meldungen übersetzte. »Hurrikan Gilberto kommt direkt auf die Golfküste zu und wütet gerade in Cancun. Angeblich ist es der schlimmste Hurrikan des Jahrhunderts.«

Das vertrauliche Kaffeklatschgeplauder verwandelte sich in allgemeinen Aufruhr.

»Am besten verrammeln wir das Haus und fahren ins Landesinnere!« rief Suki ängstlich.

»Ich rühre mich nicht von der Stelle«, entgegnete Sam trotzig. »Wir müssen nur alles gut befestigen, die Vögel und die Hunde ins Haus holen, die Topfpflanzen in Sicherheit bringen, die Fenster abdichten ...«

»Aber das Meer ist gleich da draußen!« Suki lief zur Treppe. »Socorro!« rief sie. Das Mädchen kam sofort angelaufen.

Socorro war wie erstarrt vor Schreck. Als Suki begann, ihr Instruktionen zu geben, schrie sie los, sie wolle nach Hause, sie müsse sich um ihr Haus und um ihre Familie kümmern.

»Laß sie gehen«, sagte Sam zu Suki. Socorro verschwand, ohne Sukis Antwort abzuwarten.

»Dalli, dalli, Leute!« rief Suki und befahl ihnen, sich im Kreis aufzustellen und einander mit den Armen zu umfassen. Dann sprach sie eine Art Gebet, das klang, als hätte sie es von den Anonymen Alkoholikern übernommen. »Jede von uns muß in diesem Kreis etwas lassen und etwas aus ihm mitnehmen. Maia, fang du an!«

»Ich weiß nicht, was ich sagen soll ...« stotterte Maia; die

Autorität, die sie als Schönheitsspezialistin genossen hatte, war wie weggewischt. »Ich weiß bloß, daß die Zukunft auf einmal bedrohlich nah ist und daß ich … Angst habe.«
»Wer hat die nicht?« bemerkte eine Frau.
»Dann laß deine Angst hier«, sagte Sam.
»Das ist eine gute Idee«, meinte Maia. »Ja, genau, das mache ich. Ich lasse meine Angst hier, und eure Kraft nehme ich mit.«
So entsetzt sie über das war, was sie in den letzten Stunden an Lebensbeichten gehört hatte, und so leid ihr die meisten dieser Frauen taten, so meinte sie es doch ernst. Diese Frauen hatten gelebt – chaotisch, das war nicht zu leugnen, aber sie hatten das Leben erlebt und Maia nicht. Eine nach der anderen kamen sie an die Reihe und sprachen ergriffen und mit tränenerstickter Stimme über ihre Zuneigung zur Gruppe, beteuerten, welch große Hilfe sie ihnen gewesen sei.
Dann war die Sitzung beendet. Alle eilten nach Hause, um sich gegen den großen Sturm zu rüsten.

# 12

Auf dem Weg zurück ins Hotel Coco war Maia aufgeregt und verängstigt zugleich. Immer tiefer sank der aufgewühlte graue Himmel zur Erde herab. Der starke Wind und der umherfliegende Sand, der ihr Gesicht und ihren Körper wie mit Nadeln stach, ließen sie kaum vorwärtskommen. Es lag etwas Gewalttätiges, Unheilvolles in der Luft.
Die ganze Szenerie erinnerte sie an den Wirbelsturm im *Zauberer von Oz*. Natürlich muß *mir* das wieder passieren, kicherte sie nervös; aber wer fährt denn auch während der Hurrikan-Zeit in die Karibik!

Blätter und aller möglicher Unrat umwirbelten ihre Füße. Manchmal mußte sie rückwärts gehen, um sich dem Wind entgegenzustemmen und sich die Augen reiben zu können. Es sah gefährlich aus, wie sich die Kokospalmen in den heftigen Böen wiegten. Türen fielen knallend zu und klapperten in den Angeln. Die wenigen Glücklichen, die ein Auto besaßen, verstauten ihre Familienhabe darin und fuhren langsam, schwerbeladen, davon, wahrscheinlich nach Mérida, dreißig Kilometer landeinwärts.

In heller Aufregung verrammelten die Dorfbewohner ihre strohgedeckten Hütten, scheuchten Hühner, Ziegen und Hunde hinein, bauten ihre Freiluftküchen ab und schoben Möbel vor die Türen, ja sogar vor die Fenster. Es war wirklich idiotisch. Während die Gringas bei Suki und Sam herumgesessen waren und über unbewältigte Dinge aus der Vergangenheit gesprochen hatten, fand draußen ein Kampf ums Überleben statt.

Marios Bodega im *zocolo* war noch geöffnet. Vielleicht sollte sie ein paar Lebensmittel kaufen. War das nicht angebracht, wenn ein Hurrikan kam? Sie trat ein, aber es war zu spät. Die Regale waren leergeräumt. Mario sah mitgenommen aus. »Ich habe fast alles verkauft«, sagte er. »Ich muß jetzt zumachen.« Nur noch einige Zellophanpäckchen mit Keksen und kleinen Kuchen waren übrig. Maia wollte die traurigen Reste gerade zusammenraffen, als sie jemand am Arm packte.

»Wo waren Sie?« fragte eine wütende Stimme. »Leticia ist völlig hysterisch wegen Ihnen.« Es war Miguel Angel. »Sie hat mich losgeschickt, damit ich Sie suche.«

»Ich ... ich war ...«

*»No importa«,* schnitt er ihr barsch das Wort ab. *»Vamonos!«*

In seiner Gegenwart kam sie sich immer wie eine Idiotin vor. Sie bezahlte die Kekse und Kuchen. Als sie auf die Straße traten, prallten sie gegen eine Mauer aus Wind. Die Palmen im *zocolo* bogen sich bis zum Boden. Maia wunderte sich, daß sie nicht abbrachen. Der Regen hatte von einer Sekunde auf die andere mit solcher Gewalt eingesetzt, daß Maias Kleider sofort durchnäßt waren. Hinter ihnen verriegelte Mario die Tür seiner Bodega. Miguel Angel packte Maia am Arm, und sie kämpften sich gegen den nassen Wind zum Hotel vor, in dessen Eingang Leticia stand und verzweifelt nach ihnen Ausschau hielt.

»Maia! *Gracias a Dios!*« schrie sie und bekreuzigte sich.

Das war ja ein richtiges Abenteuer! Was würde sie alles erzählen können, wenn sie wieder daheim war! Bevor sie durch die schwere Holztür des Hotels Coco trat, warf sie einen langen Blick zurück. Miguel Angel zischelte Leticia irgend etwas auf spanisch zu und verschwand die Straße hinunter.

»Wohin geht er?« fragte Maia.

»Er holt seinen Hund. Er wird bald wiederkommen.«

Sie schlossen die portalartige Eingangstür, und Leticia verriegelte sie mit einiger Mühe. »Seit ich hier arbeite, ist diese Tür nicht ein einziges Mal abgeschlossen worden – seit elf Jahren nicht.«

Maia sah, daß Leticia das Hotel so gut wie möglich auf den Hurrikan vorbereitet hatte; aber da der Innenhof nicht überdacht war, konnte im Grunde nicht viel geschützt werden. Die Palmen im Innenhof schwankten im Wind. Die Regentropfen wurden immer dicker. Mit Miguel Angels Hilfe hatte Leticia die Topfpalmen von den Balkonen entfernt. Im Erdgeschoß konnte nur ein einziger Raum – die Bar – zum Innenhof abgeschlossen werden. Dort hatte Leticia eine Notunterkunft eingerichtet: Auf einem der Holzsofas lag ein Stapel Wolldekken, Krüge mit abgekochtem Wasser standen aufgereiht am Boden, und in einer Ecke war in einem Karton ein kleiner Lebensmittelvorrat angelegt worden. Auf dem Tresen standen Kerzen und eine Öllampe sowie ein Transistorradio. Es war dunkel; die Fensterläden hatte Miguel Angel geschlossen und

mit hastig angenagelten Brettern verrammelt. Der elektrische Lüster flackerte vor sich hin.
»Mir ist kalt, ich bin durch und durch naß«, sagte Maia zu Leticia. »Ich gehe kurz rauf und ziehe mich um.«
Aber Leticia hatte nicht die Absicht, sie wegzulassen. *»Olvídalo, chula.* Der Wind ist zu stark, die Treppenstufen zu glatt. Nein, du bleibst hier.« Sie gab Maia eine Decke, die sie sich um die Schultern legen sollte.
Der Regen begann nun mit solcher Heftigkeit auf das Ziegeldach über ihnen niederzuprasseln, daß Maia mit einemmal begriff, daß etwas Schreckliches bevorstand. Sie dachte an die mickrigen Hütten da draußen und bekam Angst um die Menschen, die darin wohnten. Wie konnten sie sich in diesen strohgedeckten Hütten aus Lehm und Holz sicher fühlen? Und wie sah es dann erst in den Pappkartonunterkünften aus, die die Ärmsten der Armen beherbergten?
Um das Wetter hatte Maia sich nie Gedanken gemacht, denn in Manhattan, nun ja – in Manhattan war das Wetter im Grunde unwichtig. Von ihrem Büro im sechsundvierzigsten Stock aus empfand sie es als eine Art Spiel, zuzusehen, wie der Nebel unter ihrem Fenster wirbelte oder die Wolken nach Westen über den Hudson zogen. Einige wenige Hurrikans und Schneestürme waren im Lauf der Jahre durch New York getost, aber selbst da waren die New Yorker weiter ihren Geschäften nachgegangen und hatten sich der »Unannehmlichkeit« zu entziehen versucht, indem sie sich in die Subway flüchteten und an ihrem Arbeitsplatz, in einem Museum oder im Kino halbwegs trocken wieder auftauchten. »Schlechtes Wetter« bedeutete in Manhattan, daß man einen schönen Regenmantel anzog und nach Möglichkeit den Schirm nicht im Restaurant stehenließ.
Leticia saß, das Ohr ganz nah beim Transistorradio, an der Bar. Maia legte die Kekspakete auf die Theke und öffnete eines

davon, während Leticia die Radiomeldungen übersetzte. Sie wurde zusehends aufgeregter.

»Die *tormenta* hat Böen von bis zu dreihundertfünfzig Kilometern in der Stunde. Angeblich ist es der stärkste Hurrikan des Jahrhunderts! Aus Cancun werden sieben Meter hohe Wellen gemeldet. Die Hotels sind völlig zerstört, Fensterscheiben herausgerissen, Dächer weggeweht. Die Swimmingpools sind voller Sand, die Satellitenschüsseln rollen durch die Gegend wie Deckel von Blechdosen. Im Inneren des Hurrikans wurden Autos umgeworfen und weggeweht.«

Maia blieb der Mund offenstehen. Und all das war nun auf dem Weg zu ihnen! Sie sank in sich zusammen. Nein, das war kein Spaß mehr.

Es klopfte an der Tür. Sie schoben den Riegel zurück und ließen Miguel Angel mit seinem Hund herein, einem gefährlich aussehenden Dobermann, der ausgerechnet Chula – Süße oder Schatz – hieß.

»Sie ist sehr scheu«, versicherte er Maia, die sofort zurücktrat, als sie das starke Gebiß des Hundes sah. Chula ließ sich in der dunkelsten Ecke nieder, die sie finden konnte, wie um sich vor dem Sturm zu verstecken.

Zu dumm, daß Miguel Angel auch da war! Seit Maia sich vor fast zwei Wochen in dem Hotel einquartiert hatte, war ihr seine Anwesenheit unangenehm gewesen. Es war einfach alles andere als schön, mit jemandem zusammenzusein, der sie ablehnte, und zwar alles an ihr.

Sie setzte sich auf eines der Sofas und stellte sich innerlich auf einen endlos langen Tag ein, an dem sie nichts anderes würden tun können, als dem Tosen zuzuhören, das dort draußen vor sich ging. Nicht einmal ein Buch zum Lesen hatte sie. Sie dachte über das seltsame Schicksal nach, das sie alle zusammen an diesen Ort fesselte. Leticia war stark wie ein Ochse und wirklich abgebrüht. Und Miguel Angel war ... ein Mann. Ja,

sie würden sich schon um sie kümmern und ihr sagen, was zu tun sei.
Am Spätnachmittag nutzte Miguel Angel ein kurzes Nachlassen des Regens, um die Tür zu öffnen und Chula für wenige Minuten in den Innenhof zu lassen. Maia trat zu ihm und lugte hinaus. Ein bißchen frische Luft tat gut. Aus den Augenwinkeln heraus sah sie, wie der Hund kurz lauerte, dann in die Höhe sprang und mit dem Maul nach etwas schnappte. Es war grau und flatterte.
»Das ist ein Vogel!« rief sie. »Tun Sie doch was!« Als sie genauer hinschaute, sah sie, daß es eine Taube war, die im Gestrüpp eines Busches Zuflucht gesucht hatte. »O nein!«
Miguel Angel drehte sich zu ihr um und zuckte mit den Achseln. Die noch lebende Taube schlug im Maul des Dobermanns einige Male mit den Flügeln, dann wurde sie von den großen Zähnen zermalmt.
Maia hörte die Knochen krachen und schloß vor Entsetzen die Augen. »Nehmen Sie ihr doch die Taube weg!« kreischte sie. Sie bedeckte ihr Gesicht mit den Händen und hörte es noch einmal krachen. Erschauernd stellte sie sich vor, wie die Eckzähne des Hundes sich in das warme Fleisch und in die Federn verbissen, wie das Blut spritzte. Als sie aufblickte, war die Taube nicht mehr zu sehen; Chula trug einen befriedigten, unschuldigen Blick zur Schau und wedelte mit ihrem Stummelschwanz.
»Das ist grausam!« sagte Maia vorwurfsvoll zu Miguel Angel. »Warum haben Sie das zugelassen? Sie hätten es verhindern müssen!«
»Das ist das Gesetz der Natur«, erwiderte er und warf Chula den Rest eines Sandwiches zu, das er gerade gegessen hatte. Der Hund fing ihn im Flug und verschluckte ihn, ohne auch nur eine Sekunde lang den Geschmack geprüft zu haben.
Miguel Angel zündete sich eine Zigarette an. »Das Leben

hier«, erklärte er, während er den Rauch ausströmen ließ, »hier, *in der Dritten Welt* …«, er legte eine kurze Pause ein, wie um diesen Worten, die sie wohl provozieren sollten, besonderen Nachdruck zu verleihen, »… ist dadurch gekennzeichnet, daß die Natur ständig präsent ist. Man kann sie nie vergessen. Wenn Sie hier einen Krümel fallen lassen, sind Sekunden später Millionen von Ameisen zur Stelle. Ihr Grundstück wird von Unkraut so überwuchert, daß es die Fundamente Ihres Hauses aufbricht. Die Natur ist roh und chaotisch. Man muß sie bekämpfen und kontrollieren und zur rechten Zeit wissen, wann man ihr nachzugeben hat. Sie ist dein Freund, und sie ist dein Feind.« Er machte eine Handbewegung nach draußen, wo der Sturm tobte.
»Ich liebe die Natur«, sagte Maia verlegen. »Ich fahre am Wochenende immer gerne aus der Stadt und –«
»Für Sie ist die Natur ein Luxus«, entgegnete er verächtlich. »Ihr Verhältnis zu ihr ist rein sentimental. Sie nehmen sie nicht ernst. Die wirkliche Natur widert Sie an – wie wir gerade gesehen haben.«
Da war es wieder. Sie wußte nichts mehr zu sagen.

Gegen zwei Uhr morgens gab es eine Veränderung in der Atmosphäre. Ein unbehagliches Gefühl ergriff Besitz von Maia. Sie richtete sich auf und blickte in den schwach erleuchteten Raum. Aus Chulas panischem Blick schloß sie, daß auch der Hund die Veränderung gespürt hatte. Dann sah sie, wie Miguel Angel und Leticia sich einen nervösen Blick zuwarfen.
Mit einem Knacken wurde der Radioempfang unterbrochen. Von einem Moment auf den anderen sauste die ganze Wucht des Hurrikans Gilberto in ungeahnten Dimensionen auf Dolores nieder. Der Wind hatte sich in ein pfeifendes, rauschendes Monster verwandelt. Maia betete, das Dach des Hotels möge standhalten. Bäume hämmerten gegen die Fenster, Türen und

Mauern. Sie hörten, wie große Gegenstände durch die Straßen gewirbelt wurden und in Häuser krachten. Maia mochte sich nicht einmal vorstellen, was für Gegenstände das waren. Dann zerbrachen Fensterscheiben, mit lautem Knall stürzten Bäume um und zerbarsten. Ein Donnerhall erfüllte das ganze Dorf, alles schien auseinanderzufallen. Maia war sicher, daß der Kirchturm nicht mehr stand. In der Bar sprang ein loser Fensterladen auf; als Miguel Angel ihn wieder zu schließen versuchte, sah Maia den Regen, der draußen herabprasselte – nicht wie schwarze Tropfen oder Nadeln oder gar Nägel, nein, wahre Regenwände gingen, vom wirbelnden Wind geformt, nieder. Das Meer war angeschwollen, hatte die Straße in einen Fluß verwandelt. Ein Tisch trieb vorbei, gefolgt von einer Gasflasche, einer Waschmaschine, einem Bett. Hier, angesichts dieses kreisenden Tobens, wurde die Vergänglichkeit des Lebens spürbar.

Ein Abenteuer konnte man das nicht mehr nennen.

Maia setzte sich an die Bar und brachte kein Wort heraus. Entsetzliche Minuten vergingen, während draußen der Orkan heulte und wütete. Er war wie eine urzeitliche Macht, die nichts anderes im Sinn hatte, als sich auszutoben. Leticia schloß die Augen und begann leise zu beten. Miguel Angel rauchte eine Zigarette und streichelte Chula, die knurrend in ihrer Ecke kauerte. Schließlich legte Maia sich, erschöpft von der Anspannung, wieder auf das Sofa, wickelte sich in eine Decke und schloß die Augen, als könnte sie damit das Unwetter aus ihrer Wahrnehmung verbannen.

Als sie aufwachte, zeigte ihre Armbanduhr halb sechs an. Der Wind hatte sich abgeschwächt und klang jetzt wie ein gedehntes, heiseres Heulen. Das graue Licht verströmte eine unheimliche Ruhe. Miguel Angel und Leticia unterhielten sich leise, ihre Stimmen klangen seltsam. Das Radio sendete wieder.

Leticia brachte Maia eine Tasse Instantkaffee, die Maia dankbar annahm.
»Sie sagen, daß wir im Auge des Sturms sind. Die zweite Hälfte des Hurrikans wird bald beginnen.« Maia ging zum Tresen. Der Radiosprecher drängte, fast hysterisch: »Bleiben Sie in Ihren Häusern! Gehen Sie nicht nach draußen! Die *tormenta* ist noch nicht vorüber!«
Leticia stand vor dem winzigen Gasbrenner, den sie auf den Tresen gestellt hatte, und bereitete das Frühstück zu – Schinken und Eier, Tomaten, Tortillas und Bohnen. »Komm, *chula*, iß! Wir haben keinen Strom, da können wir gleich alles aufessen. Die Leute, die vor dem Sturm alles aufgekauft haben – das ganze Zeug wird verrotten. Die Menschen sind manchmal so dumm!«
Maia hatte auf einmal einen Bärenhunger. Sie aß dankbar, fast andächtig. Essen hatte plötzlich etwas Lebensbejahendes für sie.
Plötzlich wurde wild gegen die Tür geklopft. Miguel Angel schob den Riegel zurück. Draußen stand ein Cousin von Leticia mit seiner Frau und drei Kindern, durchnäßt, schmutzig, panische Angst in den Augen. Die Erwachsenen waren erschöpft, verwirrt, man sah ihnen an, daß sie nicht mehr weiterwußten. Die Kinder schauten drein, als hätten sie ein Gespenst gesehen. Leticia schenkte ihrem Cousin und seiner Frau rasch einen Brandy ein und bedeutete Maia mit einer Handbewegung, sich um die Kinder zu kümmern. Maia rubbelte die Kleinen mit einem Handtuch trocken, wickelte sie in Decken und setzte sie auf das Sofa. Das wimmernde kleine Mädchen nahm sie in den Arm und kämmte ihm das nasse Haar. Die Kinder fürchteten sich vor Chula. Maia zog den benommen wirkenden Hund aus seiner Ecke hervor und erklärte den Kindern, Chula habe mehr Angst vor ihnen als umgekehrt.
Leticia kochte noch etwas, und Maia fütterte die Kinder. Es tat

ihr gut, gebraucht zu werden. Endlich fühlte sie sich lebendig und zu etwas nütze.

Stockend erzählte das Ehepaar, was sie erlebt hatten. Ihre Hütte war vom Sturm in die Luft geschleudert und wie ein Blatt davongeweht worden. All ihre Habe, die wenigen Möbelstücke, die sie im Lauf der Jahre hier und dort ergattert hatten, waren weggeschwemmt worden. Menschen, die ohnehin kaum etwas besessen hatten, besaßen jetzt noch weniger.

»Diese Tragödie ist schließlich nur eine von vielen, die Dolores, ja ganz Yucatán schon erlebt hat«, war Miguel Angels Kommentar. Dann wandte er sich an Maia. »Anstatt von alldem in Ihrer *New York Times* zu lesen, erleben Sie es am eigenen Leib.« Maia war sprachlos. Ihr Aufenthalt war kein Ferienaufenthalt mehr. Er hatte sich in etwas anderes verwandelt.

Gegen Mittag legte sich der Sturm. Um zwei Uhr nachmittags wagte die Sonne es tatsächlich, durch die Wolken zu lugen, wodurch ein sonderbares Spiel von Licht und Dunkelheit entstand.

Leticia stieß die Tür auf, und sie traten hinaus in ein Ödland. Gilberto hatte Dolores völlig umgekrempelt. Mit einemmal wurde Maia klar, was es bedeutete – das Wort Katastrophe.

# 13

*In ganz Yucatán gibt es keine Eier mehr. Sämtliche Hühner sind entweder weggeflogen oder tot.*

*Der Regen war so heftig, daß er die Farbe der Häuser regelrecht abgeklopft hat.*

*In Celestún sind dreitausend Flamingos umgekommen.*

*Die Regierung hat Arbeiter mit Plastiktüten ausgeschickt,*

*um die Vogelleichen aus der Lagune zu entfernen. Berge von durchweichten lachsfarbenen Federn ...*
*Ein hundertfünfzig Tonnen (!) schweres Schiff wurde in Cancun durch den Sog aus dem Meer gehoben und krachte in den Seitenflügel eines Hotels.*

So lauteten die Geschichten, die man in diesen Tagen des öfteren hören konnte, während Dolores allmählich wieder trocken wurde und man versuchte, das Leben nach Gilberto aufzunehmen. Es ging langsam voran – ohne Wasser, ohne Strom, ohne jegliche Kommunikationsmittel und ohne die Möglichkeit, sich frei zu bewegen, denn die Straßen waren verstopft und durch umgestürzte Bäume versperrt. Der Baustoffmangel und die Armut machten den Wiederaufbau praktisch unmöglich. Die Cholera drohte auszubrechen; über das Radio wurden die Menschen angewiesen, wie sie ihr Trinkwasser durch Kleiderstoffe filtern, abkochen und anschließend mit Microdyne-Tropfen behandeln sollten.
Leticia und Maia streiften durch Dolores, um sich ein Bild von der Zerstörung zu machen. Das Dorf war nur mehr ein Abfallhaufen, ein wüstes Sammelsurium all dessen, was noch kurz zuvor das Leben der Menschen ausgemacht hatte. In jenen vierundzwanzig Stunden hatte das Meer von allem Besitz ergriffen, hatte das Hab und Gut der Dorfbewohner zerstreut, Häuser, Läden, die Schule, das Krankenhaus überschwemmt. Palmen waren so umgedreht worden, daß ihre Wurzeln sich wie zum Gruß gen Himmel reckten; riesige Platanen waren zerborsten und hatten alles, was ihrem Fall im Weg stand, zerdrückt – Autos, Häuser, Straßen. Besonders traurig war, daß ausgerechnet die ältesten und größten Bäume geknickt waren, während die jüngeren mit ihren federnden Stämmen dem Sturm widerstanden hatten. Ganze Generationen von Menschen würden nun ohne Schatten auskommen müssen. Strom-

masten waren umgefallen, elektrische Drähte lagen offen in Wasserlachen, so daß es sogar gefährlich war, herumzugehen. Der Küstenverlauf und die Küstenstraße waren von Wind und Sand völlig umgestaltet, die Strandhäuser nicht wiederzuerkennen. Die Lebensgrundlage des Dorfes, das Dock, war zerstört, der Strand mit Haushaltsgegenständen, toten Vögeln und Fischen übersät. Die Rümpfe der Fischerboote lagen zerborsten am Strand, vom Meer durchgekaut und ausgespien. Der *zocolo* mit seiner blattgrünen Überdachung hatte sich vom gemütlichen Wohnzimmer des Dorfes in eine öde, den Gestirnen ausgesetzte Sandfläche verwandelt.
Verzweifelt ließ Maia sich auf einem Baumstumpf nieder. Sie fühlte sich dieser ganzen Sache nicht gewachsen. Am liebsten wäre sie mit einem großen, silberfunkelnden Flugzeug abgereist. »Ich muß weg von hier!« rief sie panisch. »Ich muß hier raus!«
*»Cálmate, chula«*, sagte Leticia. »Der Flughafen ist geschlossen. Alle Flüge sind abgesagt. Du würdest nicht mal bis zum Flughafen kommen oder auch nur mit einer Fluggesellschaft oder irgend jemandem telefonieren können, Yucatán ist im Augenblick von der Außenwelt abgeschnitten. *Incomunicado.* Nein, nein, *chula,* du bleibst hier und hilfst mir!«
Leticia gab ihr Beschäftigung. Im Hotel mußte aufgewischt und geputzt werden, bevor sich Schimmel und Modergeruch bilden konnten und die Mauern feucht wurden. Während Leticia Lebensmittel aufzutreiben versuchte, fegte und wischte Maia die Zimmer, Treppen und Gänge aus. Sie bürstete Sand von allen Flächen, zog das Bettzeug ab, wusch Bezüge und Handtücher und hängte sie an der Leine auf dem Dach zum Trocknen auf. Sie polierte die Möbel und bügelte. Allmählich wurden die Zimmer wieder ansehnlich. Leticia quartierte in jeden Raum eine Familie ein, die ein Dach über dem Kopf brauchte, bis sie wieder allein zurechtkam. Maia lernte, für

diese armen Menschen, die so viel Nichts verloren hatten, riesige Mengen von Bohnen zu kochen und Tortillas über dem offenen Feuer zu backen, ohne sich die Finger zu verbrennen. Leticia hatte sie es zu verdanken, daß sie sich nützlich machen konnte und darüber sich selbst vergaß. Zum erstenmal in ihrem Leben fühlte sie sich frei, tapfer und stark.

*Gilberto ist nicht nur durch Yucatán gefegt, sondern auch durch meinen Kopf. Und er hat auch nicht nur die Geographie Yucatáns verändert, sondern die ganze Topographie meines Denkens. Er hat die Energieschübe verlagert. In mir ist etwas ausradiert, zerstört, weggewischt worden, und wie die Dorfbewohner habe auch ich keine andere Wahl, als von vorne zu beginnen.*
*Seien wir ehrlich: Mein Leben in New York ist doch nur noch widerlich – ein stilvolles Leben ohne jede Substanz. Leer. Ja, ich gehe ins Theater und ins Kino und lese Bücher. Ja, ich gehe in Museen und schaue mir die O'Keeffe-Ausstellung oder die Goya-Ausstellung an oder nehme an der Warhol-Auktion teil. Ja, ich esse in schicken neuen Lokalen, in denen immer die jeweils letzte* nouvelle vague *geboten ist – durch den Farnspitzensalat und die auf Mesquiteholzfeuer gerösteten Thunfischsteaks und den altenglischen Schäfer-Pie und die gebratenen Hühnchen nach Hausfrauenart habe ich mich schon durchgefressen. Aber im hellen Licht von Yucatán muß ich mir immer wieder dieselbe Frage stellen: War das alles? Soll das alles sein, was ich von meinem Leben erwarten kann?*
*Aus irgendeinem Grund habe ich immer gedacht, daß andere Frauen ein Leben leben, ich jedoch nicht. Ja, natürlich habe ich ein Leben, es ist nur ein ganz anderes Leben, nicht das einer Frau. Nein, ich lebe ein Männerleben – alles dreht sich um die Arbeit und darum, Befrie-*

*digung aus Leistungen zu ziehen, die nichts zu tun haben mit dem, was wirklich zählt.*

*Wie viele Lippenstifte soll ich noch beschreiben? Für wie viele Parfummarken soll ich noch Werbung machen? Das Großstadtleben wird immer unangenehmer und lauter und häßlicher und teurer. Und ziemlich bald werde ich mir die Frage stellen müssen: Was jetzt? Die Jahre werden vorübersausen, ich werde mein fünfzehnjähriges Jubiläum bei* Chic *feiern – und dann mein zwanzigjähriges, mein fünfundzwanzigjähriges? Die »Jungamazonen« unter den Redakteurinnen werden sich über mich beklagen, ich sei doch eine alte Schachtel, es sei an der Zeit, eine Jüngere die Schönheitskolumne schreiben zu lassen, denn schließlich hat Schönheit mit Jugend zu tun und mit sonst gar nichts. Ich werde eine der alten Damen von* Chic *sein, nie gefeuert, statt dessen mit einer »Beförderung zur Redakteurin für besondere Projekte« abgespeist. Man wird mir eine persönliche Assistentin zur Verfügung stellen, und jeden Morgen werde ich von einer Limousine abgeholt. Ganz zerbrechlich werde ich aussehen in schwarzer Hose und schwarzem Rollkragenpullover und breitkrempigem Leopardenhut und hin und wieder eine Freßkritik oder Theaterrezension verfassen. Ich werde mich weniger schminken, und meine Hände werden vom Alter faltig sein, aber die Nägel werde ich mir immer noch chanelrot lackieren.*

*Wenn ich daran denke, wird mir ganz schlecht. Denn letztlich weiß ich eben doch, was wirklich zählt. Wenn man erst alt ist, denkt man nicht darüber nach, wie sehr man seinen Job geliebt hat, sondern die Menschen sind das Wichtigste im Leben: wen man geliebt hat und wie man geliebt hat.*

*Ich habe New York »abgehakt«; ich habe das Leben als*

*Karrierefrau »abgehakt«. Es ist Zeit, das Leben anzugehen.*
*In diesen zwei kurzen Wochen bin ich ein Teil von Dolores geworden. Ich habe hier mehr Menschen kennengelernt als in zehn Jahren in Manhattan. Ich fühle mich schon ganz verwoben mit den Leuten hier und ihrem Schicksal. Mit der bezaubernden Anna. Mit den Seifenoperdramen von Natalie, Birch und Eagle. Mit Dodie, der Masseurin, Rolf, dem Porno-Autor, und seiner entzückenden deutschen Isolde. Mit Dakota und seiner Tequila-Lyrik. Mit der unbeschwerten Daniella und ihrem total verknallten Jeremy. Mit Suki und Sam und ihrem neuen gemeinsamen Leben hier.*
*Und dann sind da noch die Einheimischen von Dolores. Wie könnte ich sie je verlassen?*

## 14

Jemand hatte ihr erzählt – aber sie hatte es wieder vergessen –, daß eine Abordnung einer amerikanischen Naturschutzorganisation sich in Yucatán aufhielt, um die durch Hurrikan Gilberto entstandenen ökologischen Schäden zu begutachten. Als Maia eines Nachmittags gebückt in die *helados*-Hütte trat, um sich ein Eis zu kaufen, sah sie sich zu ihrer Überraschung plötzlich Paul Newman gegenüber.
Blitzschnell tauchte Adrians Gesicht vor ihr auf. Sie erinnerte sich sofort wieder an das, was Adrian ihr prophezeit hatte: daß sie im Ausland leben würde.
Paul Newman war ein Zeichen! Ein Omen!
Maia wollte etwas Brillantes, Geistreiches sagen, damit er sich an sie erinnern und sie für intelligent und außergewöhnlich

halten würde. Aber nur wenige Zentimeter von seinen unglaublich blauen Augen, dem großen, muskulösen Körper, dem wunderbar faltendurchzogenen Gesicht entfernt, war sie schlicht sprachlos. Ihr Herz hämmerte. Sie bestellte in ihrer besten spanischen Aussprache ein Mango-Eis und ging, ohne sonst etwas gesagt zu haben.

Als sie wieder draußen war, bemerkte sie, daß sie das Eis vergessen hatte. Also wieder hinein. An der schmalen Tür trafen sie aufeinander.

»Ich habe mein Eis vergessen«, sagte sie etwas dümmlich.

Er schenkte ihr ein wunderschönes Lächeln und flüsterte ihr theatralisch zu: »Es ist in Ihrer Handtasche.«

Sie sah auf die Tasche hinunter, und dann brachen sie beide in ein herrliches, verbindendes Lachen aus.

Aber erst durch Miguel Angel wurde Adrians Prophezeiung Wirklichkeit. Er kam eines Tages ins Hotel und sah Maia zu, die mit neuentdeckter Muskelkraft auf dem Dach nasse Betttücher aufhängte. Sie unterhielten sich über die nur langsam vorangehenden Instandsetzungsarbeiten in Dolores und über die schlechte Stimmung der Menschen. Miguel Angel war ihr gegenüber merklich aufgetaut, seit er gesehen hatte, wie sie nach dem Hurrikan mit anpackte.

»Mein Nachbarhaus ist jetzt leer. Die Leute hatten genug und sind nach Mérida zurückgezogen«, sagte er traurig.

»Dann kann ich es ja mieten!« Es war ihr einfach herausgerutscht.

»Aber ...« Er schüttelte den Kopf. Wie stellte sie sich das nur vor? »Sie haben es noch nicht gesehen«, sagte er schließlich kurz angebunden.

»Macht nichts. Ich richte es mir her«, entgegnete Maia starrköpfig. Nachdem sie gesehen hatte, was Anna aus einem Klotz von Haus gemacht hatte, war sie sicher, ebenfalls aus jedem beliebigen Gebäude etwas machen zu können – mit etwas Hilfe natürlich.

Sie gab sich ihren Tagträumen hin und vergaß ganz, daß Miguel Angel immer noch dasaß. Ja, sie würde ein neues Leben beginnen, ein exotisches, buntes Leben. So wie Anna. So wie Frida Kahlo! Schon hörte sie Musik durch schöne hohe Räume mit gefliesten Böden und riesigen Fenstern hallen. Sie würde einen Salon für die *richtigen* Maler und Schriftsteller von Dolores einrichten, und ... sie würde sich ein Projekt für die Maya-Frauen von Dolores einfallen lassen. Eine Stickereikooperative! Sie würde einen tropischen Garten mit Bougainvillea und Tulpenbäumen anlegen! Und wenn sie über den Dorfplatz ging und jeder sie grüßte, würden die Touristen sich fragen, wer sie wohl war.

Und was würden die Leute in New York sagen? »Sie ist nach Mexiko geflogen und nie zurückgekommen.«

»Es war nicht schwierig, in der Redaktion Ersatz für sie zu finden.«

»Sie ist ausgerastet.«

Endlich tat Maia, was sie schon nach Stephens Tod hätte tun sollen, etwas wirklich Ausgeflipptes: Sie wurde wieder jung.

Mit ein paar Telefonaten war alles erledigt.

Eine ganze Menge Frauen warteten nur auf ihren Job.

Lulu hatte mit Eddie, dem Polizisten, Schluß gemacht und war nur zu gerne bereit, ihre Wohnung als Untermieterin zu übernehmen.

Im Grunde war alles ganz einfach.

# 15

Da«, sagte Miguel Angel. »Das werden Sie brauchen.« Er überreichte ihr ein rundes, angerostetes Gebilde aus Eisen.

Sie betrachtete es von allen Seiten. »Was ist das?«

»Der Rahmen für ein Moskitonetz. Sie müssen eine Kette und einen S-Haken kaufen und es über Ihrem Bett an der Decke befestigen.«

»Vielen Dank, aber ich brauche kein Moskitonetz.«

»Und wie Sie es brauchen! Ohne Moskitonetz können Sie nicht schlafen.«

»Wirklich? Haben Sie denn eines?«

»Nein, mich stechen die Moskitos nicht«, sagte er und ging.

Während die Dorfbewohner noch damit beschäftigt waren, die Folgen des Hurrikans Gilberto zu beseitigen, zog Maia in das verlassene, heruntergekommene Haus neben dem von Miguel Angel und begann mit den Reparaturen und Verschönerungsarbeiten.

»Es ist ein für Yucatán typisches Kolonialhaus – ein riesiger Kasten, in dem alle Räume ineinander übergehen, und dahinter ein Patio-Garten«, beschrieb sie es Anna, bei der sie sich wieder einmal zum Duschen angemeldet hatte. »Vier Zimmer mit sechs Meter hohen Decken aus uralten Holzbalken. Die Bodenfliesen sind schwarz und weiß.«

»Das ist ja richtig Art déco!« rief Anna. »Du mußt mich beim Einrichten helfen lassen!«

»Ich hatte gehofft, du würdest mir deine Hilfe anbieten. Aber zuerst muß ich es ein bißchen herrichten.«

Nachdem der Maurer die zerfallenden Wände stabilisiert hatte, ließ Maia sämtliche Zimmer weiß streichen. Leticia half ihr, Bad und Küche zu putzen. Maia sah zu, wie sie über alles

Salzsäure goß, bis sich Blasen und Dampf entwickelten und die Schmutzkruste, die sich im Lauf der Jahre gebildet hatte, weggefressen wurde. Sofort wirkte alles viel heller. Die Fenster wurden geputzt, die Böden poliert. Leticia bemühte sich, ihr beizubringen, wie man einen Boden so reinigte, daß er glänzte. »*Chula*, du mußt immer wieder das Wasser wechseln. Und verwende nur Fabuloso«, dozierte sie und zeigte auf eine Flasche mit einer leuchtendrosa Flüssigkeit.

»Ich bin ein hoffungsloser Fall!« rief Maia, als sie den stumpfen Film sah, den ihr Mop auf dem Boden hinterlassen hatte, während es bei Leticia glänzte und funkelte.

»*No importa*«, kicherte Leticia. »Ich werde dir eine *muchacha* besorgen. Du brauchst ein Mädchen, das dir im Haushalt hilft.«

Annas Einstandsgeschenk bestand aus vielen Metern gebleichten Musselins, den sie geschickt vor die hohen Fenster drapierte. »Ist es nicht wunderschön, wie sie sich bauschen und so angenehm im heißen Wind rascheln?«

Sie begleitete Maia zum Markt, wo sie zwei Hängematten aussuchten. »Und so etwas mußt du dir auch kaufen, das ist geradezu klassisch«, sagte sie und deutete auf die billigen Möbel der Campesinos in den Pueblos, grob bearbeitetes Holz, zusammengehämmert zu Stühlen und Tischen.

»In Soho würden die in schicken Boutiquen als mexikanische Shaker-Möbel verkauft werden«, kicherte Maia.

»Stell dir vor, wie toll das aussieht, wenn man sie in verschiedenen Farben anmalt!« jubelte Anna in ihrer erfrischenden Art.

»Ach, daran hatte ich gar nicht gedacht ... Ja, natürlich«, sagte Maia.

Draußen auf dem Patio lackierte Maia die Möbel mit Frida-Kahlo-Farben, die Anna ihr mischte – rotstichiges Blau, Pastellgrün, Cremeweiß.

Auch als die Küche an die Reihe kam, machte Maia es wie die armen Leute. Sie kaufte einen Gaskocher mit zwei Flammen, einen großen Emailletopf, in dem man Wasser kochen konnte, und einen Kaffeebecher, ebenfalls aus Email. In ihren Marktkorb stapelte sie einen Pfannenschieber, ein Sieb, einen großen Löffel, ein scharfes Messer und billiges Eßbesteck. Dann ging sie in ein Touristengeschäft und erstand einige der sehr zerbrechlichen grün-schwarzen handgemachten Teller aus Michoacan, die ihr in Frida Kahlos Haus so gut gefallen hatten. Das einzige teure Stück, das sie sich kaufte, war ein Bett – im Grunde das einzige richtige Möbelstück. Sie mußte zwei Tage auf die Lieferung warten, obwohl ihr gesagt worden war, sie werde es *ahorita* bekommen – sofort. Es war mitten in der Siesta, Viertel nach zwei. Maia lag wie in Trance, schweißgebadet, vor Hitze dampfend, in einer gelbtürkisfarbenen Hängematte auf dem Patio und starrte abwechselnd in die bauschigen Wolken über ihr und auf ihre noch immer weißen, von häßlichen Moskitostichen übersäten Beine. Ja, sie war immer noch nicht braun geworden, weil es ganz einfach zu heiß war, um in der Sonne zu sitzen.

»Sieh zu, daß deine Beine braun werden, *chula*«, hatte Leticia ihr geraten, »das macht die Haut dicker und schwerer zu durchstechen. Und iß scharfe Chilischoten! Das scharfe Öl, das sie enthalten, bewirkt, daß deine Haut bitter schmeckt.« Als Maia ihr die Stiche an ihren Beinen zeigte, hatte Leticia belustigt reagiert: »Tja, die Moskitos mögen weiße Haut!«

Maia hätte am liebsten erwidert: »Auch die Mexikaner mögen weiße Haut. Die beißen sie, und dann kommt Geld heraus«, aber sie ließ es bleiben. Sie hatte nämlich gerade alle Handwerker bezahlt und kam sich ziemlich ausgebeutet vor.

Eines ihrer Beine baumelte über den Rand der Hängematte, was sie als eine provozierende, sexy Pose empfand. Ab und zu stieß sie sich dabei mit dem Fuß so vom Boden ab, daß sie in ein beruhigendes, rhythmisches Schwanken geriet. Sie mochte das Knarzen der Hängemattenseile, wenn sie an der Rinde der

Bäume schabten, an denen sie befestigt waren. Im Augenblick waren die Straßen menschenleer – noch leerer als sonst um diese Zeit, denn die Samstagnachmittag-Siesta stellte die erste Erholungspause nach fünfeinhalb Arbeitstagen und die Ruhe vor dem Sturm der Samtagabend-Fiesta dar.

»Wirklich raffiniert, daß sich die zwei beliebtesten Einrichtungen im Leben der Mexikaner in nur einem Buchstaben voneinander unterscheiden«, schrieb sie ihrer Freundin Pooch. »Wenn man zu einer Fiesta geht, hält man vorher besser Siesta, und wenn man bei einer Fiesta war, braucht man hinterher eine Siesta.«

Glücklich wie ein kleines Kind betrachtete sie ihren neuen Garten. Wenn man in einer Wohnung in Manhattan lebte, hatte man gar keine Gelegenheit, einen Garten zu genießen. Mit tropischen Pflanzen kannte sie sich nicht aus, deshalb war sie zu einer Baumschule gegangen, besser, zu jemandem, der in seinem Garten Pflanzen zog, und erklärte dem barfüßigen Mann, den sie beauftragt hatte, die kleine Fläche Hurrikanschlamm zu bepflanzen, die einmal ihr Garten sein würde, er solle einfach alles nehmen, was Blüten habe.

Es wurde ein wildes Durcheinander von Farben. Sie hatte eine aprikosenfarbene und eine fuchsienrote Bougainvillea – durchdringend süß duftende, bonbonähnliche Blüten, die direkt aus dem Paradies zu kommen schienen –, einen lippenstiftroten Hibiskus und einen wunderschönen melonenfarbenen Tulpenbaum, knallig rosarote *mañanitas* und zarte, petrolfarbene mexikanische Winden.

»Puuh!« was für ein Gestank. Sie blickte über die Gartenmauer und sah, daß sich bei Miguel Angel im Garten ein Abfallhaufen türmte. Es war also mal wieder soweit. Heute würde er seinen Müll verbrennen, und kleine Ascheteilchen würden sich über alle ihre Pflanzen verteilen. Nur gut, daß sie heute vormittag ihre Wäsche von der Leine genommen hatte ...

Sie wollte nichts mit diesem Mann zu tun haben. Wie konnte ein Mensch mit einem so schönen Garten, bestehend aus einem Kunterbunt von Rosen und schön angeordneten anderen Blumen, ein solcher Schlamper sein, wenn es um den Müll ging? Seine Hintertür stand offen; die Mickymaus-Stimme der Zeitansage von Radio Dolores war zu hören. »Es ist drei Uhr, drei Uhr, drei Uhr! Kuckuck! Kuckuck!« Miguel Angels Enten watschelten zufrieden im Garten herum, gänzlich unbeeindruckt von Chula, dem Dobermann, der gerade ein rohes Entenei verspeist hatte und sich sogleich wieder seiner einzigen wirklichen Leidenschaft zuwandte: der Eidechsenjagd, mit der er sich den ganzen Tag über beschäftigte und die nur von gelegentlichen Nickerchen in der Sonne oder im Schatten, je nach Tageszeit, unterbrochen wurde. Nachts blieb der Dobermann wach und diente als scharfer Wachhund, der bei jedem winzigen Schatten, der sich im Mondlicht bewegte, losbellte. In der vorangegangenen Nacht hätte Maia das Tier am liebsten erwürgt. Auf der Straße hatten streunende Hunde eine wüste Begattungsorgie veranstaltet, begleitet von den domestizierten Hunden, die hinter den Türen und Toren ihrer Häuser anfeuernd bellten. Es war eine heiße, schwüle Nacht gewesen, eine dieser Nächte, in denen man das Gefühl hat, den Druck der schweren Luft auf der Haut zu spüren. Maia hatte herausgefunden, daß die beste Zeit zum Schlafen, die kühlste Zeit, dann die Stunde war, bevor die Sonne aufging.

Miguel Angel war alles andere als ein geselliger Typ, was ihr sehr entgegenkam; trotzdem schien er sie ständig zu beobachten. Als sie noch mit der Renovierung des Hauses beschäftigt gewesen war, hatte er ab und zu bei ihr vorbeigeschaut – einfach so, ohne zu klopfen –, als sei er neugierig, was eine blöde Gringa wie sie wohl aus diesem heruntergekommenen Haus machte. Den größten Teil des Tages war er nicht daheim. Er stieg jeden Morgen um zehn nach sieben in seinen pastellgrünen Chevy aus dem Jahre neunzehnhundertirgendwas, der vor dem Haus stand, und ließ ihn erst einmal fünf Minuten warmlaufen. Der Motor keuchte und dröhnte entsetzlich, weil der Wagen keinen Auspuff hatte. Dann fuhr er endlich mit lautem Geknatter, das noch lange zu hören war, los.

»Hey, wir sind in den Tropen!« hätte sie ihm am liebsten zugeschrien, »hier brauchen Sie den Motor nicht warmlaufen zu lassen!«

Nachmittags kam er meist gegen drei Uhr zurück; dann hörte Maia, daß der Fernseher angeschaltet wurde, und unmittelbar darauf das Klappern einer leeren Konservendose, die auf dem Müllhaufen vor seiner Hintertür landete. Aus dem zu schließen, was sie sehen konnte, aß er Unmengen von Dosenbohnen und Thunfisch; manchmal entdeckte sie auch Hühnerknochen – die Reste der Hähnchen, die er sich bei »Marco Pollo, Konquistador der Brathähnchen« holte. Nur sehr selten erhielt er Besuch von merkwürdig aussehenden Freunden, Männern zumeist, manchmal jungen Burschen, die bei ihm übernachteten; ansonsten blieb er allein. Maia sah ihn nie im Dorf oder auf dem Markt oder im *zocolo,* wo sie sich in der Abenddämmerung gerne aufhielt, weil der Blick auf die Wolken von dort so schön war. Meistens sah sie ihn von ihrem Garten aus, wenn er aus dem Haus trat, seinen Abfall zu einem Berg aufhäufte und das Ganze anzündete, was Maia jedesmal wütend machte. Die Asche verteilte sich dann über ihre Kleider, und der Rauchgestank drang ins Haus. Ansonsten nickten sie sich kühl zu, wenn sie sich sahen, und kümmerten sich nicht weiter umeinander.

»Es wird Zeit, daß ich das Moskitonetz aufhänge«, sagte Maia eines Tages zu sich selbst, nachdem sie ihre Beine blutig gekratzt hatte.

Den restlichen Nachmittag verbrachte sie damit, den Rost vom

Metallrahmen zu entfernen und das Gestell mit weißer Farbe zu bemalen, die sie noch von der Renovierung übrig hatte. Als die Farbe auf dem Rahmen getrocknet war, brachte sie ihn an der Decke an und befestigte das Netz, das sie auf dem Markt gekauft hatte. Dann ging sie einige Schritte zurück und begutachtete ihr Werk.

Mit den weißen Bezügen und dem spitzenartigen Moskitonetz darüber sah ihr Bett aus wie eine Hochzeitstorte, einladend und romantisch. Sie kroch unter die Wolke aus Tüll, seufzte über das nonnenhafte Leben, das sie nun schon seit so vielen Jahren führte, schlug ihr Tagebuch auf und schrieb:

*Mexiko ist voller Frauen wie mich. Es ist ein gutes Land für ungeliebte Frauen oder für Frauen, die nirgendwo richtig hineinpassen – weder in das Leben in den Vereinigten Staaten noch in das irgendeines anderen Landes. Aus welchem Grund auch immer. Sie kommen meist aus modernen, westlichen Staaten, in denen man Geist und Lebensart für Technologie eingetauscht hat – aus England, Skandinavien, Frankreich. Viele Deutsche sind hier, das ist mir aufgefallen. Das heiße, chaotische Mexiko stellt wohl eine angenehme Unterbrechung des korrekten, humorlosen deutschen Lebens dar.*

*Vom Alter her sind wir ganz unterschiedlich. Die Twens erleben entweder eine heiße Liebesaffäre oder sind auf irgendeiner spirituellen Suche. Es sind süße junge Dinger darunter, mit struppigem, kurzem Haar oder langen Zöpfen, die es auf Sex & Drugs & Rock'n' Roll abgesehen haben. Ich sehe sie stundenlang in Cafés herumhängen: Neben sich auf dem Boden einen Rucksack, nippen sie an ihrem Papayasaft und schreiben ernst und versonnen in ihr Tagebuch. Sie übernachten in den billigsten Hotels, fahren mit den Bussen zweiter Klasse und finden alles ganz, ganz toll. Sie halten sich gern für abgebrühte Weltenbummler. Hin und wieder höre ich, wie sie anderen gegenüber angeben und Vergleiche darüber anstellen, wer im billigsten Hotel gewohnt und die schwersten Krankheiten überstanden hat oder am längsten mit der geringsten Menge Geld ausgekommen ist. Meistens kommen sie gerade aus Guatemala, sind behängt mit einem wilden Durcheinander von handgewebten Tops, Röcken und Häkeltaschen und haben die Handgelenke voller Freundschaftsbänder, die von Kindern gewoben und verkauft werden. Sie sehen verträumt in die Ferne, während sie den Markt in Chichicastenango zu beschreiben versuchen oder wie es ist, wenn man im eiskalten Vulkanwasser des Atitlán-Sees schwimmt. Wenn ich ihnen sage, daß ich dort noch nie war, fühlen sie sich mir überlegen.*

*Ich gehöre zur Gruppe der Anfangdreißiger: alt genug für eine Vergangenheit, aber noch jung genug, um etwas zu verändern – und mit noch genügend Zeit, eine annehmbare Zukunft zu genießen. In Dolores leben viele desillusionierte Frauen über vierzig, geschiedene Fünfzigjährige und verwitwete Sechzigjährige. Immer wenn ich eine Gringa treffe, frage ich mich, nach was sie wohl auf der Suche ist. Denn ohne Absichten kommt keine nach Mexiko. So unterschiedlich diese Frauen mit ihrer jeweils eigenen Vergangenheit auch sind, alle versuchen sie, das Leben neu zu sehen, eine neue Version ihrer selbst zu entdecken. Einige retten sich hierher, um einem miesen Leben zu entfliehen, in dem sie immer die falschen Entscheidungen getroffen haben, andere suchen das Abenteuer, wieder andere ihren Seelenfrieden. Manche bleiben, weil sie arm sind und hier mit sehr wenig Geld ein aufwendiges Leben führen können, ein Leben inmitten von tropischen Pflanzen und exotischen Vögeln. Manche kommen, um sich von der Liebe zu erholen, andere, weil sie Liebe suchen. Das scheint mir das allergrößte Klischee zu sein – die Gringas mit ihren heißen Latin Lovers. Ich habe ein paar ältere Frauen gesehen, die hierherkamen, um ihre neuentdeckte Homosexualität ungestört auszuleben. Und natürlich gibt es dann noch diejenigen, die zu den geheiligten Stätten der Mayas fahren, um irgendeine tiefgründige Wahrheit zu suchen und zu finden. Besser spät als nie, sagen sie. Wann sie hierherkommen, hängt davon ab, wie schlimm es um sie bestellt ist und zu welchem Zeitpunkt ihnen endlich klar wird, daß sie anderswo vielleicht glücklicher wären. Allgemein gilt: Je älter man ist, wenn man in Mexiko ankommt, desto trauriger und verzweifelter ist man.*

*Wir alle fühlen uns also hingezogen zu diesem Land ohne Regeln. Welch magischer Ort muß dieses Land sein, das außerhalb der Zeit existiert, in dem die Luft nach Chaos riecht und das Leben brutal und sanft ist und jedem Tag eine seltsame Versöhnlichkeit innewohnt. Der zeitlose Geist der Götter der Mayas, Azteken und Tolteken ist überall zu spüren. Man merkt sofort, daß hier alles mögliche geschehen kann. Oft geschieht es tatsächlich, und je nach der eigenen Stimmung empfindet man entweder Hoffnung und Freude oder aber große Verzweiflung, wenn man begreift, daß das Leben viele Möglichkeiten in sich birgt.*

*In dieser Hinsicht ist Mexiko wie Indien: eine alte, lebendige, religiöse Kultur inmitten der modernen Welt; ein Land, das die Vergangenheit eines jeden schluckt und dazu einlädt, sich jeden Tag aufs neue zu erschaffen – was dort, von wo man kommt, offenbar ein Ding der Unmöglichkeit ist.*

*Um diese kristallklare Luft zu atmen, um in dieses helle,*

*durchdringende Licht zu blicken, zieht es sie hierher, die Verletzten und Enttäuschten. Wir mieten uns Häuser und warten auf die große Liebe.*

## 16

Was soll ich nur tun, Leticia? Ich halte es nicht mehr aus! Sie kommen nicht, nur weil ich eine Gringa bin«, klagte Maia. »Wenn sie am Telefon meinen Akzent hören, lachen sie bloß!«

»Der Hurrikan hat ihnen Auftrieb gegeben. Wie lange ist es jetzt her?« fragte Leticia mitleidig.

»Einen Monat!«

*»Dios mio,* das ist doch gar nichts, *chula*. Ich habe es zwei Monate ohne ausgehalten!«

Maia weigerte sich, beeindruckt zu sein. »Gut, aber ich halte es nicht aus! Ich ertrage es nicht! Die müssen kommen! Das ist einfach nicht fair!«

Seit sie in ihr Haus eingezogen war, hatte sie ohne Gas auskommen müssen: Sie hatte kalt geduscht und sich nicht einmal eine Tasse Kaffee oder einen Teller heiße Suppe machen oder ein Ei kochen können, nichts. Sie ernährte sich von Erdnußbutter- und Marmelade-Tortillas und von Cornflakes. Jeden Morgen ging sie zu La Tristeza, der Eisen-/Haushaltswarenhandlung, um von dort aus mit Maya Gas zu telefonieren. Sie haßte das Mitleid, das ihr der blinde Ladenbesitzer mit den dicken Sonnenbrillengläsern jedesmal entgegenbrachte, wenn sie ihm die hundert Pesos für das Ortsgespräch gab. Heute kommen sie ganz bestimmt, dachte sie jeden Tag. Wie konnten die nur jemanden so lange ohne Gas lassen? In den Vereinigten Staaten verschwendete niemand auch nur einen

Gedanken an Gas! Es wurde wie durch Zauberhand in jede Wohnung, jedes Haus im ganzen Land geleitet. Gut, also dann morgen. Morgen kommen sie todsicher!
Sie stand in der Küche, biß in die erste Scheibe aus einem gerade geöffneten Paket Bimbo-Weißbrot und versuchte sich darauf einzustellen, einen weiteren Tag auf Gas warten zu müssen. Sie beschloß, sich in den Garten zu setzen und Briefe zu schreiben, um den Gaslastwagen nicht zu verpassen. Wenn er vorbeikäme, würde sie winken und ihn anhalten. Als sie ins Schlafzimmer ging, um Briefpapier zu holen, hatte sie das Pech, an ihrem Bad vorbeizukommen.
Sie hatte noch nie eine gesehen und wußte daher nicht, wie man sie bezeichnete – sie wußte nur, daß sie neben jener anderen unnennbaren Kreatur, dem Skorpion, das Grauenerregendste war, was ihr Auge je erblickt hatte. Beinahe wäre sie sogar noch etwas näher herangegangen, um herauszufinden, ob ihre Augen sie trogen, aber dann hielt sie sich doch zurück. Während sie aus dem Haus rannte, überlegte sie noch, ob sie sich das alles nicht eingebildet hatte. Ein solch entsetzliches Ding konnte es doch gar nicht geben! Und das in ihrem Haus. Wie eine Verrückte lief sie in Miguel Angels Garten hinüber, was den Dobermann zu wütendem Bellen veranlaßte. Fast erwartete sie, im nächsten Moment von seinen Zähnen in Fetzen gerissen zu werden, aber dann sah sie, daß Chula in einem abgelegenen Winkel des Gartens lag und keine Anstalten machte, sich ihr zu nähern.
Maia war völlig aufgelöst, als sie, nach flüchtigem Klopfen, Miguel Angels Haus betrat.
»In meinem Bad ist eine Tarantel!« schrie sie – Worte, von denen sie sich nie hatte träumen lassen, daß sie einmal aus ihrem Mund kommen würden.
Er saß vor einem Farbfernseher, hatte sich gerade eine Tortilla und Bohnen in den Mund gestopft und blickte sie streng an.

Er trug ein mexikanisches Polohemd und schmutzige weiße Shorts. Seine Füße steckten in *chanklas* aus durchsichtigem Plastik. Maia kam plötzlich wieder zu Verstand und wurde sehr verlegen. Hinter ihr im Türrahmen stand Chula. Sie blickte in das diabolische Gesicht des Hundes und wieder zurück zu Miguel Angel.
Fast erwartete sie, er würde sagen: »Seien Sie nicht albern, in Yucatán gibt es keine Taranteln, das ist nur eine Spinne.«
Er kaute zu Ende und schluckte. »Wie groß ist sie?«
Angesichts von soviel Coolness blieb Maia der Mund offenstehen. Sie hielt die Hände ungefähr sieben Zentimeter auseinander, aber dann wurden es fünfzehn und noch mehr, bis sie bei etwa fünfundvierzig Zentimetern angelangt war. Jetzt sah Miguel doch besorgt aus und sprang auf, was Maias Panik noch verstärkte.
Offenbar gab es wirklich Taranteln dieser Größe.
Auf der Suche nach einem Gegenstand, mit dem er das Biest töten konnte, hastete Miguel Angel im Zimmer umher, während Maia hin- und herlief und auf Englisch vor sich hinschimpfte: »So was Widerliches! Was muß ich überhaupt hier leben!«
Sie folgte ihm zu ihrem Haus, blieb aber draußen stehen, während er sich, einen Besen und eine Müllschaufel in der Hand, dem Kampf mit der Tarantel stellte. Sie glaubte nicht, daß diese Waffen ausreichen würden, hatte aber nicht die Absicht, sich da einzumischen.
»Im Bad!« rief sie ihm mit zitternder Stimme nach für den Fall, daß sie sich vorhin nicht verständlich ausgedrückt hatte.
Aus dem Haus drang ein lautes Poltern. Dann hörte sie, wie Miguel Angel sagte: »Okay, *esta bien,* Sie können jetzt reinkommen.«
»Wohin haben Sie sie getan?« fragte sie vorwurfsvoll, ohne sich vom Fleck zu rühren. Sie mußte an die frechen Nachbarsjungen

denken, die sie in ihrer Kindheit mit irgendwelchen Sachen beworfen hatten, sobald sie nicht aufpaßte.

»Auf den Patio«, antwortete Miguel Angel, und fügte, als er ihren panischen Gesichtsausdruck gesehen hatte, hinzu: »Die Ameisen sind schon dabei, sie aufzufressen.«

»Nein, nein! Raus damit! Ich will das Biest nicht auf meinem Patio sehen!« befahl sie. Sie gönnte es sich, genauso hysterisch zu sein, wie ihr zumute war.

»Okay, okay«, sagte er und verschwand. Nach einer Minute kehrte er zurück. »Jetzt ist sie in meinem Patio.«

»Widerlich, widerlich, widerlich!« rief sie, um ihrem Ekel noch einmal so richtig Luft zu machen. Als sie ins Haus zurückstapfte, empfand sie schreckliches Mitleid mit sich selbst. Das haßte sie am allermeisten am Alleinleben – daß sie gezwungen war, fremde Leute um Hilfe anzubetteln wie irgendeine Verrückte auf der Straße. Niemand war da, der nachts an ihrer Seite lag und sie rettete. Auf einmal war sie furchtbar niedergeschlagen.

»Es war bloß eine ganz kleine«, erklärte Miguel Angel und rollte die Augen, weil sie so übertrieben hatte. Er hielt ihr zwei Finger im Abstand von etwa zehn Zentimetern vor die Nase.

Sie schüttelte den Kopf. »Nein, sie war viel größer! Viel größer!«

»In Ihrer Einbildung vielleicht. Es war wirklich nur ein winziges Ding. Ich bin richtig erleichtert – in Chiapas gibt es nämlich wirklich Taranteln, die so groß sind.«

Maia ereiferte sich aufs neue: »Wirklich, ich ertrage das nicht! Wie soll ich hier noch leben? Wie ist das Vieh überhaupt in mein Haus gekommen?« Sie rannte händeringend hin und her. Überall auf ihrem Körper kribbelte es, als würden Taranteln darüberkriechen.

»Ach, die krabbeln einfach vom Garten her rein, unter der Tür durch. Immer ein Bein nach dem anderen, ungefähr so!« Er demonstrierte es, wobei er wirklich wie eine Tarantel aussah, die sich unter der Tür durchquetscht. »Erst das eine Bein, dann das andere, dann wieder ein anderes, und dann den Rumpf, und schon ist sie drin!«

»Aber ich will nicht sterben!«

»Seien Sie doch nicht albern, Sie werden schon nicht sterben! Glauben Sie törichtes Ding tatsächlich, Sie könnten durch eine Tarantel sterben? Sie müssen ja wirklich verrückt sein. Na ja, vielleicht könnte es passieren, während Sie schlafen ...« Er dachte darüber nach, schüttelte dann aber den Kopf. »Nein. Erstens sind sie dumm und zweitens bewegen sie sich langsam wie Sirup. Sie müßten stundenlang auf Ihnen hocken und dieses weiße, scharfe, klebrige Zeug in Ihre Haut absondern. Aber da wären Sie längst aufgewacht und hätten sie abgeschüttelt.«

»Aber wie soll ich denn jemals wieder einschlafen? Jetzt weiß ich, daß unter meinem Bett Taranteln sind!«

»So was ist noch nie vorgekommen«, versuchte er sie zu beruhigen. »Außerdem ist jetzt gar nicht die Jahreszeit für Taranteln.«

»Aber es ist gerade eben passiert!« brüllte sie.

»Na ja, Sie müssen eben jede Nacht unter Ihrem Bett nachsehen«, riet er ihr.

»O Gott, ist das grauenhaft – ich fasse es nicht!« zischte sie ihn an. Wütend ergriff sie den Besen und begann das Haus so heftig auszufegen, als wäre die Tarantel Miguel Angels Schuld gewesen.

»Was ist das?« fragte er beim Hinausgehen.

»Was denn?« Sie hob den Blick vom Boden. Er deutete auf die glänzenden neuen Gasflaschen in der Ecke. »Ach, die ...« Das Thema fachte ihren Zorn noch mehr an. »Die sind leer! Seit einem Monat habe ich kein Gas, seit einem Monat warte ich, daß die endlich kommen!«

»Das ist *ridiculo.*«

Sie brülle auf englisch weiter. »Lächerlich? Lächerlich ist das? Aber natürlich ist es lächerlich! Es ist barbarisch und rückständig und ...« Taranteln und kein Gas und kein Schlaf letzte Nacht – langsam war sie mit ihrer Kraft am Ende.
Er hob beschwichtigend die Hand. »Wir besorgen Gas. Ich fahre Sie hin.«
»Wie bitte?«
»Wir stellen die Gasbehälter in mein Auto, fahren zum Depot und lassen sie auffüllen.«
»Das könnten Sie wirklich machen?«
»Ja.«
»Das wußte ich nicht.« Sie überlegte. »Nein. Ich will Sie nicht damit belästigen. Ich nehme mir ein Taxi und mache es selbst.«
Er warf ihr einen genervten Blick zu und begann eine Gasflasche zur Tür zu rollen.
»Sind Sie sicher, daß Sie das tun wollen?« rief sie ihm nach. Ihr war nicht wohl zumute bei dem Gedanken; freiwillige Hilfe war sie nicht gewöhnt. Außerdem wollte sie nicht, daß er sich ihr gegenüber nett benahm – ihr war viel eher danach, ihn anzubrüllen, weil er seinen Garten als Müllkippe mißbrauchte.
*»Vamonos«,* sagte er mit amüsiertem Gesichtsausdruck, als wäre sie ein dummes Kind. Sie griff nach der zweiten Gasflasche, und sie rollten beide zum Straßenrand, wo sein pastellgrünes Auto stand. Dabei fiel ihr zum erstenmal auf, daß Miguel Angel hinkte und offenbar Schmerzen im Bein hatte. Er achtete darauf, daß man sich links von ihm hielt. *»Momentito, por favor«,* sagte er und verschwand in sein Haus.
Als er, mit den Wagenschlüsseln klimpernd, zurückkam, trug er Jeans und ein frischgewaschenes Hemd. Noch im Gehen zog er sich Slippers an. In dieser Kleidung sah er anders aus, ziemlich passabel sogar. Er öffnete den Kofferraum, sie hoben die Gasflaschen nacheinander hinein. Als er bemerkte, wie sie das Gesicht verzog, sagte er: »Wenn Sie die jetzt schon schwer

finden, dann warten Sie erst mal, bis sie voll sind!« Er schloß die Beifahrertür auf; Maia stieg ein. Das Innere des Autos war leer, ein ausgeräumtes, uraltes Gehäuse. Die Ledersitze waren vom jahrelangen Gebrauch in Fetzen gerissen und notdürftig geklebt. Maia stellte sich vor, wie cool dieser Wagen in den Staaten gewirkt hätte, aber dann überlegte sie sich, daß er dort niemals zugelassen werden würde.

»Das ist vielleicht ein Auto!« sagte sie, bemüht, Konversation zu machen.

Er knurrte.

Sie sah zu ihm hinüber. Sie hätte gern gewußt, ob er verwitwet oder geschieden oder gar nie verheiratet gewesen war. Dann erinnerte sie sich an die jungen Kerle, die ihn oft besuchten und wohl auch die Nacht bei ihm verbrachten. Im Inneren seines Hauses war es meist dunkel. Manchmal hatte sie im Licht des Fernsehers eine Hängematte schaukeln sehen. Daß Wochenende war, erkannte man an den Bierflaschen, die durch den Garten flogen und auf dem Müllhaufen in seinem Garten landeten.

»Ich bin Ihnen wirklich dankbar. Hoffentlich macht es nicht zu viele Umstände. Ich möchte wirklich nicht lästig sein«, sagte sie.

Er knurrte wieder. »Ich habe gerade Zeit, und Sie haben kein Gas. Sie sollten lernen, aus solchen Situationen Nutzen zu ziehen, wenn sie sich ergeben. Jeden Monat werde ich Sie jedenfalls nicht zum Gasholen fahren.«

»Also, es ist jedenfalls sehr nett von Ihnen. Wenn ich gewußt hätte, daß man es einfach abholen kann, hätte ich mir längst mal ein Taxi genommen.«

Er bog auf den *periferico* ab, der um das Dorf herumführte.

»Ist es weit?« Jetzt, da sie in seinem Auto saß, fühlte sie sich verpflichtet, überaus höflich zu sein.

»Nein. Ich fahre jeden Tag daran vorbei.«

Würde sie sich trauen, die unangenehme New Yorker Frage »Was machen Sie denn so?« zu stellen? Oder sollte sie ihm vielleicht von der Müllabfuhr erzählen, die sie bestellt hatte und die für nur zwei Dollar im Monat jeden Donnerstag den Abfall mitnahm? »Warum hat mich Chula eigentlich nicht angegriffen, als ich zu Ihnen kam?« fragte sie statt dessen.

Er lachte. »Ich wollte immer ein scharfes, bissiges Tier. Deshalb habe ich mir einen Dobermann zugelegt – und Chula erwischt. Ein hoffnungsloser Fall.«

»Gefährlich aussehen tut sie ja«, tröstete ihn Maia. »Was für einen Beruf haben Sie eigentlich?« Es war ihr doch herausgerutscht.

»Ich bin Supervisor für *Telesecundaria*-Lehrer.«

»Tele was?«

*»Te-le-se-cun-da-ri-a.«*

Sie hatte keine Ahnung, wovon er redete.

»Das ist eine staatlich finanzierte Hauptschule, deren Unterricht jeden Tag im Fernsehen gesendet wird. Sie ist für Schüler, die auf dem Land leben, zu weit weg von normalen Schulen. Der Staat errichtet ein Schulhaus mit einer Fernsehantenne, und die Schüler kommen und lernen vom Fernseher. In jedem Bezirk gibt es einen Lehrer, der die Aufsicht führt, aber der Unterricht selbst erfolgt von Mexico City aus. Ich bin der Supervisor für alle Lehrer in Yucatán. Ich fahre viel herum. Jede *Telesecundaria* besuche ich einmal im Monat, um die Arbeit der Lehrer zu überwachen, über ihre Probleme zu sprechen und zu sehen, was sie brauchen. Mit den Schülern spreche ich natürlich auch und höre mir ihre Anliegen an. Wir unterhalten uns viel über ihr Familienleben. Es gibt Kinder, die jeden Tag acht Kilometer gehen, um zur Schule zu gelangen. Aber meistens brechen sie die Ausbildung ab, bevor sie in die weiterführende Schule kommen, weil ihre Eltern sie zum Geldverdienen brauchen.«

Maia wußte nicht, was sie sagen sollte. Sie hatte noch nie jemanden kennengelernt, der etwas mit der Hauptschule zu tun hatte. College-Professoren, ja, aber nichts unter diesem Niveau. »Gefällt Ihnen die Arbeit?«

»Hmmm. Es gefällt mir, allein im Auto zu sitzen und zu fahren.«

»Wie sind Sie an den Job gekommen?«

»Das ist eine lange Geschichte«, sagte er schroff. »Und Sie?«

Sie wußte nicht, was sie antworten sollte. Schweigend fuhren sie dahin. Lastwagen überholten sie dröhnend und verpesteten die Luft mit ihren Abgasen. Sie wollte ihm nicht erzählen, daß sie Jahre damit verbracht hatte, über Mascara nachzudenken, die die Wimpern nicht zusammenklebte, und über Make-up, das keine Klümpchen bildete.

»Ich bin gerade in einer Zwischenphase«, sagte sie und beließ es dabei.

Ihm schien es nichts auszumachen, daß sie so vage blieb, er drang nicht weiter in sie. Nach einer Weile bog er auf einen riesigen Parkplatz ein und fuhr auf eine Plattform zu, an der, mit dem Kofferraum zur Rampe, mehrere Autos standen. Er wendete und stellte sich neben die anderen Wagen. Gemeinsam hoben sie die Gasflaschen heraus, und Maia zahlte vierzehntausend Pesos für zwei Füllungen. Das Auffüllen ging schnell; sie luden die Behälter ein und waren auf der Landstraße und wieder daheim, bevor Maia es so recht mitbekam.

»Vielen, vielen Dank, Señor Angel«, sagte sie, als er vor ihrem Haus vorfuhr.

»Nein, Miguel Angel ist mein Vorname. Mein vollständiger Name lautet Miguel Angel Ortiz Aguado. Wir sind noch nicht fertig. Seien Sie jetzt ganz vorsichtig, wir dürfen die Gasflaschen nicht fallen lassen.«

Langsam rollten sie die Behälter an die Stelle, wo die Gasrohre aus dem Haus ragten. Maia sah zu, wie er die Gasflaschen anschloß und den Druck einstellte. »Wo ist Ihr Durchlauferhitzer?« fragte er. Sie führte ihn hinter das Haus. »Bringen Sie mir Streichhölzer!« Er hatte ein bißchen Mühe mit der Zündflamme, aber schließlich brannte sie. Er erklärte ihr den Zündmechanismus: »So, jetzt ist die Zündflamme an. Wenn Sie duschen wollen, drehen Sie diesen Hebel nach oben, dann wird das Wasser erhitzt. Wenn Sie fertig sind, drehen Sie ihn wieder nach unten. Dadurch sparen Sie viel Gas. Wenn Sie es nicht machen, wird es bald wieder alle sein.«

*»Gracias, gracias, muchas gracias.«* Sie war sehr verlegen.

*»De nada«*, sagte er und stieg über die Mauer in seinen Patio. An seinem langsamen Gang sah sie, daß ihm das Bein wehtat. Sie trat ins Haus und betätigte zum erstenmal den Gasherd, um Wasser zu kochen. Sie legte die Kassette mit *Figaros Hochzeit* in ihren winzigen Recorder, drehte auf, so laut es ging, und machte in einem Kessel Wasser heiß. Die erste Tasse Instantkaffee! Heureka!

Als sie hinausging, um den Heißwasserhebel umzudrehen, bemerkte sie, daß die Musik durch den ganzen Garten tönte. Ob ihre mexikanischen Nachbarn schon jemals eine Oper gehört hatten? Sie ging zurück ins Haus, zog sich aus, drehte die Dusche auf und wartete einige Sekunden, bevor sie die Hand ins Wasser streckte. Bitte, bitte, bitte, mach, daß es kommt! betete sie. Heißes Wasser! Zu heiß sogar! Sie kurbelte an den Armaturen, bis es angenehm warm war, und trat, die Tasse Kaffee in der Hand, unter den sanft strömenden Strahl. Als das Wasser auf ihre salzige, verschwitzte Haut traf, fühlte sie sich wie die Heldin in ihrem eigenen Film, eine nackte Heldin, die mit einer Tasse Kaffee in der Hand duschte und mitten in den Tropen Mozart hörte.

# 17

*In Yucatán ist mein Schlaf tief und voller Träume. Nie im Leben habe ich so gut geschlafen. Wenn ich mich abends hinlege, weht die süße, heiße Luft aus der Dunkelheit herein und verlangt ihr Recht. Ich, die ich es immer gehaßt habe, wenn die Nacht hereinbrach, sehne mich jetzt nach diesem Augenblick beruhigender Schwüle. Wie eine Süchtige freue ich mich den ganzen Tag hindurch darauf, ins Bett zu gehen. O Gott, sage ich dann, wenn ich gegen neun auf die Uhr sehe (das ist ungefähr die Zeit, zu der mir in Manhattan immer das chinesische Essen geliefert wurde), endlich kann ich ins Bett gehen und noch ein bißchen lesen.*

*Es ist ein Ritual. Ich hebe das Moskitonetz, klettere auf mein floßartiges Bett und drapiere das Netz sorgsam um die Ecken, damit ich vor unwillkommenen Eindringlingen geschützt bleibe, die sich an meinem weißen Gringa-Fleisch gütlich tun wollen. Unter dem seidigen Netz umfängt mich eine milde, sinnliche Welt, deren Grenzen sich mit den Bewegungen der Luft seltsam verändern. Ich knipse die kleine Bierflaschenlampe neben dem Bett an, und dann gibt es nur noch mich und ein Buch in einer Wolke aus Licht, während hinter den filigranen Netzkanten die Dunkelheit schwebt.*

*Ich höre die Moskitos wütend summen, während sie gegen den Schleier fliegen und nicht an mich herankommen. Wenn ich dann das Licht ausdrehe, verschwimmen die Ränder des Netzes mit der Nacht. Ich liebe es, wie es sich sanft bauscht in den Lichtklecksen, die der Mond in mein Zimmer malt, als wollte er mich daran erinnern, daß es ihn immer noch gibt und er mich schweigend beschützt. Weil all dies so schön ist, habe ich mir angewöhnt, meine*

*Perlenkette im Bett zu tragen. Ich finde, sie paßt so gut dazu.*

*Morgens ist die Luft feucht und kühl, das Licht sickert träge und trüb durch den Spitzenhauch des* mosquitero. *Der Himmel ist eine einzige riesige Perle, so groß, daß man ihre weitbogigen rosaroten, blauen, grauen und elfenbeinfarbenen Muster sehen kann.*

*In New York drängte sich mir jeder Morgen von selbst auf, erstrahlte wie ein Blitz. Ich war immer sofort ganz wach und aufgekratzt, und wenn ich aus dem Bett sprang, hatte ich in mir schon all die Energie, die der Tag mir abverlangen würde. Hier dagegen krieche ich behutsam unter meinem Netz hervor und schüttele die Schuhe aus, um sicherzugehen, daß keine Skorpione darin lauern.*

*Dann schlurfe ich schlaftrunken auf meinen Patio und lege mich in eine Hängematte, um dieses herrliche Hineinschweben in die taufrische Luft ein bißchen zu verlängern. Ich sehe mir an, welche widerlichen Insekten sich über Nacht in meinem Haus ausgebreitet haben. Böse Libellen brummen vor der Tür, gigantische* cucarachas, *verschiedene häßliche Spinnen mit Beinen von grotesker Größe und ganze Ameisenheere sind auf dem Marsch zu einem unbekannten Ziel, dazu Fliegenschwärme und Scharen von Moskitos. Ich sehe nach, was für Blätter abgefallen sind, wie viele neue Bougainvilleablüten blühen, und wundere mich, weil manche Pflanzen seit dem vergangenen Abend offenbar um Zentimeter gewachsen sind.*

*In meiner Traumverlorenheit lausche ich dem morgendlichen Gesang der tropischen Vögel, die ich nie in den Bäumen entdecken kann. Ihre Lieder erstaunen mich. Mein Lieblingszwitschern klingt wie das leise elektronische Summen dieser enervierenden modernen Telefonapparate: brrriep, brrriep, brrriep. Andere Vögel geben verrückte*

*Lockrufe von sich, durchdringende Triller, Arabesken, Stakkato-Piepser, immer lauter werdende Tonfolgen, alles in nie gehörten, postmodernen Tempi, die meinem vom Verkehrslärm betäubten Gehör wieder das Lauschen beibringen. Und so beginnen die Tage hier gemächlich und träge, als wären sie sich nicht sicher, was sie von der ganzen Sache halten sollen. Oder liegt es daran, daß die Nacht so tief und süß war, daß es nach einem solchen Zwischenspiel schwierig ist, wach zu werden? Schließlich geht der blasse Himmel dann doch, wenn auch noch widerwillig, in Blau über, und um neun Uhr kann man kaum mehr glauben, daß der Tag sich je geziert hat. Dann strahlt der Himmel in einem blendenden Blau, die Wolken sind watteweiß und sehr stolz, und die Sonne brennt mit all ihrer Kraft. Ich schwebe mit einer Langsamkeit durch die Tage, wie ich sie an mir nie gekannt hatte und die einhergeht mit einer sonderbaren Mischung aus Hoffnung und Hoffnungslosigkeit. Dieses Wissen, daß man immer Zeit hat, daß es immer ein Morgen, immer einen nächsten Tag und danach einen übernächsten geben wird, ist sowohl angenehm als auch gefährlich. Die Großstadtdämonen, die immer noch in mir lauern wie unwillkommene Boten aus einer anderen Welt, jammern und klagen: »Du hast keine Zeit, du hast keine Zeit! Beeil dich! Beeil dich! Das wirst du noch bereuen! Das Leben geht so schnell vorbei!« In Mexiko aber bedeutet Leistung nichts, und das Leben hat seine ganz eigene Geschwindigkeit. Ich komme mir vor wie eine blöde US-Idiotin.*

*Jeden Morgen gebe ich mich dem beginnenden Tag hin, bitte den Himmel über Yucatán, mich in sein kristallklares Vertrauen zu ziehen und mir die Welt verständlich zu machen. Ich will, daß die Sonne mir mein vergangenes Leben vom Körper schält, daß ich wie ein Gipsabdruck werde, der trocknet und hart wird, und daß eine neue, weichere Maia entsteht. In den ersten Wochen hier bemerkte ich ein starres Lächeln auf meinem Gesicht. Wenn mein Gesicht erst strahlte, so hoffte ich, würde das übrige von mir folgen. Und wie ich mich täglich mit mir selbst auseinandersetzte, als hätte ich Angst, die Fragen zu vergessen! Tag für Tag quälte ich mich damit herum: Was genau willst du hier eigentlich tun? Was suchst du? Was willst du?*

*Nach dem Frühstück beginne ich den Tag mit einer neuen Episode in meinem endlosen Kampf gegen den Schmutz. Ich fege den Weg zum Haus und den Patio. Dann das ganze Haus. Ich hebe abgefallene Blätter auf, gieße die Pflanzen und versuche, ein wenig Ordnung in dieses immer chaotische, wuchernde Leben zu bringen. Jeden Morgen kehre ich mit dem Besen, und jede Nacht findet der Schmutz seinen Weg zurück ins Haus. Mit dem Besen werde ich den Schmutz nicht los, ich kann die Menge nicht einmal verringern; er wechselt einfach seinen Ort. Mittlerweile gefällt mir das endlose Wisch-Wisch des Besens sehr gut. Wenn ich es auch nur einen Tag lang unterließe, würde ich am nächsten vom Schmutz begraben sein; meine Moral würde zum Teufel gehen, und ganz allmählich würde ich mich dem Chaos anheimgeben. Also fege ich so wild, daß ich Schwielen an den Händen kriege – ich umklammere den Besenstiel regelrecht, denn an irgend etwas muß ich mich festhalten.*

*Als ich heute morgen mit dem Fahrrad zur Post fuhr, wurde mir klar: Mein Leben ist so voller Sehnsucht, daß ich bald platzen werde. Alles in meinem Dasein hier ist romantisch, von dem Saft, der mir das Kinn herabrinnt, wenn ich in eine Frucht beiße, bis zum Knirschen des Kieses unter meinen Füßen. Man muß sich das vorstellen: Da komme ich aus einer kalten, herzlosen grauen Stadt und lande in einer bunten tropischen Einöde, die es nur darauf abgesehen hat, mir hinter jeder Kurve mit etwas aufzulauern, das mir das Herz bricht. Soll ich etwa mit den Sternen Liebe machen? Oder mit den Wolken?*

*Ich habe mir im Lauf der Jahre beigebracht, auf einen Mann verzichten zu können. Ich habe meine Sehnsüchte begraben und mich so gefühllos gemacht, daß ich weder Frustrationen zu spüren noch Enttäuschungen zu erleben brauchte. Aber jetzt hat mich die Hitze aufgereizt, ich bin außer Rand und Band von all den innerlichen Erweckungen. Ich träume von einem gesichtslosen Liebhaber, der sich langsam auf mich legt. Ich vergehe vor Sehnsucht nach Siesta-Liebe, nach Tequila-Küssen, nach nassen, sich hingebenden Leibern, die sich heftig, animalisch, wortlos lieben. Wenn mich nicht bald jemand berührt, werde ich mich in einer Wolke von Sehnsucht auflösen.*

*In der Hitze habe ich meinen Körper entdeckt. Das Unglück der letzten Jahre ist weggeschmolzen und ein starker, mit schönen Rundungen versehener Leib entstanden, ein Leib, von dem ich immer gewußt habe, daß er in mir steckt. Es ist schön, Schweißtropfen zwischen meinen Brüsten zu spüren, ein Gefühl, das um so aufregender ist, als es niemand außer mir bemerkt. Ich stecke mir gern das Haar auf und genieße die kühle Luft an meinem feuchten, heißen Nacken. Wenn es etwas gibt, was ich liebe, so ist es der warme Wind, der mir übers Gesicht, über meine Schultern und Beine streicht. Ich habe es gern, wenn mir so heiß ist, daß ich nichts essen kann – und wenn ich esse, dann scharfe Sachen –*picante*–, die mich noch mehr zum Schwitzen bringen.*

*Ich spreche so gerne spanisch! Englisch erscheint mir jetzt so ausdruckslos, und Französisch so ... geziert. In der* französischen Sprache geht es um das, was man nicht sagt, während das Spanische einen drängt, nichts zurückzuhalten. Die Maia, die spanisch spricht, ist richtig kokett. Die Rs rollen mir so von der Zunge, wie mir die Träger meines Strandkleides von der Schulter rutschen. Und ich mag die Gespräche, die die Hitze mit sich bringt, wie dann die Worte und Gedanken in der Luft hängen und mir Zeit geben, sie zu erkennen und zu spüren. Dann bleibt mir Zeit, sie mir einzuverleiben, bevor sie ganz, ganz langsam, von einem unberechenbaren Luftzug getragen, zum Mond oder zur Sonne hinauf entschwinden. Bei kühler Witterung sind die Worte nebelverhangen, die Gedanken zerstieben, kommen schon gefroren aus meinem Mund, und wenn sie die Luft berühren, zerbrechen sie und verschwinden.

Gegen Mittag lasse ich mich immer – unter dem Vorwand, Spanisch zu lernen – in die Hängematte auf dem Patio fallen. Voy, vas, va, vamos, vais, van. Ab und zu blicke ich zu den Leguanen hoch, die wie mittelalterliche Wasserspeier von meinem Dach hängen. Sie und ich haben eine Art Waffenstillstand miteinander geschlossen, oder besser: Ich habe endlich ihre Anwesenheit akzeptiert. Ich weiß noch, wie ich diese rundlichen Dinosaurierkörper, die ungeniert auf den Mauern meines Patios in der Sonne lagen, zum erstenmal sah …

»… muß ich vor ihnen Angst haben?« rief ich Miguel Angel über die Gartenmauer hinweg zu.

»Nein«, brummte er.

»Beißen die nicht?«

Er lachte. »Nur wenn Sie sie am Schwanz packen und herumwirbeln.«

Das, versicherte ich ihm, würde ich bestimmt nie tun.

Ich habe mich zu der Ansicht durchgerungen, daß sie eine

*Familie bilden, die aus Mitgliedern unterschiedlicher Größe besteht. Nachts flitzen sie übers Dach, klappern mit ihren Krallen und wirbeln mit ihren schweren Schwänzen trockene Blätter auf.*

Estoy, estas, está, estamos, estais, estan. *Ich zwinge mich zum Lernen, aber irgendwann döse ich doch weg. Wie bringe ich das fertig, nachdem ich in der vorangegangenen Nacht so gut geschlafen habe? Aber die Lider werden mir schwer. Okay, dann ruh dich ein paar Minuten aus, du bist ja ganz erschöpft vom Leben in Mexiko. Und einen Moment später murmele ich: »Schlafen, schlafen – mach deine Seele gesund.«*

## 18

Es war halb zwölf. Um zwölf wollten die Jungs kommen.

Maia wuselte um den Tisch herum und deckte sechs Pappteller auf. Sie hatte genau das gekocht, was sie sich gewünscht hatten: Schinken, Bratkartoffeln, Weizenmehltortillas (nicht aus Maismehl, darauf hatten sie bestanden), Mayonnaise, Salat und Tomaten. Für die Kinder waren das wohl Delikatessen, viel zu teuer, als daß sie bei ihnen daheim je auf den Tisch kämen. Sie schüttete die Bratkartoffeln auf eine Vorlegeplatte und briet nach und nach anderthalb Pfund Speck.

Zwei Monate nach dem Hurrikan waren die Straßen endlich soweit geräumt, daß Autos und Lastwagen darauf fahren konnten, und die Hütten waren mit allem möglichen, was man draußen finden konnte, geflickt. Die größeren Reparaturen würden noch Jahre beanspruchen, und Dolores würde nie mehr so aussehen wie zuvor, aber die meisten Männer fuhren

wieder zum Fischen hinaus, und die Frauen widmeten sich wieder ihren Kindern und den neuen Küken, standen an den Kochherden ihrer Freiluftküchen oder wuschen Wäsche.
Während der Happy Hour konnte man die Gringos im Refugio schimpfen hören. Weil das Leben nicht mehr so war wie vor Gilberto, hatte sich allgemeine Frustration breitgemacht, und wer über seinen Triumph berichten wollte, ein bestimmtes Elektroteil ergattert zu haben oder über die vergebliche Suche nach einem Handwerker, fand stets interessierte Zuhörer. Wie eine Gruppe durchnäßter Schiffbrüchiger saßen sie beisammen, vor sich den Tequila, der sie zusammenschweißte, und durchlebten den Orkan wieder und wieder, indem sie sich ihre Geschichten erzählten: wie die teuere Satellitenschüssel von Suki und Sam wie eine Frisbeescheibe über den Strand gewirbelt worden war; wie Rolf sich durch die langen Stunden gesoffen und nur gelacht hatte, als der Wasserspiegel in seiner Strandbude immer höher stieg, während Isolde hysterisch kreischte; wie verzweifelt Dakota gewesen war, als das Dach seines Hauses einstürzte und seine sämtlichen Gemälde zerstörte.
Anna war erschöpft, aber glücklich, denn sie hatte es geschafft, all ihre wertvollen Seidenstoffe und importierten Pflanzen zu schützen. Ihr schöner Garten war aufgewühlt, und das Haus mußte repariert werden, aber sie sah darin eine Gelegenheit, manches neu und besser zu gestalten.
Anna war es auch gewesen, die Maia dazu brachte, ein »lokales« Projekt ins Leben zu rufen. Maia hatte ihr von den kleinen Jungen erzählt, die jeden Tag an den Straßenecken herumlungerten und weder in die Schule gingen noch arbeiteten. »Bis aufs Skelett sind sie abgemagert, und die Kleider schlottern ihnen am Leib«, seufzte sie mitleidig.
»Lad sie doch einmal wöchentlich zum Mittagessen ein! Dann hätten sie etwas, auf das sie sich freuen könnten. Nach und nach

kannst du ihnen dann etwas zu tun geben«, schlug Anna vor. »Du kannst mit ihnen zum Schwimmen gehen, mit ihnen Fußball spielen, ihnen Geschichten vorlesen oder so.«

»Eine tolle Idee!«

Es war immer eine Freude, Anna zu sehen. Wenn Maia an ihre Tür klopfte, wurde sie mit einem unglaublich herzlichen »Hallo, meine Liebe!« empfangen, das ihr jedesmal das Gefühl gab, Anna hätte schon auf sie gewartet. Einen Moment später saß Maia in einer Hängematte oder auf einem Sofa, und Anna reichte ihr eine Tasse Tee oder ein Glas mit schrecklichem mexikanischem Wein – je nachdem, zu welcher Tageszeit Maia erschienen war. Sie unterhielten sich, während Anna malte oder zeichnete oder einen Tisch aus Kacheln machte oder sich mit irgendeiner anderen kreativen Arbeit beschäftigte.

Jetzt klingelte es, und Maias sechs zerlumpte, nicht gerade wohlriechende Straßenkinder stürmten in ihr Haus wie eine Herde wilder Ponys. Sie betrachteten den Tisch, deuteten auf dieses und jenes und schnatterten wild drauflos.

Maia wurde auf einmal ganz ängstlich zumute. Auf was hatte sie sich da nur eingelassen!

Plötzlich dämmerte ihr, daß die Jungen daheim wahrscheinlich nicht an Tischen aßen. Sie führte einen vor sich hinkichernden Jungen an die Küchenspüle. »Erst mal mache ich euch die Hände sauber«, sagte sie, begann seine Hände zu schrubben und bezog auch sein Gesicht in die Waschung mit ein. Die anderen fanden das unglaublich komisch und rissen Witze über ihn, bis ihnen klarwurde, daß Maia von ihnen dasselbe erwartete.

Als nächstes wies sie jedem Jungen einen Stuhl zu. Kaum hatte sie das Essen serviert, begannen die Kinder zu kreischen und nach allem zu grapschen. An den heißen Kartoffeln und dem Speck verbrannten sie sich die Finger, aber dieses Essen war zu kostbar, als daß man es loslassen konnte. Das Besteck ignorier-

ten sie; statt dessen rollten sie die Tortillas mit den Händen zusammen und stopften sie sich in den Mund, wobei sie vor jedem Bissen über den Tisch langten und die Tortillas in die Mayonnaise tunkten.
»Sachte, sachte! Ein bißchen langsamer, bitte!« schrie Maia. Sie rannte um den Tisch herum und versuchte ihnen beizubringen, daß man besser jemanden bat, einem die Schüssel zu reichen, anstatt den Arm danach auszustrecken, und daß man ein Messer benutzte, um die Mayonnaise zu verstreichen, anstatt etwas darin einfach einzutunken. Die Jungen verdrückten das Essen in großen, verstohlenen Bissen, als würde es ihnen jeden Augenblick jemand aus der Hand reißen.
Es klingelte. Ein Nachzügler.
*»Pasa!«* rief Maia und überlegte schon, wie sie ein weiteres Gedeck unterbringen sollte.
*»Hola!«*
Maia blickte auf. Da stand Miguel Angel und sah sie amüsiert an. Mit einem einzigen Blick hatte er die Szene erfaßt: eine völlig überforderte Maia, der die Schweißtropfen die Stirn hinabrannen, der Tisch ein einziges Durcheinander von verstreutem und verschmiertem Essen, umgestoßenen Fruchtsaftgläsern und sechs kleine Jungs, an deren Händen und Gesichtern Mayonnaise klebte. Nur die Servietten und das Besteck waren unberührt geblieben.
»Was ist denn das hier?« fragte er, ohne ein sarkastisches Lächeln zu unterdrücken.
»Das ist mein Lunch-Club«, erklärte Maia schnaufend.
»Ich habe ein Paket für Sie. Mario hat es mir mitgegeben.«
In Dolores gab es keinen Briefträger und kein Postamt. Mario, dem die Bodega gehörte, fuhr einmal in der Woche zur Post in Progreso und brachte von dort alle Briefe und Pakete für die Leute in Dolores mit. Dann wartete er, bis die jeweilige Person wieder mal in der Bodega vorbeischaute, oder er teilte jeman-

dem mit, daß ein Brief für den und den da sei. Durch diese Mund-zu-Mund-Information erreichte die Post irgendwann tatsächlich ihre Empfänger.

*»Baño! Baño!«* schrie auf einmal einer der Jungen mit schmerzverzerrtem Gesicht, und die anderen fielen in den Singsang ein. Maias kleine Schützlinge wollten aufs Klo, und zwar alle gleichzeitig. Warum mußte es jetzt plötzlich so schnell gehen?

»Was haben sie denn?« fragte sie Miguel Angel nervös. »Ist ihnen übel? War mit meinem Essen etwas nicht in Ordnung?«

Miguel Angel warf einen Blick auf die über dem Tisch verteilten Reste. »Keine Angst. Sie haben sich nur den Magen verdorben. Für sie ist das ein schweres Essen, und sie haben es zu schnell hinuntergeschlungen.«

»Ach.« Daran hatte Maia keine Sekunde lang gedacht. »Aber dieses Essen haben sie sich gewünscht«, erklärte sie, weil sie sich vor ihm rechtfertigen wollte.

»Außerdem gibt es bei ihnen zu Hause keine Klos, das ist etwas Neues für sie«, sagte Miguel Angel in dem Versuch, ihre Schuldgefühle zu mildern.

»Also gut«, sagte Maia zu den Jungen, obwohl sie sich nicht sicher war, ob ihr die Invasion ihres makellosen Badezimmers gefallen würde. »Aber einer nach dem anderen!«

»Werft das Klopapier nicht auf den Boden!« befahl Miguel Angel; die Jungen blickten ihn aufmerksam an, wie eine anerkannte Autorität. »Werft es in die Kloschüssel! Dann drückt ihr auf den Hebel für die Spülung. Es wird alles zusammen hinuntergespült.«

»Mein Gott, ich hätte nie daran gedacht, ihnen das zu erklären«, gestand Maia.

»Bestimmt nicht«, bestätigte Miguel Angel.

Es war deutlich zu sehen, daß ihn die ganze Sache belustigte. In seiner Anwesenheit kam sich Maia immer dumm vor, dabei hätte sie sich so gerne wichtig gefühlt, wie ein Mensch, der gebraucht wurde. Sie hatte sich als die große Wohltäterin dieser Straßenjungen gesehen, sich in ihrer Bewunderung gesonnt. Statt dessen dachte sie jetzt: Was mache ich nur mit dieser Bande schmutziger Jungs? Die sind doch völlig hoffnungslos. Wer bin ich denn, daß ich mir einbilde, ich könnte irgend etwas in ihrem Leben ändern?

Die Kinder kehrten fröhlich von ihrer Klovisite zurück und begannen das Haus auszukundschaften. Sie berührten alles und schaukelten wild in den Hängematten. Mit großen Augen starrten sie das weiße Bett mit dem darüberhängenden Moskitonetz an, blieben aber in respektvollem Abstand davor stehen. Dann hielten sie den Besuch bei Maia für beendet. Zu Maias Überraschung bedankten sie sich sogar bei ihr, zwar nicht besonders elegant, aber immerhin.

Maia betrachtete die armen kleinen Gesichter, während die Kinder der Reihe nach das Haus verließen, und sagte, fast ohne es zu wollen: »Bis nächste Woche um dieselbe Zeit!«

Miguel Angel ging mit einer leeren Einkaufstüte zum Tisch und begann aufzuräumen. Sie spülten die Gläser und das Besteck, und er wischte den Tisch und die Stühle ab, die von den kleinen, mayonnaiseverschmierten Fingern verklebt waren. In einer Hängematte fand Maia eine Tortilla und auf ihrem Nachtkästchen eine Scheibe Speck. Miguel Angel fegte den Boden und säuberte ihn von den herumliegenden Salatblättern und Kartoffeln. Sie arbeiteten schweigend.

»So, wie wäre es jetzt mit einem Mittagessen für Sie?« fragte Maia, als sie fertig waren.

Er nickte und sah zu, wie sie einige Tortillas mit Mayonnaise bestrich und sie mit gegrilltem Speck, Salatblättern und Tomaten zusammenrollte. Sie nahm zwei Flaschen Bier aus dem Kühlschrank, und sie gingen auf den Patio, wo er sich in einer Hängematte niederließ, während sie sich auf einen Stuhl setzte. Sie bemerkte, mit welcher Geschmeidigkeit und Souveränität

er es sich in der Hängematte bequem machte – man mußte lange geübt haben, um es so zu beherrschen.
»Diese Kombination habe ich noch nie gegessen«, sagte er, während er nach einer zweiten Tortilla griff. »Schmeckt gut.«
»Das ist eines der Lieblingsessen von uns Gringos. Wir nennen es SST – Speck, Salat, Tomate. Ich weiß gar nicht, wie die Jungs darauf gekommen sind, es sich zu wünschen.«
»Was ist mit Ihrem Paket?«
»Ach!« Sie sprang auf, leckte sich die Finger sauber, griff nach dem Paket und zerschnitt die Klebestreifen mit einem Messer. Das Paket war von ihrer Freundin Pooch.
»Wie kannst Du nur so ohne alles leben?« hatte Pooch geschrieben. »Schätzchen, nimm Deinen Verstand zusammen und komm zurück nach New York! Ich spendier' Dir einen Schönheitstag bei Elizabeth Arden, Du wirst ihn, weiß Gott, nötig haben! Bis dahin mußt Du mit einigen Deiner Lieblingsprodukte vorliebnehmen.«
In dem Paket befand sich eine Auswahl von Kosmetika, die Maia in ihrer Kolumne immer als Grundausstattung gepriesen hatte: je eine Tube Tages- und Nachtcreme, eine Allzweckcreme, ein Lippenstift in klassischem Chanelrot sowie der passende Nagellack.
Maia legte rasch das Packpapier über die Schachtel. Sie wollte nicht, daß Miguel Angel die Kosmetika sah; es wäre ihr viel zu peinlich gewesen. Später würde sie das Ganze in den Müll werfen. Nein – Anna würde diese Kostbarkeiten sicherlich zu schätzen wissen, nachdem sie so viele Monate ohne das Zeug hatte auskommen müssen.
So wie Maia jetzt aussah, hätte Pooch sie nicht wiedererkannt. Alle ihre Kollegen von *Chic* wären geschockt über ihren Anblick. Sie hatte den Hauch von Eleganz, der früher so typisch für sie gewesen war, völlig aufgegeben und lief ziemlich schlampig herum. Im Haus schlurfte sie in *chanklas* herum, Pantof-

feln, wie sie mit Vorliebe mexikanische Dienstmädchen trugen. (»Im Dorf kennt man dich als die Gringa in *chanklas*«, hatte Leticia ihr erzählt.) Das Haar kämmte sie sich streng aus dem Gesicht und steckte es sich in allen möglichen Kombinationen auf, die sie den mexikanischen Mädchen abgeguckt hatte. Ihre Stadtgarderobe hatte sie eingemottet und sich mehrere sackartige Kleider aus Guatemala gekauft; darin fühlte sie sich trotz der unglaublichen, feuchten Hitze schön kühl.
»Und – hat Ihnen Ihr Lunch-Club gefallen?« fragte Miguel Angel, der sofort verstanden hatte, daß der Inhalt des Pakets für ihn tabu war.
»Na ja ...« Maia runzelte die Stirn, aber dann machte sie doch ein fröhliches Gesicht. »Es war – na ja, anders, als ich erwartet hatte.«
»Was haben Sie erwartet?«
»Ich weiß nicht. Ich möchte mich eben in die Dorfgemeinschaft integrieren. Ich möchte diesen armen Jungs etwas Gutes tun. Ihnen etwas beibringen, Möglichkeiten aufzeigen, neue Perspektiven ...«
»Was denkt ihr Gringos euch eigentlich?« unterbrach er sie. »Kaum seid ihr in einem Land der Dritten Welt, wollt ihr es verändern, ›verbessern‹, damit es so wird wie die USA. Wie kommt ihr überhaupt darauf, daß ihr wirklich etwas ändern könnt?« schnaubte er.
Er spürte, daß er zu barsch gewesen war, und milderte seinen Ton. »Das wird dauern«, sagte er. »Die Jungs werden schon lernen, was Sie glauben, ihnen beibringen zu müssen.« Er seufzte.
Maia wollte schon gegen seine herablassende Art protestieren, da fügte er noch etwas hinzu: »Diese Kinder leben ein elendes Leben. Jede Freundlichkeit ist ein Geschenk für sie.«
Es war wohl besser, das Thema zu wechseln. Der Wind drehte sich, und Maia hörte Folkmusik aus Miguel Angels Haus. Es

war eine traurig klingende Stimme mit Gitarrenbegleitung, sentimental, wahrscheinlich ein Liebeslied. »Wer ist das?« fragte sie.
»Silvio Rodriguez. Er kommt aus Kuba. Sehr berühmt in Lateinamerika.«
Er stieg über die Gartenmauer und kam mit einigen Plattenhüllen zurück, die er ihr zeigte. Es war, wie sie erwartet hatte, ein gequältes, sensibles Gesicht darauf zu sehen.
Armer Miguel Angel. Alles an ihm deprimierte sie. Sein bedrükkendes Leben, sein winziges Haus mit den dunklen, schweren Holzmöbeln und den ausgebleichten Kunstdrucken. Sein pastellfarbenes Autowrack, sein dummer Nicht-Hund (der, Miguel Angel zufolge, immer dessen Unterhosen aus dem Korb mit der Schmutzwäsche zog und damit schlief. »Tja, der Wohlgeruch der Liebe!« hatte er lachend gesagt.) Er war so schwermütig und trug so viel Traurigkeit in sich. Offenbar hatte er sich mit einem selbstgewählten Leben in Einsamkeit abgefunden und vom Rest der Welt zurückgezogen.
Sie lauschten der gefühlvollen Musik. »Ich werde nicht lange leben«, sagte Miguel Angel plötzlich. »Den Rest meines Daseins werde ich in diesem Haus verbringen.«
Maia verzog das Gesicht und schüttelte heftig den Kopf. »Das ist doch lächerlich!«
»In Dolores kann man keine Frauen kennenlernen. Die Frauen in meinem Alter sind alle verheiratet, und Scheidung kennt man hier nicht. Und die unverheirateten Frauen sind allesamt junge Mädchen, die wollen nichts zu schaffen haben mit einem alten Mann wie mir.«
»Seien Sie doch nicht albern! Wie alt sind Sie denn?«
»Vierzig.«
»In den Vereinigten Staaten ist das jung. Dort sagt man, daß Männer in diesem Alter am attraktivsten sind.«
»Aber hier nicht. Außerdem lassen mich die Väter dieser jungen

Frauen nicht mal in die Nähe ihrer Häuser. Nicht daß ich darauf aus wäre, mit Zwanzigjährigen auszugehen ...«
Plötzlich hatte Maia das Verlangen, ihm Mut zu machen. »Sie müssen mal raus aus Ihrem Haus! Sie müssen etwas unternehmen!« sagte sie enthusiastisch. Ausgerechnet sie, die alles aufgegeben hatte, verteilte nun gute Ratschläge!
»Was denn, beispielsweise?« brummte er.
»Ach, ich weiß nicht – Partys, Cafés, Vernissagen!« In diesem Moment fiel ihr wieder ein, daß er sie zusammen mit Jota Jota gesehen hatte. Sie wandte den Blick ab.
Die Platte war zu Ende, Stille trat ein. Es war Siesta-Zeit. Als eine Brise aufkam, spürte Maia den süßen Duft von Hibiskus und Jasmin, der aus Miguel Angels Garten herüberwehte. Miguel Angel zündete sich eine Zigarette an und wechselte das Thema. »Die Anwesenheit einer Frau hat etwas Wunderbares. Wenn ich in Ihrem Haus bin und all die Dinge sehe, die hier herumstehen ... das ist sehr schön.« Er brach abrupt ab.
Mit einemmal wurde ihr klar, daß er sie nicht haßte, auch wenn er sich benahm, als könnte er sie nicht ausstehen. In gewisser Weise mochte er sie wohl sogar recht gern.
Obwohl sie seine Zuneigung rührte, hatte sie kein Interesse an ihm, ja, sie verspürte sogar den Drang, auf Distanz zu gehen – es war besser so. Außerdem hatten sie sowieso keine Gemeinsamkeiten, außer daß sie Nachbarn und mit Leticia befreundet waren.
Ich bin viel zu kultiviert für ihn, überlegte sie. Ist doch so – ich weiß, wie das Frühstück im quirligen Rom, im weinduftenden Loiretal, an der Elfenbeinküste und auf einer griechischen Insel schmeckt. Ein Paar meiner Lieblingsschuhe kosten wahrscheinlich so viel, wie er in zwei Monaten verdient.
Ihr fiel ein, daß Anna ihr gestern Kassetten mit Händel-Kompositionen geliehen hatte, »damit du in weihnachtliche Stimmung kommst, Kleine«.

»Hey, ich habe den *Messias* – hören wir uns das mal an!« Sie holte die Kassetten und steckte eine in ihren winzigen Recorder. Die wohlvertrauten Melodien ertönten, und Maia seufzte auf vor Zufriedenheit, auch wenn die Musik an diesem warmen Dezembernachmittag völlig deplaziert wirkte.
»Was für eine Musik ist das?« erkundigte er sich.
Die Frage brachte – Maia in Verlegenheit. Wie sollte sie den *Messias* erklären? Nun ja, das sei eben diese berühmte Musik des Komponisten Händel, der sie wie im Rausch innerhalb von neun Tagen niedergeschrieben habe – oder waren es elf? –, und zu dieser Komposition gehöre auch dieses brillante Chorstück, das »Hallelujah«, bei dem die Leute aufstünden, wenn es aufgeführt werde, eine wunderschöne Musik, die man zu Weihnachten und Ostern spiele ...
Sie beobachtete ihn, während er lauschte. Der *Messias* war schon immer ein Bestandteil ihres Lebens gewesen; sie wußte nicht einmal mehr, wann sie ihn zum erstenmal gehört hatte. Und da saß dieser Mann, der ein ganzes Leben gelebt hätte, ohne diese Musik zu hören, wenn sie es ihm nicht ermöglicht hätte. Nein! Sie schüttelte den Kopf. Das war einfach zuviel!

## 19

*Heute abend machte ich einen Spaziergang, um mich in dem frischen Wind ein bißchen abzukühlen. In der Kirche Nuestra Señora de Perpetuo Socorro – Unserer Lieben Frau von der Immerwährenden Hilfe – brannte Licht, und ich trat, wie magisch angezogen, ein. Es fand gerade eine Trauung statt, die Kirche war überfüllt. Ein falsch singender Kinderchor brachte unter Gitarrenbegleitung auf der Empore*

*ein Ständchen. Über der Gemeinde, die aus Männern in schlecht sitzenden Anzügen und Frauen in Phantasieroben aus funkelndem schwarzgoldenem Polyester bestand, rotierten wie wild die Deckenventilatoren. Der ganze Kirchensaal war ein Meer von Verzierungen, Rüschen, Falten, Krausen, tiefen Rückenausschnitten, Decolletés bis zum Gehtnichtmehr, dickem Make-up, Parfums und kunstvoll in Form gesprayten Frisuren.*
*Die Braut war, wie eine weiche, köstliche Praline, eingehüllt in eine Unmenge weißen Tülls mit Schleifen und Flitter. Ihr Kopfschmuck – lange, weiße, herabfallende Federn – sah aus wie das Gefieder eines tropischen Vogels, ihr Blumengebinde war eine wahre Blütenkaskade.*
*Der Priester kam mir irgendwie komisch vor, vor allem, wie er mit dem Arm herumfuchtelte, ganz unnatürlich und übertrieben. Dann sah ich, daß es ein Holzarm war, mit einer geschnitzten Hand, die die Finger wie zum Segnen ausstreckte – also den Daumen zu Zeigefinger und Mittelfinger gelegt. Da war sie wieder, die perfekte Mischung von Sakralem und Absurdem, die man in Mexiko überall antreffen kann!*
*In der anderen Hand hielt der Priester ein Mikrofon, in das er, fast wie ein Talkmaster, erst selbst hineinsprach, um es dann der Braut und dem Bräutigam unter die Nase zu halten, damit alle das Ehegelübde hören konnten. Ein beflissener junger Mann hielt einen Scheinwerfer auf das Paar gerichtet, während ein Fotograf und ein Videofilmer jede einzelne kostbare Sekunde der Zeremonie aufnahmen. Es war fast so, als hielten sie das Ereignis selbst für gar nicht so wichtig, als zählten nur die Erinnerungen und die Aufnahmen, denn als es vorüber war, blieben die Frischvermählten stehen und warteten, bis die Beleuchtung und die Kamera in der richtigen Position waren,*

*anstatt sich spontan zu küssen und den Mittelgang hinunterzuschreiten. Ich fand diese Prozedur schrecklich peinlich, aber offenbar stellt man sich hier eine Hochzeit eben so vor.*

*Als das Paar die Kirche verließ, trat ich beiseite. Die beiden waren ungefähr achtzehn Jahre alt. Jahrelang gespartes, hartverdientes Geld war für diese Hochzeit verpraßt worden.*

*Die Gäste traten nach und nach aus der Kirche. Obwohl ich mir irgendwie fehl am Platz vorkam, brachte ich es nicht über mich, zu gehen. Eine junge Frau schritt mit einem runden, silbernen Tablett durch den Mittelgang und verteilte an bestimmte Frauen kleine weiße Anstecker – an unverheiratete Frauen, das wurde mir schließlich klar.*

*Sie ging lächelnd auf mich zu. Ich sah, daß noch ein Anstecker auf dem Tablett lag. Sie hielt ihn mir entgegen.*

*»Nein.« Ich schüttelte den Kopf und versuchte ihr, indem ich auf meine Jeans und mein T-Shirt deutete, klarzumachen, daß ich nicht zu den Gästen gehörte.*

*»Doch, nehmen Sie!« Lächelnd drückte sie mir ein zartes mundgeblasenes Glasherz mit einer weißen Tüllschleife in die Hand, als spürte sie, daß ich es brauchte.*

*Ich ging die kurze Strecke zu meinem Haus zurück und hielt diese Liebesverheißung fest, als wäre es ein Omen.*

*Stephen war schon lange aus meinen Träumen verschwunden – aber letzte Nacht ist er zurückgekehrt. Wir schritten den Mittelgang entlang wie das junge Paar bei der Hochzeit.*

*»Wer führt die Braut vor den Traualtar?« fragte der Priester.*

*»Ich«, sagte Stephen und legte meine Hand in die eines Mannes, dessen Gesicht ich nicht sehen konnte.*

# 20

Das Telegramm, vierzehn schwarze Wörter und ein paar Zahlen auf gelbem Papier, das Miguel Angel ihr brachte – es war das erste Mal in drei Wochen, daß er bei ihr geklopft hatte –, versetzte Maia in nervöse Vorfreude.

> Ankomme Cancun 23. Dezember, Flugnr. 411. Nicht abholen, finde Dich schon. Margaritas bereitstellen. Alles Liebe, Pooch.

»Meine Güte, das ist ja heute!« rief sie. Sie schaute, wann das Telegramm aufgegeben worden war. Aha, wie sie vermutet hatte: vor fünf Tagen schon. Das war die mexikanische Vorstellung von Dringlichkeit.

Die Mitteilung roch förmlich nach der Hopp-Hopp-Atmosphäre von Manhattan, und Maia stellte zu ihrem eigenen Erstaunen fest, daß sie doch ein bißchen Sehnsucht nach Weihnachten in New York hatte. In den Tropen war Weihnachten ein einziger Witz. Nichts stimmte, weder die Farben noch das Licht, das viel zu hell war, dieses mitleidlose, weiße Licht. In Dolores hatte man von Palme zu Palme ein paar Lichtergirlanden aufgehängt und einige festlich dekorierte, spindeldürre Plastikbäume aufgestellt, die völlig fehl am Platz wirkten – es war zum Erbarmen.

Sie wußte, während sie hier dem Gesang der Tropenvögel lauschte, herrschte in New York eine belebende Kälte, und die Menschen hetzten durch die vollen Straßen, um wie verrückt alle möglichen Geschenke einzukaufen. Manchen gefiel das, andere haßten es, und bestimmt schimpften beide Gruppen darüber – über die Zeit, die man damit vertat, über den Streß, über das Geld, das man ausgab. Schon wieder Weihnachten? Trinkgeld für die beiden Portiers ihres Wohnhauses, für den

Hausmeister, die Putzfrau. Und was sollte man der Sekretärin schenken? Alles wurde einem zuviel. Die Partys, der Alkohol, die Kalorien.
Sie stellte sich die schneebedeckte Fifth Avenue vor, hübsch dekoriert mit unzähligen winzigen weißen Glühlämpchen und roten Bändern um Bäume und Kränze, die Schaufenster vollgestopft mit überflüssigen Dingen, die man angeblich unbedingt haben mußte und die eine Vorstellung von Weihnachten weckten, das es in Wirklichkeit gar nicht gab. Sie sah die Damen vor sich, die in ihren Zuchtnerzen und Seidentüchern durch die Straßen paradierten, teure Einkaufstaschen von Tiffany's und Bergdorf's in der Hand, wie sie stehenblieben, um einander mit hingehauchten Küßchen zu begrüßen und den Gehsteig blockierten, so daß alle um sie herum gehen mußten. Die Maroniverkäufer waren schon seit langem verschwunden, jetzt standen große, sehr schwarze Männer aus Senegal an den Straßenecken und hauchten ihren heißen Wüstenatem in die tauben, frierenden Hände, bibbernd über ihren lieblos auf schäbigen Pappkartons ausgebreiteten Haufen falscher Cartier- und Rolexuhren.
Jeden Moment mußten ihre Jungs zum Weihnachtsessen kommen. Sie legte jeweils ein bunt verpacktes Geschenk, bestehend aus zwei Paar Socken, einer Schachtel Buntstifte und Papier, neben den Teller. Mit dem Besteck und dem Herumreichen der Schüsseln taten die Kinder sich mittlerweile schon leichter, aber Maia verbrachte nach ihrem Besuch dennoch jedesmal den ganzen Nachmittag damit, hinter ihnen herzuputzen, Fingerabdrücke von allen möglichen Flächen zu wischen und vertrocknete Tortillas oder kalten Speck an den unmöglichsten Stellen zu finden.
Maia hatte keine Ahnung, wie ihre Freundin von Cancun nach Dolores fahren würde und wann sie sie erwarten sollte. Es wurde Abend und immer noch nichts von Pooch. Hatte sie ihre

Pläne geändert? War das Flugzeug verspätet gelandet? Hatte sie den Bus verpaßt? Um elf Uhr ging Maia schlafen.

Stunden später hörte sie durch ihren tiefen Schlaf hindurch, daß jemand an die Vordertür klopfte und ihren Namen rief. Sie rannte zur Tür und stieß sie auf. »Pooch!«

»Na, hoffentlich habe ich dich wenigstens gerade in flagranti erwischt!« witzelte Pooch in ihrer typischen sexy Macho-Art. Sie liebte dramatische Auftritte.

»Nein«, sagte Maia kichernd und verlegen und starrte die frisch blondgefärbte, immer noch an einen Vogel erinnernde Pooch an, die mit ihrer gestylten City-Aufmachung hier in Dolores völlig fehl am Platz wirkte. Pooch war hübscher, als sie sie in Erinnerung hatte. Schmaler und blasser war sie, und ihre Gesichtszüge traten deutlicher hervor als früher. Plötzlich beneidete Maia sie um ihre herzerfrischende Unbekümmertheit.

»Das ist ja ein Paradies!« rief Pooch. Sie eilte durch das Haus und konnte sich kaum mehr beruhigen vor Begeisterung über die schwarz-weißen Bodenfliesen, die hohen Decken, die knallig rosarottürkisfarbenen Hängematten und die Bougainvilleas.

»Nur keine Umstände«, fuhr sie fort, »ich bin ein geübter Gast! Zeig mir nur, wo der Tequila steht, dann mixe ich uns die Drinks«, sagte sie und begann *Margaritaville* zu singen, gefolgt von *Chiquita Banana*.

Während Maia Avocados pürierte und eine Tüte *tostadas* öffnete, wurden einige Zweifel in ihr wach. Natürlich freute sie sich sehr, Pooch wiederzusehen, aber ... Aber was? Pooch war einfach aufgekratzt und zappelig von der Reise, das war alles. Der Tequila würde sie schon ruhiger machen.

»Prösterchen, mein Schnuckiputz!« Sie reichte Maia eine Margarita und hob ihr Glas zum Anstoßen. »Du lebst in Me-chi-ko! Du hast es echt durchgezogen!« Sie nippte genießerisch. »Und, wie lange willst du noch bleiben?«

Da war sie, die verbotene Frage. Aber bevor Maia antworten konnte, lenkte Pooch ihre Aufmerksamkeit auf die Hängematte. »Sag mal, gibt es da nicht eine ganz bestimmte Art, wie man in diesen Dingern sitzen muß?«

»Man hält sie hoch, faltet sie so auseinander und setzt sich hinein ... so.« Maia zeigte es ihr und stand wieder auf. »Du übst es am besten gleich selbst mal, du wirst nämlich darin schlafen.«

»Wo hast du nur diesen unglaublichen Hut her?« quietschte Pooch. »Ich muß un-be-dingt auch so einen haben!«

»Ach«, sagte Maia und warf einen gelangweilten Blick auf ihren Panamahut, der an einem Nagel hing, »auf dem Markt. Wir können morgen hingehen.«

»Ich hoffe nur, daß es dort jede Menge gute Volkskunst gibt, Kreuze und so. Ich möchte nämlich mein Büro neu einrichten. Ach, hab' ich ja ganz vergessen – meine Mitbringsel! Ich wußte nicht, was du gebrauchen kannst, deshalb habe ich dir Fressalien und Lesestoff mitgebracht.« Sie zog den Reißverschluß ihrer Tasche auf und entnahm ihr die neuesten Ausgaben von *Chic, Bazaar, Elle* und *Vogue.* Sie hatte tatsächlich geglaubt, diese Zeitschriften würde Maia am allermeisten vermissen. »Und da, schau mal! Vergehst du nicht vor Appetit auf so was?« Sie fuchtelte mit vakuumverpackten Räucherlachsscheiben und einer Plastiktüte mit Zwiebel-Bagels herum. »Ich habe natürlich noch mehr dabei, aber Weihnachtsgeschenke gibt es erst am Weihnachtstag!«

Ohne Unterlaß erzählte Pooch von diversen Restaurants, von Barney, ihrem aktuellen Lover, der gerade bei ihr eingezogen war, von der Arbeit, von Kleidern und allem, was sich verändert hatte, von diesem neuen Musical und jenem Museum, von einem neuen Club im East Village, von diesem neuen Artikel bei Barney's und jenem bei Bergdorf's. Dabei hatte sie eine ganz neue Art zu reden, sie benützte Substantive als Verben:

»Jeden Abend tagebuche ich in meinen Computer«, sagte sie zum Beispiel, oder: »Illusionier das mal!«
Sie stürzte ihre Margarita hinunter, schenkte sich erneut ein, blätterte in den Zeitschriften und machte Maia auf Dinge aufmerksam, die ihr angeblich toll stehen würden. Sie riß eine Seite heraus, auf der ein Ralph-Lauren-Blazer für achthundert Dollar (»Jede Frau braucht einen Blazer aus dunkelblauem Gabardine!«) und ein Paar goldene Schnürchensandalen für zweihundertfünfunddreißig Dollar abgebildet waren (»Die würden hier doch unheimlich gut kommen, meinst du nicht?«)
Maia sah ihre Freundin an, die ihr so vertraut und doch so fremd erschien. War sie überhaupt darauf vorbereitet – auf den Einbruch ihres früheren Lebens?
»Du siehst müde aus, und ich breche gleich zusammen«, sagte Pooch.
Sie gingen schlafen. Maia lag auf dem Bett und hörte noch, wie Pooch eine Dusche nahm und es sich in der Hängematte bequem zu machen versuchte. Von Zeit zu Zeit knarzten die Seile, wenn sie nach einer bequemeren Liegeposition suchte.
»Die erste Nacht ist die Hölle, aber du wirst dich daran gewöhnen«, rief Maia ihr zu. Es war seltsam, nicht allein zu sein, zu wissen, daß noch ein anderer Mensch in ihrem Haus schlief.
Maia drehte sich auf die andere Seite und seufzte. Sie hatte nie darüber nachgedacht, aber jetzt wurde ihr klar, daß der Besuch von Pooch für sie sowohl eine Freude als auch eine Anstrengung bedeuten würde. Pooch war ihre beste Freundin in Manhattan, eine Tigerin von einer Frau, zweiundvierzig Jahre alt und Herausgeberin von *Chic.* Sie hatte sich aus einer italienischen Arbeiterfamilie in Queens hochgearbeitet und Maia vor ein paar Jahren, als sie Kosmetikredakteurin geworden war, unter ihre Fittiche genommen. Richtige Freundinnen waren sie jedoch erst, seit Maia sie dazu überredet hatte, sich

die Haare kurz schneiden zu lassen. Während andere Frauen nämlich, sei es weil sie unsicher, sei es weil sie deprimiert waren, Eis in sich hineinschaufelten oder einen neuen Lippenstift kauften, hatte Pooch sich in einer solchen Situation immer eine Dauerwelle machen lassen, und das Ergebnis war dementsprechend gewesen.

»Geh doch mal zu Alberto bei Elizabeth Arden«, hatte Maia eines Nachmittags vorgeschlagen, als Pooch nicht mehr weiterwußte und mit dem Gedanken spielte, ihrem bereits krisseligen Haar eine weitere Dauerwelle angedeihen zu lassen. »Er ist wirklich hervorragend.«

Albertos Lösung hatte darin bestanden, das ganze Lockengewirr zu einer entzückenden Koboldsfrisur zurechtzustutzen.

»Ich glaube, ich kriege einen Nervenzusammenbruch!« jammerte Pooch nach erfolgter Tat ins Telefon.

Maia eilte sofort in Poochs luxuriöse Galeriewohnung am Sutton Place und kippte fast um, als Pooch die Tür öffnete.

»Du siehst toll aus!« rief sie. »Weich und feminin! Wie ein kleiner Junge, wie eine Gazelle!« jubelte sie. »Du siehst gar nicht mehr wie Pooch aus – nicht die geringste Ähnlichkeit mit einem Köter. Wie bist du eigentlich zu diesem Namen gekommen?« Sie gab sich wirklich Mühe, Pooch mit ein paar witzigen Bemerkungen über ihren Schock hinwegzuhelfen.

»Meine Eltern haben mich so genannt.« Pooch, die in Wirklichkeit Pauline hieß, schluchzte und lachte gleichzeitig.

Pooch besaß einen Vibrator und wußte, wie sie einen Mann ins Bett kriegte, aber sie schmachtete nach der »wahren Liebe«, nach einem Mann, den sie anbeten und heiraten könnte. So zielstrebig und erfolgreich sie in ihrem Beruf auch war, sie schaffte es einfach nicht, ihr Liebesleben auf die Reihe zu bekommen. An mangelhaften Bemühungen lag es, weiß Gott, nicht. Nur Maia wußte von Poochs zweimal wöchentlich stattfindender Psychotherapie (eine Sitzung kostete hundert Dollar) und den ebenso kostspieligen Besuchen bei Astrologen und Wahrsagern, von dem exklusiven Singles-Club und von Poochs kurzen Affären mit Männern, die sie durch ihre Arbeit kennenlernte.

»Du brauchst wirklich einen außergewöhnlichen Mann«, pflegte Maia sie durch ihre valiumgetränkten Weinkrämpfe hindurch zu trösten, wenn irgendein Trottel nach einem One-night-stand mal wieder spurlos verschwunden war. »Einen, der keine Angst vor dir hat, einen, der anders ist als diese Schlappschwänze, die sich in dich verknallen, weil du so stark bist!«

Maia schwankte zwischen dem Gefühl moralischer Überlegenheit und einer Art mit Wehmut durchsetztem Neid über Poochs Abenteuer, bis sie eines Tages zu folgendem Schluß gelangte: Während Pooch alles unternahm, um ein Date zu bekommen, tat Maia gar nichts – und das Resultat war das gleiche. Beide waren allein.

»Ich bin so froh, daß du da bist«, rief Maia. So verwirrt sie in diesem Moment auch war, sie meinte es ernst.

Die einzige Reaktion aus der Hängematte bestand in tiefen Atemzügen.

Als Pooch am nächsten Morgen aufwachte, stand Maia auf dem Patio und wusch mit der Hand ein paar Kleidungsstücke aus.

»Unglaublich«, sagte Pooch gähnend, als sie in einem T-Shirt und mit Männer-Boxershorts auf Maia zuschlenderte, ein Glas frischgepreßten Obstsaft in der Hand, den Maia ihr in der Küche hingestellt hatte.

Maia warf einen nervösen Blick über die Gartenmauer, um sicher zu sein, daß Miguel Angel nicht in der Nähe war und diese typisch amerikanische Unschicklichkeit sah.

»In New York war es gestern minus zwei Grad Celsius kalt, und hier trage ich praktisch nichts und habe die unglaublichsten Blumen vor mir!«

»Ich habe vergessen, dir zu sagen, daß du in deinen Schuhen nachsehen mußt, bevor du sie anziehst. Heute morgen im Bad habe ich einen winzigen Skorpion getötet. Wie wär's mit ein paar *huevos rancheros* zum Frühstück? Ich bin eine ziemlich gute Köchin geworden!«

»Ich esse alles, was du mir auf den Teller legst, und tue alles, was du mir befiehlst«, antwortete Pooch kichernd. Das sonnige Klima machte sie ganz unbeschwert. Sie stellte einen High-Tech-Spiegel von Braun auf einen Ziegelstein und begann sich zu schminken. »Ach, mein Gott, das ist so à la Ralph Lauren!« sagte sie lachend. »Mach doch bitte ein Foto davon!« Sie reichte Maia eine Kamera.

Nach einem gemütlichen Frühstück in der Sonne, zu dem auch eine vergnügliche Vorstellung von Maias Wasserspeier-Leguanen gehörte, nahm Maia ihre Freundin auf einen Spaziergang durch Dolores mit. Auf dem Markt kaufte Pooch sofort eine Markttasche aus Plastik und füllte sie unter Freudenrufen über die niedrigen Preise mit Zitronen, Tomaten, Avocados, Mangos und Papayas. Dann wollte sie unbedingt handgemachte Kartoffelchips essen, die mit einer scharfen Salsa getränkt waren, gefolgt von einem frischen Shrimps-Cocktail mit einer noch schärferen Sauce.

»Bist du sicher, daß dein Magen das aushält?« warnte Maia.

»Kein Problem! So – wo sind nun diese tollen Hüte?«

Der Hutverkäufer warf einen einzigen Blick auf Pooch und verdreifachte den Preis. Maia versuchte zu handeln, aber dem Hut-Mann war klar, daß er das Geld schon so gut wie in der Tasche hatte; er wußte, wenn ein Gringo sich etwas in den Kopf gesetzt hatte, wollte er es haben, egal, wie hoch der Preis war.

»Hier ist alles so billig!« kreischte Pooch bei jeder Gelegenheit. Sie erstand einen hellgrauen *metate* (mit dem man Basilikum für Pesto zerreiben konnte), einen geflochtenen Ledergürtel (in New York würde so einer ein Vermögen kosten) sowie drei

Keramiktöpfe in Altrosa (für ihren Kräutergarten am Küchenfenster).

»Weißt du, Maia, ich finde es wirklich vernünftig, daß man Reis und Zucker und solche Sachen unverpackt kaufen und sich in Plastikbeuteln abwiegen lassen kann. Ich habe es einfach satt, im Supermarkt mit aufwendiger Verpackung belästigt zu werden, die ich überhaupt nicht brauche und die alles nur noch teurer macht. Und was da immer alles draufsteht – man kann mir doch keine Vorschriften darüber machen, welche innere Einstellung ich dem Produkt gegenüber haben soll!«

Maia schüttelte lachend den Kopf. Pooch war schon am ersten Tag in Mexiko eine richtige Gringa geworden.

Als sie dann zur Happy Hour in El Ultimo Refugio saßen, war Maia ziemlich erledigt. Sie empfand es einfach ermüdend, zu jedem auch noch so unwichtigen Detail ihres neuen Lebens einen Kommentar zu hören; sie war einfach noch nicht soweit, es von jemand anderem unter die Lupe nehmen zu lassen. Poochs Anwesenheit weckte ungute Erinnerungen an ihr New Yorker Ich. Auf einmal nervten sie alle möglichen Kleinigkeiten an Pooch – ihre konsumorientierte Einstellung zu ihrem »mexikanischen Abenteuer«, wie sie es nannte, das ewige Fotografieren, und daß sie immer gleich zum nächsten Gegenstand weiterging, anstatt sich etwas erst einmal gründlich anzusehen und wenigstens einen Moment lang in sich aufzunehmen. Und daß sie sich benahm, als wäre sie beim Großeinkauf im Supermarkt, indem sie sämtliche »antiken« Kruzifixe (nachgemacht, da war Maia sicher) und *retablos* abräumte, die ihr in die Hände fielen, alles unter ständigen Äußerungen des Entzückens, denn sie glaubte, die Einheimischen kräftig übers Ohr zu hauen.

»Hier fühle ich mich richtig wohl – wie eine Figur in einem Graham-Greene-Roman!« sagte Pooch im Refugio, nachdem sie die dort herumhängenden Gringos einer eingehenden Betrachtung unterzogen hatte. Sie trank einen großen Schluck

Margarita und seufzte behaglich: »Das Leben im Exil paßt zu mir!«
»Das empfindest du so, weil du hier nur auf Urlaub bist«, sagte Maia. »Du könntest doch unmöglich existieren, ohne den ganzen Rummel in Manhattan.«
Pooch braucht Zeit, um ein wenig zur Ruhe zu kommen, dachte sie. Und sie beide würden Zeit brauchen, bis sie an ihre alte Freundschaft anknüpfen konnten. Es gab noch viele ernste Dinge zu besprechen. »Übrigens – wie lange willst du eigentlich bleiben?«
»Leider wird es diesmal bei einem Quickie bleiben«, antwortete Pooch und klang fast ein bißchen bedauernd. Aber das war nur vorübergehend: »Paß auf: Am neunundzwanzigsten muß ich zu einer Konferenz der American Press Association nach Chicago. Auf dem Rückweg nach Cancun schaue ich mir vielleicht ein paar Ruinen an. Ich miete mir ein Auto und hake Uxmal und Chichén an einem Tag ab. Das geht doch, oder glaubst du nicht? Am nächsten Tag tanke ich morgens noch ein bißchen Sonne, und nachmittags geht es ab nach Chicago.« Sie sah sehr selbstzufrieden drein.
»So schnell willst du wieder abreisen?« Maia verzog unwillig das Gesicht.
Wirklich überraschend war dabei nur, daß diese Nachricht sie auch erleichterte.

# 21

Sie saßen am Rand des *cenote* von Dzibilchaltún und tauchten ihre blasenbedeckten Füße in das kühle, klare Wasser. Sie hatten beide nicht daran gedacht, Badeanzüge mitzunehmen; Pooch hatte obendrein ihren teuren Panamahut vergessen.

Sie las Maia aus ihrem Reiseführer vor. »Ein *cenote* ist eine unterirdische Höhle mit frischem Wasser, das aus einer tiefen Quelle kommt. Da es in Yucatán weder Seen noch Flüsse gibt, gilt ein *cenote* als heilig; um einen *cenote* herum wurden Ansiedlungen und Tempel errichtet.« Deshalb also standen hier die Ruinen von Dzibilchaltún, die ein ungeübtes Auge für nichts weiter als einige enttäuschende Haufen Maya-Schutt halten konnte.

»Meine Freundin Anna sagt, daß die beim Staat angestellten Archäologen viel zu sehr damit beschäftigt sind, Geld auf die Seite zu schaffen, als daß irgend etwas für Restaurierungen übrig bliebe«, hatte Maia erklärt, während sie ihren wenig begeisternden Rundgang rasch beendeten.

Aber hier beim *cenote* überkam Maia ein ganz besonderes Gefühl. Die Luft roch irgendwie altertümlich, und das Wasser war wirklich wie ein geheimnisvolles Geschenk inmitten dieser ausgedörrten, mitleidlosen Landschaft. Heute, am Weihnachtstag, waren nur wenige Menschen da. Ein mexikanisches Paar hielt mit seinem kleinen Sohn unter einem Baum Mittagsschlaf, und gegenüber dem *cenote* standen ein paar halbwüchsige mexikanische Jungen herum und starrten begierig auf Poochs und Maias nackte, im Wasser baumelnde Beine. Gringa-Fleisch.

Der Tag war ein ziemliches Debakel gewesen. Am frühen Morgen waren sie voller Vorfreude losgefahren, hatten zunächst nicht den richtigen Bus finden können, und als es ihnen endlich doch gelang, war darin kein Platz mehr gewesen, nicht einmal zum Stehen. Sie hatten gewartet und gewartet und waren schließlich in einen Bus gestiegen, von dem alle sagten, er würde sie ganz bestimmt bei den Ruinen absetzen; statt dessen ließ man sie mitten auf der Landstraße raus, und sie mußten fünf Kilometer in der gnadenlosen Mittagshitze gehen, um zu den Ruinen zu gelangen. Unter jedem der gelegentlich auftauchenden vertrockneten Bäume hatten sie haltgemacht und sich ausgeruht. Weder ein Mittagessen noch etwas zu trinken hatten sie dabei, denn Pooch war sicher gewesen, daß man an einem solchen touristischen Anziehungspunkt etwas kaufen könnte. Wieder danebengetippt. Sie mußten sich mit winzigen Tüten salziger Kartoffelchips und lauwarmem Cola aus der *palapa* am Eingang begnügen.

Maia war ein bißchen gereizt, sowohl von der Hitze als auch von der Unterhaltung, die sie während des langen Fußmarsches geführt hatten.

»Es ist so toll, Barney mal nicht ständig um sich herum zu haben«, hatte Pooch behaglich geseufzt. Barney, der erst kürzlich in ihr Leben getreten und in ihre Wohnung gezogen war, beschrieb sie als überaus neurotischen Lichtdesigner, Alkoholiker (so klang es zumindest), geschieden, und so weiter, und so weiter. Keine besonders günstigen Zukunftsaussichten, fand Maia. Warum tat Pooch sich das nur an?

»Ein richtiger Weibertag ist das heute«, kicherte Pooch. »Das macht Spaß! Weißt du, wir sollten das viel öfter tun, gemeinsam Urlaub machen!«

Pooch meinte es nicht böse, aber Maia spielte nicht gern die Lückenbüßerin, wenn Pooch Lust auf Urlaub vom Mann hatte. Für sie war jeder Tag ein Weibertag. Als nächstes mußte sie sich anhören, wie unmöglich Barney war.

Wenn er so schrecklich ist, warum wirfst du ihn nicht einfach raus? dachte sie. Und überhaupt, warum gierten Frauen immer

nach einem Mann, und wenn sie endlich einen hatten, gab es nichts Schöneres für sie, als über alles zu klagen, was er nicht bieten konnte?
Maia nahm ihren Hut ab und strich sich mit den Fingern durch das feuchte Haar. Warum saßen sie hier oben, heiß und verschwitzt, statt sich in dem wunderbaren Wasser zu aalen? Sie warf noch einmal einen Blick auf das Schild, um ganz sicherzugehen, aber es blieb dabei: Auf spanisch, französisch, englisch und deutsch stand da klar und deutlich: Baden verboten!
»Du hast so ein Glück!« sagte Pooch seufzend. »Manchmal wünsche ich mir wirklich, ich wäre allein, damit ich Zeit zum Schreiben hätte. Ich sehne mich so danach, einen Roman zu schreiben. Ich meine, ich liebe Barney, er ist ein außergewöhnlicher Mann, aber das Ganze ist doch sehr anstrengend. Ich habe einfach keine Zeit mehr für mich selbst.«
»Alles hat seinen Preis«, sagte Maia beiläufig; sie wollte nicht weiter in das Thema einsteigen.
»Und er ist so fordernd, weißt du!« fuhr Pooch fort. »Ich habe etwas erkannt, von dem ich nie geträumt hätte, daß es mir je über die Lippen kommen würde: Ich glaube, ich bin gar nicht so wild auf Sex.«
Maia war erstaunt, gab jedoch keinen Kommentar ab.
Pooch sprach langsam, als würde ihr das dabei helfen, ihren Gefühlen ganz auf den Grund zu kommen. »Für Barney ist Sex sehr wichtig, er will es jeden Tag, und wenn wir es machen, dann ist es keine kurze Angelegenheit, es geht über Stunden. Den ganzen Abend verbringen wir im Bett; das kostet einfach zuviel Zeit – und so toll finde ich es auch wieder nicht.«
Maia nickte, als würde sie genau verstehen, was Pooch meinte, aber gleichzeitig empfand sie wieder tiefen Unwillen: Es kam ihr vor, als beklagte sich jemand über ein schlechtes Essen vor jemandem, der seit langer Zeit überhaupt nichts mehr gegessen hatte. Aber das hatte sie ja nun schon jahrelang mitgemacht:

Immer hatte sie als seelischer Mülleimer zur Verfügung gestanden, bei dem andere Frauen ihre Klagen über das Zusammenleben mit Männern loswerden konnten. Warum wandten sie sich immer an sie, wenn sie Trost und Rat brauchten? War ihnen denn nicht klar, daß ein hungriger Mensch kein Essen zu verschenken hatte?

Aber sie mußte zugeben, daß es sie auch mit einer gewissen Befriedigung erfüllte, miese Dinge über die Beziehungen anderer Leute zu hören – sie kam sich dann überlegen vor und empfand zumindest Dankbarkeit, daß ihr selbst das alles erspart blieb. Besser allein als elend zu zweit, hieß es immer. Und trotzdem gab es Unmengen von Frauen, die lieber ihr Leben mit dem falschen Mann vertrödelten, als in das Königreich des Alleinseins auszuwandern.

»Und wie sind die Typen hier so?« fragte Pooch. Auf dieses Thema hatte sie von Anfang an abgezielt.

»Du hast ja die Szene im Refugio gesehen. Ziemlich beschränkte Auswahl.«

»Ich rede nicht von Gringos, ich meine die Mexikaner. Hast du dich nicht ein bißchen umgesehen? Ich meine, hast du nicht versucht, dir einen Latin Lover anzuschaffen?«

Maia warf ihr einen kurzen Blick zu. »Also, zu deiner Information, ich habe mir einmal versuchsweise einen ›angeschafft‹, und es war entsetzlich. Entsetzlich!« Sie lachte. »Und wenn das ein repräsentatives Exemplar war, dann weiß ich nicht, woher die ihren guten Ruf haben!«

»Wieso, was ist denn passiert?« fragte Pooch ungläubig.

»Nichts ist passiert, das war es ja gerade. Nur ein blöder, unbefriedigender One-night-stand. Ich weiß nicht, wie du das immer machst – mit Typen schlafen, die du gerade kennengelernt hast, und das Ganze auch noch genießen!«

»Du mußt dich dabei auf dein eigenes Vergnügen konzentrieren und auf nichts sonst. Ich jedenfalls weiß nicht, wie *du* das machst – wie du es so lange ohne einen Mann und ohne Sex, ja sogar ohne das kleinste bißchen Zärtlichkeit aushältst! Ich würde sterben!«

Auch über dieses Thema wollte Maia nicht sprechen. Sie fühlte sich in die Defensive gedrängt, ja minderwertig. »Na ja«, sagte sie leise, »ich finde es selbst auch nicht schön.«

»Dein Problem ist, daß du zu schüchtern bist«, beendete Pooch das Gespräch.

Inzwischen hatten sie den *cenote* ganz für sich. Maia bemerkte die bombastischen Wolkenformationen, die sich am Himmel zusammenballten wie in einem Film von Cecil B. DeMille. Der heiße Wind blies ihr ins Gesicht. Sosehr es ihr in den Tropen gefiel, so überrascht war sie, zugeben zu müssen, daß sie die strengen, klaren Umrisse pechschwarzer, eisbedeckter Baumäste und das beruhigende Knirschen trockenen Schnees unter den Füßen vermißte. Manchmal ertappte sie sich dabei, daß sie zu erinnern versuchte, wie es war, einen Mantel zu tragen und den eigenen Atem in der Kälte zu sehen …

Den weißen Wolken folgten zornige graue. Dann setzte der Regen ein, so plötzlich, daß sie kaum Zeit hatten, sich unterzustellen. Jede duckte sich unter einem anderen Baum. Maia sah zu Pooch hinüber, von der sie durch sechs Meter Entfernung und den prasselnden Regen getrennt war, und fühlte sich plötzlich sehr einsam. Der trockene Boden sog das in langen Nadeln herabfallende Naß dankbar auf. Einen dauerhaften Schutz boten die Bäume Maia und Pooch nicht, schon nach wenigen Minuten waren beide völlig durchnäßt. Maia fand es merkwürdig, daß sie den ganzen Tag hindurch unter der Hitze und der Sonne gelitten hatten und jetzt vor Kälte zittern mußten.

Dann hellte sich der Himmel, wieder auf einen Schlag, auf, und der Regen versiegte. Tiefe Stille legte sich über alles. Nur das leise Klatschen der von den Ästen fallenden Tropfen war zu hören. Die frische Luft duftete nach Eukalyptus. Dann lugte die Sonne hervor.

Maia stieß einen Schrei aus. »Sieh nur!«

Quer über den Himmel zog sich bis zum Tempel ein vollkommener, glitzernder Regenbogen. Wie dem *Zauberer von Oz* entsprungen, funkelte er diamantengleich in der von gleißender Nässe erfüllten Luft. Maia und Pooch stießen Entzückensschreie aus wie zwei kleine Mädchen. »Ein Regenbogen nur für uns beide!« kreischte Pooch.

»Es muß etwas zu bedeuten haben, daß wir ihn hier bei den Ruinen, genau über dem Tempel, sehen«, sagte Maia ehrfurchtsvoll. Gierig sog sie die schimmernden Farben in sich ein, mußte plötzlich lachen, weil das alles so herrlich kitschig und zauberhaft zugleich war. Und so vertraut. Sie wollte nichts anderes, als sich diesem Augenblick und dieser Stille ganz hinzugeben. Sie betrachtete den Tempel und starrte sehnsüchtig auf den *cenote*. »Ach, was soll's!« sagte sie schließlich und zog ihr Kleid aus. Es war ja niemand da, der sie beobachten oder Einspruch erheben konnte. Sie hängte das Kleid über einen Zweig.

»Ich bin sowieso schon ganz naß«, fügte Pooch als Rechtfertigung hinzu. Maia mußte sie nicht erst überreden, die Jeans auszuziehen.

Maia legte BH und Slip ab, hielt sich an einem großen Stein fest, um nicht auszurutschen, und kletterte in den *cenote* hinunter. Dann ließ sie los und stieß sich ab, hinein in die Umarmung dieses heiligen, kristallklaren Wassers. Gleich darauf folgte ihr Pooch. Sie lachten und planschten, bestaunten den Regenbogen und kicherten vor sich hin. Ohne ihre Kleider waren sie der Zeit entrückt – jetzt waren sie zwei Maya-Prinzessinnen, die im geheiligten *cenote* von Dzibilchaltún badeten.

Als sie genug hatten, zogen sie sich an und machten sich auf den Weg zurück zur Landstraße. Maia fühlte sich äußerlich und innerlich gereinigt und war ganz euphorisch. Der *cenote* hatte sein Wunder an ihr gewirkt. Sie fühlte sich seelisch befreit, als hätte sie eine große Last hinter sich gelassen. Die Erkenntnis traf sie wie ein Blitz: Irgendwie hatte ihre Freundschaft mit Pooch sie behindert. Es war ihr nie klargeworden, aber jetzt wußte sie, daß sie sich von ihr kontrolliert fühlte und zu schüchtern war, um in ihrer Anwesenheit so zu sein, wie sie sein wollte.

Auf halbem Weg zur Landstraße ließ Pooch sich plötzlich auf den Boden fallen. »Ich glaube, ich muß gleich kotzen.«

Da haben wir's, dachte Maia resigniert. »Es gibt nichts Schöneres, als wenn der Schmerz nachläßt«, wiederholte sie automatisch die aufmunternden Worte ihrer Mutter, die sie noch aus ihrer Kindheit im Gedächtnis hatte. »Was hast du heute gegessen?«

Pooch zählte auf, was sie an der Bushaltestelle zum Frühstück gegessen hatte, während Maia in der Schlange vor dem Fahrkartenschalter stand.

»Ranziges Fett ist immer ein Volltreffer«, sagte Maia mit sanftem Tadel.

Sie gingen langsam weiter. Pooch blieb stehen und erbrach sich, aber nur ein bißchen. Maia zog ein paar zerknitterte Papiertaschentücher aus ihrer Tasche und gab sie ihr. Sie schafften es bis zur Landstraße und brachten ohne Schwierigkeiten einen Bus zum Anhalten. Im hinteren Teil war ein Sitz frei; Maia bestand darauf, daß Pooch sich setzte, während sie im Mittelgang stehenblieb.

»Ich habe Durchfall und explodiere gleich!« winselte Pooch mit Kleinmädchenstimme.

»Bleib ganz ruhig und komm mit!« Maia führte sie nach vorne und bat den Fahrer auf spanisch, anzuhalten.

»Das ist mir so peinlich!« sagte Pooch.

»Sei nicht albern!«
Der Fahrer hielt am Straßenrand an. Schwankenden Schrittes stieg Pooch aus und verschwand hinter einem niedrigen Gebüsch. Ein ziemlich schlechter Sichtschutz, dachte Maia, als sie aus Solidarität mit ihrer Freundin ebenfalls den Bus verließ und wartend auf und ab ging. Sie jedenfalls hätte es bestimmt nicht über sich gebracht, wissend, daß fünfzig Menschen in einem Bus auf sie warteten.
»Alles in Ordnung?« fragte Maia, als Pooch eine Minute später wieder auftauchte.
Pooch schüttelte mürrisch den Kopf. »Ich konnte einfach nicht.«
Maia blickte verärgert drein. »Wir sind ja gleich daheim. Es wird schon gehen«, versuchte sie Pooch zu trösten. Sie stiegen ein und bemühten sich, den Blicken der Mexikaner auszuweichen, die sie ungeniert anstarrten, als sie zu Poochs Platz zurückgingen. Der Bus rumpelte weiter.
Wenige Minuten später befand sich Pooch im Zustand höchster Panik und versuchte wie eine Verrückte, das Fenster zu öffnen. »Ich muß wieder kotzen!« wimmerte sie. Maia beugte sich vor, um das Fenster aufzumachen, aber es war verriegelt. Sie sah sich um und bemerkte, daß sämtliche Fenster geschlossen waren; der Bus verfügte über eine – nicht besonders wirksame – Klimaanlage. Als Maia sie ein zweitesmal zum vorderen Teil des schlingernden Busses führte, schwankte Pooch sichtlich.
Der Fahrer warf ihnen einen Blick zu, der besagen sollte: Was ist denn jetzt schon wieder los?
»Bitte halten Sie noch einmal an«, sagte Maia auf spanisch. »Meiner Freundin geht es nicht gut. Ihr ist schlecht.« Das Wort für »erbrechen« fiel ihr nicht ein.
Diesmal bedachte er sie nur mit einer abweisenden Handbewegung.

»Bitte! Bitte, halten Sie an!« wiederholte Maia. »Meiner Freundin ist schlecht!«
Er stieß einen spanischen Fluch aus und trat aufs Gas. Der Lohn dafür war ein Strahl Erbrochenes, das aus dem Mund der armen Pooch auf dem Boden neben ihm landete und die Stufen zur Bustür hinunterfloß. Rasch breitete sich der saure Gestank in dem Gefährt aus; Maia würgte; die anderen Passagiere stöhnten auf.
Nun stoppte der Fahrer zornentbrannt den Bus und öffnete die Tür. Auf schwachen Beinen trat Pooch ins Freie. Jemand reichte Maia Papiertaschentücher, und sie folgte ihrer Freundin.
Pooch stand benommen draußen vor dem Bus. »Was soll ich denn jetzt machen? Ich habe ja schon gekotzt.«
»Atme tief durch und probier, ob du noch mal mußt.«
Etwa eine Minute lang blieben sie so stehen. Nichts. Sie stiegen wieder ein.
Jemand hatte Zeitungen auf dem Boden ausgebreitet, damit die Flüssigkeit aufgesogen und der Geruch gemildert wurde. Maia und Pooch gingen, jenseits von jeglichem Peinlichkeitsgefühl angelangt, nach hinten. Maia nahm ein Erfrischungstüchlein aus ihrem kleinen Rucksack und wischte Poochs Gesicht ab. Sie erreichten Dolores ohne weiteren Zwischenfall. Maia führte ihre zitternde Freundin zu ihrem Haus, wo Pooch sich erleichtert in eine Hängematte fallen ließ.
»Eine solche Verschwendung meiner Urlaubszeit!« klagte sie. »Ich glaube, ich sterbe.«
»Ich kenne dieses Gefühl nur allzugut«, sagte Maia. Aber sie ärgerte sich auch ein bißchen über Pooch und machte aus ihrem Herzen keine Mördergrube: »Du arbeitest zuviel, und wenn du dann endlich mal Urlaub machst und alles langsamer angehst, nützt dein Körper natürlich die Gelegenheit und bricht zusammen. Und das Essen an der Bushaltestelle war natürlich

auch nicht gerade förderlich. Die Bakterien sind hier einfach anders. Ich bin schon seit vier Monaten hier und rühre immer noch kein Essen an, das man auf der Straße kauft. Da, trink das!« Sie reichte ihr ein Glas mit warmem Cola. »Ich laufe zur *farmacia* und hole dir ein Medikament.« Als sie das Gartentor hinter sich schloß, sah sie das Licht von Miguel Angels Fernseher hinter dem Fenster flackern.

Als sie mit Antibiotika und *maizena* zurückkam, schlief Pooch. Maia stellte die Medikamente neben die Hängematte auf den Boden und ging wieder hinaus. Eine Weile stand sie da und lauschte den Geräuschen aus Miguel Angels Fernseher. Plötzlich überkam sie das Bedürfnis, ihn zu sehen.

Als er öffnete, wußte sie schon nicht mehr, warum sie eigentlich geklopft hatte. Alles erschien ihr wie in Zeitlupe, und die Geräusche waren deutlich wie sonst nie.

»Meine Freundin Pooch ist krank«, erklärte sie, als wollte sie ihm damit verkünden, daß sie frei war. Sie bemerkte, daß sie zitterte, und fragte sich, ob es ihm wohl auffiel.

Er ließ sie in sein kleines, vollgestopftes Wohnzimmer eintreten. »Ich koche gerade etwas«, sagte er und führte sie in die Küche, wo in einem verbeulten Aluminiumtopf auf dem Herd etwas Dickflüssiges, Schwarzes vor sich hinköchelte. Die Küche war ähnlich vollgestopft wie das Wohnzimmer, ein feuchter Raum, alles andere als zum Kochen einladend. An einer Wand lehnten zwei große Vogelkäfige, ein dritter stand auf einem Stuhl. Maia sah Tauben und einen Kanarienvogel. Unter den Käfigen krabbelten Ameisen, die sich an dem herabgefallenen Vogelfutter gütlich taten. Zwischen den wenigen auf einem Wandbrett postierten Dosen und Behältern huschten Kakerlaken umher.

»Ich habe Leticia Geld gegeben, damit sie mir ein bißchen *mole* macht«, sagte er, rührte die Flüssigkeit, entzündete mit einem Streichholz zwei weitere Gasflammen und warf je eine Tortilla

auf den Rost darüber. Draußen begann ein tumultartiges Quaken und Bellen – Chula und die Enten. Miguel Angel ging, um nachzusehen, was los war.
Die Tortillas begannen zu rauchen; Maia drehte sie hastig mit den Fingerspitzen um. Sie entdeckte ein Körbchen und legte es mit einer Papierserviette aus. Dann nahm sie die Tortillas von den Flammen, legte sie in das Körbchen und begann zwei weitere zu rösten. Sie öffnete die angerostete Kühlschranktür, deren Griff längst abgefallen war. Drinnen lagen mehrere *chiles*, eine Tomate, Ketchup und Senf sowie einige Flaschen Sol, das blaßgelbe Bier aus Yucatán. Die Verschlußklappe des Tiefkühlfachs existierte nicht mehr; das Fach war ein einziger massiver Eisblock mit einer in ihm festgefrorenen Plastiktüte mit rohem Fleisch. Sie hörte Miguel Angel auf Chula einbrüllen, und plötzlich kam er, eine lebende, flatternde Ente in der Hand, in die Küche gestürzt.
Maia warf die Kühlschranktür zu und sah, daß er auf die verkohlten Tortillas starrte. Sie ergriff sie mit den Fingern und heulte auf vor Schmerz. Er ließ die Ente fallen, packte ihre Finger und steckte sie sich in den Mund, wie um die Hitze aus ihnen zu saugen. Auf dem Boden flatterte quakend die Ente. Verdutzt spürte Maia, wie Miguel Angels kühler Speichel den wachsenden Schmerz in ihren Fingern milderte. Es war eine so ungewöhnliche, primitive Geste, daß ihr die Tränen in die Augen schossen – nicht des Schmerzes wegen, sondern weil sich jemand um sie kümmerte. Sie zog ihre Hand weg und wandte sich ab.
»Ich mußte die Enten voneinander trennen«, erklärte er. »Sie sind in Streit geraten.« Beide blickten der Ente nach, die quer durch das Wohnzimmer zurückwatschelte, an der Türschwelle stehenblieb, das Terrain sondierte und dann mutig ins Freie trat. Sie warteten, ob das Quaken wieder beginnen würde, aber alles blieb still.

Maia drehte den Wasserhahn auf, ließ kühles Wasser über ihre Finger rinnen und betupfte sich das Gesicht. Miguel Angel ging wieder zum Patio hinaus und kam mit einem Aloe-Stiel zurück, den er aufschnitt und Maia gab, damit sie sich die Finger damit einrieb.

»Mögen Sie *mole*?« fragte er, nahm einen zweiten Teller vom Wandbrett und spülte den Staub ab. Das gleiche machte er mit einem Satz Besteck, den er der einzigen Schublade entnommen hatte.

»Ich habe von dieser Sauce gehört, sie aber noch nie gegessen. Aber ich stelle mir vor, daß sie sehr ... intensiv schmeckt. Ist da nicht alles mögliche drin – Schokolade, Erdnüsse, *chiles* ...?«

»Leticia hat sie sehr *picante* gemacht.« Er rührte um. »Wir gießen sie über eine von meinen Enten«, verkündete er stolz, öffnete die Ofentür und deutete auf einen Topf mit in Scheiben geschnittenem knusprigem Entenbraten. »Das ist Chico!«

Obwohl Maia in chinesischen oder französischen Restaurants sehr gern Entenfleisch aß, verlor sie jetzt plötzlich den Appetit.

»Ich möchte nur ein bißchen *mole* und ein paar Tortillas.«

Er warf ihr einen tadelnden Blick zu. »Seien Sie doch nicht so eine Gringa!« Es klang halb scherzend, halb vorwurfsvoll. Er röstete noch einige Tortillas, legte sie in das Körbchen, und dann trugen sie alles ins Eßzimmer hinüber.

Maia war über die Größe des Tisches erstaunt, eines sehr alten, massiven Eßtisches, lang genug für eine zwölfköpfige Familie. Miguel Angel ließ sich an einem Ende nieder wie ein Hausvater, sie setzte sich neben ihn. Sein Haus war klein, mit Ausnahme dieses Eßzimmers, dem größten Raum, dessen Türen sich auf den Patio öffneten, wo, sehr folgsam, Chula saß; sie wagte es nicht, zu ihnen hereinzukommen, aber sie roch das Entenfleisch, warf ihrem Herrn auffordernde Blicke zu und stieß schnuppernd die Schnauze in die Luft.

Es war Miguel Angel anzusehen, wie sehr er sich auf die *mole* freute. Geschickt umwickelte er die Fleischstücke mit der Tortilla und tunkte sie vor jedem Bissen in die dicke Sauce auf seinem Teller – alles mit einer Eleganz und Genauigkeit, bis hin zum Abnagen der Entenknochen, daß Maia nur so staunte. Sie kostete von der *mole,* aber die Sauce war, wie sie es sich schon gedacht hatte, zu scharf für sie. Miguel Angel holte Bier, das sie aus der Flasche tranken. Kalte, übermütige Bläschen kullerten ihr die Kehle hinab.

»Wir machen uns Tee – kommen Sie!«

Sie folgte ihm nach draußen und sah zu, wie er mehrere lange, grüne Halme energisch aus der Erde zupfte. »Zitronengras«, erklärte er und hielt es ihr unter die Nase, damit sie daran riechen konnte. In der Küche brachte er in einem Topf Wasser zum Kochen, schnürte das Zitronengras säuberlich zu kleinen Bündeln und warf sie in den Topf. Als das Wasser eine Weile gekocht hatte, goß er den hellgelben Tee in zwei Becher.

»Heute trinke ich zum erstenmal in meinem Leben Zitronengrastee«, sagte Maia, erstaunt über den delikaten Geschmack.

»Ich habe gesehen, daß die Frauen das auf dem Markt verkaufen, aber ich wußte nicht, was es war.«

»Sie können es sich jederzeit von meinem Patio pflücken. Ich habe *mucho.*«

Sie sah ihn an und merkte, daß er wirklich glücklich war. Es war ein ganz kleines Glück, aber es war da.

Auf einmal wurde ihr unbehaglich zumute, und all ihre Selbstsicherheit schwand dahin. Warum war sie plötzlich so traurig? Ihr Gesicht glühte, ihr Atem ging hastig. Sie wußte nicht, was sie noch sagen oder tun sollte. Es war wohl besser, wenn sie ging.

»Anstatt dir zu wünschen, was du nicht hast, mußt du versuchen zu lieben, was du hast.« Das war Stephens Stimme.

Maia betrachtete Miguel Angel und versuchte sich vorzustellen, wie es wäre, mit ihm zu schlafen; versuchte sich seine Küsse vorzustellen, seinen Mund, der gierig über ihren Körper fuhr, seine liebkosenden Hände, die sie überall abtasteten, sie aus der Reserve lockten. In ihr ging alles drunter und drüber. Beim Gedanken an seinen maskulinen Körper wurde ihr ein bißchen schwindlig. Sie sah seine Hinterbacken im Mondlicht vor sich und seine Schenkel und die starken Arme, die sie packten, und sie sah seinen mächtigen, prallen Schwanz, der tief in sie eindrang.

»Ist irgendwas?« fragte er.

»Oh.« Maia scheuchte ihre Phantasien fort. Es ist nicht möglich ... wir können nun mal nichts miteinander haben. »Nein, nein. Soll ich beim Geschirrspülen helfen?«

Er lehnte das Angebot mit einer wegwerfenden Geste ab. »Meine *muchacha* fängt übermorgen an.«

»Ich wußte nicht, daß Sie ein Dienstmädchen haben.« Es verwunderte sie, daß jemand wie er sich eine Bedienstete hielt.

»Ich habe lange gesucht, nachdem die letzte aufgehört hat. Für einen alleinstehenden Mann ist es sehr schwer, eine *muchacha* zu finden.«

»Warum denn?«

»Es gehört sich eben nicht«, antwortete er sarkastisch. »Sie haben alle Angst, was wohl die anderen darüber sagen.«

»Das ist doch lächerlich. So etwas ist eine Geschäftsbeziehung, weiter nichts.«

»Hier in Mexiko ist es mehr als eine Geschäftsbeziehung. Man kriegt die Geschichten über ihre kranken Großeltern mit, hört von den Streitereien ihrer Eltern, erfährt alles über den trunksüchtigen Bruder und die schwangere Schwester, man wird sogar noch über das Loch im Hausdach informiert – Es ist eine richtige *Beziehung*«, erklärte er resigniert. »Die Neue ist verheiratet, und ich vermute, daß ihr Mann nach einer Weile nicht mehr einverstanden sein wird. *Vamos a ver.*«

Die berühmten letzten Worte. *Vamos a ver.* Warten wir's ab.

# 22

Am ersten Weihnachtstag, einem absurd sonnigen Tag, wurde Maia mit Weihnachtsliedern geweckt. Pooch stand laut trällernd in der Küche und setzte gerade Wasser für den Tee auf. Sie sah ziemlich erholt aus.

*»Feliz Navidad!«* rief sie.

»Du bist unglaublich«, sagte Maia. »Gestern warst du nahe dran zu sterben, und heute …«

»… bin ich am Verhungern«, erwiderte Pooch kichernd.

Lachend stupste Maia sie aus der Küche. »Setz dich draußen hin! Ich kümmere mich um unseren tropischen Weihnachtsbrunch.« Sie inspizierte ihre Vorräte. »Ich glaube, Pfannkuchen würden deinem Magen guttun.«

Kurze Zeit später saßen sie draußen auf dem Patio beim Frühstück; dort fand auch die Bescherung statt. Maia schenkte Pooch einen Schildpattkamm und Armreifen, einen *huipil* und einen mexikanischen Kalender. Von Pooch bekam sie mehrere Tafeln Schweizer Schokolade, eine Musikkassette mit Bizets *Carmen*, den neuesten Roman von Rosamunde Pilcher und eine Schachtel von Bendel's, in der ein Pareo aus Baumwolle mit Fischmuster lag.

»Ich dachte mir, das ist genau das Richtige für dein Leben am Meer.«

»Er ist wunderschön!« Maia drapierte sich den Pareo über das Nachthemd und schritt über einen imaginären Laufsteg, wobei sie rasch einen verstohlenen Blick über die Gartenmauer warf. In Miguel Angels Haus rührte sich nichts.

Nach dem Frühstück setzten sie ihre Panamahüte auf und machten einen langen Spaziergang am windgepeitschten und menschenleeren Strand von Dolores, der sich endlos weit vor ihnen erstreckte. Das Meer war ruhig und funkelte. Alles war still. Noch nie hatte Maia Dolores so vollkommen still erlebt.

Das ganze Dorf schlief noch. Zerbrochene bunte *piñatas* lagen auf den Straßen und erinnerten an die lange Zecherei der vergangenen Nacht. Sogar die Kirche war abgeschlossen. Einen Weihnachtstag schien es in Dolores nicht zu geben – ganz im Gegensatz zu den Vereinigten Staaten, wo dieser Tag mit Erwartungen regelrecht überfrachtet war.

Wieder daheim, übernahm Pooch den Küchendienst und bereitete das Weihnachtsessen zu, während Maia es sich mit einer Margarita auf ihrem Bett bequem machte und in dem neuen Buch las.

Als die Abenddämmerung hereinbrach, setzten sie sich mit Drinks (Pooch erklärte sich für geheilt – »Ich denke nicht daran, einen Weihnachtscocktail auszulassen!«) auf das Hausdach und sahen zu, wie die Sonne unterging.

»Wo wir wohl nächstes Jahr um diese Zeit sein werden?« murmelte Pooch verträumt.

Maia rührte verlegen in ihrem Drink.

»Venedig wäre toll. Aber komisch, ich sehe immerzu London vor mir. Ein heimeliges englisches Weihnachtsfest, mit Boxing Day und so ...« träumte Pooch weiter.

Auf Maia wirkte sich die Frage genau gegenteilig aus – sie beunruhigte sie, anstatt sie zum Träumen anzuregen. Es gelang ihr nicht, über den nächsten Tag hinauszudenken. Wieder warf sie einen Blick hinüber zu Miguel Angels Patio. Nicht das leiseste Geräusch drang aus seinem Haus. Wo war er nur, heute, an Weihnachten?

Als die Sonne hinter dem Horizont verschwunden war, gingen sie hinunter und ließen sich bei Kerzenlicht das Essen schmecken, das Pooch auf den zwei Gasflammen von Maias Herd gekocht hatte: Brokkolisuppe, Hähnchenbrüste mit Brandysauce, Rahmpilze und ein Salat aus Tomaten, Zwiebeln und Avocados. Als große Überraschung hatte Pooch in ihrem Koffer Cranberry-Sauce und eine köstliche Füllung für die

Hähnchenbrüste mitgebracht. »Ich dachte mir, wenn es hier schon keinen Truthahn gibt, sollten wir zumindest die traditionellen Truthahnbeilagen essen!«
Während des Essens wurde Pooch ein bißchen niedergeschlagen; sie erzählte, wie anstrengend ihre Arbeit sei, und von den Eltern, die ein Jahr zuvor im Abstand von acht Monaten gestorben waren. Dann sprach sie von einem Freund, der Aids hatte und im St. Vincent's Hospital auf den Tod wartete.
Es dauerte eine Weile, bis Maia klarwurde, daß Pooch betrunken war.
»Jetzt kochen wir uns einen Kaffee«, sagte sie freundlich, aber bestimmt, und ging in die Küche, um Wasser aufzusetzen. Als sie gerade einen Teller mit Keksen auf den Tisch stellte, klingelte es an der Tür. Anna? Natalie? Isolde?
»Ich schmeiß' mir besser mal ein bißchen kaltes Wasser ins Gesicht«, sagte Pooch und verschwand im Bad.
Es war Miguel Angel, frisch rasiert und geduscht. Maia bemerkte eine Spur Talkumpuder an seinem Hals; sein Schnurrbart war säuberlich getrimmt. Er sah aus, als hätte er sich für ein Rendezvous zurechtgemacht.
*»Feliz Navidad!«* sagte Maia überrascht. »Kommen Sie rein, wir sind gerade beim Dessert. Dann lernen Sie auch meine Freundin Pooch kennen.«
»Ja, gerne«, sagte er und trat, sichtlich verlegen, ein.
Maia sah, daß er zu dem noch mit dem Weihnachtsessen vollgestellten Tisch hinüberschielte. »Haben Sie schon gegessen?« fragte sie so beiläufig wie möglich.
Er sah sie betreten an, woraus Maia schloß, daß er noch nichts gegessen hatte. »Ich stelle Ihnen rasch etwas zusammen«, sagte sie hastig, »das heißt, natürlich nur, wenn Sie unser Gringo-Essen überhaupt probieren wollen.«
Er nickte. »Könnte ich bitte einen Aschenbecher haben?«
»Aschenbecher habe ich nicht«, teilte sie ihm etwas unwirsch

mit, wusch dann aber die leere Cranberry-Dose aus und gab sie ihm. »Nehmen Sie das da. Sie sollten wirklich mit dem Rauchen aufhören!«

Pooch trat, wiederhergestellt, aus dem Badezimmer. Ein Kamm und das kalte Wasser hatten Wunder gewirkt. Offenbar hatte sie die Männerstimme gehört, denn ihr Gesicht war frisch gepudert und der Mund geschminkt. Maia fuhr sich übers Haar und stellte fest, daß es ganz verwuschelt war; außerdem schwitzte sie, und ihr Gesicht war bestimmt ganz rot vom Tequila.

Als Maia ihrer Freundin Miguel Angel vorstellte, schaltete Pooch sofort auf charmantes Partygeplänkel um. Neben der frisch aus New York eingeflogenen Pooch wirkte Miguel Angel plötzlich extrem *latino* und sehr exotisch mit seiner dunklen Haut, dem klassischen Schnurrbart und der schlechtgeschnittenen Kleidung, die aber seinen muskulösen Körper so gut zur Geltung brachte. Um den Hals trug er ein dickes Goldkettchen mit einem Anhänger und an der rechten Hand einen schwarzen Onyxring. Er wirkte umwerfend männlich.

Maia reichte ihm einen gefüllten Teller und eine Serviette. Er setzte sich in die Wohnzimmerhängematte und begann mit eleganten Bewegungen zu essen.

»Spricht er Englisch?« Pooch stand direkt vor Miguel Angel, hatte die Frage jedoch an Maia gerichtet, so als ob er gar nicht existierte.

»Ein bißchen«, zischte Maia ihr zu. Das Verhalten ihrer Freundin war ihr überaus peinlich.

»Wo hattest du ihn denn die ganze Zeit über versteckt?« fragte Pooch kichernd.

»Hör endlich auf!« flüsterte Maia. »Du brauchst ihn nicht zu behandeln wie einen ...«, sie senkte die Stimme noch mehr, »... Affen!«

Die drei begannen sich stockend miteinander zu unterhalten,

wobei Pooch oft aufs Italienische auswich und Maia sich, wenn es nötig wurde, als Dolmetscherin betätigte. Miguel Angel erkundigte sich höflich nach Poochs Eindruck von Dolores, dann fragte er sie nach ihrem Leben in New York. Maia bemerkte, daß er ein geschickter Gesprächspartner war – er fragte Pooch aus, ohne etwas von sich selbst preiszugeben.
So unterhielten sie sich einige Zeit; das Gespräch verlief lustig, ja sogar entspannt, aber dann fiel Maia auf, daß Poochs Körpersprache zunehmend erotisch und sinnlich, ihr Tonfall immer affektierter und blumiger wurde. Sie kehrte die Kokette heraus und degradierte Maia zur Dolmetscherin ihrer Verführungskünste. Dabei war Pooch im Grunde gar nicht darauf angewiesen, sich ihre an Miguel Angel gerichteten Anmachversuche übersetzen zu lassen – so etwas verstand ein Mann in jeder Sprache.
Schließlich fragte Miguel Angel: »Und wie ist Maia?«
Als Pooch sich mit wahrer Wonne auf die Beantwortung der Frage stürzte, zuckte Maia zusammen. Aber Pooch gab eine so liebevolle Parodie der New Yorker Maia zum besten, daß Maia sich vor Lachen bog.
»Nein, nein, das ist nicht wahr«, rief sie und sah Miguel Angel hilfesuchend an.
Der hatte jedoch längst nicht alles von Poochs Geschnatter verstanden, zumal sie New Yorker Slang sprach, hatte dafür aber um so deutlicher bemerkt, daß Maia die Sache peinlich war. »Ich will alles wissen«, sagte er auf spanisch zu Maia. »Übersetzen Sie es mir Wort für Wort – und nichts dran ändern!«
Sie erzählte ihm also, daß sie eine ultraschicke Kosmetikredakteurin war, die Tag für Tag ganz in Schwarz gekleidet ging (*»cada dia?«* fragte er ungläubig), die imstande war, fünfundzwanzig Lippenstiftrottöne voneinander zu unterscheiden und die mit ihren Artikeln bewirken konnte, daß Millionen Dös-

chen irgendeiner neuen Antifaltencreme verkauft wurden. Es klang lustiger, als es eigentlich war, denn hier in Dolores, in Maias zusammengeflicktem Hurrikan-Haus, wirkte das Ganze reichlich absurd. Miguel Angel war redlich bemüht, sich alles, was er da hörte, vorzustellen, während er die rotwangige Frau in dem sackartigen Kleid betrachtete, die kein Make-up, dafür aber Gummibadeschuhe an den vom langen Tag schmutzigen Füßen trug.

»Und wie ist Maia jetzt?« fragte er Pooch, nachdem sie sich von ihrem Lachanfall erholt hatten.

»Sie ist ...«

Maia sah, daß Pooch nach dem richtigen Wort suchte.

»Glücklich«, sagte Pooch schließlich ohne Umschweife. »Einfach glücklich. Viel weicher als früher. Glücklich eben.«

Miguel Angel blickte Maia an, sah ihr tief in die Augen und schenkte ihr ein herzliches, warmes Lächeln.

Maia errötete. Sie wandte den Blick ab, aber dann begegneten sich ihre Augen doch wieder. Ein richtiger Mann! schoß es ihr durch den Kopf. Es war wie eine Botschaft aus dem Nichts. Ihr Herz klopfte wie wild.

Miguel Angel beschloß nun, seinen Besuch zu beenden, und erhob sich.

»Ich reise in zwei Tagen ab. *Dos dias*«, teilte Pooch ihm mit. Dabei hielt sie zwei Finger in die Höhe, als wäre er taub oder schwachsinnig. »Haben Sie nicht Lust, mich mal zu einem Spaziergang durchs Dorf zu entführen? *Una caminata?*« fragte sie, bewegte ihre Finger wie zwei gehende Beine und hakte sich dann kichernd bei ihm unter.

Maia räumte die Gläser und den Aschenbecher vom Tisch, um ihre Wut zu überspielen. Pooch war schamlos, sie kannte keine Grenzen. Dabei ging es ihr gar nicht um Miguel Angel – jeder *latino* hätte sich für ihr Experiment geeignet.

Aber er biß nicht an. »Nein, *gracias*«, sagte er mit fester

Stimmte, tätschelte ihre Hand und machte sich sanft von ihr los. »Ich habe morgen einen harten Tag vor mir. Aber es war nett, Sie kennengelernt zu haben.«

Maia wickelte ein paar Kekse ein und drückte sie ihm in die Hand. *»Feliz Navidad.* Ach, ich habe ganz vergessen, Sie zu fragen – was haben Sie denn an Weihnachten gemacht?«

*»Gracias«,* sagte er, erfreut an den Keksen schnuppernd, und meinte dann leichthin: »Na, ich habe doch Sie besucht und ein köstliches Gringo-Mahl genossen!« Er beugte sich zu ihr hinunter und hauchte ihr einen Kuß auf die Wange.

Maia wurde wieder rot. Wie peinlich: Sie hätte ihn schon vorher, ganz offiziell, zum Essen einladen sollen!

»Wollen Sie am Sonntag mit mir zu einem Maya-Dorf fahren?« fragte er.

»Ja«, antwortete Maia wie aus der Pistole geschossen.

»Gut. Wir fahren um neun los.« Er ging.

Alles war so schnell gegangen. Maia blickte Pooch an. »Tja«, sagte sie verlegen, »also, ich bin todmüde. Wie steht's mit dir?«

Pooch machte nicht den Eindruck, als fühlte sie sich zurückgewiesen. Sie gähnte. »Yeah, morgen ist mein letzter Tag, und ich beginne gerade erst, mich zu erholen. Weißt du, diese Hängematte werde ich bestimmt vermissen, wenn ich wieder in New York bin. Vielleicht schaffe ich es irgendwie, in meiner Wohnung eine anzubringen.«

Sie deckten die Festtafel ab. »Weißt du, Miguel Angel ist ja ganz okay für ...« Sie suchte nach dem richtigen Wort.

»Für einen Mexikaner?« ergänzte Maia eisig.

»Nein. Ich meine, für einen kurzen Urlaubsflirt.«

Maia schwieg.

»Ich finde, du solltest ihn mal antesten.«

Maia sagte nichts.

»Du darfst ihn nur nicht ernst nehmen.«

Maia begann das Geschirr zu spülen.

»Also, Maia, ich meine«, Pooch senkte die Stimme, »schließlich ist und bleibt er ein Mexikaner.«
»Und was willst du damit sagen?«
Pooch warf ihr einen bösen Blick zu. »Was weiß ich!« erwiderte sie verärgert. »Mach doch, was du willst!«
»Danke«, sage Maia sarkastisch.
Sie räumten alles auf und gingen schlafen. Auf Maias Wange brannte immer noch Miguel Angels Kuß.

Zwei Tage danach reiste Pooch ab.
Um fünf Uhr morgens wurden die beiden von Maias winzigem Wecker geweckt. Maia zog vom Bett in eine Hängematte um und sah zu, wie die Morgendämmerung aus einer grauen Masse einen vielversprechenden Sonnentag zauberte, während Pooch ihre morgendliche Routine abspulte: duschen, fönen, schminken – ein ständiges Hin- und Hergerenne zwischen Badezimmer und den übrigen Räumen. Dann machte Pooch sich ein großes Frühstück mit Eiern, Bohnen, Tortillas und starkem Instantkaffee, gefolgt von einigen Schlucken ›Pepto Bismal‹ aus der Flasche, um das Ganze abzurunden. »Vorbeugende Medizin für die Reise«, erklärte sie.
»An deiner Stelle hätte ich das Frühstück weggelassen und die ganze Flasche ›Pepto‹ getrunken.«
»Ich will alles, und ich will es jetzt«, deklamierte Pooch grinsend und verschwand erneut im Badezimmer. »Aber um ganz sicherzugehen, nehme ich noch eine Plastiktüte ins Auto mit, falls ich erbrechen muß. Du siehst, ich habe meine Lektion gelernt.«
Während Poochs Besuch hatte Maia sich immer wieder gesagt, daß die Anwesenheit ihrer Freundin doch ein Trost sein müsse, und in gewisser Hinsicht war es auch so gewesen – aber im großen und ganzen eben nicht. Jetzt, als Pooch ihre Sachen zusammenpackte, verwunderte es Maia, daß die Abreise ihrer

Freundin sie doch traurig stimmte. Mit Pooch ging auch ein Teil von Maias eigener Vergangenheit.
Es erfüllte sie mit Neid, daß Pooch nun an einen Ort zurückkehrte, den sie selbst ganz als ihre Heimat empfand. Für Maia dagegen war New York in der Erinnerung nur eine einsame, von Echos erfüllte Hölle, in der man schreien konnte, so laut man wollte, ohne gehört zu werden. Sie hatte das Gefühl, nirgendwo hinzugehören: Ihr Körper war in Dolores, ihr bescheidenes Hab und Gut in einer verstaubten, lauten Einzimmerwohnung in der Upper West Side. Sie seufzte. Wochenlang hatte sie versucht, solche Gedanken zu verscheuchen, und jetzt – peng! – waren sie wieder da.
Um Viertel nach sieben holte ein Fahrer Pooch mit einem verbeulten Kombiwagen ab. Das Ziel war Cancun, mit Zwischenstops in Uxmal und Chichén. Es wurde ein chaotischer, bittersüßer Abschied, bei dem sie abwechselnd lachten und weinten. Beide wußten sie, daß der Besuch irgendwie mißlungen war.
Als Pooch weg war, legte Maia sich wieder ins Bett. Während der Anwesenheit ihrer Freundin hatte sie schlecht geschlafen, sich unter ihrem Moskitonetz hin- und hergewälzt. Nun versuchte sie, Ruhe in ihre aufgewühlten, wild durcheinanderwirbelnden Gedanken zu bringen und sich zu entspannen. Im Augenblick wußte sie nur, daß Pooch nicht mehr da war. Und daß morgen Sonntag war.

# 23

Miguel Angel holte sie mit leichter Verspätung ab. Es wirkte irgendwie verlegen und sehr formell, als er leise mit den Wagenschlüsseln an ihre Gartentür klopfte. Zu einer grünen Hose trug er ein sauberes weißes T-Shirt, beige Socken, klobige Schuhe, und es sah ganz so aus, als hätte er sich größte Mühe mit der morgendlichen Körperpflege gegeben. Galant hielt er ihr die Wagentür auf; Maia fühlte sich sehr weiblich, als sie einstieg. Sie machten sich auf den Weg.

Die Atmosphäre zwischen ihnen war weniger angespannt, als Maia erwartet hatte, eher freundlich und unbeschwert. Er kaute Kaugummi, rauchte Zigaretten, fragte sie: »Haben Sie Durst?« und: »Wollen Sie auch einen Kaugummi?«, aber sie lächelte nur und schüttelte den Kopf. Offenbar hatte er selber Durst, denn ziemlich bald hielt er an einer Tankstelle an und kaufte zwei Flaschen *agua mineral*, damit sie während der heißen, staubigen Fahrt etwas zu trinken hatten.

Sonntag in Yucatán. Sie verließen Dolores auf dem schnellsten Weg und sausten im heißen Wind auf der *carretera* dahin, vorbei an sonnenverbrannten Henequenfeldern. Das Sonnenlicht machte die Windschutzscheibe zu einer gleißenden Fläche, hinter der alle Farben irgendwie bleich wirkten: stumpfgrüner Henequen, dörrbraune Erde, bläulich-weißer Himmel, darunter der hellgraue Streifen Straße, der sich vor ihnen erstreckte. Hin und wieder kamen sie an einer verfallenden Hazienda mit abgeblättertem Verputz vorbei – unheimliche, an vergangenen Mangel erinnernde Mahnmale.

»Zu den Schönheiten Yucatáns kann ich einfach keinen Zugang finden«, dachte Maia laut vor sich hin. »Ich habe lange versucht, die Gringos zu verstehen, die hier alles wunderschön finden. Aber wie kann man etwas wunderschön finden, das den

Menschen alles raubt, ihnen oft gar das nackte Leben verwehrt? Das Land ist flach und erbarmungslos, eine Halbinsel ohne Flüsse, ohne Seen, der Boden unfruchtbar.« Im Rauschen des Fahrtwinds klang ihre Stimme, als gehörte sie jemand anderem.
»Ja, es ist eine schwierige Schönheit«, sagte Miguel Angel leise. Obwohl es noch so früh am Tag war, brannte die Sonne gnadenlos auf die Bewohner Yucatáns herab, die sich auf der staubigen Landstraße geduldig einen Weg bahnten, von Nirgendwo nach Nirgendwo, wie es schien. Nach einiger Zeit drosselte Miguel Angel das Tempo; sie fuhren durch eine Ortschaft.
»Sehen Sie sich das an, schon so früh *borracho*«, sagte er, den Finger auf die Männer gerichtet, die sich vor der *cantina* versammelt hatten; einer lag besinnungslos im Rinnstein, die anderen begannen sich torkelnd auf den Heimweg zu machen.
»Der Sonntag ist der Tag des Vergessens, da denken sie nicht an ihr Leben, das keine Vergangenheit und, schlimmer, keine Zukunft hat.«
Während viele der Männer sich dem sonntäglichen Nichtstun hingaben, rackerten sich die Frauen trotz der Hitze unermüdlich ab. Mit ihren Babies in Tragetüchern auf dem Rücken wuschen sie die Wäsche, kochten oder boten auf wackligen Tischen selbstgezogene Früchte feil: ein, zwei Papayas, einen kleinen Haufen *chiles,* drei grüne Paprika, eine kleine Pyramide Mangos. Wie überall sah man ganze Prozessionen kleiner Jungen auf ihren Fahrrädern, während die Mädchen, Arbeitssklavinnen schon jetzt, im Gänsemarsch zum *molino* wanderten, wo der eingeweichte Mais, den sie in Plastikwannen auf dem Kopf balancierten, für die Tagesration Tortillas zu *masa* gemahlen würde.
»Wenn es die Frauen nicht gäbe, wäre hier kein Leben mehr«, sagte Maia, die alles genau beobachtete, während Miguel Angel den Wagen über die holprige Straße aus dem Dorf chauffierte.

Maias abgeschiedenes Gringo-Leben in Dolores hatte sie davor bewahrt, sich der bitteren Armut in diesem Land bewußt zu werden. Jetzt empfand sie die Wirklichkeit geradezu als bedrohlich. »Yucatán ist eine böse Gegend«, sagte sie.

Miguel Angel nickte langsam, nachdenklich.

Sie fuhren immer tiefer ins Herz von Yucatán hinein, hielten nur gelegentlich an schäbigen Imbißständen an, um die leeren *Refresco*-Flaschen durch volle, kühle zu ersetzen.

Maia hatte das Gefühl, ihr ganzer Körper dampfe, bettele nach einem Windhauch. »Mein ganzes Leben lang habe ich darauf gewartet, eine solche Hitze erleben zu können, habe auf den Augenblick gewartet, wo ich sagen könnte: ›Es ist zu heiß.‹ Erst Yucatán hat mir das bieten können«, sagte sie lachend.

Gegen elf Uhr kamen sie in der Ortschaft Hunucma an. Miguel Angel hielt Ausschau nach einem Baum, einem Fleckchen Schatten, unter dem er sein Auto abstellen konnte. »Hier gibt es einen schönen Sonntags-*mercado*«, sagte er. »Kommen Sie!«

Sie stürzten sich ins Getümmel des in einer Seitenstraße beim Kirchplatz gelegenen Marktes.

»Was machen die da?« Maia deutete auf eine Gruppe *mestizas*, die in Dreierreihen um irgendwelche Haufen herumstanden.

»Die Mittelklassefrauen aus Mérida bringen am Sonntag ihre abgelegte Kleidung zum Verkaufen her«, erklärte Miguel Angel. Eine Weile sahen sie den *mestizas* zu, die die Kleider durchstöberten und hin und wieder etwas an sich selbst oder an ihren Kindern hochhielten.

Maia zog es zu einer Kräuterfrau, die über einem wackligen Holztisch thronte, welcher mit Tränken, Pulvern, merkwürdigen Blättern und Glasfläschchen verschiedenfarbigen Inhalts beladen war. Sie griff nach einer kleinen Papiertüte, auf der ein Mann und eine Frau in Abendgarderobe, innig umschlungen, abgebildet waren. *»Ven a Mi«*, stand darunter. Komm zu mir. Die Anleitung verhieß: »Reiben Sie Ihren Körper mit diesem

Pulver ein, und Ihre wahre Liebe wird sich unwiderstehlich zu Ihnen hingezogen fühlen!« Maia betrachtete auch die anderen Tüten. Für fast jedes Bedürfnis und Begehren des Menschen gab es ein Pulver: für die Arbeitssuche, den Kinderwunsch oder um wieder gesund und um glücklich zu werden.

»Wer kauft dieses Zeug?« fragte sie Miguel Angel, mit einer der Tüten wedelnd.

Als er sah, daß es sich um ein *Ven a Mi* handelte, grinste er. »Dumme Dorfmädchen und ihre Mütter. Trotz des starken Katholizismus sind die Menschen hier sehr abergläubisch.«

»Also, ich finde das köstlich. Das Pulver kaufe ich mir, und auch das, mit dessen Hilfe man garantiert einen Job findet – für den Fall, daß ich noch jemals einen brauche«, witzelte sie.

»In New York könnten Sie das gut verkaufen, was?«

Sie lachten. Über den Markt dröhnten Rock and Roll, *huapango, ranchero, musica tropicale* – die Kassettenverkäufer übertrumpften sich gegenseitig mit der Größe ihrer Lautsprecher, als hinge es von der Lautstärke ab, wieviel sie verkaufen konnten. Den Mexikanern schien das nichts auszumachen, sie blieben direkt vor den hämmernden Boxen stehen und kramten in den verstaubten Kassetten.

Miguel Angel besah sich die Waren, die die *mestizas* vor sich aufgehäuft hatten, und ging langsam von einer zur anderen, wenn das Gemüse nicht gut aussah oder zu teuer war. »Ich habe Fleisch mitgenommen«, erklärte er Maia. »Eine Freundin von mir wird uns das Mittagessen kochen.« Schließlich entschied er sich für ein Kilo Tomaten, eine große Zwiebel, einen Bund *cilantro* und verschiedene Sorten *chiles* – *»pasilla, cascabel, arbol, juajillo, chipotle«*, zählte er sie auf.

Auf der *plaza* vor der Kirche hatte man für die Kinder ein Riesenrad und ein Karussell aufgestellt; die Laternenpfähle waren mit Luftschlangen und aus Papier geschnittenen Mustern behängt, die im heißen Wind flatterten. Die Kirche war so überfüllt, daß sich die Menschen noch in den breiten Eingängen drängten. Orgelmusik und der Singsang des Padre strömten hinaus auf die Straße, wo ein Eisverkäufer sein Glöckchen schwang und die Kinder ausgelassen umhertobten – wieder diese typisch mexikanische, surreale Mischung aus Sakralem und Profanem. An einer Seite der Kirche stand eine schief zusammengezimmerte Stierkampfarena, ein primitives Gebilde, das ganz aus rohen, mit Schnüren aneinandergebundenen Brettern bestand und aussah, als würde es mit der kleinsten Bö davongeweht werden.

»An den kleinen Baum in der Mitte des Rings wird der Stier festgebunden; dann lassen sie Betrunkene herein, die den Stier necken, bis er anfängt, sie herumzuhetzen«, erklärte Miguel Angel. »Die Stierkämpfe in den Pueblos sind sehr primitiv, *salvaje.* Manchmal werden auch Feuerwerkskörper auf dem Rücken des Stiers angebracht und gezündet.«

Maia verzog das Gesicht. »Das gefällt mir nicht besonders.«

Sie gingen zum Eingang der Kirche hinüber und hörten der Messe zu. Miguel Angel rieb sich die Augen. »Es erinnert mich an meine Kindheit«, sagte er gerührt.

Er faßte Maia sanft am Ellbogen und führte sie unter einem gewaltigen Bogengang hindurch in das kühle, altehrwürdige Kloster. Maia versuchte sich die spanischen Priester vorzustellen, die hier einst durch den Kreuzgang gehastet waren. In dem wunderschönen steinernen Innenhof waren *mestizas* in blütenweißen *huipils* damit beschäftigt, für die Fiesta zu kochen – einfache Sachen, Tacos und Empanadas mit Huhn-, Rindfleisch- oder Krabbenfüllung. Alles wirkte sehr sauber, aber Maia wollte nichts riskieren. »Nichts, danke«, sagte sie, als Miguel Angel sie fragte, was sie gerne hätte.

Er sah sie betreten an.

»Was ist denn?«

»Ich habe Hunger.«

»Dann essen Sie doch etwas.«
»Nein, es ist mir peinlich, allein etwas zu essen.«
»Seien Sie nicht albern! Essen Sie, essen Sie! Ich trinke ein Cola.«
Miguel Angel kaufte sich drei Tacos. Maia sah, wie er mit den *mestizas* flirtete, die Hühner entbeinten und das Fleisch schnitten. Mit den Tacos und zwei Flaschen Cola setzten sie sich an einen der wackligen Tische, die unter den hohen Platanen aufgestellt waren. Gleich nach dem Ende des Gottesdienstes würde hier alles voll sein, aber noch hatten Maia und Miguel Angel den Hof mit den im Wind rauschenden alten Bäumen und der wunderbar kühlen Luft für sich.
Maia erlebte einen jener seltenen, süßen, vollkommenen Augenblicke – auch das Bad im *cenote* war ein solcher Moment gewesen. Das Herz ging ihr über, sie seufzte, und plötzlich erzählte sie Miguel Angel alle möglichen Dinge, die sie ihm nie hatte erzählen wollen, ja die sie schon lange keinem einzigen Menschen mehr erzählt hatte. Vielleicht konnte sie es, weil er ein Fremder war oder weil sie nicht glaubte, daß er in ihrem Leben eine Rolle spielte, und deshalb meinte, sie hätte nichts zu verlieren. Sie erzählte ihm von ihrem Leben in Manhattan, von ihrem Beruf und wie es sie nach Mexiko verschlagen hatte. Und dann überraschte sie sich selbst damit, daß sie ihn wissen ließ, sie wäre gerne Mutter. »Hier gilt man mit einunddreißig vielleicht als alt, aber in den Vereinigten Staaten ist das anders. Ein Kind zu haben – das will ich auf jeden Fall erleben.«
Er hatte ihr aufmerksam zugehört. Nach einer kurzen Pause lächelte er sie an.
»Was ist denn?« fragte sie.
»Es erstaunt mich wirklich, das zu hören. Ich habe nämlich immer geglaubt, Karrierefrauen wollten keine Kinder«, antwortete er.
»Ich denke, viele Frauen werden ›Karrierefrauen‹, weil ihnen

etwas fehlt«, erwiderte sie. »Wir nennen uns ›Karrierefrauen‹, bis ein Mann daherkommt, und plötzlich wollen wir nichts lieber, als daheim bei den Kindern zu bleiben.«
Sie schwieg eine Weile. »Ich war mal verheiratet, wissen Sie«, fuhr sie leise fort. Sie erzählte ihm von Stephen.
Wieder hörte er ihr konzentriert zu und akzeptierte, was sie berichtete, als einen Teil ihres Lebens, als etwas, durch das sie geworden war, wer sie war.
»Ich bin nach Mexiko gekommen, um nachzudenken, um herauszufinden, wer ich bin und was ich will ... Um ganz neu anzufangen.«
Ihre Geschichte hatte offenbar in ihm etwas ausgelöst. »Ich auch«, sagte er.
»Wie meinen Sie das?«
»Ich bin kein Mexikaner.«
Maia richtete sich überrascht auf.
»Ich komme aus Guatemala. Jemanden wie mich bezeichnet man als Flüchtling.« Er zog eine Grimasse. »Vor drei Jahren habe ich Guatemala verlassen – besser: Ich bin geflohen. Da ich Akademiker und Lehrer war, galt ich als ›Intellektueller‹ und folglich als Guerilla-Sympathisant. Ich war in Lebensgefahr. Ich habe es über die Grenze geschafft ...« Er machte eine kurze Pause und fügte leise hinzu: »Und jetzt lebe ich in Dolores.«
Daß ihm das Sprechen so schwergefallen war, zeigte ihr, daß sie noch nicht alles erfahren hatte; sie drang jedoch nicht weiter in ihn. Aber seine Zurückgezogenheit erschien ihr nun ein bißchen verständlicher.
»Sie sind so allein«, sagte sie. »Wollen Sie nicht heiraten und eine Familie gründen – ein neues Leben beginnen?«
»Und Sie? Wollen Sie das nicht auch?«
Maia tat die Frage mit einer wegwerfenden Handbewegung ab. »Die Männer können sich aussuchen, was sie wollen, aber die

Frauen müssen sich gedulden und abwarten, was das Leben ihnen bietet.«
Er schüttelte den Kopf und senkte den Blick.
Sie hatte einen Nerv getroffen.
Der Innenhof füllte sich allmählich mit hungrigen Kirchenbesuchern. Miguel Angel sah auf seine Uhr. »Wir müssen weiterfahren. Concha wartet auf uns!« sagte er voller Vorfreude.
Als sie wieder im Auto saßen, erzählte er ihr von seiner Kindheit in den Bergen und was es bedeutete, zu einem Macho erzogen zu werden. »Ich kann mich erinnern, daß ich einmal einen Vogel mit gebrochenem Flügel aufhob und zu weinen begann. Mein Großvater sah mich weinen und berichtete es meinem Vater, und mein Vater erzählte es meiner Mutter, und meine Mutter nahm mich zur Seite und erklärte mir, daß Jungen nicht weinen dürfen.« Er schüttelte den Kopf. »So funktioniert die Kommunikation in lateinamerikanischen Familien«, sagte er angewidert. »Letztlich ist es immer die Mutter, die ihrem Sohn den *machismo* beibringt und ihn zu einem *macho cabron* erzieht.«
Sie bogen auf eine ausgefahrene, nicht asphaltierte Straße ab und fuhren im Schrittempo weiter. Der Wagen schaukelte und schlingerte, während Miguel Angel ihn an den vielen Schlaglöchern vorbeisteuerte. Durch die geöffneten Fenster drang Staub herein, aber bei der Hitze konnten sie sie unmöglich schließen. »Los, los!« spornte Miguel Angel seinen Chevy an, »du schaffst es!«
Schweigend fuhren sie dahin. Maia genoß die gemächliche, rumpelnde Fahrt – sie fand das Ganze irgendwie sexy.
Nach etwa zwanzig Minuten sagte Miguel Angel: »Da ist die Hazienda.«
»Wo?«
»Da vorn.« Er deutete in die Ferne.
Maia kniff die Augen zusammen, starrte in das gleißende

Sonnenlicht und erkannte schließlich ein riesiges, hellbraunes Herrenhaus, das sich in der Ferne abzeichnete. Plötzlich, hinter einer Kurve, erhob sich vor ihnen eine massige, baufällige graue Kathedrale. Zehn Minuten später waren sie in einem alten Maya-Dorf angekommen, das in der Hitze des Sonntagnachmittags idyllisch dalag. Die Kathedrale und die Hazienda ließen den grünen Dorfplatz und die wenigen *palapas* mit ihren Strohdächern winzig aussehen.

Ein kleines Mädchen winkte ihnen von der Hazienda aus zu und lief auf der ganzen Länge der riesigen Veranda neben ihnen her. Es war ein Gebäude im klassischen spanischen Missionsstil mit gewölbten maurischen Säulengängen und drei Meter hohen Balkendecken.

Miguel Angel winkte lachend zurück. »Das ist Piedad, Conchas Tochter. Und da ist Conchas Sohn Fernando.«

»Wer ist Concha?«

»Eine *mestiza*. Sie bewacht die Hazienda und wohnt hier mit Piedad und Fernando. Der Besitzer lebt irgendwo anders in Mexiko. Hat sich seit Jahren nicht mehr blicken lassen. Er zahlt ihr nichts, sie hat nur das Dach über dem Kopf. Sie verdient sich ihr Geld damit, daß sie *huipils* bestickt. Sie ist die beste Stickerin in Tedziz.

Concha ist mit Don Diego ›verheiratet‹, einem alten Mann, der viele Frauen hat und nie da ist. Ihr Vater erwischte Don Diego dabei, wie er im Dorfladen mit ihr sprach, und sagte ihm, wenn er ihn noch einmal dabei ertappte, würde er ihn zwingen, sie zu heiraten. Na, es kam, wie es kommen mußte, und sie heirateten. Wie finden Sie das?«

Miguel Angel stellte den Wagen unter einem riesigen Lorbeerbaum ab, der offenbar den Hurrikan auf wundersame Weise überlebt hatte. Maia stieg aus und kam sich im selben Moment so vor, als sei sie auf einer Zeitreise und in der Vergangenheit gelandet, so verzaubernd wirkte die Stille um sie herum. Auf

der anderen Seite des Dorfangers befand sich ein winziger, aus nur einem Raum bestehender staatlicher »Conasupo«, dessen Tür offenstand, so daß Maia die wenigen Waren sah, die dort zum Verkauf auslagen: Bohnen und Reis, Waschpulver, Milchpulver, Kerzen, Schnur und einige Süßigkeiten.
Geräusche wie aus der Vergangenheit – Geräusche des *Lebens* – hallten durch die klare Stille: das Lachen von Kindern, die vor dem Kirchenportal spielten, das Grunzen von Schweinen, die auf dem Gras des Dorfangers umherstanden, gelegentlich ein Pferdewiehern und das Gackern von Hühnern und Truthennen. Kein Erwachsener war zu sehen. Es war Siesta. Das einzige Zeichen moderner Zivilisation war das Glitzern eines still am Himmel dahingleitenden Flugzeugs, weit, weit weg.
»Diese Konquistadoren waren schon eine Klasse für sich – wie die einfach hierherkamen und ihre Kirchen hinstellten!« flüsterte Maia. »Ich meine, Kathedralen von dieser Größe findet man normalerweise in Italien oder Frankreich.« Den ganzen Vormittag hindurch war ihr immer wieder aufgefallen, wie bedrohlich, fast unheimlich diese riesigen Kirchen in den winzigen, friedlichen Dörfern wirkten, durch die sie gefahren waren.
»So große Angst hatten sie vor den Mayas, stellen Sie sich das vor!« erwiderte Miguel Angel. »Sie warfen einen einzigen Blick auf die Pyramiden von Uxmal und Chichén und glaubten, sie müßten den Mayas beweisen, daß ihr christlicher Gott der bessere ist. In Izamal haben sie ihre Kathedrale sogar auf einer Pyramide errichtet!« Er schüttelte den Kopf über die Dummheit der Spanier und reichte Maia eine Plastikflasche mit abgekochtem Wasser.
»Und jetzt?« fuhr er angewidert fort. »Das Klima und die Revolution haben sie besiegt; ihr Reich verrottet in der Sonne.« Er deutete auf die verfallene Hazienda, klägliche Hinterlassenschaft einer grandiosen, egoistischen Epoche.

Piedad, ein schlankes, barfüßiges Mädchen, etwa acht Jahre alt, mit strahlenden schwarzen Augen und einem schönen Lächeln, lief auf Miguel Angel zu und umarmte ihn. Sie trug einen bunten *huipil.* Ihr Bruder Fernando trottete, wesentlich gelassener, hinter ihr her. Seine Ernsthaftigkeit, die schon etwas Erwachsenes ausstrahlte, wurde vom Anflug eines Schnurrbartes noch unterstrichen.

In einer sehr männlichen Art streckte er Miguel Angel die Hand entgegen. »Bleibt ihr über Nacht?« wollte er wissen.

»Nein, nur den Nachmittag über. Das ist meine *amiga* Maia.«

Maia und Fernando nickten einander zu.

»Piedad ist meine *novia*«, sagte Miguel Angel und gab ihr eine Tüte mit Lutschern, die er aus dem Kofferraum des Autos geholt hatte. »Ich fahre oft am Wochenende hierher ... um von allem mal wegzukommen.«

Der Gedanke, daß man »von allem« in Dolores mal wegkommen mußte, hatte etwas Erheiterndes; andererseits wirkte Dolores im Vergleich mit diesem Dorf tatsächlich wie eine turbulente Großstadt.

Concha trat auf die Veranda der Hazienda. Sie sah aus wie alle Maya-Frauen – klein, rundlich, dunkel, in einen *huipil* gehüllt, das lange schwarze Haar zu einem Knoten geschlungen; nur ihr schelmisches Grinsen und ihr strahlender Blick unterschieden sie von den meisten anderen einheimischen Frauen, die Maia gesehen hatte. »Don Miguel!« rief sie; dann betrachtete sie Maia mit einem neugierigen Grinsen. »Steh nicht so rum, Piedad! Hilf ihm!« schimpfte sie plötzlich drauflos.

Miguel Angel holte die Lebensmittel aus dem Auto und reichte sie dem koboldhaften Mädchen, das damit die Treppen zu ihrer ungeduldigen Mutter hinaufsprang. Fernando bekam ein paar Münzen und den Auftrag, Cola zu kaufen.

Als Maia die Treppe zur Hazienda hinaufstieg, wehte ihr der modrige Geruch einer großen, aber grausamen Vergangenheit in die Nase. Leere, verrottete Zimmer, von deren Wänden jahrzehntealte Kalkfarbe abblätterte. Lange Risse zogen sich die drei Meter hohen Wände hoch. Wer hatte hier gelebt, geliebt, gestritten? Wann waren sie verschwunden? Die Patios, die großen Salons, jetzt waren sie nur mehr öde Hülsen der Erinnerung von Menschen, die niemand mehr kannte. Miguel Angel und Maia gingen die Veranda entlang und betraten Conchas Reich: zwei riesige, zum größten Teil leere Räume. Im ersten Zimmer arbeitete sie offenbar an ihren Stickereien; zumindest ließ darauf die altertümliche Nähmaschine mit Pedalantrieb schließen, die am Fenster mit Blick auf den Dorfanger stand. Von der früheren Einrichtung war noch ein klappriges Bett übrig, dazu ein alter, zerkratzter Holzschreibtisch und zwei Holzstühle. Im zweiten Zimmer wohnten und schliefen Concha und die Kinder; drei Hängematten schaukelten in dem weitläufigen Raum. Die eine Wand zierten drei Vogelkäfige aus rohem Holz, und in der Ecke stand, wie ein Schrein, auf einem Plastiktischchen ein alter Schwarzweißfernseher. Davor zwei alte Gartenstühle aus Plastik, die über kurz oder lang das Zeitliche segnen würden.

Sie traten in die Küche, einen kleinen, düsteren, zugigen Raum mit einem zweiflammigen Gasherd, so wie der von Maia; direkt daneben hatte eine Legehenne Unterschlupf gefunden. Die Wände hatten sich im Lauf der Jahrzehnte vom Gas und den Kochdämpfen grau verfärbt. In einem alten Holzbüfett bewahrte Concha ihre angeschlagenen Schüsseln und Tassen auf.

Eine Tür führte zur hinteren Veranda, der Freiluftküche mit Zementwaschbecken und einer offenen Feuerstelle, an der Conchita ihre Tortillas buk. Am Fuß der Verandatreppe befand sich der Brunnen. Eine Schar Hühner und Küken scharrte im Boden nach Futter; dazwischen paradierten stolz zwei Truthähne. Etwas weiter entfernt stand ein Brahma-Bulle und stierte ihnen entgegen; dahinter erstreckte sich ein nicht sehr gepflegt wirkender Küchengarten.

*»Cálmate, cálmate!«* sagte Miguel Angel scherzend zu Concha, die sehr aufgeregt war, weil sie für ihre Gäste ganz besonders gut kochen wollte. Die Aufmerksamkeit, mit der Concha ihn bedachte, zeigte deutlich, daß sie ihn sehr bewunderte. Sie sprach so schnell und abgehackt Spanisch, daß Maia kaum ein Wort verstand. Miguel Angel unterbrach Concha von Zeit zu Zeit und wiederholte einige der Dorfgeschichten für Maia, damit sie sich nicht ausgeschlossen fühlte.

Sie setzten sich an den wackligen Küchentisch und tranken Cola, während Concha die Zwiebel, die Tomaten und das Fleisch schnitt und alles zusammen mit Brühe in einem Topf zum Kochen brachte. Maia bemerkte, daß Concha nach jeder Gemüsesorte ihre Hände in einer Schüssel Wasser wusch, die auf dem Tisch stand. Sie machte zwei *salsas*, eine grüne, sehr *picante*, für die sie die winzigen *chiles* verarbeitete, die Miguel Angel gekauft hatte, und eine zweite, rote, die aus Tomaten und *cilantro* bestand und weniger scharf, aber immer noch sehr scharf war. Hin und wieder wirbelte heißer Wind durch die Hazienda und strich Maia wie liebkosend übers Gesicht. Plötzlich ertönte leises Frauengeplapper in der Maya-Sprache; vom vorderen Zimmer her lugten mehrere *mestizas* in die Küche hinein, um zu sehen, wen Concha zu Gast hatte.

»Komm!« Concha führte Maia zum Waschbecken auf der Veranda, goß ihr aus einem ausgehöhlten Zierkürbis Wasser über die Hände und gab ihr ein Handtuch. Danach war Miguel Angel an der Reihe. Als sie wieder am Tisch saßen, servierte Concha ihnen das gekochte Fleisch mitsamt der Brühe und legte einen Stapel heißer, handgemachter Tortillas vor sie hin. Miguel Angel schob das Fleisch auf die Tortilla, tunkte sie in die Brühe und aß das Ganze geschickt mit einer Hand; Maia dagegen hatte, obwohl sie beide Hände benützte, mit dem

Essen zu kämpfen und produzierte ein einziges tröpfelndes, bröselndes Chaos.

»Der Trick ist der, daß man den Taco zum Mund führt, nicht den Mund zum Taco. Der Taco muß spüren, wer hier der *jefe* ist!«

Sie bezweifelte, daß dieser Trick bei ihr funktionieren würde, aber als sie es versuchte, klappte es tatsächlich. Immer wieder sprang Concha auf, um noch mehr Tortillas warmzumachen oder um Miguel Angel eine neue Portion auf den Teller zu legen; dabei blickte sie zwischen Maia und ihm hin und her, wohl um herauszufinden, in welcher Beziehung die beiden zueinander standen; aber Fragen stellte sie nicht.

»Wo ist hier das Klo?« flüsterte Maia Miguel Angel zu.

Concha führte sie zur Toilette der Hazienda, einem Loch im Fußboden eines Raums, der früher ein primitives Badezimmer gewesen war. »Du kannst sie mit voller *confianza* benützen – niemand wird dich stören!«

Maia schaute sich fragend um.

»Und zum Spülen schüttest du einfach einen Eimervoll Wasser hinterher«, fuhr Concha fort.

»Ach so!« Deshalb also standen drei mit Wasser gefüllte Eimer auf dem Boden.

Danach wusch sie sich draußen im Becken die Hände. Die anderen standen inzwischen im Wohnzimmer vor den Käfigen und betrachteten die Vögel. Maia war schläfrig von der Hitze und dem Essen. Miguel Angel sah sie an und schlug ihr vor, sie solle sich in eine Hängematte legen.

»Ich könnte auch eine Siesta gebrauchen«, sagte er. Die beiden legten sich in eine Hängematte, während Concha auf dem Stuhl sitzen blieb und sich mit Miguel Angel unterhielt.

Das leise Geplauder wiegte Maia in den Schlaf.

Piedad hockte still neben der Hängematte und ließ ihren ungewöhnlichen Gast nicht aus den Augen.

Nach etwa einer Stunde standen sie auf und machten einen Spaziergang durchs Dorf. Fernando zeigte ihnen seine Ziegenherde, auf die er sehr stolz war. Piedad schrie ängstlich auf, als der große Ziegenbock den Kopf senkte, um zum Angriff überzugehen, aber Fernando griff rasch nach einem abgefallenen Ast und schlug das Tier in die Flucht.
Die Sonne näherte sich dem Horizont; es wurde kühl. »Zeit zum Heimfahren«, sagte Miguel Angel zu Concha. »Wir kommen bald wieder.« Er holte seine Geldbörse hervor und gab Piedad und Fernando jeweils tausend Pesos. »Iß die Süßigkeiten nicht alle auf einmal!« sagte er zu Piedad. Sie verabschiedeten sich und ließen das Pueblo Tedziz hinter sich.
Die Fahrt zurück verlief sehr still. Miguel Angel saß rauchend am Steuer, während Maia die vielen Eindrücke des vergangenen Tages zu verarbeiten suchte.
»Fühlen Sie sich wohl?« fragte er sie einmal.
»Ja«, antwortete sie. Ihr war bewußt, daß sie neben einem ganz besonderen Mann saß. So viele Fragen stürmten auf sie ein, jetzt, wo sie das wußte, aber sie war einfach zu müde, um nach den Antworten zu suchen.
Ehe sie sich's versah, hatten sie Dolores erreicht. Miguel Angel blieb vor ihrem Haus stehen.
Sie warf einen Blick auf ihre Armbanduhr. Es war fast acht. *»Gracias«,* sagte sie, aber dieses Wort traf nicht, was sie eigentlich sagen wollte. Sie streckte die Hand aus und berührte Miguel Angels Arm, endlich; das hatte sie sich schon den ganzen Tag lang gewünscht.
*»De nada«,* erwiderte er mit abgewandtem Blick.
»Nein, wirklich«, sagte sie. »Vielen, vielen Dank!« Verlegen stieg sie aus und öffnete das Gartentor. Unendliche Traurigkeit und Enttäuschung über sich selbst erfüllten sie. Sie sperrte auf und warf Miguel Angel einen letzten Blick zu. Wie ein Blitz durchzuckten sie Stephens Bild und die gleiche starke Span-

nung, die sie gefühlt hatte, als sie vor dem Pit gestanden, einander angesehen und sich gefragt hatten, was nun passieren würde.
Miguel Angel war aus dem Wagen gestiegen und blieb unschlüssig vor dem Tor stehen. Sein Gesicht zeigte ihr alles, was sie wissen wollte.

## 24

Ehe sie etwas sagen konnte, war er bei ihr.
Sie nahm zärtlich seine Hand und führte ihn in ihr Haus.
Er schloß die Tür und drückte Maia an sich, begann ihren Hals zu küssen und ihr Gesicht und ihre Hände.
Die weißen Musselinvorhänge bauschten sich im Wind, und das Mondlicht floß in sanften Wellenlinien über den Fußboden.
Es war das Einfachste und Erotischste, was sie je getan hatte; diesen Augenblick hätte sie für immer festhalten wollen.
Sie lagen im Bett. Vom ersten Moment an paßten ihre Körper perfekt zueinander. Als Miguel Angels Hand unter Maias T-Shirt glitt, setzte sie sich auf.
*»Quiero quitar mi ropa«*, sagte sie. Ich möchte mich ausziehen.
Sie hatte keine Zeit, schüchtern und eitel zu sein. Sie wollte seine Haut spüren. Seltsam, Liebe auf spanisch zu machen …
*»Si«*, sagte er, stand auf und zog sich mit eleganten Bewegungen aus, während sie sich, auf dem Bett liegend, hastig die Kleider vom Leib streifte. Er hob das Moskitonetz und schlüpfte zu ihr.
Sein Körper war nur wenig behaart; ihr gefiel, wie er sich anfaßte, so weich und geschmeidig. Er sprach ununterbrochen, während er sie berührte, ein wahrer Strom von leisem, elegan-

tem Spanisch, mit dem er ihr sagte, wie schön sie sei, wie gut es ihm gefalle, wie wunderbar ihr Körper sich anfühle. *»Me gusta tu cuerpo«*, sagte er wieder und wieder. Wie herrlich ihr Haar sei, wie warm ihr Körper; er sei so straff, ob sie Gymnastik mache? Ihr Gesicht, ihr Hals. Daß seine Hände sie nun erkunden und liebkosen wollten, daß er sie genieße, daß ihr Leib ihm solche Freude bereite.

Sie konnte nur mehr staunen. Kein Mann hatte sich jemals so sehr an ihr erfreut.

Er hatte keine Scheu, offen zu ihr zu sein. »Ich bin schon seit zwei Jahren nicht mehr mit einer Frau zusammengewesen«, sagte er. »In letzter Zeit habe ich gar keine Begierde mehr verspürt und war schon ganz überrascht und beunruhigt deswegen. Aber dann kam der Abend, als ich hier war und mit dieser Pooch sprach. Nachdem ich dich gesehen hatte, konnte ich nicht einschlafen. Die ganze Nacht lag ich wach vor Aufregung.«

Maia schwieg. Sie wollte ihm nicht gestehen, daß es ihr genauso ergangen war.

*»Mujer* ist das schönste Wort der spanischen Sprache – jeder Sprache, da bin ich sicher. *Mujer.«* Er ließ sich das Wort auf der Zunge zergehen.

Maia konnte nicht fassen, wie romantisch er war. Sie hörte ihm zu, sog verwundert seine Worte ein. Und er sprach immer weiter.

»Ah – in einer Frau zu sein! Eine Frau zu spüren, das ist etwas! Das ist für einen Mann die größte Freude im Leben. Ich kann es nicht beschreiben, es gibt keine Worte dafür!

Ich bin so glücklich, in deinem Bett zu sein. Es ist so weiblich. Die Blumen, die Kerze, das Moskitonetz, die frische Luft, die über unsere Körper streicht. Genau so habe ich es mir gewünscht. Ich wollte mit dir in deinem Bett liegen. Diese Erfahrung ist so viel mehr als das Ereignis selbst. Ein Mann im

Bett einer Frau. Mein Bett ist nicht gut für eine Frau. Es ist ein häßliches altes Ding.
Selbst wenn ich nicht wüßte, daß du hier wohnst, ich wüßte doch, daß in deinem Haus eine Frau lebt. Diese im Wind flatternden Vorhänge zeigen, daß hier eine Frau lebt. So weiblich. So weich.
Im Dorf heute hast du dich mit einer Flüssigkeit gegen Moskitos eingerieben, und wie du sie auf deinen Armen verrieben hast, wie du den Rock ein bißchen angehoben und die Flüssigkeit auf deinen Waden und Fußknöcheln verteilt hast, das hat mich erregt. Und im Auto, da hast du einen Fussel von meinem Hosenbein entfernt. Das war eine so weibliche Geste, ich habe mich in diesem Moment so männlich gefühlt, es hat mir so gefallen!«
Jede Kleinigkeit hatte er bemerkt und im Gedächtnis behalten. Sie wußte nicht, ob er erwartete, daß sie darauf etwas erwiderte und ihm auch solch süße Worte sagte, aber sie wollte gar nicht. Sie wollte nichts anderes als so zu liegen und diese Wogen von Worten und Liebkosungen genießen, die sich über sie ergossen.
Aber trotz all der Worte und Berührungen und Küsse wurde Miguel Angel nicht hart. Er nahm Maias Hand und legte sie sich auf den Körper, zeigte ihr, daß er von ihr gestreichelt werden wollte, und sie tat es auch, aber es geschah nichts, und sie war ein wenig ratlos.
Nie hatte jemand ihren Hals so geküßt wie er. Schon allein davon hätte sie einen Orgasmus bekommen können.
Plötzlich war er in ihr. Er wollte, daß sie ihre Beine auf seine Schultern legte, und stieß sie heftig. Manchmal tat es sogar weh, aber es war ein angenehmer Schmerz. Ihre Körper klatschten gegeneinander, sie keuchten und stöhnten. Er wollte es tief, hart, heftig. Sie trieben es miteinander, ohne alle Umstände. Für Scham und Scheu war hier kein Platz. Er preßte ihre Beine

zusammen und öffnete sie wie die Schneiden einer Schere – oh, wie köstlich sich das anfühlte! Ganz tief kam er so in sie, ganz eng wurde sie. Alles war so neu, so überwältigend. Ihr Körper zitterte vor Lust, aber sie konnte nicht kommen.

*»Consigues tu fin?«* fragte er atemlos.

Sie übersetzte es sich rasch – ob sie gekommen war? »Nein. Aber ist schon gut. Beim ersten Mal tue ich mir immer schwer damit.«

Er wurde schlaff, schien sich aber schon auf mehr zu freuen. Traumverloren legte er sich zurück und zündete sich eine Zigarette an. Nach einer Weile begannen sie wieder miteinander zu sprechen; sein Kopf lag auf ihrem Bauch. Sie dachte, na gut, das war's, jetzt wird er gleich gehen. Aber dann packte ihn wieder die Leidenschaft, und er nahm sie noch einmal.

Sie fand es wunderschön, sich zu lieben und zwischendurch miteinander zu plaudern. Da war kein Druck, keine Eile, sie hatten alle Zeit der Welt. Das war das Schöne daran – daß sie einander genossen.

Es war nicht nur einfach Sex – dieser Mann riß sie mit sich, verschlang sie mit Haut und Haaren. Ihr ganzer Körper wurde umschwärmt, bewundert, gekostet. Und sie fanden kein Ende. Miguel Angel ruhte sich ein wenig aus, rauchte eine Zigarette, und dann begann er wieder mit ihr zu schlafen, sie zu küssen, all das zu tun, was ihr wohltat. Er wollte die äußerste Empfindung, die durchdringendsten Gefühle. Sie liebten sich in Stellungen, von denen sie gar nicht geahnt hatte, daß es sie gab. Sie wurde hierhin gedreht und dorthin geschwenkt, sie nahm Dinge wahr, die ihr nie bewußt gewesen waren – ganz einfache Dinge wohl, an die sie jedoch in Millionen Jahren nicht gedacht hätte.

Nach all den Stunden der Liebe war sie so erschöpft, daß sie nicht einmal mehr wußte, ob sie schlief oder nicht. Ihr war, als würde sie durch die Nacht gleiten, in seinen Armen durch die Dunkelheit schweben. Am frühen Morgen begann es zu regnen, Tropfen dick wie Murmeln.

## 25

Am nächsten Tag schleppte Maia sich, noch ganz benommen von den Freuden der Nacht, zu Anna und legte sich, ein verzücktes Lächeln auf den Lippen, in eine Hängematte. Miguel Angels süße Derbheit spürte sie noch am ganzen Körper, ein herrliches Andenken an die Wunder dieser Nacht. Jede Erinnerung daran erregte sie.

»Warum sind *latinos* so romantisch?« fragte sie seufzend.

Anna warf ihr über den Rand ihrer Brille hinweg einen Blick zu und antwortete lachend: »Das ist herrlich, nicht wahr? Ich werde dich nicht fragen, wer er ist. Wenn du Lust hast, es mir zu erzählen, wirst du es tun.« Sie legte den Pinsel hin. »Ich glaube, es rührt von der ursprünglichen südländischen Mentalität her, von der Tradition der Troubadoure – du weißt schon, damals sangen die Männer unter dem Balkon der geliebten Dame ihr *amour*. Die Europäer waren früher sehr romantisch, aber das verflog während des Krieges – zu dieser Entwicklung trugen wohl die Amerikaner viel bei –, und dann wurden sie *sophisticated*.« Sie schnitt eine Grimasse. »Aber in Lateinamerika hat diese besondere Galanterie sich erhalten. Die Männer haben hier keine Angst davor, romantisch zu sein, sie genießen es geradezu; es gibt ihnen ein Gefühl von Männlichkeit und Macht.« Ihre Augen funkelten, während sie sprach.

Maia sah sie an und überlegte, wer Annas mexikanische Liebhaber wohl gewesen waren. Anna war ihr immer wie eine überzeugte Einzelgängerin erschienen; Maia konnte sich nicht

vorstellen, daß ihre Freundin ihrer Leidenschaft je freien Lauf lassen würde.
»Muß ich ihm dann meinerseits etwas Romantisches sagen?« fragte sie.
»Aber nein. In diesem Fall reicht es vollkommen, wenn du einfach Frau bist. Du brauchst nichts weiter zu tun, als es zu genießen. Deine schiere *Existenz* ist dein Geschenk an ihn.« Sie wandte sich wieder dem riesigen Gauguin zu, den sie an die Außenmauer ihres *Palapa*-Ateliers malte und der inmitten des nach dem Hurrikan neu bepflanzten Gartens seinen Zauber erst richtig entfaltete. Vielleicht würde Maia Miguel Angel einmal mitbringen und ihn Anna vorstellen.

Als die Sonne an diesem Abend unterging, schaltete Maia die Außenbeleuchtung an. Sie war sicher, daß Miguel Angel kommen würde. Sie wünschte es sich so sehr, ihr Körper war hellwach und bereit, sie wollte mehr. Sie knipste das Licht im Wohnzimmer an, damit er wußte, daß sie daheim war. Eine Weile blieb sie stehen und sah zu, wie der Abendwind die Vorhänge bauschte, wie er dunkle Luft zu ihr hereinwehte. Dunkle Luft! Diese sonderbare Wahrnehmung hatte sie nie zuvor gehabt.
Sie duschte, wusch sich die Haare, puderte ihren Körper und legte etwas von dem Chanel Nr. 5 auf, das Pooch ihr dagelassen hatte. Dann zog sie den pfirsichfarbenen Baumwollbademantel an, den ihr eine Schneiderin in Dolores für drei Dollar genäht hatte, und machte es sich auf dem Bett gemütlich. Sie versuchte, ein Buch zu lesen, das Anna ihr geliehen hatte, und hörte sich dabei die Kassetten an, mit denen sie von Pooch beschenkt worden war. *Einer mit Herz, Mission, Jenseits von Afrika* – alles romantische Filmmusik. So lebte Pooch ihr Leben – eine unsichtbare Kamera und Musik begleiteten jeden wichtigen und unwichtigen Augenblick ihres Daseins.

Hin und wieder nahm sie einen Schluck aus einer Dose Tecate und warf einen Blick auf den Wecker. Jetzt wird er kommen, gleich ist er hier. Sie glaubte gehört zu haben, daß das Gartentor ins Schloß gefallen war, und lief ins Wohnzimmer. Die Vorhänge flatterten, sonst war nichts zu sehen. Sie kehrte wieder in ihre Schlafhöhle zurück. Es sollte nicht so aussehen, als wartete sie auf ihn. Er sollte glauben, daß sie beim Lesen immer ihre schwarze Unterwäsche zu tragen pflegte.
Er hatte wohl noch etwas mit irgendwelchen Lehrern zu besprechen. Danach würde er bestimmt kommen.
Um neun Uhr war sie sicher, daß er jeden Augenblick zu Hause sein würde. Dann würde er Chula und den Enten etwas zu fressen geben, zu ihr herüberkommen, sich ausziehen und ihr den Boden unter den Füßen wegreißen.
Um Viertel nach zehn war ihr klar, daß er nicht mehr kommen würde. Hatte sie ihn abgeschreckt? Die Frau aus der Ersten Welt und ihr Dritte-Welt-Lover? War ihm plötzlich alles peinlich oder hatte er einfach nur etwas anderes zu tun?
Nein, das konnte nicht der Grund sein.
Bestimmt würde er mehr wollen, bevor er ihrer überdrüssig wurde.

Am nächsten Morgen rasselte der Wecker aus unerfindlichem Grund um zwanzig nach fünf los. Es war noch dunkel und unangenehm kühl. Maia stand auf. Sie fühlte sich sehr einsam und hatte Angst. Es waren Minuten wie manchmal in Manhattan, Minuten, in denen sie glaubte, sie werde das alles nicht schaffen, und an ihrer Tüchtigkeit zu zweifeln begann.
Sie stand im dunklen Wohnzimmer, schob den Musselinvorhang ein wenig zur Seite und spähte hinaus. Miguel Angels Auto war nicht da. Mexiko wirkte in diesem Augenblick kurz vor Tagesanbruch trostlos und häßlich, ja unheilvoll. Sie zwang sich, in die Küche zu gehen, und knipste die kleine Lampe an,

die sie aus einer Bierflasche gebastelt hatte. In solchen Momenten suchte sie immer Zuflucht in einem Ritual: Sie stellte einen Topf auf den Herd. Der Dampf des kochenden Wassers beruhigte sie, und der Duft der Bananen und der Milch, mit denen sie die Cornflakes vermischte, versetzte sie wie in einem Traum zurück in die Morgen ihrer Kindheit.

Sie beschloß, Isolde zu besuchen.

»Rolf ist nach New York geflogen, er muß mit den Redakteuren von *Penthouse* reden und sucht einen Agenten für seinen Roman«, erklärte Isolde, nachdem sie Maia die Tür geöffnet hatte.

Isolde wußte offenbar nichts mit sich anzufangen, wenn sie allein war. Im Haus herrschte Unordnung, der Garten war verwildert und ungepflegt, die Küche ein einziges Chaos; im Wohnzimmer lagen Bücher, Muscheln und kunsthandwerkliche Gegenstände herum, die Rolf von seinen Reisen durch Mexiko mitgebracht hatte – Webstoffe, Masken, Skulpturen.

Normalerweise kam Maia gern in die stille, romantische Hütte, die inmitten eines einsamen Palmenhains am Strand lag. Heute aber regte das ständige Rauschen der Palmwedel im Wind sie auf.

»Daniella ist mit ihrem neuen Freund nach Mexico City gefahren. Ein Fotograf – J. J. Canales heißt er. Kennst du den?« Isolde bemühte sich, Maia mit dem neuesten Klatsch zu versorgen, nachdem sich beide in Hängematten gelegt hatten.

»Und was ist mit Jeremy?« rief Maia, sehr darauf bedacht, ihren Schreck über die Erwähnung von Jota Jota zu verbergen. Was Daniella betraf, so war sie ebenso überrascht wie enttäuscht.

»Ach – der ist zu irgendeinem schwarzen Sandstrand in Guatemala abgehauen«, antwortete Isolde ohne großes Interesse. Sie wirkte sehr niedergeschlagen. »Rolf braucht mich einfach nicht«, sagte sie seufzend. »Ich gehöre nicht zu seinem Leben.

Ich weiß gar nicht, was ich hier überhaupt mache. Aber wenn ich nach Deutschland zurückgehe – was soll ich denn dort?«
Maia wußte darauf nichts zu sagen. »Was hast du eigentlich studiert?« fragte sie, um das Thema zu wechseln. Es klang blöd, aber irgendwo mußte sie ja anfangen.
Isolde überhörte die Frage. »Ich weiß was!« rief sie plötzlich mit aufgeheiterter Miene. »Wir beide fahren nach Guatemala! Wolltest du nicht schon immer dorthin?«
Guatemala. Eine Reise ins Nirwana. Die Lösung jedweder Gringo-Malaise. »Der Zeitpunkt dafür ist im Augenblick nicht günstig«, erwiderte Maia so beiläufig wie möglich.
Isolde war völlig verblüfft. »Warum denn nicht?«
Maia überlegte, wieviel sie ihr erzählen sollte. »Also ...« Sie konnte nicht widerstehen. »Erinnerst du dich daran, wie du mir im Refugio aus dem Kaffeesatz gelesen hast? Du hast mir damals gesagt, du würdest einen Mann mit Schnurrbart sehen. Tja, und der ist jetzt tatsächlich in mein Leben getreten. Ich weiß zwar nicht, für wie lange, aber ...«
»Das ist ja wundervoll!« kreischte Isolde. »Wer ist es? Wie ist er? Woher kommt er? Erzähl's mir! Ach, Maia, das ist ja phantastisch! Ich freue mich so für dich!«
Aber Maia sah alles andere als Freude in Isoldes Reaktion. Statt dessen spürte sie nur um so deutlicher, wie verdreht und verzweifelt Isolde war, und daß Maia in ihr Neid und die Lust auf Intrigieren geweckt hatte.

Am Nachmittag war Maia gerade beim Briefeschreiben, als sie Miguel Angels Auto vor ihrem Haus vorfahren hörte. Sie öffnete die Tür und blieb abwartend stehen. Er ging auf sie zu, trat ein und zog sie an sich.
»Ich kann nicht bleiben«, waren seine ersten Worte. Er preßte sein Gesicht an ihren Hals.
»Ich hätte ein bißchen Suppe da«, sagte sie hastig, so verwirrt

war sie. »Ich mache dir ein Sandwich. Du bist bestimmt hungrig.«

Sie grillte ein Käse-Schinken-Sandwich und servierte es ihm zusammen mit einer Schale Kartoffel-Lauch-Suppe, die sie mittags nach einem Rezept von Anna gekocht hatte. Er nahm beides dankbar an und aß es am Tisch auf dem Patio. Sie setzte sich zu ihm und sah ihm beim Essen zu.

Dann lockte sie ihn ins Schlafzimmer, und wieder lagen sie auf dem Bett, küßten sich, plauderten und streichelten einander im Licht des Spätnachmittags. Eine erfrischende Brise bewegte das Moskitonetz.

»Ich möchte mit dir schlafen«, sagte sie.

»Nein, ich muß gehen.«

»Aber ich will mit dir schlafen!« wiederholte sie, als hätte sie nicht gehört, was er gesagt hatte.

»Ich mag es nur in der Nacht.«

Das war eine Ausrede. Irgend etwas stimmte nicht. »Wann ist es denn Nacht?«

Er lehnte sich zurück und sah sie an. »Du bist heute eine ganz neue Maia. Gestern nacht ... warst du so kühl und schweigsam.«

Maia blieb der Mund offenstehen. »Aber doch nur, weil ich so überrascht war. Ich wußte nicht, was ich sagen sollte, das ist alles.« Deshalb also hatte er sich so lange nicht blicken lassen.

Um sechs Uhr, als es zu dämmern begann, stand er auf und zog sich aus.

Auch Maia zog sich aus.

Sie umarmten einander; sofort nahm er sie wieder mit jeder Faser in sich auf. Er berührte sie und freute sich, daß sie feucht war und auf ihn wartete.

»Komm her!« sagte er und stellte sich ans Fußende des Betts. Sie rutschte an die Kante und streckte die Beine zu ihm hinauf, wie er es ihr sagte. Er drang in sie ein. Das war alles, was sie

wollte, puren Sex und sonst nichts. Sie konnte kaum glauben, daß sie wirklich keine Scham empfand.
»In diesen Stellungen habe ich noch nie Liebe gemacht«, gestand sie ihm, als es vorbei war und sie nebeneinander unter dem gebauschten Moskitonetz lagen.
Das schien ihn sehr zu freuen. »Weißt du, als ich in dir war, da habe ich dein Gesicht betrachtet und einen Augenblick lang geglaubt, eine Madonna zu sehen.«
In Maias Ohren klang es wie reinste Poesie.
»Was für ein Parfum benützt du? Bring es mal her!«
Maia stand auf und holte ihr Chanel. Er öffnete den Flakon und tupfte ihr mit den Fingerspitzen einige Tropfen zwischen die Brüste. Dann strich er mit seinem Gesicht darüber und sog den Duft des Parfums auf ihrer Haut ein. Ein kleiner Windhauch strich vom Patio herein, über ihre Körper hinweg, und Miguel Angel erschauderte. »Ah, diese Luft! Eines Nachts werden wir uns auf deinem Patio lieben. Wenn es richtig heiß ist, erregt mich Sex noch mehr. Das ist vollkommen *loco*.«
Sie duschten gemeinsam. Ihre seifenschimmernden Körper erregten Maia; sie glitten zu Boden und schliefen noch einmal miteinander. Das unablässig auf sie strömende Wasser machte es noch aufregender für Maia, es befreite sie, und sie kam, endlich. Diese Dusche würde sie von nun an mit anderen Augen betrachten.
Sie kochte ihm ein Abendessen, Tortillas mit geschmolzenem Käse und *chiles,* dazu Tomaten-Avocado-Salat und kaltes Bier. Er betrachtete die Speisen, als wären sie ein göttliches Geschenk, und aß geradezu ehrfürchtig.
»Was ißt du normalerweise zum Frühstück?« fragte Maia ihn.
»Warmes Leitungswasser mit Instantkaffee und diese zellophanverpackten Biskuits von Bimbo.«
Peng! »Und zum Mittagessen?« fragte sie hoffnungsvoll.
»Tacos von der Straße.«

»Und abends?«

»Cornflakes oder Eier, Hot Dogs oder irgendein *pan dulce* und Instantkaffee. À propos – ich muß in den ›Conasupo‹. Kommst du mit?«

Sie zogen sich an und fuhren zum staatlichen Supermarkt am Ortsrand von Dolores. Der Laden deprimierte Maia. Es bedrückte sie, Miguel Angel hier, inmitten all der armen Leute, einkaufen zu sehen. Sie fand, daß er traurig aussah, als er so an den Regalen entlangging – die Last seines einsamen Lebens wurde inmitten all der Frauen und Paare, die fröhlich nach den Familienpackungen griffen, plötzlich sehr deutlich.

Es gefiel ihm, daß sie bei ihm war, das spürte sie. Ständig fragte er sie, was er kaufen solle. »Milch, Eier, Brot, Saft, Mayonnaise, Ketchup, Cornflakes, Hot Dogs«, rasselte sie ihm in Erinnerung an seinen leeren Kühlschrank herunter.

Ihren Vorschlag, es einmal mit Erdnußbutter und Marmelade zu versuchen, fand er gut. »Das habe ich bei mir daheim noch nie gegessen.«

Maia legte eine Schachtel Pfannkuchen-Mix, Sirup, eine Schachtel Haferflocken und eine Tüte Rosinen in den Einkaufswagen. »Wie wär's mit Schinken und Käse? Und mit Frühstücksspeck?«

»Ja, ja, ja!« sagte er glücklich, als sie den Einkaufswagen weiter füllte. Dann suchte er sich Obst und Gemüse aus. Sie stellte sich neben ihn, und er zeigte ihr, woran man gute Mangos, Papayas und Avocados erkannte.

Sie hoffte nur, daß er genug Geld dabeihatte, um alles bezahlen zu können, aber an der Kasse zog er ein Bündel mit hunderttausend Pesos aus der Tasche und verließ den Laden mit stolzgeschwellter Brust, sechs schwere Plastiktüten voller Lebensmittel in den Händen und neben sich Maia, die die zwei leichtesten trug.

Als sie die Tüten in seinem Haus auspackten, überlegte er

aufgeregt, wo er die Sachen verstauen sollte. Sie putzten die Wandborde und stellten die Tüten und Schachteln darauf, wobei sie sich gegenseitig scherzhaft schubsten. »Ja, ja, diese Küche ist sehr klein«, sagte er und rieb seinen Po an ihrem.
»Genau!« Und sie legte ihm von hinten die Arme über die Schultern, um die Schachtel Cornflakes auf dem Regal zu plazieren.
»Ich habe Hunger«, sagte er.
»Schon wieder?« fragte sie lachend.
»Ich werde das *relleno negro* aufwärmen, das Leticia gekocht hat.«
Maia warf einen neugierigen Blick in einen mit einer Art schwarzer Suppe gefüllten Plastikbehälter und verzog das Gesicht.
»Die Farbe kommt von den verkohlten *chiles.*«
»Ich passe«, verkündete Maia. Sie aß eine Banane und lutschte zwei Saftorangen aus, dann trank sie eine Tasse heißer Schokolade.
Diesmal gingen sie bei ihm ins Bett. Als sie nackt unter dem Laken lag und darauf wartete, daß er aus dem Bad kam, konnte sie es einen Augenblick lang nicht glauben:

*Ich, Maia Rose aus Manhattan, liege hier in Dolores mit einem lateinamerikanischen Supervisor für* Secundaria-*Lehrer im Bett und schlafe in Bezügen, auf denen zylindertragende, spazierstockschwingende Pinguine zu sehen sind. Draußen quaken Enten, und ich glaube, gerade eben habe ich eine Maus über den Boden huschen sehen!*

»Eine Maus!« schrie sie entrüstet, als Miguel Angel ins Zimmer trat.
»Die ißt nur das Vogelfutter, das der Kanarienvogel verstreut«, teilte er ihr, auf den in der Ecke hängenden Vogelkäfig deu-

tend, mit. Ohne Vorwarnung begann er, das Zimmer mit einem giftigen Insektenmittel einzusprühen. Die Dämpfe brachten Maia zum Husten; sie zog sich das Laken übers Gesicht.

Als Miguel Angel ins Bett stieg, war sie etwas benommen und verwirrt und wandte sich ab, als er zu ihr rückte.

»Wenn du deprimiert bist, ist Sex doppelt so wichtig«, sagte er und begann sie ohne Umschweife zu vögeln. Offenbar stellte es eine beglückende Herausforderung für ihn dar, ihre Stimmung zu heben.

Sobald er in ihr war, hörte sie auf zu grübeln, legte sich einfach zurück und konzentrierte sich auf das schöne Gefühl. Sie nahmen die Position ein, die inzwischen schon Maias Lieblingsstellung geworden war, die Scherenstellung, bei der ihre Köpfe weit voneinander entfernt waren. Es war keine schöne Stellung, sondern purer, animalischer Sex, bei dem es um das äußerste Gefühl ging, was Maia noch mehr erregte. Eine unglaubliche Empfindung wallte in ihr auf, und sie kam, während er in ihr war. So hatte sie es noch nie erlebt.

Nach einer Nacht voll süßen Schlafs – am süßesten war er frühmorgens, als sie in tiefem Schlummer nebeneinander lagen – nahm er sie wieder, ganz überraschend. Sie liebte das – kein Wort wurde gewechselt, sie wachten einfach auf und begannen zu vögeln.

»Ich brauche das!« rief sie, ihn antreibend. »Hoffentlich schreckt dich meine Gier nicht ab!«

»Ich will, daß du mich brauchst, daß du verrückt nach mir bist«, sagte er keuchend.

Sie standen auf. Maia duschte sich in seinem Bad, und plötzlich war es ihr zuviel, es ging ihr alles zu schnell. Sie mußte weg von ihm, weg aus seinem Haus, weg von dem toten Skorpion auf dem Boden der Duschkabine, weg von der Maus, weg von dem düsteren Chaos in seiner Küche, weg von dem Dober-

mann, der Durchfall hatte, weg von den hungrig quakenden Enten, den Vögeln, den Ameisen.
Er versuchte sie mit einem Frühstück zu locken, aber der Gedanke, in seinem dunklen, spießigen Eßzimmer zu sitzen – nein, sie konnte einfach nicht. Nur ein Glas Saft nahm sie an.
»Ich muß gehen.«
»Ich darf mich nicht so an dich hängen«, sagte er, als hätte er ihre Gedanken gelesen.
»Doch, doch!« Es war ihr, zu ihrer eigenen Überraschung, herausgerutscht. Sie war zwar verwirrt, aber sie hatte nicht die Absicht, die Welt ihrer neu entflammten Leidenschaft schon wieder zu verlassen. Ein einziges Mal in ihrem Leben wollte sie so sein wie die anderen Menschen: Sie wollte eine Liebesaffäre haben, ohne sich um die Konsequenzen zu kümmern.
»Was soll das Ganze – du gehst«, sagte er traurig. »Welchen Sinn hat es dann?«
»Findest du nicht, daß es ein bißchen zu früh für diese Unterhaltung ist?« fragte sie. Wieder konnte sie kaum fassen, daß *sie* das sagte – sie, die immer solche Angst davor gehabt hatte, verlassen zu werden!
»Sieh mal, wir wissen nicht, was die Zukunft bringt.« Sie versuchte, sich einen Weg durch das verwirrende Dickicht ihrer Gefühle zu bahnen. »Ich möchte, daß wir ganz in der Gegenwart leben. Und die Gegenwart ...«, sie suchte nach den richtigen Worten, »... wird in eine Zukunft münden.«
Er schwieg.
Die Gegenwart war das einzige, was sie im Augenblick hatte, und wenigstens das wollte sie genießen.

# 26

*Könnte er der Mann sein, den ich lieben werde? Ist er der Mann, auf den ich gewartet, nach dem ich mich gesehnt, von dem ich geträumt habe – mein ganzes Leben lang?*
*Es könnte sein!*
*Könnte er mir »genügen«?*
*Er hat ein gutes Herz.*
*Reicht es aus, sein gutes Herz zu lieben?*
*Alle Männer, an denen ich im Lauf der Jahre etwas auszusetzen fand, hatten alles – Geld, Einfluß, tolle Autos und so weiter. Alles außer einem guten Herzen.*
*Meine Phantasien waren immer von Ehrgeiz geprägt: Immer wollte ich eine neue, bessere, veränderte Maia werden. Dazu gehörte für mich, wie für die meisten Frauen, ein reicher Mann oder zumindest einer, der Aussicht bot, bald reich zu werden, weil er in seinem Beruf tüchtig war. Die Gesellschaft wertet es als gut, wenn man ehrgeizig ist, alle zollen einem dafür Beifall.*
*Aber im Film spornt man die Heldin immer an, sich für die Liebe zu entscheiden. Das ist ganz einfach – weil es dabei nicht um das eigene Leben geht.*
*Aber Miguel Angel …?*
*Es klingt nach »zur Ruhe kommen«.*
*Bedeutet Liebe, daß man zur Ruhe kommt? Bedeutet Liebe, daß man realistisch wird? Okay, ich gebe auf, ich nehme, was sich bietet – oder so ähnlich? Ist das der Grund, warum alle Frauen um mich herum Partnerschaften eingegangen sind, während ich allein bleibe und darauf warte, daß mich ein Mann ganz und gar von sich überzeugt, ohne daß ich die geringsten Einwände gegen ihn habe?*

*Schon allein der Gedanke ist lächerlich! Ich handle wider den Rat, den ich selbst Miguel Angel gegeben habe – nämlich in der Gegenwart zu leben!*
*Ich höre schon Pooch sagen: »Um Gottes willen, Maia, du mußt doch nicht jeden Mann heiraten, mit dem du ausgehst! Betrachte ihn einfach als einen Strich mehr auf deiner Liste!«*

# 27

Es kann jetzt jeden Tag soweit sein mit der Geburt«, sagte Miguel Angel und tätschelte ganz sanft Chulas Bauch.
Sie saßen in seinem Eßzimmer, Maia nachdenklich im Schaukelstuhl, wie so oft in den vergangenen Wochen, er am Tisch, wo er für die hochträchtige Chula eine Mango schälte.
Maia betrachtete mit ihrem Erste-Welt-Blick sein zerfurchtes Dritte-Welt-Gesicht, als könnte sie dahintersehen und erkennen, wer dieser Mensch war. Wer war er für sie?
»Durch mich kannst du dich neu erfahren«, sagte er sanft, ohne daß sie ein Wort von sich gegeben hatte.
Sie rutschte verlegen auf dem Schaukelstuhl hin und her. Seine Fähigkeit, ihre Gedanken zu lesen, liebte und haßte sie gleichzeitig.
Aber wie schön das klang! Im Geist machte sie ein Foto von diesem anrührenden Augenblick: Ein Mann schälte eine Mango für einen Hund, der geduldig dasaß und bewundernd zu ihm aufsah. Dieser Mann wußte über Grenzen hinweg zu lieben.
»In deinem Land, in Gringo-Land«, sagte Miguel Angel mit verzogenem Mund, »glauben die Leute, daß sie alles kontrol-

lieren können: die Natur und das Schicksal. Sie haben das irrige Gefühl, sie könnten sich zum Herrn über ihr Schicksal, über ihr Leben aufspielen. In Lateinamerika gibt es diese Vorstellung nicht; niemals. Hier hat das Leben *dich*. Die *latinos* sehen sich als Instrumente der Natur und des Schicksals. Ein *latino* hat nie das Gefühl, er könnte irgend etwas kontrollieren – und die Leute hier wollen es auch gar nicht! Sie sind viel spiritueller und mystischer eingestellt. Sie lieben das Mystische. Die Gringos besitzen kein Gespür dafür. Sie wollen alles begründet haben, bis es durch und durch klar ist.«

Aus seinem Lächeln sprach eine Weisheit, der Maia nichts entgegensetzen konnte. »Also – warum läßt du es nicht zu, daß das Leben eine Zeitlang *dich* hat?«

Sie erwiderte sein Lächeln.

»Ich glaube«, sprach er weiter, »daß es in den Vereinigten Staaten schwierig ist, zu erkennen, wer man ist, weil man dort ständig von den Medien, von Normen, Modeerscheinungen und Verhaltensmaßregeln gehetzt wird. Selbst eure Sehnsüchte sind in irgendeiner Weise vorgeprägt. Hier dagegen sagt dir niemand, was du denken sollst. Hier mußt du dein Leben jeden Tag neu erfinden.«

Seine Worte gingen ihr durch und durch.

»Ich glaube, daß man vom Reisen unglücklich wird, weil man, anstatt das eigene Leben zu leben, seine Zeit damit verbringt, anderen Menschen beim Leben zuzuschauen. Aber du mußt dein eigenes Leben leben! Such dir einen Ort aus, bleib dort und werde heimisch! Da ist das Leben, da, vor deiner Nase! Aber die meisten Menschen weigern sich, das zu erkennen. Sie gehen lieber auf Reisen, versuchen Erfahrungen, Abenteuer und Lebenssinn zu kaufen ...«

Eine Zeitlang schwiegen beide.

Dann fuhr Miguel Angel fort: »Ich hasse es so sehr, daß die Gringos die Realität der *latinos* zurechtbiegen. Sie romantisieren sie. Sie sehen, was sie sehen wollen, nicht das, was wirklich da ist. Damit beleidigen sie uns!«

»Was *ist* denn wirklich da?« fragte Maia.

Er schüttelte den Kopf. »Es ist etwas, das man lernen, am eigenen Leib erfahren muß. Ich kann es dir nicht erklären.«

Er erhob sich vom Tisch und streckte den Arm nach ihr aus. »Komm!«

Im Wohnzimmer entfaltete er die Hängematte, setzte sich und machte Platz für Maia. Sie ließ sich hineinfallen. Zuerst fand sie es unangenehm, weil das Ding wegen ihres unterschiedlichen Körpergewichts gefährlich schwankte, aber als sie dann ruhig nebeneinanderlagen, war es wundervoll.

Er zündete eine Zigarette an, lehnte sich zurück, ließ einen Arm bis zum Boden herabhängen und versetzte die Hängematte in leichtes Schaukeln.

Nach dieser Nähe hatte sie sich immer gesehnt. »Wie ist es, Mexikaner zu sein?« fragte sie.

»Siehst du! Ich habe dir gesagt, daß ich kein Mexikaner bin.« Er rollte die Augen in gespielter Verzweiflung. »Ihr Gringos glaubt, jeder *latino* südlich eurer Grenze wäre Mexikaner. Es will euch nicht in den Kopf, daß es da noch Honduras, Costa Rica, Chile, Paraguay, Peru, Bolivien und viele andere Länder gibt. Es ist ein halber Kontinent, Zentral- und Südamerika, den ihr da geflissentlich überseht, und alle Länder dort sind völlig unterschiedlich.«

Maia waren seine Worte so peinlich, daß sie zusammenzuckte. Natürlich! Er kam doch aus Guatemala! Das hatte er ihr an dem Tag erzählt, den sie gemeinsam im Tedziz verbracht hatten. Wie hatte sie das vergessen können! In ein Ohr hinein, zum anderen wieder hinaus!

Schweigend schaukelten sie. Die Schnüre der Hängematte knarzten.

»Was machst du in Dolores?« fragte Maia plötzlich.

»Ich versuche zu überleben«, sagte er leise. Es klang verbittert, aber dann seufzte er und sprach in einem anderen Ton weiter: »Ich bin politischer Flüchtling«, erklärte er ihr geduldig und sehr sanft, wie um sie nicht zu erschrecken. »Ich habe dir gesagt, daß ich nicht mehr leben würde, wenn ich in meinem Land geblieben wäre.«

Sie kam sich vor wie ein widerlicher, dummer, reicher Gringo. Sie hatte nicht die geringste Ahnung von der politischen Situation in Guatemala. Das einzige, was sie wußte, war, daß die meisten, wenn nicht sogar alle lateinamerikanischen Staaten instabile Regierungen hatten, die ständig von gegen sie kämpfenden Guerillas bedroht waren. Aber sie wußte nie, welche Seite nun die »gute« war.

»Mein Dorf gibt es nicht mehr. Nur noch als eine in die Erde gebrannte Erinnerung vielleicht.« Seine Stimme verlor sich fast in einem Flüstern. »Yalambalojox, so hieß mein Dorf.« Er zündete sich noch eine Zigarette an.

»Wenn es dich traurig macht, mußt du es mir nicht erzählen«, sagte Maia.

Sie hatte den Eindruck, daß es ihn große Überwindung kostete, weiterzusprechen. »Yalambalojox war ein friedliches Dorf, ein abgelegener Ort in den Bergen nördlich von Huehuetenango. Aber die Armee hatte Grund zu der Annahme, daß die Dorfbewohner mit den Guerillas sympathisierten, daß sie ihnen Essen gaben und Unterschlupf gewährten. Sie beschlossen, uns im Namen der Demokratie auszuradieren.

Es geschah alles in einer Nacht. Die Soldaten – gelangweilte dumme Jungen mit langen Gewehren – fielen in ein Nachbardorf ein, trieben alle Bewohner zusammen, pferchten sie in die Kirche und zündeten sie an. Wenn jemand zu fliehen versuchte, schossen sie. Wir hörten die Schüsse und Schreie, sahen den Rauch und wußten, daß wir als nächste drankommen würden. Wir hatten keine andere Wahl, als wegzulaufen. Das ganze

Dorf. Und wir liefen. Wir ließen im wahrsten Sinne des Wortes alles zurück, was wir hatten – unsere Häuser, unsere Tiere, unser früheres Leben –, und marschierten in Richtung mexikanische Grenze, die ganze Nacht hindurch.«

»Was ist aus euch geworden?« fragte Maia flüsternd.

»Die Leute aus meinem Dorf leben jetzt – nein, sie ›existieren‹ – in einem Flüchtlingslager namens Nueva Esperanza.« Er spie die beiden Wörter voller Verachtung aus: »Neue Hoffnung. Es liegt im Bundesstaat Chiapas, in einer elenden Gegend hinter den *lagos* von Montebello. Niemandsland. Eine einzige Peinlichkeit und ein ständiges politisches Ärgernis für die mexikanische Regierung.

Auch von dort bin ich geflohen. Es war entsetzlich. Ich ertrage es nicht, an sie zu denken, so armselig leben sie. Im Umkreis von vielen Kilometern gibt es kein Brennholz. Die Kinder sind sich selbst überlassen, gehen nicht zur Schule. Für sie gibt es keine Zukunft. Die Männer versuchen, kleine, unfruchtbare Areale zu bestellen. Und die Frauen haben vergessen, wie man webt.«

Draußen begann Chula zu jaulen und zu winseln. Miguel Angel richtete sich lauschend auf und legte sich wieder zurück.

»Es ist soweit. Ich muß zu ihr. Wir werden bald Welpen haben.«

»Was ist mit deiner Familie?« fragte Maia.

»Ich hatte einmal eine Familie ...« Seine Stimme zitterte. Er bedeckte das Gesicht mit den Händen, aber er konnte die Tränen nicht zurückhalten.

Nach eine Weile sprach er weiter. »Ich hatte eine Tochter. Sie war noch ein Baby, neun Monate alt. Ich habe sie so geliebt. Es war Nacht, wir flohen vor der Armee, die uns verfolgte und Schüsse in die Luft abgab. Es war kalt. Einmal mußten wir haltmachen, weil wir zu laut waren. Sie begann zu weinen, zu brüllen, und ich ... Ich habe ihr meine Hände aufs Gesicht gelegt, um sie zum Schweigen zu bringen. Ihre Schreie hätten das ganze Dorf verraten.« Jedes Wort sprach er ganz langsam aus, als könnte er die Wahrheit noch immer nicht fassen. »Ein ganzes Dorf wäre umgekommen, wenn sie weitergeschrien hätte.«

Er holte tief Luft und wandte den Blick ab.

»Ich habe sie erdrosselt. Mit meinen eigenen Händen habe ich meine Tochter getötet.«

Maia schrie auf.

»Den Leuten meines Dorfes zuliebe.« Er klang erschöpft, leer. Jetzt verstand sie das Leid, das ihm ins Gesicht gegraben war. Sein Schmerz hatte ihn unnahbar gemacht.

»Damit war die Beziehung zu meiner Frau natürlich für alle Zeit zerstört. Wir konnten nicht mehr zusammenleben.«

Es gab nichts, was Maia hätte sagen können. Verzweifelt legte sie sich zurück. Die Hängemattenseile knarzten. Sie kam sich so unwichtig vor – Miguel Angel gegenüber, dem Leben gegenüber. Daß sie seine Geschichte erfahren hatte, brachte sie näher zueinander und machte sie gleichzeitig zu Fremden, zwischen denen Welten lagen.

Er steckte sich eine Zigarette an und inhalierte tief. Er würde immer der Gefangene seines untröstlichen Leids bleiben.

Wie sollten sie nun weitermachen miteinander?

Chulas Jaulen durchbrach die Stille. Miguel Angel stand auf und begann verschiedene Sachen zusammenzusuchen. »Holst du ein paar Zeitungen und eine Schüssel Wasser?« bat er Maia. Er fand ein altes Hemd und einige alte Handtücher, aus denen er ein weiches Lager für die Welpen machen würde. Gemeinsam gingen sie hinaus, um dem neuen Leben auf die Welt zu helfen.

# 28

Anna sagte: »Du darfst es nicht so sehen, als wäre es deine letzte Chance für die große Liebe – betrachte es als deine erste Chance, glücklich zu werden!«
Natalie sagte: »Ich an deiner Stelle würde ihn mir schnappen.«
Dakota sagte: »Willst du diesen Typen heiraten, oder was?«
Wer hatte denn von Heiraten gesprochen?
Isolde sagte: »Los, pack die Gelegenheit beim Schopf! Was hast du schon zu verlieren?«
Rolf sagte: »Nicht jeder eignet sich zum Heiraten!«
Wer hatte denn von Heiraten gesprochen?
Eagle sagte: »Lauf nicht vor deinem Glück davon!«
Anna sagte: »Die zwei wichtigsten Dinge in einer Beziehung sind Liebe und Intelligenz. Mit diesen beiden Fähigkeiten kannst du alle Probleme meistern, die dir das Leben in den Weg legt.«
Eagle sagte: »Tut er Dinge für dich, die er eigentlich nicht tun will – nur weil er dich liebt? Kannst du dich mit ihm unterhalten? Kann er zuhören? Kann er seine Gefühle in Worte fassen?«
Anna sagte: »Betrachte es mal so: Stell dir vor, du willst zu Abend essen und suchst nach einem Restaurant. Du liest dir die Speisekarte durch, die vor einem Lokal aushängt; sie sieht gut aus, aber du glaubst, ein paar Türen weiter könnte ein noch besseres Restaurant sein. Du gehst also dorthin, und auch diese Speisekarte sieht interessant aus, aber dann denkst du dir, na ja, vielleicht gibt es sogar ein noch besseres Lokal im nächsten Häuserblock. So kann es passieren, daß du immer weiter auf der Suche nach dem noch besseren Essen bleibst und dabei verhungerst. Mach nicht denselben Fehler wie die Frauen, die sich einbilden, die Zukunft halte einen immer noch besseren Mann für sie bereit. Auf die Art und Weise kommst du nie zum Zug, meine Liebe!«

Eagle sagte: »Nur du allein weißt, was dich glücklich macht.« Endlich verstand Maia, was andere offenbar schon immer gewußt hatten, daß sie nur nach ihren eigenen Regeln leben konnte, daß die Regeln der anderen Menschen auf sie nicht anwendbar waren.

## 29

Einige Tage später wachte Maia mitten in der Nacht mit Schüttelfrost und Fieber auf. Um drei Uhr morgens schleppte sie sich hinüber zu Miguel Angels Haus und klingelte an seiner Tür.

»Hilf mir, bitte!« bat sie ihn stöhnend, als er öffnete.

Miguel Angel erschrak, als er sah, wie blaß sie war. Ohne ein Wort zog er sich rasch an und fuhr mit Maia zur *farmacia*, wo er so lange gegen die Tür hämmerte, bis der Besitzer aufwachte und im spanischen Medikamentenverzeichnis nach der richtigen Medizin für Maia suchte. Sie schluckte die kleinen gelben Pillen gleich an Ort und Stelle mit einem Schluck warmem Cola, und Miguel Angel fuhr sie nach Hause zurück.

»Danke. Vielen, vielen Dank«, sagte sie ächzend.

»Es gibt da einen Ausdruck«, erwiderte Miguel Angel schulterzuckend, *»yo por ti y tu por mi.«*

Ich für dich und du für mich. Aber auf spanisch klang es viel, viel schöner.

»Du mußt den Rest der Nacht bei mir verbringen, damit ich mich um dich kümmern kann«, forderte Miguel Angel; Widerstand war zwecklos.

Sie lag in seinen Armen; er strich ihr übers Haar wie einem Kind. Das ist die einzig richtige Art, krank zu sein, dachte sie, bevor sie in einen sanften Schlummer hinüberglitt.

Ich will nie wieder allein sein. So muß es sein – *yo por ti y tu por mi.*
Nach dieser Nacht schliefen sie nie wieder getrennt voneinander.

## 30

Es ist nicht gerade das Leben, das ich mir vorgestellt hatte«, schrieb Maia an Pooch. »So ist es also, wenn man Hausfrau ist! Man muß nachsehen, wie sauber das Dienstmädchen die Kissenbezüge gewaschen hat, muß überlegen, wann genau man die Suppe auf den Herd stellen soll, und ob Brot fehlt. Und nie im Leben hätte ich geglaubt, daß ich einmal Schichtpudding machen würde! Aber jetzt stehe ich da – weil er es sich wünscht –, schneide Bananen in Scheiben und arrangiere sie auf Kirschgelatine, lasse das Ganze abkühlen und gieße Limonengelatine darüber. Hier in Mexiko heißt das *gelatina artistica.*«

Die beiden Häuser von Maia und Miguel Angel wuchsen zu einer Gemeinschaftsunterkunft zusammen; sie wechselten von einem ins andere, als wäre es ein einziges Gebäude. Die Tage verbrachten sie meist bei Miguel Angel, die Nächte bei Maia. Stundenlang lagen sie nackt unter dem Moskitonetz und liebten sich.
*»Gracias por mi dia«*, sagte Maia mit schläfriger Stimme jede Nacht, bevor sie die Augen schloß. Sie liebte es, Hand in Hand mit Miguel Angel einzuschlafen – es war ein so zärtliches Weggleiten von der Welt.
Und so entwickelten sich ihre häuslichen Rituale. Um ein Uhr, wenn es im Dorf so heiß war wie in einem Backofen kam Miguel Angel zum Mittagessen heim. Kaum trat er mit dampfendem

Körper, die Kleider naß von Schweiß, durch die Tür, hielt Maia schon ein Glas eisgekühlte *jamaica* für ihn bereit, das er dankbar annahm. (Er hatte ihr beigebracht, wie man die duftenden rosaroten Blüten aufbrüht.)

Er zog die Kleider aus und setzte sich in der Unterwäsche und mit *chanklas* an den Füßen hin. Mit der Hauptmahlzeit gab Maia sich jede erdenkliche Mühe: gegrilltes Huhn, Spaghetti carbonara, Schweinekoteletts, Tomaten-Avocado-Salate, Schinken-Käse-Sandwiches, Speck-Salat-Tomaten-Brötchen, Tacos, *quesadillas,* Kartoffel-Lauch-Suppe. Brownies und Haferplätzchen buk sie bei Anna. Es war schwierig, ganz ohne Kochbuch auf verschiedene Speisen zu kommen, und ihr Repertoire war ziemlich beschränkt – in Manhattan hatte sie der Kocherei nie soviel Zeit gewidmet. Aber Miguel Angel war immer hungrig und dankbar und aß alles mit großem Appetit. Nach dem Mittagessen hielten sie in seinem Schlafzimmer Siesta. Miguel Angel schaltete den Ventilator an und legte sich in eine Hängematte, um sich von der Hitze zu erholen. Maia lag auf dem Bett und betrachtete ihn, der ihr so nah und doch so fern erschien. Um drei Uhr nachmittags machte sie Tee, in den Miguel Angel immer ein *pan dulce* stippte.

Auf die Idee, nachmittags Tee zu trinken, hatte Anna die beiden gebracht. »Die Engländer in Afrika wußten schon, wie man es machen muß!« Mit diesen Worten gab sie Maia eine Schachtel mit teurem, importiertem Earl Grey. »In den Tropen erfrischt ein heißes Getränk auf angenehmste Weise. Es kehrt nämlich die Hitze von innen nach außen: Man wird innen heißer als die Außentemperatur, schwitzt und kühlt sich dadurch ab.«

Nach dem Tee bereitete Miguel Angel sich nach dem immer gleichen Ritual, das Maia inzwischen gut kannte, wieder auf die Arbeit vor. Sie wußte, wie er sich rasierte – mit einem Fuß auf der Klobrille, während in einem Aschenbecher am Waschbeckenrand die Zigarette vor sich hinbrannte –, und daß er danach immer unter die Dusche ging. Ein Handtuch um die Hüften geschlungen und nach billiger Rosenseife riechend, kam er dann zurück; wenn sein Haar so glänzendnaß war, wirkte es noch schwärzer als sonst. An diesem Punkt konnte Maia nie widerstehen: Sie umarmte ihn und atmete die kühle, frische Sanftheit seiner Haut ein. Miguel Angel öffnete seinen Kleiderschrank, entnahm ihm eine Bürste, ging in die Knie, um in dem niedrigen Spiegel einen besseren Blick auf sein Haar zu haben, und formte sich in einem ganz bestimmten Bürstrhythmus, der nur von leichtem Klapsen mit der Hand gegen das Haar unterbrochen wurde, die Frisur, die er wollte. Danach strich er sich mit der Bürste über die Augenbrauen und den Schnurrbart, verteilte großzügig Deodorant unter den Armen und klopfte sich ein bißchen Givenchy ins Gesicht. Er zog sich an – Hose, Socken, Schuhe, Hemd – und kurz bevor er ging, schüttete er Puder auf eine Quaste und verteilte es über Gesicht und Hals. Er war gleichzeitig so männlich und so sanft – genau so gefiel er ihr am besten.

Abends brachte er oft eine Tüte *tamales* mit, die in ihren Hüllen aus Bananenblättern dampfend heiß geblieben waren. Maia war zu dieser Zeit meist schon so hungrig, daß sie die *tamales* sofort essen wollte und sich zu Miguel Angels großem Amüsement Zunge und Finger verbrannte. »Heiße *tamales!*« schrie sie dann immer lachend auf englisch – sie wurde einfach nicht aus Erfahrung klug. Sie zündete Kerzen an, mixte Tequila und Zitronensaft, und dann setzten sie sich auf die Veranda und sahen Chula beim Herumtollen mit ihren kleinen Welpen zu. Manchmal ging Miguel Angel, in der einen Hand seinen Drink, zum Gartenschlauch, drehte den Wasserhahn auf und goß die Pflanzen, während sie sich weiter miteinander unterhielten.

Die langen, sonnigen Tage vergingen für Maia wie im Traum. Daß sie nun für zwei Personen einkaufen mußte, machte aus dem Marktbesuch ein ganz neues Erlebnis. Sie führte jetzt einen richtigen Haushalt, sorgte für einen Mann, genau wie alle anderen Frauen dort. »Ich habe das Gefühl, endlich der Gattung Mensch anzugehören« – so lautete ihr Fazit in einem Brief an Pooch.

Eines Morgens zog Miguel Angel, bevor er zur Arbeit fuhr, zwei handbestickte Kissenbezüge aus der untersten Schublade seines Schreibtisches. »Als wir aus Yalambalojox flohen, nahm ich sie zusammen mit ein paar Kleidungsstücken und einigen Kleinigkeiten mit. Sie sind das einzige, was ich noch habe aus diesem Leben.«

Die Stickmuster waren so kompliziert, so fein, daß Maia vor Staunen leise aufschrie, als Miguel Angel ihr die Bezüge in die Hand drückte.

»Als Mann konnte ich sie nicht benützen, solange ich allein lebte. Jetzt wohnt eine Frau bei mir, jetzt kann ich sie verwenden.«

Maia bezog sofort die Kissen damit.

Miguel Angel nahm sie in den Arm. »Immer wenn mich jemand gefragt hat: ›Was für eine Frau wünschst du dir?‹, lautete meine Antwort: ›Eine Frau, deren Liebe ich mir jeden Tag neu verdienen muß.‹ Im Augenblick kämpfe ich um deine Liebe. Es ist wie eine Schlacht. Jeden Tag ziehe ich in den Krieg, um dich zu erobern. Und du beginnst mich schon zu brauchen. Ich sehe es; ich fühle es.«

Dann wurde es *wirklich* heiß. Die trockenen Monate begannen, nach deren Ablauf die Regenzeit einsetzen würde. Maia wunderte sich darüber, daß sogar die Einheimischen über die Hitze klagten. *»Que calor!«* stöhnte das Dienstmädchen um acht Uhr morgens, wenn sie kam, um Miguel Angels Haus zu putzen. Alle hatten stets davon gesprochen, daß es in Yucatán sehr heiß sein könne, aber daß es *so* sein würde, hatte Maia sich nie vorgestellt. Miguel Angel war erstaunt, daß sie sich kein einziges Mal über die Hitze beklagte. Wenn sie nachts nicht schlafen konnten, weil es zu schwül war, gingen sie in die Küche, stellten sich vor die offene Kühlschranktür und stopften sich Löffel um Löffel kalte Gelatine in den Mund.

Manchmal kam Maia mit, wenn Miguel Angel die *Telesecundarias* abklapperte. Weil die Vorderbank nicht in zwei Sitze unterteilt war, konnte sie sich an ihn schmiegen wie ein Teenager in den fünfziger Jahren. Schon um zehn Uhr vormittags war sie dann ganz schwach, lethargisch und schläfrig von der heißen Fahrt. Egal, wie gut sie in der Nacht zuvor geschlafen hatte, die Hitze entzog ihr alle Energie.

Gestern waren sie wieder unterwegs gewesen, ein einsames Auto, das in hohem Tempo Kilometer um Kilometer durch die unwirtliche Landschaft rumpelte, vorbei an ausgetrockneten Henequenfeldern, über sich hundertachtzig Grad glühenden, alles und jeden ausdörrenden Himmels.

Inmitten dieser endlosen Weite waren sie ganz allein. Die Umgebung verschwamm in der Hitze, nur Einzelheiten drangen in Maias Bewußtsein vor: in der Ferne sich wiegende Kokospalmen; die lärmende Stille, mit der das Auto, dem der Auspuff fehlte, durch die Wüste dröhnte; der Schwall des heißen Fahrtwinds. Manchmal mußte Maia sich schütteln, weil alles so unwirklich war. Sie lehnte den Kopf an Miguel Angels Schulter und fühlte sich zeitlos, ganz leicht, traumverloren, tot und lebendig in einem. Wo war sie? Was tat sie hier?

Miguel Angel schob ihren Rock hoch und legte eine Hand auf ihr Knie, Haut auf Haut, heiß auf heiß. Sie hielt den Kopf an seine Schulter gelehnt, während er den Wagen steuerte, und die Lider wurden ihr schwer. Sie versuchte zu schlafen in dieser fahrenden Zeitmaschine, die sie von einem aufgeheizten Ort zum nächsten, von einem aufgeheizten Augenblick zum andern brachte.

Sie spürte, wie seine Hand an ihrem Schenkel hochglitt. Das gefiel ihr. Seine Finger tasteten sich an der Naht ihres Slips entlang. Das gefiel ihr noch besser. Dann waren seine Finger in ihr, nahmen sich, was ihnen gehörte. Dort in der Hitze, in diesem Licht, im Brausen des durch die Wüste rasenden Autos, gab sie sich seiner Hand hin.

*»Es mio?«* fragte er. Dieses Spiel spielten sie oft.

*»Totalmente«*, erwiderte sie. Es war die Antwort, die er ihr beigebracht hatte.

»Nimm, was dir gehört«, sagte er dann und legte sich ihre Hand zwischen die Beine. So fuhren sie weiter, zwei in der Hitze schmachtende Liebende, die nicht anhalten wollten, weil sie Angst hatten, in dieser Hölle des Nirgendwo zu verbrennen. Die Pueblos der Mayas sahen alle gleich aus, eines armseliger als das andere. Baufällige Hütten, verwilderte Gärten, magere Hunde und Hühner. Die Menschen saßen in den Eingängen ihrer Häuser, Kinder spielten im Staub. Ein halbwüchsiger Junge auf einem Fahrrad flirtete mit seiner ersten Freundin, die auf einer Steinmauer saß. Der *Refresco*-Stand, an dem es außer lauwarmer *Cristal naranja* nichts zu kaufen gab. Die Frauen wuschen Wäsche und formten Tortillas, die Männer waren nicht zu sehen oder lagen schaukelnd in Hängematten.

Wie lebten diese Menschen? Was dachten sie? Die Sonne ließ jeden hier vorzeitig altern. Erst jetzt, in dieser Hitze, verstand Maia die Lethargie dieser Menschen und warum sie sich so gleichgültig durch jeden Tag ihres Lebens schleppten. Hier gab es keine Freude.

Für Maia war Yucatán schon lange nicht mehr das Ferienparadies, in das die Gringos übers Wochenende einfielen, um Sonne und Meer zu genießen. Für sie war Yucatán inzwischen zu einem grausamen Stück Erde geworden, wo die Hitze und das grellweiße Sonnenlicht alles undurchführbar erscheinen ließen – nichts war der Mühe wert, warum also sich anstrengen ...

Miguel Angel hielt vor einem *Granitas*-Stand. »Der ist berühmt«, erklärte er. »Ich mache immer Pause hier.«
Maia betrachtete die verfallene Holzhütte mit der jahrzehntealten Schmutzkruste und den Fliegenschwärmen, angelockt vom süßen Duft der offenen Früchte, die darauf warteten, von durstigen Kunden ausgewählt zu werden.
Sie setzten sich auf roh gezimmerte, einst blau gestrichene Hocker, die jetzt knarzten und vor Schmutz starrten. Der Stand war wirklich beliebt. Die Leute hielten an, um Zigaretten und Kaugummi zu kaufen. Kinder stürmten auf die Lutscher und andere Süßigkeiten zu, die in alten Mayonnaise-Gläsern mit rostigen Deckeln verstaut waren. Auf einem kleinen Schwarzweißfernseher konnte man sich Zeichentrickfilme ansehen. Alles starrte verzückt auf den Bildschirm.
»So etwas kann ich unmöglich zu mir nehmen«, sagte Maia, während sie den Mann beobachtete, der Eis von einem riesigen Block schabte.
»Du mußt endlich deine *gringesse* loswerden«, murmelte Miguel Angel mit spöttischem Lächeln und fügte sarkastisch hinzu: »Du wirst schon nicht daran sterben. Wie lange willst du denn noch eine Gringa sein? Es ist schon genug Zeit vergangen. Irgendwann mußt du anfangen, auf der Straße zu essen.«
»Ist das abgekochtes Wasser?«
»Du bist in Mexiko«, lautete seine Antwort, die besagte, daß es sich selbstverständlich nicht um abgekochtes Wasser handelte.
Wider besseres Wissen fügte sie sich. »Okay, okay.« Sie hatte Durst, und es war einfach zu heiß, um sich noch lange zu zieren. »Tamarinde mit Eis.«
Sie sah zu, wie der alte Mann den Schnee in ein Glas schüttete. Man hätte es wirklich für sauberes, weißes Eis halten können. Ich glaube es einfach, sagte sie sich.

»Ich mache nun schon seit fünfundvierzig Jahren *granitas* an diesem Stand«, murmelte der alte Mann vor sich hin.
Die Tamarinden-Essenz befand sich in einer alten Speiseölflasche aus Plastik, deren bräunlich verfärbtes Etikett sich bereits ablöste. Die Flasche war vom jahrelangen Gebrauch über und über schmutzig und verklebt. Der Mann goß die dunkelbraune Flüssigkeit über das Eis und schob Maia das Glas hin. Dann gab er ihr noch einen Löffel, der an diesem Tag schon in den Mündern vieler Mexikaner gewesen war, dessen war sie sich sicher. Man hatte ihn nicht mit Spülmittel gereinigt, sondern nur mit ein bißchen – nicht abgekochtem – Wasser gewaschen.
Sie aß den ersten Löffelvoll Tamarinden-Eis.
Und Miguel Angel flüsterte ihr ins Ohr: »So – jetzt bist du keine Gringa mehr.«

## 31

*Am Anfang steht man außerhalb einer Gesellschaft, als Fremder, als ein Voyeur, der hineinspäht; dann überschreitet man irgendwann eine feine Grenze und gehört plötzlich dazu. Man weiß nicht, wann dieser Augenblick kommt, aber auf einmal ist man drin. Ich habe mein Gringo-Leben gegen ein mexikanisches Leben eingetauscht.*
*Dolores ist wie eine Serie von Momentaufnahmen eines einzigen Motivs. Um mich herum scheint die alte Ordnung zusammenzubrechen. Mein Leben mit Miguel Angel ist Stadtgespräch, sowohl bei Gringos als auch bei Mexikanern, und im Refugio treibt der Klatsch natürlich die wildesten Blüten.*
*Daniella lebt mit Jota Jota in Mexico City in einem Slum,*

*ohne Bad, ohne Küche, ohne fließendes Wasser. Sie ist schwanger geworden und hat eine Abtreibung vornehmen lassen.*
*Jeremy ist wieder in den Vereinigten Staaten; er studiert Gitarre an einer Musikschule in Boston.*
*Suki ist mit ihrem Wohnmobil losgefahren und in der Nähe von Aguascalientes gestrandet. Die Hunde hat sie mitgenommen; sie trinkt wieder. Sam und sie haben sich endgültig getrennt. Offenbar will sie ihre Tochter zurückholen.*
*Rolf hängt in Miami herum und hat es nicht eilig, zurückzukommen. Wann wird Isolde es satt haben, auf ihn zu warten?*
*Natalie verschwindet jedesmal, wenn sie sich verliebt hat, und steht ein, zwei Wochen später mit gebrochenem Herzen und valiumdurchsetzten Tränen bei mir auf der Matte. Und der arme Eagle erst! Er mußte seine Tochter seiner Exfrau in Oregon überlassen, nachdem er von ihr beschuldigt worden war, Birch sexuell mißbraucht zu haben. Dakota, die treue Seele, malt noch immer, trägt dem ständig wechselnden Gringo-Publikum im Refugio seine Gedichte vor und hält dabei Ausschau nach dem Ausdruck wahrer Liebe in den Gesichtern der Neuankömmlinge.*

Maia machte auch weiterhin ihre erholsamen Besuche bei Anna, die sehr viel malte und sich das Geld für ihre alljährliche Europareise zusammensparte. Es gefiel Maia, eine Freundin zu haben, die älter war als sie selbst; es war eine echte Bereicherung.
Einige Male ging sie zum Kaffeetrinken zu Isolde, aber im Gegensatz zu früher unternahmen sie nichts mehr gemeinsam. Isolde wurde angeblich nicht schlau aus Miguel Angel. »Er

wirkt so schweigsam und mürrisch, ich weiß einfach nicht, was ich mit ihm reden soll.«

Maia war klar, daß Isolde sich nicht zu helfen wußte, weil ihre Flirtmanöver bei Miguel Angel nicht ankamen.

»Weißt du, es ist jammerschade, daß du vor mir an ihn geraten bist«, erklärte Isolde. »Ich hätte es nämlich lieber gesehen, wenn er sich mit Sally, der Engländerin, angefreundet hätte. Ich glaube, sie paßt besser zu ihm als du.«

Maia blieb der Mund offenstehen. Sie konnte nicht glauben, was sie da eben gehört hatte. So etwas sagte man nicht zu einer Freundin!

Dieses Phänomen war ihr allerdings schon einmal begegnet. In Isoldes Augen war Miguel Angel erst in dem Moment ein Mann geworden, als Maia und er sich ineinander verliebten. Da plötzlich erschien er ihr begehrenswert – diese Beziehung warf ein anderes Licht auf seine Qualitäten. Sogar die Mexikanerinnen behandelten ihn seitdem anders.

Nach diesem Zwischenfall besuchte Maia Isolde einige Wochen lang nicht; dann erfuhr sie, daß sie nach Deutschland zurückgeflogen war und Floristin werden wollte.

Eine Woche folgte der nächsten, und plötzlich war es Mai. Mehrere Gringos kamen in Dolores an, auf der Suche nach Häusern, die sie den Sommer über mieten konnten; zusätzlich sah man einige wenige europäische Touristen, die zwischen den Ruinenbesichtigungen einen kurzen Zwischenaufenthalt am Meer einlegten. Wenn sie mit ihren neuen Strohhüten auf den Köpfen im *zocolo* saßen und in den Cafés etwas bestellten, sah Maia sich selbst in ihnen, so wie sie früher gewesen war. Sie merkte deutlich, daß sie sie beobachteten, wenn sie zielstrebig durch das Dorf ging oder sich auf dem Markt in immer besser werdendem Spanisch mit den *mestizas* unterhielt.

Mit dem Mai kam auch ein von Regenwolken geblähter Himmel. Maias erste Regenzeit. Jeden Tag pünktlich um fünfzehn Uhr brachen die Wolken auf, ergossen sich auf die versengte Erde und verwandelten die Dorfstraßen in Schlammflüsse, die weder Autos noch Fußgänger überqueren konnten, was den Mexikanern eine weitere Ausrede für ihre Ineffizienz sowie viele arbeitsfreie Nachmittage bescherte. Hin und wieder sah sich sogar Miguel Angel nicht mehr in der Lage, seine Fahrten zu den Schulen durchzuführen. Diese Nachmittage verbrachten sie gemütlich miteinander, lasen in der Hängematte, tranken Tee und unterhielten sich.

»Du bist schöner denn je«, verkündete Miguel Angel an einem solchen regnerischen Nachmittag, während kühle, feuchte Luft durch die Fliegengitter drang. »Dein Körper ist kräftig, du bewegst dich geschmeidig. Dein Gesicht ist klar und stolz.«

Auch sie selbst sah eine neue Maia, wenn sie in den Spiegel blickte. Wie sie gehofft hatte, schälten die Zeit und die Sonne die Vergangenheit von ihr ab. Aber die Angst und den Schmerz in ihr hatte erst Miguel Angel mit seiner Liebe zum Schmelzen gebracht.

Sosehr sie es auch versuchte, sie konnte nicht dasselbe für ihn tun. »Gestern nacht hattest du wieder einen Alptraum«, sagte sie.

Er wandte den Blick ab.

»Ganz tief in dir steckt eine große Traurigkeit«, erklärte Maia nachdenklich. »Ich weiß, daß du glücklich bist mit mir, aber es gibt einen Teil von dir, an den ich nicht herankomme.«

»Hm.« Es war ihm unangenehm, wenn sie so etwas sagte.

Als sie an diesem Abend im Bett lagen, brachte Maia das Thema noch einmal auf: »Als wir uns kennenlernten, waren wir zwei verletzte Seelen. Wir sind uns so ähnlich und doch so verschieden. Ich hatte mich zuerst in meinen Schmerz vergraben und mir dann ein erfolgreiches Leben geschaffen, um mich wieder aufzurichten. Du dagegen hattest dich entschlossen, deinen

Schmerz zu verdrängen. Du setzt deine Trauer gegen die Menschen ein, du benützt sie, damit sie dir nicht zu nahe kommen. Du sagst ›Genau deshalb kannst du mich nicht verstehen.‹« Sie seufzte. »Und weißt du was – du hast recht damit. Deine Traurigkeit trennt uns voneinander.«
Er schwieg. Maia fragte sich, ob ihre Worte überhaupt zu ihm durchgedrungen waren.
»Auch du kannst deine Vergangenheit nicht ignorieren«, fügte sie streng hinzu. »Sie gehört zu dir. Sie hat den Menschen aus dir gemacht, der du bist.«
»Was soll ich denn tun? Nach Guatemala zurückgehen und mich erschießen lassen?«
»Nein ... Aber es muß etwas geben, was du tun kannst ... Ich weiß nicht, vielleicht kannst du irgendwie helfen. Oder, wenn dich das nicht interessiert, dann ...« Sie wußte nicht mehr weiter. »Du mußt es rauslassen.«
Um zwei Uhr morgens wachte er wimmernd und zitternd auf, verängstigt wie ein kleines Kind. Sie hielt ihn fest, während er unter Schluchzen und Beben einen unverständlichen Traum erzählte. Dann bekam er Angst, nicht wieder einschlafen zu können. »Ich mache dir ein Glas heiße Milch«, schlug Maia vor. Er bestand darauf, zusätzlich ein Beruhigungsmittel zu nehmen. Die Dämonen, die ihn quälten, waren zu stark, als daß Milch etwas gegen sie ausrichten konnte.
Maia streichelte ihn in den Schlaf; dabei dachte sie immerzu: Wie kann man Miguel Angel nicht lieben? Sie konnte sich ein Leben ohne ihn nicht vorstellen, aber ein Leben mit ihm auch nicht. Sie lebten, indem sie sich an die Gegenwart klammerten.

Ein Schatten war auf sie beide gefallen. Für Miguel Angel und Maia entwickelte sich ihre Liebe anders, als sie es sich vorgestellt hatten. Sie waren nicht die ersehnten Retter, ein jeder für den anderen. Ja, sie waren liebende, zärtliche Gefährten, die das Leben miteinander teilten, aber Maia wurde immer unsicherer – nicht so sehr in bezug auf Miguel Angel, sondern in bezug auf das Leben, das sie in Dolores führten. Es kam zum ersten Streit, für den es im Grund nicht den geringsten Anlaß gab. Es ging um Handtücher.

*»Toalla!«* schrie Maia – ihrer Ansicht nach nun wohl schon zum tausendstenmal – wütend und tropfnaß aus der Dusche, wo wieder einmal kein Handtuch hing.

»Ich hasse es, wenn du so brüllst«, knurrte Miguel Angel und brachte ihr ein Tuch. »Wann lernst du endlich, eines mit ins Bad zu nehmen, wenn du duschen willst?«

»In einem anständigen Badezimmer befindet sich ein Handtuchhalter!« zischte Maia ihn an. »Und ein Klodeckel!«

Dann stritten sie sich über andere Dinge. Über die Kakerlaken, die vollgestopfte Küche, über den Ofen, der nicht funktionierte, und über die Mäusefamilie, die darin hauste.

Die Unzufriedenheit kroch ganz langsam in ihr hoch, ohne daß es ihr bewußt wurde. Sie nagte an ihr und an ihnen beiden, und fast unmerklich änderte sich alles. Aus der früheren Freude über die gemeinsame Häuslichkeit wurde Langeweile. Maia konnte sich nicht vorstellen, so weiterzuleben. Es war eine schöne Erfahrung gewesen, aber das Ganze wirkte nicht mehr real auf sie. Sie entsann sich, daß einer der Gründe, warum sie sich überhaupt mit Miguel Angel eingelassen hatte, der war, daß sie von vornherein nicht damit gerechnet hatte, daß ihre Beziehung von Dauer sein würde. Sie hatte nicht die Absicht gehabt, sich zu verlieben, aber es war geschehen. Und jetzt?

»Ich vegetiere nur mehr vor mich hin«, gestand sie Anna. »Ich bin Hausfrau in einem Land der Dritten Welt geworden, wo mein Status kaum höher ist als der einer ... Ach, ich weiß nicht.« Sie schämte sich und war gleichzeitig wütend über ihre Unzufriedenheit.

Immer wieder beklagte sie sich auch bei Miguel Angel. »Ich

kann nicht arbeiten, mein Visum gestattet es nicht. Und selbst wenn – was könnte ich denn hier schon tun? Für ein paar lumpige Pesos pro Stunde Englisch unterrichten? Dazu fehlt mir die Geduld.«

»Nur du kannst entscheiden, ob du hier leben willst«, sagte er. »Ich kann dir in dieser Sache nicht helfen.«

»Du verstehst mich einfach nicht!« erwiderte sie und zuckte sofort zusammen. Sagten das nicht alle Frauen zu den Männern? Sie sah Miguel Angel an. Er hatte keine Schuld. Er kannte kein anderes Leben – wie sollte er sie da verstehen?

»Ihr Gringos! Es ist so schwach, sein Leben einfach hinter sich zu lassen, damit man in Ruhe darüber ›nachdenken‹ kann. Alle seid ihr auf der Suche«, er schüttelte resigniert den Kopf, »und kommt hierher, um eure Seele auf unsere Kosten aufzufrischen!«

Er mußte zu einer Lehrerversammlung; Maia dachte den ganzen Nachmittag angestrengt über seine Worte nach.

Als er am Abend von der Arbeit heimkam, war er sehr zärtlich zu ihr, wollte im Garten mit ihr schlafen. Er führte sie auf den Patio und breitete eine Decke aus. Maia, die befangen war und sich vor den vielen Insekten fürchtete, fiel es schwer, sich fallenzulassen. Aber dann siegte doch Miguel Angels entschlossenes Drängen.

Als sie gerade mittendrin waren, fuhr der *Tamales*-Verkäufer auf seinem Fahrrad vorbei und pries im typischen hohen Singsang seine Waren an. *»Tamales! Hay tamales! Estilo Mexico! Con carne, con pollo, con rajas de chiles! Hay dulces, hay suaves! Ricos, calentitos! Tamales!«*

Seine Stimme war so laut – Maia war sicher, daß er genau vor ihrem Haus angehalten hatte. Irgendwie erregte das beide, und sie nahmen einander mit wortloser Wucht. Aufgepeitscht von der Hitze und der gelegentlich über ihre heißen, verschwitzten Körper streichenden Abendbrise, benahmen sie sich in diesem

Garten voller Tiere selbst wie zwei Tiere, fickten im Schutz der Nacht wie all die anderen, stießen einander, als empfänden sie keinen Schmerz, rangen in ihrer Verzweiflung über all die ungesagten Dinge darum, einen Punkt zu erreichen, an dem das gegenseitige Verständnis total sein würde.

Danach stolperten sie ins Schlafzimmer und legten sich unter das Moskitonetz. Als Maia in seinen Armen lag, begann sie, statt sich an ihn zu kuscheln und seine Zärtlichkeit zu genießen, herumzunörgeln und sich über dies und jenes zu beklagen – über Kleinigkeiten, über alberne Dinge.

»Du bist mir so nah, so unendlich nah – warum legst du es darauf an, daß ich dich zurückstoße?« fragte er sie zornig.

Aber der Klang seiner Stimme sagte ihr, daß auch er sich nicht mehr sicher war.

»Weißt du, was wir brauchen?« sagte er nachdenklich. »Wir brauchen eine Veränderung. Wir müssen beide raus aus dem Alltag. Ich nehme Urlaub. Wir fahren weg.«

## 32

»Die Gringo-Route!« Miguel Angel lachte, als er hörte, welche Reiseziele sie ausgewählt hatte: Palenque, Agua Azul, San Cristóbal de las Casas. Aber er wollte ihr die Freude machen, und schließlich war der Gedanke an Chiapas mit seinem kühlen, üppigen grünen Bergdschungel durchaus angenehm nach der langen Zeit in der schäbigen Wüste des flachen Yucatán.

»Ich mache die Reiseführerin und suche die Hotels aus, und du bist verantwortlich für … das Auto und die Restaurants!« verkündete Maia.

Er mußte wieder lachen. Beide waren inzwischen wesentlich

besserer Stimmung. Ja, eine Reise war genau das, was sie brauchten, um Urlaub von sich selbst zu machen.
Eine Woche später fuhren sie los. Um sechs Uhr abends verließen sie Mérida, um die Hitze auf der Straße nach Palenque zu umgehen. »Es ist sowieso eine langweilige Fahrt«, sagte Miguel Angel. »Es gibt absolut nichts zu sehen.« Um zwei Uhr morgens erreichten sie die armselige Stadt Palenque und weckten den Nachtportier des Hotels Canada.
»Sie haben Glück«, sagte der gähnend. »Ein Bungalow ist gerade frei.«
»Da wohnen immer die Archäologen«, flüsterte Maia aufgeregt, als der Portier sie mit einer Taschenlampe den Weg zum Bungalow entlangführte.
In der kühlen Nachtluft des Regenwaldes schliefen beide sofort ein, eng umschlungen. Irgendwann schreckte Maia aus dem Schlaf, weil sie vor dem Fenster lautes Löwengebrüll gehört hatte.
»Ich habe vergessen, dir das zu sagen – es sind keine Löwen, sondern Brüllaffen«, erklärte Miguel Angel ihr schlaftrunken. »Schlaf weiter! Das sind nur dumme Affen.«
Minuten später war sie wieder eingedöst.
Am nächsten Morgen lief sie als erstes zum Fenster und blickte begeistert in das undurchdringliche Grün des Regenwaldes. »Ich komme mir vor wie Dorothy in der Smaragdstadt!«
»Was?« fragte Miguel Angel verschlafen.
»Im *Zauberer von Oz.*« Da wurde ihr bewußt, daß er von diesem Filmklassiker möglicherweise keine Ahnung hatte. »Alles ist so grün hier!« kreischte sie. Es war noch sehr früh, aber sie war zu aufgedreht, um weiterschlafen zu können; sie wollte die Ruinen sehen, von denen sie schon soviel gehört hatte. »Steh auf!«
»Ja, ja«, murmelte er.
»Mit dir zusammen ist es viel einfacher, Touristin zu sein«,

erklärte sie ihm, während sie im *Palapa*-Restaurant des Hotels gemütlich Saft, Pfannkuchen, Schinken und Kaffee frühstückten. »Du beschützt mich vor den Affen und löst alle möglichen Probleme für mich.« Sie warf einen Blick über die vielen leeren Tische und fragte schließlich den Kellner: »Wo sind denn die Archäologen?«

»Die stehen um drei auf und sind um vier an der Grabungsstelle«, antwortete der Kellner mit gelangweilter, müder Miene. »Mittags, wenn es draußen zu heiß zum Arbeiten ist, machen sie eine Pause. Wenn Sie zum Lunch zurückkommen, treffen Sie sie hier an.«

Sie machten sich auf den Weg zu den Ruinen. Jetzt, bei Tageslicht, sah Maia endlich den Urwald, dessen Anblick ihr bei der Ankunft in stockdunkler Nacht entgangen war. Üppige Vegetation, die wasserfallartig die Berghänge entlangwucherte, dichtes, buschiges Unterholz, alle erdenklichen Grüntöne, und die Luft voller Feuchtigkeit.

Um zehn Uhr saßen sie auf dem »Tempel der Inschriften« bei Palenque. Maia war nicht schwindelfrei, und der steile Aufstieg zur Spitze des Grabmals, der von ihr auf allen vieren absolviert worden war, hatte ihr höchste Konzentration abverlangt. »Das ist ein scheußliches Gefühl! Wenn ich anhalte und hinunterseh, lasse ich mich bestimmt vor Verzweiflung fallen!« hatte sie gestöhnt.

»Dann sieh einfach nicht hinunter!« lautete Miguel Angels strenger Befehl.

Das Wissen, daß er direkt hinter ihr war, gab Maia Sicherheit; ihr Schwindelgefühl ließ nach, und sie konnten Pacal, dem Maya-Herrscher, der tief in dem Grabmal bestattet war, ohne Zwischenfall die Ehre erweisen. Oben angekommen, hatten sie einen kilometerweiten Ausblick über den Dschungel und versenkten sich in die geheimnisvolle Stille einer unbegreiflichen, für immer verlorenen Vergangenheit. Die Touristenbusse waren noch nicht da; Maia und Miguel Angel hatten fast alles ganz für sich. Aber die frische Morgenluft wich schon dem dampfend heißen Urwaldtag. Es war eine ganz andere Hitze als die in Yucatán, noch unangenehmer, wenn das überhaupt möglich war, eine feuchte Hitze, die sich beharrlich auf Haut und Lungen legte.

»Lassen Sie die harmonische Gebäudegruppe zu Ihrer Rechten auf sich wirken«, las Maia, über den schulmeisterlichen Befehlston kichernd, aus ihrem Reiseführer vor. Beide wandten den Blick nach rechts. »Na ja, harmonisch ist es ja wirklich«, bemerkte Maia, immer noch kichernd.

»Ich bin noch nie Tourist gewesen«, sagte Miguel Angel versonnen.

»Ich zeige dir, wie das geht! Erstens mußt du viele Fotos machen. So!« Sie richtete die Kamera auf ihn und drückte auf den Auslöser. »Die nächste Regel lautet: Es gibt keine Regeln. Wir können tun und lassen, was wir wollen.«

Sie besichtigten die »harmonische Gebäudegruppe«, kletterten die alten Steine hinauf und hinunter, blieben auf jeder Ruine eine Zeitlang sitzen, um den Blick aus verschiedenen Perspektiven zu genießen. Als ebenso vergnüglich erwies es sich, die anderen Touristen zu beobachten und ihren Unterhaltungen zu lauschen oder sich Geschichten über die verschiedenen Paare, Familien und alleinreisenden Hippies auszudenken.

Nachdem sie die Ruinen auf verschiedenen Dschungelpfaden umkreist hatten, fühlte Maia sich plötzlich ganz schwach vor Hunger und Hitze. Sie warf einen Blick auf ihre Armbanduhr. Es war eins. »Hast du Hunger?«

Miguel Angel nickte. »Fahren wir zurück ins Canada und essen etwas zu Mittag.«

Auf dem Weg zum Auto kamen sie an drei Indianern in weißen Unterhemden vorbei, die am Eingang zu den Ruinen standen. Maia konnte es sich nicht verkneifen, sie anzustarren.

»Lakandonen«, flüsterte Miguel Angel ihr zu. »Sie leben tief im Regenwald und sind die letzten wirklichen Nachfahren der Mayas, heißt es.«

Sie sahen unglaublich exotisch aus mit ihren archaischen Maya-Gesichtern, dem schulterlangen schwarzen Haar und Augen, die so übernatürlich wirkten, so durchdringend blickten, daß Maia sich abwenden mußte, als sie sie ansahen.

»Es ist sehr traurig«, sagte Miguel Angel.

»Was ist traurig?«

»Daß sie Pfeile und Bögen an die Touristen verkaufen.«

»Ja, du hast recht«, murmelte Maia, die noch immer fasziniert zu den Indianern hinüberblickte.

Zurück im *Palapa*-Restaurant des Hotels, erwies sich die Prophezeiung des Kellners als richtig: An fast allen Tischen saßen Archäologen und Archäologinnen – in Khaki gekleidete, bärtige Männer und langhaarige Frauen, vertieft in akademische Gespräche und bierseliges Gelächter nach einem langen Vormittag »draußen im Feld«. An einem Tisch wurde eine Scherbe herumgereicht, an einem anderen skizzierte ein junger Mann irgendwelche Hieroglyphen.

Vom kalten Bier und der Hitze wurden Maia und Miguel Angel schon nach kurzer Zeit beschwipst. »Ich bin betrunken«, gluckste Maia.

Miguel Angel gähnte.

»Komm, wir nehmen ein Bad!« sagte sie. Hand in Hand verließen sie das Restaurant.

Das Prunkstück ihres Bungalows, der versteckt inmitten des üppigen Gartens lag, war eine höhlenartige Badewanne aus Felsengestein, groß genug für eine *ménage à trois*. Während sie zusahen, wie die Wanne sich mit Wasser füllte, wurde es Maia schlagartig klar: »Das ist mein erstes Bad in Mexiko!«

Sie ließen ihre reisemüden Körper in das lauwarme Wasser gleiten, und ehe sie sich's versahen, liebten sie sich. »Ich glaube, es gefällt mir recht gut, Tourist zu sein«, gestand Miguel Angel. Er wiegte Maia in seinen Armen und spritzte Wasser über ihre Brüste. Sie aalten sich noch eine Weile im Wasser, stiegen dann aus der Wanne und überschliefen mit großem Wohlgefühl die Nachmittagshitze.

Um fünf Uhr saßen sie wieder im Wagen. »Wohin fährst du jetzt?« wollte Maia wissen.

»Überraschung!« Miguel Angel bog auf die Straße zu den Ruinen ab.

»Die werden um fünf geschlossen.«

»Ich weiß.«

Er lenkte den Wagen an den Straßenrand und sprang hinaus. Maia stieg aus und schloß die Türen ab. Miguel Angel schwang sich den Rucksack auf den Rücken und hielt Maia die Hand entgegen.

»Wo sind –?«

»Schsch! Komm einfach mit!«

Sie bahnten sich einen Weg durch das Pflanzendickicht und erreichten nach einiger Zeit einen schmalen Pfad, der sich einen so steilen Berghang hinaufwand, daß man alle viere benutzen mußte, um ihn gefahrlos hochsteigen zu können. Miguel Angel langte als erster oben an und wartete auf Maia; dann präsentierte er ihr mit einer schwungvollen Handbewegung und breitem Grinsen den Ausblick.

Maia strahlte. »Oh«, sagte sie seufzend. Vor ihnen breitete sich das menschenleere Palenque aus; sie hatten ihre ganz private Sonnenuntergangsshow. »Woher kennst du diesen Geheimweg?« Sie hatte das Gefühl, flüstern zu müssen, damit sie von niemandem entdeckt würden.

Miguel Angel zuckte mit den Achseln und lächelte geheimnisvoll.

»Such dir einen Tempel aus!«

»Kriegen wir da keine Schwierigkeiten?«

»Es ist kein Mensch hier. Und wenn doch zufälligerweise ein Wächter Dienst hat, kann er nicht mehr tun, als uns bitten, von hier zu verschwinden.«
Maia betrachtete die Ruinen lange. »Den da.« Sie deutete auf einen von drei kleineren Tempeln, die unter ihnen auf einem Hügel lagen.
Sie schlitterten den steilen Bergrücken hinab und durchquerten den Tempelhof; das Knirschen der Kiesel unter ihren Füßen hallte wider in der vollkommenen Stille des Dschungels. Vom oberen Rand des Tempels ließ Maia noch einmal den Blick über die uralte Pracht wandern, während Miguel Angel eine Flasche Wein aus seinem Rucksack holte.
»Wir sind hier an einem geheiligten Ort; die Götter lächeln zu uns herab«, sagte er, nahm einen Schluck und reichte Maia die Flasche. Sie schloß die Augen und trank einen tiefen Schluck auf den Zauber dieses Augenblicks.
Während die Sonne unterging und sie die Flasche leerten, fühlte Maia sich ganz offen – für diesen Abend, für die Vergangenheit, für Miguel Angel. Ihre Seele schwebte höher und höher, und war frei.

Am nächsten Morgen machten sie sich auf die mühevolle, aber unfaßbar schöne Fahrt nach San Cristóbal. Mühevoll deshalb, weil die Straße dreihundert Kurven aufzuweisen hatte (behauptete jedenfalls der Reiseführer); unfaßbar schön, weil sie nur ein schmaler, durch den Regenwald gehauener Streifen war. Maia fand es zwar atemberaubend, aber von den zahlreichen Windungen, die Miguel Angel hintereinander umkurvte, war ihr bald schlecht. Als sie die Landstraße erreicht hatten, die zum Wasserfall von Agua Azul führte, fühlte Maia sich ziemlich schwach auf den Beinen.
»Sieh mal!« sagte Miguel Angel und zeigte auf das azurblaue Wasserband, das sich über Kilometer hinweg dahinschlängelte,

von Kaskade zu Kaskade, von einem der unzähligen seichten Becken zum nächsten.
»Ah!« seufzte Maia. »Das muß wundervoll sein da drin.«
»Agua Azul ist berühmt für seine abkühlende Wirkung auf erhitzte Gringos, die high sind von den Zauberpilzen, die sie den Indios hier in der Gegend abgekauft haben«, erklärte Miguel Angel, während das Auto gemächlich einen holprigen Weg entlangrumpelte.
»Ja – davon habe ich schon bei den Happy Hours im Refugio gehört.«
»Je nach Jahreszeit, Witterung und Windbedingungen ist das Wasser trübe oder aber, seinem Namen entsprechend, azurblau. Sieht ganz so aus, als hätten wir Glück.« Kaum hatten sie eine kleine Bergkuppe mit einer grasbewachsenen, als inoffiziellen Parkplatz geeignete Stelle erreicht, von der aus sie das völlig klare hellblaue Wasser des Flusses sehen konnten, war Maia schon im Badeanzug. Noch bevor der Wagen unter einem Baum abgestellt war, hatte sie die Tür geöffnet.
»Ich dachte, dir ist schlecht«, sagte Miguel Angel, den ihre Begeisterung amüsierte.
»Hol das Mittagessen raus! Und die Kamera!« schrie sie und ließ sich genießerisch seufzend in das verlockende Wasser gleiten.
Bevor sie am Morgen Palenque verlassen hatten, war Maia zum *mercado* gegangen und hatte Brot, Käse, Mangos, Tomaten, Avocados und eine Zwiebel gekauft. Miguel Angel lud die Lebensmittel aus. Um einen Sechserpack Bier knüpfte er eine Schnur, stellte ihn ins fließende Wasser, befestigte das andere Ende der Schnur an einem großen Stein und stürzte sich ebenfalls in den Fluß.
Sie hatten einen günstigen Zeitpunkt erwischt, denn die meisten Gringos, die sich schon den ganzen Vormittag hindurch im Wasser getummelt hatten, verschwanden nun in den Wäl-

dern, um dort ihre Picknicks und Siestas abzuhalten. Miguel Angel und Maia rekelten sich, prustend wie junge Hunde, im Wasser. Sie legten sich auf einen in den Fluß ragenden Fels und ließen sich vom Wasserfall massieren. Maia kam mit einer Frau aus Huntington Woods, Michigan, ins Gespräch und lud sie zum Picknick ein. Die Amerikanerin – sie hieß Suzanne und erinnerte Maia sehr an sie selbst, als sie noch allein gewesen war – befand sich auf dem Weg nach Yucatán; Maia nannte ihr einige Hotels in Mérida und natürlich das Hotel Coco in Dolores, für den Fall, daß Suzanne auch an die Golfküste kommen sollte. Suzanne sah sie ab und zu ziemlich merkwürdig an; erst hinterher kam Maia der Gedanke, daß es möglicherweise wegen Miguel Angel war. In Dolores war ihr gar nicht mehr bewußt gewesen, daß sie eine Gringa mit einem *latino boyfriend* war.

Um drei Uhr setzten Maia und Miguel Angel ihren kurvenreichen Weg durch den Dschungel fort. Zwei Stunden später fuhren sie durch Ococingo.

»Als die Gegend hier entdeckt wurde, war das die erste Stadt an der vom Regenwald markierten Siedlungsgrenze«, erzählte Miguel Angel. »Als nächstes machen wir Halt in San Cristóbal.«

Die Straße führte immer steiler hinauf. Maia war wie verzaubert von der wilden Schönheit der ringsum aufragenden Berge. Diese Berge sahen ganz anders aus als die weitläufigen, riesigen Bergmassive in Montana oder Colorado. Es waren gezackte Gipfel, die sich senkrecht in den Himmel erhoben. Auch die barfüßigen Indianer, die zu beiden Seiten der Straßen große Bündel Feuerholz trugen, die von einer um die Stirn gebundenen Schlinge herabhingen, faszinierten sie. Kinder schleppten ihre kleinen Geschwister. Die Kleidung der Eingeborenen war bunt und exotisch. Miguel Angel erklärte Maia, wie die Bewohner der jeweiligen Dörfer an ihrer Kleidung zu erkennen

waren. »Die dort kommen aus Chamula, der in Rosarot dort hinten aus Zinacantan.«
Maia empfand es als ein Privileg, dies alles sehen zu dürfen. »Ich kann kaum glauben, daß wir noch immer in Mexiko sind. Hier ist alles so anders.«
»Yucatán *ist* auch ganz anders. Das hier ist eher das wirkliche Mexiko. Yucatán wollte sich einmal von Mexiko lösen und ein eigener Staat werden. Die Menschen aus Yucatán bezeichnen sich nie als Mexikaner, sondern als Yucatecaner.«
San Cristóbal war genau das koloniale Luftschloß, als das es ihr während der Happy Hours im Refugio so oft geschildert worden war – schön und geheimnisvoll, eine Kolonialstadt, in mehr als zweitausend Metern Höhe an den Berg geklebt, eine Stadt, die bis an die Wolken reichte. Sie kamen rechtzeitig an, um den überwältigenden, rötlichgoldenen Sonnenuntergang mitzuerleben, der die einstöckigen, pastellfarbenen Stuckhäuser mit den roten Ziegeldächern in einen himmlischen Glanz tauchte. Als die Sonne hinter dem Horizont verschwand, wurde es sofort kühl. Der Geruch nach Holzfeuer durchzog die Straßen und Plätze.
Nachdem sie sich in mehreren Einbahnstraßen verfahren hatten, fanden sie endlich ihr Hotel, das Espagnol. Maia hatte es ausgesucht, weil in ihrem Reiseführer stand, daß jedes Zimmer mit einem offenen Kamin ausgestattet sei. In einem Gringo-Restaurant, wo eine örtliche Folkloregruppe zur Unterhaltung der Gäste traditionelle indianische Trommel- und Flötenmusik spielte, aßen sie ausgiebig zu Abend.
Als sie wieder in ihrem Hotelzimmer waren, entzündete Miguel Angel das vorbereitete Holz im Kamin, und sie legten sich zu Bett.
»Das ist etwas ganz Neues«, sagte Maia.
»Was.?«
Daß wir uns unter einer Decke aneinanderkuscheln müssen,

um es warm zu haben.« Sie hielten einander fest im Arm und waren bald eingeschlafen.
Als sie am Morgen aufwachten, lag dicker Nebel über der noch schlafenden Stadt. An den Fenstern ihres Hotelzimmers hatte sich Kondenswasser gebildet. Bibbernd kleideten Maia und Miguel Angel sich an – auch das war eine angenehme Neuerung. Als sie ins Freie traten, schwenkte Maia ihre Hand in dem grauen Dunst, der sie umschwebte. »Schau, ich berühre die Wolken!«
Die Läden des Bergstädtchens waren zum größten Teil noch geschlossen, aber die buntgekleideten, barfüßigen Indianer aus den umliegenden Dörfern waren schon seit dem Morgengrauen unterwegs in die Stadt gewesen und ordneten nun ihre Waren auf dem baumgesäumten *zocolo* und dem *mercado* an.
»Sieh nur diese wunderschönen Webereien!« rief Maia, auf eine Chamula-Indianerin deutend, die ihre Handarbeiten auf einer Decke ausgebreitet hatte. Maia wollte sofort mit dem Besichtigen und Einkaufen beginnen, aber Miguel Angel zog sie in die entgegengesetzte Richtung. »Zuerst wird gefrühstückt!«
»Typisch Mann«, sagte Maia lachend. »Vom Magen beherrscht.«
»Und du: typisch Frau!« entgegnete er und nahm sie in den Arm. Er führte sie in ein abseits gelegenes Restaurant, wo sie sich mit heißem Tee und dampfendem Haferbrei mit Rosinen und Bananen stärkten.
»San Cristóbal gefällt mir«, erklärte Maia. »Es ist eine so zauberhafte Stadt. Das Essen ist gut, die Atmosphäre auch. Man ist hoch oben in den Bergen, wie in Shangri La ... Alles ist so prächtig und geheimnisvoll. Spürst du das nicht auch? Ich kann verstehen, warum es bei den Gringos so beliebt ist.«
Drei herrliche Tage lang erkundeten sie jeden Quadratzentimeter von San Cristóbal, besichtigten die prächtigen Kirchen, fuhren zweimal zum Na-Bolom (einmal mit einer spanischen,

einmal mit einer englischen Führung) und durchstöberten sämtliche Andenkenläden, in denen es neben Kunsthandwerk und Webereien aus der Gegend auch Souvenirs aus dem nahe gelegenen Guatemala zu kaufen gab. In einem dieser Geschäfte sah Maia, wie Miguel Angel einen guatemaltekischen Stoff betastete, und wandte sich rasch ab, bevor er merkte, daß sie ihn beobachtete.

Eine schöne, lange, filigrane Halskette aus einem Material, das sie noch nie gesehen hatte, tat es ihr besonders an. »Es paßt zu jeder Art von Kleidung, findest du nicht?« fragte sie Miguel Angel, legte es sich um den Hals und zupfte es zurecht.

Er lächelte. »Das ist eine Hochzeitskette aus Guatemala; sie ist aus *alpaca* gemacht. Das ist eine Legierung aus Kupfer, Zink und Nickel. Komm, ich schenke sie dir.«

Er bezahlte die Kette und gab sie ihr zusammen mit einer kleinen, gelben, ovalen Schachtel. Maia öffnete sie und fand darin sechs winzige Püppchen.

»Guatemaltekische Sorgenpüppchen – genau das Richtige für eine Frau aus Manhattan«, erklärte er.

Maia sah ihn fragend an.

»Wenn du nachts wegen all deiner diversen Erste-Welt-Sorgen nicht schlafen kannst, nimmst du die Püppchen aus der Schachtel – so viele du brauchst – und teilst jedem eine Sorge zu. Das Püppchen sorgt sich dann die ganze Nacht an deiner Statt, damit du gut schlafen kannst. Am Morgen legst du sie in die Schachtel zurück und übernimmst deine Sorgen wieder selbst – das heißt, wenn du sie überhaupt zurückhaben willst. Denn meistens will man sie am nächsten Morgen gar nicht mehr.«

»Wie schön!« Maia drückte die Schachtel an ihre Wange. Sie wußte gleich, daß dies ihr Talisman werden würde.

Wie abgebrühte Profis durchstreiften sie den Markt, machten viele Fotos und sahen sich in den nahe gelegenen Hochlanddörfern Chamula, Zinacantan und Tenejapa um. Maia fand alles faszinierend. Aber bildete sie es sich nur ein oder war es tatsächlich so, daß Miguel Angel von Tag zu Tag schweigsamer wurde?

Am dritten Tag war nicht mehr zu verkennen, daß er schlechte Laune hatte.

»Was ist denn?« fragte Maia. Sie hatten sich vor dem Abendessen in ein Café gesetzt und tranken Tequila. Maia spielte mit den tropfenförmigen Bernsteinohrringen, die sie sich am Nachmittag gekauft hatte.

Miguel Angel brummte und senkte den Blick.

»Möchtest du, daß wir weiterfahren? Was denn nun?

Er kippte seinen Tequila und gab dem Kellner zu verstehen, daß er noch einen bringen solle. Das Sprechen fiel ihm schwer. »Ich bin nicht zum erstenmal hier. Nach meiner Flucht aus dem Flüchtlingslager habe ich in San Cristóbal haltgemacht – und nicht als Tourist, das kannst du mir glauben.« Er seufzte. »Ich genieße unsere Reise und den Aufenthalt hier ... Aber ... in mir sind eben Erinnerungen geweckt worden, das ist alles.«

Maia überlegte einen Augenblick. »Ist es in der Nähe? Wie weit ist das Lager von hier entfernt?«

»Zweieinhalb Stunden Fahrt nach Comitan, und von dort ... Na ja, weit ist es nicht, aber man braucht dann noch vier bis fünf Stunden auf einer schlechten, nicht asphaltierten Straße.«

Jetzt kippte Maia ihren Schnaps.

»Fahren wir!« sagte sie.

»Zurück nach Yucatán?«

»Nein. Zum Lager. Ich finde, wir sollten zum Lager fahren.«

Er schien die Idee absurd zu finden. »Du hast ja keine Ahnung, wie es dort ist.«

Sie schwiegen lange.

Dann sagte Miguel Angel: »Es ist gefährlich.«

»Wie gefährlich?«

»Erstens ist der Zutritt zum Lager verboten. Offiziell existiert es überhaupt nicht«, fügte er sarkastisch hinzu. »Zweitens liegt es nur wenige Kilometer von der Grenze entfernt. Es ist bekannt, daß die guatemaltekische Armee nachts die Grenze überschreitet oder mit Flugzeugen überfliegt, um Menschen zu jagen und sogar zu erschießen.«

»Na und?«

»Es kommt nicht in Frage«, erklärte Miguel Angel bestimmt. »Ich könnte nicht für deine Sicherheit garantieren.«

»Also, ich finde, wir sollten hinfahren. Jetzt sind wir schon so weit gekommen ... Außerdem wäre es eine gute Gelegenheit für dich ...«

»Eine gute Gelegenheit zu was?« unterbrach er sie verärgert.

»... deine Leute wiederzusehen«, sagte sie schulterzuckend. Aber sie hatte es schon aufgegeben. Sie kannte ihn gut genug, um zu wissen, daß es keinen Sinn hatte, die Sache weiterzuverfolgen. Zumindest im Moment nicht.

## 33

In ungefähr einer Stunde sind wir in Comitan«, sagte Miguel Angel nervös. »Es liegt genau in der Mitte zwischen San Cristóbal und der Grenze nach Guatemala«, fügte er, auf die Straße starrend, hinzu.

Zwei Tage waren vergangen. Sie fuhren auf dem Pan American Highway zum Flüchtlingslager.

Maia rutschte unbehaglich auf ihrem Sitz hin und her. Inzwischen hatte auch sie Bedenken, ob sie das Richtige taten. Vom sicheren Touristenort San Cristóbal aus war die Vorstellung vom Flüchtlingslager interessant gewesen; jetzt dagegen wußte Maia nicht mehr so genau, ob sie das alles durchstehen würde.

Um so wichtiger war es, diese Gefühle für sich zu behalten. Für Miguel Angel war diese Fahrt wichtig – darum ging es und nicht um ihre albernen Ängste. Außerdem, überlegte sie, hatten acht Monate Aufenthalt in der Dritten Welt sie bestimmt abgehärtet; sie würde es schon schaffen.

Aber ihre Zweifel wurden noch verstärkt, als Miguel Angel ihr mitteilte, daß sie auf über Stühle gelegten Brettern schlafen würden – »um den Boden nicht zu berühren«. Kurz darauf hielten sie vor einer Apotheke an, und Miguel Angel kaufte sich eine Schachtel Schwefelpulver. »Damit reibt man sich Knöchel und Beine ein, das hält die Sandflöhe ab«, erklärte er trocken. Nachdem er den Apotheker um eine Flasche Quell-Shampoo gebeten hatte, wandte er sich mit den Worten an Maia: »Damit wäscht man sich die Milben aus den Kleidern, Haaren und aus der Schamgegend.« Maia stöhnte innerlich auf. Nun wurde *sie* immer stiller.

»Du schaffst es. Ich weiß, daß du es schaffst.« Er legte ihr den Arm um die Schulter und drückte sie ganz fest. Jetzt, nachdem er sich zu der Fahrt entschlossen hatte, erfüllte ihn eine tiefe Ruhe.

Sie wußte nicht, was ihn dazu bewogen hatte, seine Meinung zu ändern, aber nach ihrer Unterhaltung beim Tequila war er noch lange, bis tief in die Nacht hinein, zigarettenrauchend auf dem Bett gelegen. In den frühen Morgenstunden glaubte sie manchmal sein leises Flüstern zu hören, das ihren Schlaf durchdrang: »Du machst mich stark.«

Maia griff ins Handschuhfach und holte aus dem Vorrat an Süßigkeiten, den sie für die Kinder angelegt hatte, zwei mexikanische Tootsi Pops heraus, wickelte sie aus und gab Miguel Angel eines. Dann rückte sie auf dem Sitz nahe an ihn heran, schmiegte sich an ihn und legte ihm den Arm um die Schulter. Schweigend fuhren sie dahin, bonbonlutschend wie kleine Kinder.

In Comitan stellte er den Wagen am Rand des *mercado* ab und kaufte Gemüse und mehrere Säcke Mais. Maia ging währenddessen in die Stadt, um andere Lebensmittel zu besorgen: Brot, Obst, Erdnußbutter, Marmelade, Mineralwasser – alles, was ohne Kühlung haltbar war. Dann trafen sie sich wieder am Auto, wo Miguel Angel einen Träger anwies, die schweren Säcke mit Lebensmitteln für die Flüchtlinge im Wagen zu verstauen.

»Soll ich noch etwas kaufen?« fragte Maia.

»Tja ...« Er dachte nach. »Wenn du Lust hast, kannst du eine Maismühle kaufen – als Geschenk für eine Familie, die noch keine hat. Sie kostet zwar ungefähr siebenundzwanzigtausend Pesos«, sagte er entschuldigend, »aber sie erspart große Mühe.«

»Aber natürlich!« sagte Maia und ließ ihn im Haushaltswarengeschäft eine aussuchen.

Schweigend fuhren sie dahin; Miguel Angel rauchte, Maia betrachtete die schönen Berge ringsum. Zwei Stunden später dann erreichten sie den mexikanischen Nationalpark der Lagos de Montebello. Maia schlug ihren Reiseführer auf und las vor: »... eine Kette von neunundfünfzig wunderbaren Seen inmitten bewaldeten Berglandes – ohne Zweifel eine der schönsten und unberührtesten Gegenden Mexikos.«

Miguel Angel nickte. »Die Seen haben ganz unterschiedliche Farben – wie Juwelen. Rosarot, grün, orange, türkisfarben, rot, violett. Auf dem Rückweg sehen wir sie uns an, das verspreche ich dir.«

Nach etwa einer halben Stunde Fahrt durch den Nationalpark bog er auf eine Straße ab, die ins Nirgendwo zu führen schien. Wer die Abzweigung nicht kannte, bemerkte sie nicht einmal. Sie fuhren ein Stück Wegs und gelangten an ein Tor, an dem ein Schild angebracht war: »Zutritt auf Anordnung der mexikanischen Regierung verboten!« Miguel Angel stieg aus, sah

sich um und öffnete das Tor. Maia rutschte auf den Fahrersitz und fuhr durch.
Während sie darauf wartete, daß er das Tor schloß und wieder einstieg, begann es in ihrem Bauch zu kribbeln: Wir sind im Niemandsland. Wenn uns etwas passiert, wird das kein Mensch je erfahren.
»Wenn man uns anhält, müssen wir uns wie Touristen benehmen, die sich verfahren haben«, wies Miguel Angel sie an. »Wir wollen im Nationalpark campen, das ist alles.«
Maia wurde noch nervöser.
Dreieinhalb Stunden brauchten sie auf der staubig-trockenen, holperigen Fahrbahn, um fünfunddreißig Kilometer zurückzulegen. Dann endlich erreichten sie Rio Blanco, das dem Lager nächstgelegene Dorf, benannt nach dem Fluß, der es durchquerte. Miguel Angel hielt das Auto vor dem einzigen *Refresco*-Stand des Ortes an.
»In den mexikanischen Dörfern in der Nähe will niemand etwas von dem Lager wissen«, sagte er, bevor sie ausstiegen. »Die Leute können sich selbst kaum ihren Lebensunterhalt verdienen und ärgern sich darüber, daß ihr eigener Staat den Guatemalteken Hilfe leistet. Es ist eine heikle Angelegenheit – erwähn also nicht, wohin wir fahren!«
Maia nickte ernst. Sie tranken Cola und fragten den Besitzer des Standes, wo sie die Nacht über ihr Zelt aufschlagen könnten. Ihre Anwesenheit weckte seine Neugier, und von dem Blick zu schließen, mit dem er das Auto betrachtete, glaubte er ihnen kein Wort. Sie verabschiedeten sich und fuhren in die Stille hinein.
»Alles in Ordnung?« fragte Miguel Angel.
»Ja.«
Nach einer weiteren halben Stunde holpriger Fahrt streckte Miguel Angel den Finger aus. »Dort ist es. *Nueva Esperanza.*«
Neue Hoffnung.

Maias Herz tat einen Sprung. Es war alles so, wie Miguel Angel es beschrieben hatte: Mehrere Erdhügel ohne jeden Pflanzenwuchs, darauf verstreut ein Hüttenlager – in einem gottverlassenen Winkel von Chiapas vor der Welt versteckt. Bis jetzt hatte es für Maia nur aus Worten bestanden, aber jetzt stand sie davor, konfrontiert mit der Realität von Miguel Angels Tragödie.

»Wie viele sind es?«

»Etwa dreihundert Menschen leben hier«, antwortete er schroff.

Er steuerte den Wagen auf eine große Lichtung. Sofort begannen sich Kinder mit großen Augen um das Auto zu versammeln. Immer mehr kamen angerannt, lachend und kreischend vor Freude.

Miguel Angels und Maias Ankunft war ein Ereignis – die Außenwelt war eingetroffen. Miguel Angel sah sie an, fragte nach ihren Namen, alberte ein bißchen mit ihnen herum; sie aber hatten keine Ahnung, wer er war. Dann kamen die Frauen, jede mit einem Baby oder Kleinkind auf dem Arm; zunächst spähten sie schüchtern aus ihren Hütten heraus, dann begannen sie langsam auf die Neuankömmlinge zuzugehen und gesellten sich zu ihren älteren Kindern. Maia betrachtete die Gesichter und fragte sich, ob Miguel Angels Frau unter ihnen war.

Allmählich versammelten sich auch die Männer. Zuerst standen sie ein wenig abseits herum und besprachen sich, dann schließlich trat einer vor und schüttelte Miguel Angel verlegen die Hand. Es wirkte sehr formell. Sie tauschten einige Worte in irgendeinem Dialekt aus. Danach schritten mehrere andere Männer auf Miguel Angel zu und reichten ihm die Hand. Miguel Angel redete nervös und mit offensichtlicher Anspannung auf sie ein.

»Ich verstehe das nicht«, sagte er zu Maia. »Es muß etwas

passiert sein. Sie begrüßen mich nicht so ... wie ich es erwartet hatte.« Er wirkte enttäuscht und beunruhigt.
Maia hob die Schultern; sie wußte nicht, was sie sagen oder tun sollte. Miguel Angel begann den Wagen auszuräumen. Als die Männer sahen, wie er sich mit den Mais- und Gemüsesäcken abplagte, gingen einige zum Auto und halfen mit. Sie trugen die Lebensmittel zu einem Gebäude in der Mitte des Lagers, offenbar die zentrale Lagerbaracke.
Maia war inzwischen doch etwas verärgert. »Kein einziges *gracias*, nicht die geringste Anerkennung!«
»Dank ist ein Luxus, ein Privileg der Menschen, die etwas haben, derjenigen, für die ein Geschenk etwas rein Freundschaftliches darstellt und nicht etwas, durch das die schlimmste Not gelindert wird«, versuchte Miguel Angel Maia die kaum verhohlene Unhöflichkeit der Lagerbewohner zu erklären. »Menschen, die nichts haben, können nicht danke sagen.«
Maia faßte das als Rüge auf, beschloß dann jedoch, es einfach zu vergessen. Schließlich ist er im Augenblick sehr angespannt, sagte sie sich.
Sie wandte sich den Kindern zu. *»Hola«*, rief sie mit einem befangenen Lächeln. Sie bemühte sich, etwas wie Wärme für sie zu empfinden, aber es gelang ihr nicht. Sie schämte sich, weil sie keine Lust verspürte, mit ihnen zu spielen, geschweige denn, sie zu knuddeln. Sie waren schmutzig und mit zerrissenen, abgetragenen Sachen bekleidet, die ständig von den mageren Körpern zu rutschen drohten.
»Sieh dir diese aufgeblähten Bäuche an«, sagte sie. »Kommt das vom wenigen Essen?«
»Sie haben Amöben und Parasiten«, erwiderte Miguel Angel. Dann entschuldigte er sich noch einmal für den kühlen Empfang. »Ich verstehe es einfach nicht«, sagte er kopfschüttelnd. Eine Frau trat vor Miguel Angel hin und bat ihn um etwas. Er drehte sich zu Maia um. »Sie will, daß wir uns die Medika-

mente ansehen, die die mexikanische Regierung ihnen gegeben hat.« Sie gingen zur zentralen Lagerbaracke; Gonzalo, der Mann, der als erster mit Miguel Angel gesprochen hatte, wurde aufgefordert, die Tür aufzuschließen. »Er ist der Vorsitzende des Lagerrates«, erklärte Miguel Angel. »Er ist für alles verantwortlich.«

Sie betraten die dunkle Hütte; Maia gab Miguel Angel die Taschenlampe aus ihrer Tasche, damit er die Etiketten der wenigen Medikamente lesen konnte, die in drei wackligen Regalen verstaut waren. Er erklärte der Frau, wie jedes Medikament eingenommen werden mußte. Gonzalo blieb dicht bei ihnen, so als hege er einen Verdacht gegen Miguel Angel. Mittlerweile hatte sich die Ankunft der beiden herumgesprochen; Frauen mit kranken Kindern versammelten sich in der Hütte und baten um Rat.

Miguel Angel wandte sich direkt an sie. »Ihr müßt eure Kinder zu einem Arzt bringen!« forderte er streng. Aber er wußte selbst, daß es sinnlos war. Zu welchem Arzt denn? Und mit welchem Geld?

Er setzte noch einmal an. »Das Wasser ist verseucht, deshalb sind eure Kinder krank. Ihr müßt das Wasser abkochen, bevor ihr es trinkt. Und ihr müßt diese Tropfen hinzugeben.« Er verteilte einige Flaschen Microdyne aus dem Regal und redete weiter auf die Frauen ein: »Ihr müßt die Regierung um mehr Medikamente bitten!«

Die Frauen bildeten eine Schlange, um Miguel Angel ihre Kinder zu zeigen. Er berührte die Stirn eines jeden Kindes und sah sich die Zungen an. »Ich bin kein Arzt«, wiederholte er immer wieder, während er fiebersenkende Mittel austeilte und den Müttern, die ihm von Magenbeschwerden und Durchfall erzählten, Kohletabletten gab.

»Sie hat Malaria«, sagte er, auf eine Frau deutend, zu Maia. Er ging zu der Frau, sprach mit ihr, gab ihr ein Medikament und

erklärte ihr, sie dürfe das Baby nicht stillen, solange sie es einnehme. »Du mußt dein Kind einer anderen Mutter zum Stillen geben, solange du krank bist. Hast du verstanden?«
Schnell brach die Dämmerung herein. In wenigen Minuten würde völlige Dunkelheit herrschen. »Wie lange willst du bleiben?« fragte Gonzalo Miguel Angel.
Den schien diese Frage zu verblüffen. Nachdem sie noch ein paar Worte gewechselt hatten, drehte Miguel Angel sich zu Maia um und sagte: »Die Männer haben für später ein Treffen im Gemeinschaftshaus anberaumt. Sie sagen, daß wir heute nacht dort schlafen können.« Er schien verwirrt zu sein. »Ich bin hier nicht willkommen.«
Maia hätte ihm gern den Arm um die Schulter gelegt, aber sie hatte Bedenken, es hier vor allen diesen Fremden zu tun.
»Das Abendessen ist gleich fertig«, teilte Gonzalo ihnen, auf eine nahe gelegene Hütte deutend, mit.
Sie warteten im Freien. Maia bewegte ständig die Arme und Beine, um die Moskitos abzuwehren. Sie suchte in ihrem Rucksack nach dem Insektenschutzmittel und sprühte sich damit ein. »Wo ist hier das Klo?« fragte sie.
»Es gibt eine Gemeinschaftslatrine, aber ich glaube, die würde dir nicht gefallen. Ich begleite dich zu einem Gebüsch.« Sie entfernten sich vom Lager und fanden ein kleines Stück Wald, wo sie pinkeln konnten, kehrten dann zurück und sahen zu, wie die Frauen zwischen den Hütten umhergingen, um Lebensmittel auszutauschen. Miguel Angel erklärte, die Versorgung sei deshalb so organisiert, um ihnen das Überleben noch mühseliger zu machen. In einigen Hütten bekamen sie Eier, in einer anderen eine Zwiebel, wieder in anderen Tortillas. Kaffee, Salz. Auch Tassen und Schüsseln wurden so zusammengesucht.
Endlich durften sie eintreten. In der schwach beleuchteten Hütte stand es nach Tieren und verbranntem Holz. Maia

mußte sich ducken, um nicht an die niedrigen Balken zu stoßen. Ein winziger Tisch mit ebenso winzigen Stühlen war für sie gedeckt worden. Direkt über ihren Köpfen flackerte die Lampe – eine mit Kerosin gefüllte Blechdose, in der ein Docht schwamm.

Maia setzte sich. In den Blechdosen befand sich irgend etwas Gelbes; quer über dem Rand lag ein Blechlöffel. In den Blechbechern war Kaffee. Eine Frau trat an den Tisch und hielt ihnen einen Teller mit einem Stapel Tortillas hin. Ihr folgte eine andere Frau mit einem Krug Wasser und einem Handtuch. Miguel Angel streckte seine Hände aus, und die Frau übergoß sie mit Wasser. Während es über den bloßen Hüttenboden abrann, trocknete er sich mit dem Handtuch ab. Dann war Maia an der Reihe.

Sie kam zu dem Schluß, daß es Eier sein mußten, was da in den Blechdosen lag. Sie hob die Tasse Kaffee an den Mund, nahm einen Schluck; da fiel ihr ein, daß es wohl besser war, nicht davon zu trinken, und sie stellte die Tasse wieder auf den Tisch. Aber es war guter, stark gezuckerter und mit Kardamom gewürzter Kaffee.

Sie sah sich um und konnte nicht glauben, daß Menschen so lebten, in solchem Schmutz. Sie hatte immer gedacht, Sauberkeit wäre ein angeborenes, natürliches Bedürfnis; jetzt wußte sie, daß sie sich geirrt hatte. Auf Sauberkeit zu achten war ein erlerntes Verhalten. An den Wänden befanden sich Stockbetten, auf denen sich Fetzen, Kleider und leere Flaschen türmten. Unter den Betten lagerten Kartons, die alles mögliche enthielten, sowie Lattenkisten und irgendwelcher Plunder. Und direkt daneben schliefen diese Menschen, umgeben von ihren Hühnern, Ziegen und Hunden.

Maia stocherte im Essen herum und hoffte nur, Miguel Angel würde es nicht bemerken. Sie achtete darauf, daß ihre Lippen den Löffel nicht berührten, biß ein Stück Tortilla mit den

Zähnen ab und kaute mit solchem Unbehagen, als unterschreibe sie damit ihr eigenes Todesurteil. Es schmeckte nach Zwiebeln und war völlig versalzen. Sie aß es nur, weil sie Miguel Angel nicht kränken wollte, der sich, wie gewohnt, mit großem Appetit über das Essen hermachte.

»Wenn du ein bißchen Ei auf die Tortilla verteilst, mildert das den Salzgeschmack«, erklärte Miguel Angel.

»Warum ist es denn so stark gesalzen?«

Er lachte. »Das ist eine Salztortilla. Das Salz überdeckt den Geschmack der verfaulten Eier.«

Während des Essens unterhielt sich Miguel Angel angeregt mit den Frauen, die danebenstanden und den beiden zusahen; einmal jedoch wurde er ganz still und vergrub das Gesicht in den Händen. Tiefes Schweigen legte sich über die Hütte. Maia sah sich nervös um; sie wußte nur, daß auch sie jetzt zu schweigen hatte. Nach einer Weile schob Miguel Angel seinen leeren Teller von sich fort und versuchte, seine Fassung wiederzugewinnen. Als Maia mit dem Essen fertig war, dankte Miguel Angel den Frauen überschwenglich für ihre Gastfreundschaft. Dann schob er seinen Stuhl zurück und gab Maia mit einer Geste zu verstehen, daß sie ihm folgen sollte.

»Wir nehmen an der Versammlung teil. Ich möchte hören, was sie zu bereden haben.«

Sie gingen zum Gemeinschaftshaus hinüber, wo sich die Männer des Lagers bereits eingefunden hatten. Maia war die einzige Frau. Eine unglaubliche Spannung lag in der Luft. Die Männer sprachen so schnell, daß es Maia schwerfiel, etwas zu verstehen. In der Hauptsache ging es darum, daß Miguel Angel ihnen ungelegen kam; seine Anwesenheit, hieß es, stelle für alle eine Gefahr dar. Manche hatten das Gefühl, von ihm im Stich gelassen worden zu sein. Und wer wisse denn schon, in welchen politischen Aktivitäten Miguel Angel verwickelt sei? Wenn der mexikanische Staat herausfinde, daß er das Lager besuche – die

Aufsichtsbeamten kamen stets unangemeldet –, würde für die Lagerbewohner alles noch komplizierter werden. Außerdem, lautete der Hinweis eines anderen, gebe es in ihren Reihen Spitzel. Die Lagerbewohner könnten es sich einfach nicht leisten, daß die Stimmung gegen sie noch mehr angeheizt werde.

Es war eine entsetzliche Demütigung für Miguel Angel, der vor Scham und Bestürzung rot anlief. Er gab eine aufrichtige Erklärung ab, in der er betonte, niemals sei es seine Absicht gewesen, dem Lager Schaden zuzufügen, er sei in Frieden und Freundschaft gekommen. Sollte den Lagerbewohnern seine Anwesenheit jedoch so große Sorgen bereiten, dann werde er morgen abfahren.

»Am besten fährst du schon jetzt, bevor der Mond aufgeht«, sagte Gonzalo ein wenig kleinlaut. Aber es lag auch etwas Drohendes in seiner Stimme.

Morgen war also nicht früh genug, sie mußten noch in der Nacht weg. Maia war ebenso erleichtert wie nervös. Befanden sie sich in Gefahr? Aber Miguel Angel wirkte gelassen, das beruhigte sie wieder. Sie luden die restlichen Lebensmittel aus dem Wagen, und Maia drückte Gonzales die Tüten mit den Süßigkeiten in die Hand, damit er sie am nächsten Tag unter den Kindern verteilte.

»Es tut mir leid«, sagte Miguel Angel zu ihr, als sie im Auto saßen und langsam durch die tiefe Dunkelheit fuhren, weg von diesen Menschen, die um ihr nacktes Leben kämpften und die nun wieder auf sich allein gestellt sein würden, so wie sie es gewesen waren, so wie sie es immer sein würden. Bis ...

»Bitte, entschuldige dich nicht! Du tust mir leid!« erwiderte Maia. Im stillen war sie froh, wegfahren zu können, aber sie wollte nicht, daß er das merkte. Wie hätte sie das Lager drei ganze Tage lang ertragen sollen?

Sie kamen nur langsam voran in der Dunkelheit. Immer wieder

– Maia erschien es wie alle paar Meter – mußte sie aus dem Wagen springen und ein Tor öffnen, warten, bis Miguel Angel durchgefahren war, und es schließen. Das machte ihr wieder deutlich, an welch abgelegenem Ort sich das Lager befand, wie isoliert vom Rest der Welt diese Menschen waren. Einmal rutschte sie aus und fiel in den schmierigen Schlamm. Es war ein schreckliches Gefühl, wie sie da lag, im Scheinwerferlicht des Autos, entblößt und verletzlich. Die Luft wahr kühl, es herrschte eine unwirtliche Stille.

Langsam fuhren sie weiter, rumpelten über dieselben Reifenspuren, über die sie nur wenige Stunden zuvor gekommen waren. Schließlich steuerte Miguel Angel den Wagen im Dorf Rio Blanco an ein Ufer des Flusses.

»Wir übernachten hier«, sagte er und machte sich daran, die abgelegene Stelle, die er da entdeckt hatte, zu inspizieren.

Er bedeckte den Boden mit einer Plane, darauf breiteten sie ihre Decken aus. Maia legte sich hin und lauschte dem Rauschen des Flusses. Zwischen Miguel Angel und ihr gab es noch soviel Ungesagtes. So viele Eindrücke, über die sie sich erst klarwerden mußten. Sie würden viel Zeit brauchen, um alles zu entwirren, was an diesem langen Tag geschehen war, der ein so abruptes Ende gefunden hatte.

# 34

Mitten in der Nacht hörte sie neben sich etwas rascheln und hob den Kopf.

»Ich bin's nur«, flüsterte Miguel Angel und kroch wieder unter seine Decke.

»Alles in Ordnung?« fragte Maia schlaftrunken; sie glaubte, er wäre aufgestanden, um zu pinkeln.

»Ich weiß nicht«, sagte er verlegen. »Ich weiß nicht, ich muß mit dir reden. Macht es dir etwas aus?«
»Och, nein. Laß mich schlafen!« Sie drehte sich, die Augen weiterhin geschlossen, auf die andere Seite.
»Ich möchte dich nicht unnötig aufregen, aber ...«
Daß er so zögerte, machte sie etwas nervös, aber richtig wach war sie immer noch nicht.
»Im Schlaf bekam ich plötzlich das starke Gefühl, daß diese Stelle hier alles andere als sicher ist für uns. Ich dachte, wenn ich es dir sage, würdest du mich davon überzeugen, wie albern meine Angst ist.« Der letzte Satz klang sehr hoffnungsvoll.
Maia gefiel das Ganze auf einmal gar nicht mehr. »Also dann!« Sie öffnete die Augen und legte den Kopf in die Hand.
»Wenn man sich mal überlegt, wie man uns gestern im Lager empfangen hat ... Ich bin aufgewacht und hatte das Gefühl, daß etwas Übles in der Luft liegt und daß wir uns geradezu anbieten, überfallen zu werden. Ich glaubte, Schritte zu hören. Ich wußte nicht, was ich tun sollte, und bin aufgestanden, um mich mal umzusehen.«
Während er sprach, begann Maias Herz angstvoll zu pochen. Sie bemühte sich, ihre Stimme ruhig zu halten, und sprach sehr langsam. »Wenn du dich hier nicht sicher fühlst, solltest du dich nach deinem Gefühl richten, finde ich. So sagt man jedenfalls in New York. Weißt du, wenn man dort auf der Straße geht und den Eindruck hat, daß einem jemand folgt, dann soll man nicht versuchen, sich das auszureden. Die Leute, die in einer solchen Situation sagen: ›Ach, das bilde ich mir doch nur ein!‹, die werden überfallen.«
Ihre Worte schienen ihn zu überraschen und zu enttäuschen.
»Also sollen wir von hier abhauen?« Er klang unsicher; offenbar widerstrebte es ihm, seiner Angst nachzugeben.
»Auf jeden Fall!« Sie bemühte sich immer noch, Ruhe auszustrahlen, aber in Wahrheit war sie schon hysterisch. Sie fühlte

sich hilflos und wütend. Wenn dieser Brocken von Macho kalte Füße bekam, hatte sie allen Grund, beunruhigt zu sein!
»Okay.« Er stand auf und begann zusammenzupacken.
Maia wickelte sich in ihre Decke ein, und kurz darauf saßen sie im Wagen und fuhren durch die schwarze, unheimliche Nacht. Es ging so langsam voran, es war zum Verrücktwerden. Das Knirschen der Reifen in den ausgefahrenen Furchen dröhnte viel zu laut durch die Stille der Nacht. Maia war jeden Moment darauf gefaßt, daß aufgebrachte Mexikaner oder Guatemalteken hinter einem Busch hervorsprangen. Am liebsten hätte sie den Wagen in weitem Bogen über den Regenwald zurück in die Zivilisation geschleudert.
Tränen liefen ihr die Wangen hinab. Sie drehte den Kopf zum Seitenfenster, damit Miguel Angel es nicht bemerkte, aber sie konnte das Schluchzen nicht unterdrücken.
»Komm her!« Er streckte die Hand aus, um sie an sich zu ziehen.
Aber sie war wütend auf ihn, weil er sie beide in diese Lage gebracht hatte. Nein, das war ungerecht: Sie war wütend auf sich selbst, weil sie sich in diese Lage gebracht hatte.
»Das ist so grauenhaft«, zischte sie. »Ich will zurück nach Manhattan. Da weiß ich zumindest, mit welchen Gefahren ich rechnen muß ...« Ihr Ton wurde sarkastisch. »Ich meine, in Manhattan kann man wenigstens erwarten, in der Subway überfallen zu werden oder von einem ausgerasteten Drogensüchtigen überrascht zu werden, der einem in einem dunklen Hauseingang auflauert. Ich meine, mit solchen Sachen wird man fertig. Aber das hier ...« Sie machte eine vage Handbewegung in die pechschwarze Nacht hinaus und schluchzte auf. »Es ist schrecklich, was ich da sage«, sie vergrub das Gesicht in den Händen, »aber ich habe absolut keinen Bock auf solche Aktionen!« Sie kochte vor Wut.
»Ich weiß, ich weiß«, murmelte Miguel Angel vor sich hin,

während er konzentriert auf den Fahrweg vor sich starrte. »Wir sind aus dem Ort raus«, erklärte er kurze Zeit später. »Ich parke jetzt am Straßenrand, und wir warten, bis es hell wird. Das ist eine vielbefahrene Straße, ich glaube, hier sind wir sicher.« Er schaltete den Motor aus, sank in seinen Sitz und versuchte sich zu beruhigen. Maia schmiegte sich ans Seitenfenster, aber es war schrecklich unbequem. Sie war zu angespannt, um schlafen zu können.

»Erzähl mir von Manhattan«, drang Miguel Angels Stimme durch die Stille. Er wußte, daß keiner von beiden in dieser Nacht noch schlafen würde.

Mitten im dunklen, mexikanischen Nirgendwo ließ Maia ihr einsames New Yorker Leben Revue passieren, ganz langsam, wie in Zeitlupe – all die endlosen Tage in der Redaktion und die langen Wochenenden, die sie damit verbracht hatte, die neuesten Romane zu lesen und die Wunder Manhattans zu bestaunen. Sie beschrieb Manhattan an den Sonntagen, die Boutiquen an der Columbus Avenue, die Cafés in Greenwich Village, die Kinos. Während sie erzählte, wurde ihr klar, wie problemlos und unmittelbar ihr Leben dort gewesen war. Alles, was man wollte – hier und jetzt. Man mußte nur die Hand heben, schon hielt der Bus an. Man brauchte nur in ein Geschäft zu gehen, schon hatte man ein neues Kleid, ein Parfum, ein Paar ausgesucht schöner Vermeil-Ohrringe. Zu ihrem großen Erstaunen stellte sie hier, inmitten der Dunkelheit, fest, daß dies genau das war, was sie wollte: wieder in New York zu sein, schwarze Kleider zu tragen und sich die Fingernägel rot zu lackieren.

Sie war zermürbt von all dem Schmutz hier, von der Hoffnungslosigkeit dieser Menschen, die sowieso keine Chance hatten, die geboren waren, um zu leiden; von der Sinnlosigkeit ihrer Armut. Nichts, nichts konnte sie für diese Menschen tun. Was ihr einmal zauberhaft und folkloristisch, abenteuerlich und

lehrreich erschienen war, kam ihr jetzt häßlich, ermüdend und deprimierend vor.
Es war nur ein Zufall, wo man geboren wurde, aber sie war nun einmal für ein anderes Leben gemacht. Ob sie nun wollte oder nicht, eines mußte sie sich eingestehen: *Ich habe im Leben verdammt viel Glück gehabt.*
Langsam, ganz langsam wich die Nacht einem Dunkelblau, dann einem düsteren Grau. In der Ferne hellte der Horizont auf. Große graue Fetzen Feuchtigkeit hingen in der Luft. Maia und Miguel Angel waren in den morgendlichen Dschungeldunst gehüllt. Lastwagen und gelegentlich ein mit Arbeitern vollgestopfter Bus rumpelten an ihnen vorbei. Endlich ging die Sonne auf, und Maia überkam eine tiefe Ruhe.
Miguel Angel stieg aus und suchte im Kofferraum etwas zum Frühstück zusammen. Zerzaust an Leib und Seele, standen sie neben dem Auto, tranken Mineralwasser und aßen kalte Tortillas mit Erdnußbutter und Marmelade. Ein Mann auf einem Pferd ritt vorbei, und Maia reichte ihm eine Erdnußbutter-Tortilla, etwas, das er noch nie gegessen hatte. Er biß hinein, lächelte höflich und ritt langsam, die Tortilla wie einen Fremdkörper in der Hand haltend, weiter.
»Ich habe dir die Seen versprochen«, sagte Miguel Angel. »Am Tsiscao, einem ruhigen, wunderschönen See ganz in der Nähe, gibt es einen Campingplatz.« Maia putzte sich die Zähne und klopfte ihre Kleider sauber, bevor sie wieder in den Wagen stieg. Über viele Schlaglöcher rumpelten sie zurück zum offiziellen Teil des Nationalparks.
Am Tsiscao campierte nur eine Familie, so daß sie den Zeltplatz fast für sich hatten. Miguel Angel wusch sich an einem Wasserhahn im Freien. Maia wurde ganz melancholisch, als sie ihn dabei betrachtete. Die ungestüme Schönheit seines nackten Körpers, so männlich und zugleich so kindlich, seifenglänzend unter dem fließenden Wasser, war beeindruckend.

»Darf ich?« Sie hielt die Kamera hoch.
»Willst du eine Aufnahme von den Eingeborenen hier?« fragte er grinsend. Nachdem sie das Foto gemacht hatte, nahm sie eine Blechtasse und wusch Miguel Angel die Haare. Sie hatte das Gefühl, ein Baby zu waschen. Es sah so erfrischend aus, daß sie sich, als er fertig war, ebenfalls auszog, an den Wasserhahn stellte und nun er sie wusch. Sie redeten nichts, aber Maia spürte, daß sich die Spannung zwischen ihnen beiden etwas abbaute. Auch den restlichen Vormittag hindurch schwiegen sie zumeist, vertieften sich von einem kleinen Pavillon am Seeufer aus ins »Wolkenfernsehen« und dösten zwischendurch, um den Schlaf nachzuholen, der ihnen in der Nacht entgangen war.
Nach dem Mittagessen, das aus Avocado-Tomaten-Sandwiches bestand, die sie mit warmem Bier hinunterspülten, sagte Miguel Angel: »Komm, wir gehen spazieren! Ich möchte dir etwas zeigen.« Sie bogen auf einen zunächst gutbesuchten Wanderweg rings um den See ein, der plötzlich zu einem schmalen, mitten in den Dschungel führenden Pfad wurde. Dreißig Minuten später standen sie vor einem in den Boden gerammten Metallpfosten mit einer einfachen Tafel, auf der geschrieben stand:

Mexico | Guatemala

Maia übertrat die imaginäre Grenzlinie. An dieser Stelle muß Miguel Angel nach Mexiko geflohen sein, dachte sie.
»So, jetzt bist du in meinem Land«, sagte er traurig lächelnd und überschritt, nach einem tiefen Atemzug, ebenfalls die Grenze.
Einige Minuten lang gingen sie hin und her. Maia sah von Guatemala aus nach Mexiko hinein und von Mexiko nach Guatemala. Sie spreizte die Beine und stand in beiden Ländern gleichzeitig. Sie versuchte herauszubekommen, ob es sich in

Guatemala anders anfühlte als in Mexiko, aber es gelang ihr nicht.

Der Nachmittag war sehr heiß geworden. »Hier in der Nähe ist eine Maya-Ruine mit einem *cenote*. Dort können wir schwimmen«, sagte Miguel Angel. Sie gingen den Pfad zurück, bogen an einer bestimmten Stelle ab, und Miguel Angel führte Maia durch dichtes, trockenes, stacheliges Unterholz, bis sie zu einem zerfallenden Tempel gelangten.

»Kein Tourist der Welt kann davon wissen«, sagte Maia, während sie ehrfürchtig die halb versunkene, seit Jahren von niemandem besuchte Ruine anstarrte.

Sie stiegen die Tempeltreppe hinauf, saßen in der Stille des Dschungelnachmittags, lauschten den Bienen und Käfern, die im Sonnenlicht umhersurrten. Es war eine ganz besondere Atmosphäre, die das uralte Gemäuer umgab, und Maia sog sie begeistert in sich auf. Die Erinnerung an die letzten Tage war noch frisch, aber hier hatten sie einen Hort der Ruhe gefunden. Die Maya-Götter waren da und ließen ihren Zauber wirken.

Erst nach einiger Zeit begann Miguel Angel zu sprechen. Seine Stimme durchbrach die tiefe Stille des Nachmittags. »Beim Essen, gestern abend in der Hütte …« Er holte tief Luft. »Die Frauen haben mir erzählt, daß meine Frau gestorben ist.«

Maia saß da wie gelähmt.

»Es war die Cholera, glauben sie …«

Die ganze Zeit hindurch hatte er es für sich behalten. Maia zuckte zusammen, als ihr einfiel, wie er sie nachts im Wagen gebeten hatte, von Manhattan zu erzählen – wahrscheinlich nur, um nicht selbst sprechen oder nachdenken zu müssen. Wie albern mußten ihre Erzählungen in seinen Ohren geklungen haben!

Minutenlang saßen sie schweigend da. Maia wußte nicht, was sie sagen sollte. »Es tut mir so leid« hätte zu kläglich, zu schwach geklungen.

Er stand auf. »Der *cenote* ist gleich dort drüben.«
Der Höhlensee lag, wie der Tempel selbst, versteckt und völlig unberührt da, ein Becken unbewegten, schwarzen Wassers, umgeben von über dreißig Meter hohen Felsen. Verschwitzt und schmutzig wie sie war, riß sich Maia sofort die Kleider vom Leib und sah sich um. Damit sie ins Wasser gelangen konnte, mußte sie erst einmal zwei Meter schleimigen Schlamms durchwaten. Als sie ihre Zehen in den Schlick tauchte, rutschte sie beinahe aus und trat mit einem Schrei zurück. »Das ist ja widerlich! Ich kann da nicht rein! Ich kann da nicht rein!« Zapplig stand sie am Rand, hin- und hergerissen zwischen dem verlockenden Wasser und ihrem Ekel vor dem Schlamm.
Miguel Angel versuchte es auf die direkte Art: Er hechtete, so weit er konnte, über den Schlamm und landete mit einem Tarzanschrei im Wasser.
Neidisch sah sie zu, wie er im erfrischenden Wasser schwamm. »Das ist gemein!« brüllte sie.
»Tu's einfach!« brüllte er zurück; seine Stimme wurde von den Felsen zurückgeworfen. »Es dauert doch nur ein paar Sekunden, dann bist du im Wasser!«
Sie holte tief Luft, bahnte sich kreischend einen Weg durch den Schlamm und tauchte, so rasch es ging, in das seichte Wasser. Es war so unerwartet kalt, daß ihr der Atem stockte. »Schrecklich! Wunderbar!« Bibbernd schwamm sie, so schnell sie konnte, um ihre frierenden Arme und Beine aufzuwärmen. »Warum ist das Wasser so wahnsinnig kalt?«
»Es wird aus einer sehr tiefen Quelle gespeist. Erstaunlich, nicht wahr?«
Sie schwammen quer durch den *cenote* und kletterten auf einen sonnenbeschienenen Felsbrocken. »Wie lange wohl hier schon niemand gebadet hat?« überlegte Maia. »Fast könnte man glauben, es wäre vor uns nie jemand hiergewesen!«
Sie lagen eine Zeitlang in der Sonne und sprangen zwischen-

durch, wenn es ihnen zu heiß geworden war, wieder ins Wasser. Einmal, als sie gerade auf dem Fels saß und auf das Wasser starrte, das nach dem Aufruhr durch die beiden Schwimmer allmählich wieder zur Ruhe kam, bemerkte Maia ein seltsames Kräuseln. Sie betrachtete es genauer und sah plötzlich die unverkennbare Gestalt einer Schlange durchs Wasser gleiten.

»O mein Gott!« Sie deutete auf die Mitte des *cenote.*

Miguel Angel stöhnte auf. »Genau das habe ich befürchtet, aber ich habe dir nichts davon gesagt, weil du dann nicht ins Wasser gegangen wärst. In stehendem Wasser wie diesem hier sind oft Schlangen. Aber wenn sie die Bewegung wahrnehmen, verschwinden sie sofort. Du brauchst also keine Angst zu haben.«

Maia brachte ohnehin nicht mehr genug Kraft auf, sich zu fürchten. Es gab keine andere Möglichkeit, den *cenote* zu verlassen, als ihn zu durchschwimmen; sie mußte es einfach tun. Ganz in sich gekehrt, versuchte sie, all den Mut zusammenzuraffen, den sie brauchen würde, um hinüberzuschwimmen und noch einmal durch den ekligen Schlamm zu waten. Sie sprang ohne jede Vorankündigung ins Wasser; sie wollte es hinter sich haben. Miguel Angel folgte dicht hinter ihr. Rasch schwommen sie durch den *cenote.* Dann berührten Maias Füße den Boden, sie rannte schreiend durch den Schlamm, bis sie endlich trockenes Gras unter den Fußen spürte und wußte, daß sie in Sicherheit war. Ihr ganzer Körper prickelte, sie fühlte sich herrlich frisch, gereinigt und zufrieden.

Nach ihrer Rückkehr an den Tsiscao genossen sie einen wunderbaren, von kleinen lavendelfarbenen und violetten Wölkchen gesprenkelten Sonnenuntergang, der dem See die unglaublichen Juwelenfärbungen verlieh, die der Reiseführer versprochen hatte – von Orange zu Rosarot, von Rot zu Gold. Miguel Angel machte Feuer. Ihr Abendessen bestand aus

Spaghetti und Tomatensauce aus der Büchse. Es schmeckte wunderbar, dort draußen an der frischen Luft.
Um acht Uhr legten sie sich auf ihre am Boden ausgebreiteten Decken. Sie waren erschöpft und schliefen ein, ohne noch ein Wort miteinander gewechselt zu haben. Beide wußten, daß die Reise, zu der sie in Dolores mit so großer Vorfreude aufgebrochen waren, sie einander entfremdet hatte.

## 35

Die Rückfahrt nach Dolores schafften sie in zweieinhalb Tagen; wenn sie nachmittags anhielten, um sich ein Quartier zu suchen, wählte Maia jeweils das teuerste Hotel aus, das sie ausfindig machen konnte. Miguel Angel gab dazu keinen Kommentar ab. Er schien zu verstehen, daß sie das Bedürfnis hatte, möglichst rasch eine Distanz zu der nackten Armut im Flüchtlingslager zu schaffen. Die Gespräche während der Fahrt waren quälend wie die heiße Luft, die sie umwehte, sobald sie von den Bergen in die glühende, verdorrte Ebene zurückkamen. Meist jedoch fuhren sie schweigend dahin, jeder verloren in seinen eigenen Gedanken.
Ich bin so enttäuscht von mir, dachte Maia, von meinem Verhalten im Flüchtlingslager. Ich war schockiert und ängstlich und angewidert von dem, was ich sah. Anstatt helfen zu wollen, wollte ich nur fliehen. Ich bin ein schrecklicher Mensch. Ich hatte geglaubt, ich sei durch die Wirklichkeit des Lebens hier abgehärtet. Aber das stimmt nicht. Ich weiß so wenig über die wahren menschlichen Tragödien, über die Realität.
Und wieder wurde sie von den alten Fragen gepeinigt: Was machte sie hier überhaupt? Was machte sie aus ihrem Leben?

Zurück in Dolores, nahm jeder von ihnen Zuflucht in der Alltagsroutine. Miguel Angel ging wieder zur Arbeit, Maia machte die Hausarbeit wie zuvor. Aber alles hatte an Wert verloren. Miguel Angel blieb tagelang weg, ohne daß sie etwas von ihm hörte. Sie war ihm dankbar dafür, denn es ermöglichte ihr, in dem Durcheinander unguter Gefühle herumzustochern, das sie lähmte.

Mehrere Nachmittage verbrachte sie bei Anna, um sich dort über all das klarzuwerden.

»Es ist so traurig«, sagte sie grüblerisch, während sie eine Ausgabe des *Time*-Magazins durchblätterte, die Anna gerade gekauft hatte, »die Erfahrung zu machen, daß Liebe allein nicht ausreicht. Ich dachte, die Liebe zu Miguel Angel hätte meine Probleme gelöst. Jetzt weiß ich, daß es nicht so ist.«

Anna blickte vom Herd auf, an dem sie in einer großen gußeisernen Pfanne Auberginen zum Abendessen anbriet, sagte jedoch nichts.

Eine Zeitlang versenkte Maia sich in die Seiten von *Time*, dann ließ sie plötzlich eine Schimpfkanonade los. »Mexiko erscheint mir plötzlich so unwichtig! Viele Dinge, wichtige Dinge passieren überall auf der Welt, und ich habe keine Ahnung davon! Mexiko, ganz Lateinamerika liegt doch völlig abseits vom Leben des zwanzigsten Jahrhunderts. Hier spielt *nichts* eine Rolle! Niemand hat Zeit oder Interesse, die Lebensqualität hier zu verbessern, geschweige denn, sich über Kunst oder Philosophie Gedanken zu machen – oder überhaupt irgendwelche Gedanken. Die Leute hier haben doch gar nicht die Energie, sich um irgend etwas zu kümmern!«

Anna drehte eine Auberginenscheibe um. »Nun, so kann man es natürlich auch sehen. Aber man kann es auch anders betrachten. Dann bemerkt man, daß die Menschen hier ihr Leben leben und sonst nichts, gerade weil in Wirklichkeit nichts anderes zählt. Im Grunde ist es aber so, daß sie sich den Luxus, irgend etwas anderes zählen zu lassen, einfach nicht leisten können.«

Maia unterbrach sie. »Das ist es ja eben! In der Dritten Welt geht es darum, zu überleben, durch den Tag zu kommen. Man muß den Skorpion töten, bevor er einen sticht, und im Haus morgens abstauben und naß aufwischen, nur um während des Regens am Nachmittag wieder Ströme von Schmutzwasser zu beseitigen. Oder man muß beten, daß der Müll abgeholt wird, bevor die Maden über ihn herfallen. Alles dreht sich um Erhaltung, nichts um Verbesserung. Die Insekten, die Hitze, die Verdrießlichkeit der Leute, ihr Unwille, etwas an ihrem Los zu ändern. Die Unfähigkeit, Geld zu verdienen, irgend etwas besser zu machen. Diese Hoffnungslosigkeit, diese Sinnlosigkeit!« Sie schüttelte frustriert den Kopf. »Es ist einfach unmöglich!«

Anna wartete eine Weile, bevor sie sanft erwiderte: »Aber sie genießen das Leben doch auch auf eine Art, wie es anderswo nicht möglich ist, weil sie wirklich für den Augenblick leben. Und« – sie hob die Hand, weil Maia sie schon wieder unterbrechen wollte – »am intensivsten und erfülltesten, ja eigentlich überhaupt leben kann man nur in der Gegenwart, denn daß es eine Zukunft geben wird, das kann einem niemand garantieren. Keiner von uns hat eine solche Garantie.«

Als Maia am Abend dieses Tages Miguel Angel ihre Gedanken mitteilte, ging er sie hart an. »Ich weiß ganz genau, wo du kopfmäßig gerade steckst«, sagte er mißmutig. »Du steckst mitten in der großen Ernüchterung.« Sie wollte Einspruch erheben, aber er ließ sie nicht zu Wort kommen. »Endlich beginnst du die Realität zu erkennen. Schuld ist die Exotik des *latino*-Lebens: Auf Gringos wirkt es wie Parfum. Es benebelt euch. Aber ihr verwechselt dieses exotische Parfum mit dem Leben, und das ist es nun einmal nicht! Das Leben hier ist grausam und fundamental und hart. Und wenn die Realität eurer Phantasie nicht gerecht wird, lehnt ihr unsere Kultur einfach ab. Ihr seht verächtlich auf sie hinab und sagt: ›Sie ist schlecht.‹

Der größte Irrtum, den die Gringos begehen, ist, zu glauben, *ein Lebensstil sei beliebig übertragbar*. Ihr könnt nicht einfach herkommen und versuchen, unser Leben so umzukrempeln, wie es euch paßt!

Du bist in eine Krise geraten, weil du jetzt genau zwischen den Stühlen sitzt – es gefallen dir einige Dinge deiner Welt und einige Dinge meiner Welt. Ich sehe, daß du zwischen diesen beiden Welten hin- und hergerissen bist und meine Welt einfach nicht ganz akzeptieren kannst. Aber das Schlimmste für mich ist, daß du den Respekt vor einem Leben in der Dritten Welt verloren hast. Es macht dich wütend, und damit ist die Sache für dich erledigt.«

Gleich am nächsten Nachmittag ging Maia zu Anna, um ihre Sinnsuche fortzuführen. »Miguel Angel hat recht«, erklärte sie. »Aber das bin nun einmal nicht ich – mit einem Mann zusammenleben, der nie mehr als fünfhundert Dollar im Monat verdienen wird; in einem Haus wohnen, in dem der Ofen nicht funktioniert, weil er einer Mäusefamilie als Unterschlupf dient, und in dem das Abtauen des Kühlschranks einem Kampf zwischen Mensch und Technik gleichkommt. Wie soll ich in einem Ort leben, wo es im Supermarkt als Aufschnitt nichts anderes als Schinken gibt und die Butter immer ranzig ist? Daß ich mich schon daran gewöhnt habe, ranzige Butter zu essen, macht mich rasend!« Sie lehnte sich erschöpft zurück.

»Du darfst im Leben nicht bloß die Extreme sehen!« rief Anna. »Es gibt Veränderungen, Süße! Nichts bleibt, wie es ist. Die Menschen sind zu enormen Veränderungen fähig.«

Maia seufzte. »Miguel Angel hat mir vor langer Zeit einmal gesagt, vom Reisen wird man unglücklich. Entweder sieht man

Zustände, die man sich selbst wünscht, aber nicht haben kann, oder man sieht Zustände, die man nicht will, in denen man sich aber plötzlich wiederfindet.«
Anna warf ihr über ihre Brillengläser hinweg einen Blick zu und sagte milde: »Vielleicht hast du den langen Weg hierher zurückgelegt, um zu erkennen, daß das Leben, das du willst ... genau das Leben ist, das du zurückgelassen hast?«

## 36

Die Umstände und Gründe ihrer Abreise wurden ihr ausgerechnet dadurch vorgegeben, daß sich die moderne Welt in Form eines zweiten Telegramms von Pooch in ihr mexikanisches Leben einmischte.

> Dein Mietvertrag läuft aus, Vermieter weiß, daß Du nicht drin wohnst. Wenn Du bis 1. Juni nicht zurückbist und den Vertrag verlängerst, bist Du draußen. Tut mir leid. Alles Liebe, Pooch.

Das Telegramm half Maia aus der Patsche, oder zumindest meinte sie das. Wieder einmal war die Außenwelt auf den Plan getreten und nahm ihr die Verantwortung für eine Entscheidung ab.
»Die Wohnung ist mir zwar gar nicht so wichtig«, erklärte sie Miguel Angel, »aber sie ist doch das einzige, was ich habe. Alles, was ich besitze, ist dort.«
Er erwiderte nichts.
»Und wenn ich nicht nach New York zurückfahre, wird sich irgend jemand für die dreifache Miete alle Finger danach abschlecken.«
Er nickte.

Sie brauchten kaum eine Woche, um das Haus auszuräumen. »Mein Gott, nur keine Sentimentalitäten!« sagte sie, als sie die Gasflaschen, den Herd und die wenigen Möbel verkauften. »Wir brauchen doch sowieso keine zwei Häuser!« fügte sie fröhlich hinzu.

Ihre wenigen Lieblingsstücke vermachte sie Miguel Angel: den Kassettenrecorder, das Geschirr, die Töpfe und Pfannen. Ihr Bett stellten sie in sein Haus. Als sie das Moskitonetz aufhängen wollte, nahm er es ihr aus der Hand und stopfte es in einen Schrank.

»Ich fliege nur hin, um nach dem Rechten zu sehen und vielleicht ein bißchen Geld zu verdienen«, redete sie sich und ihm ein. »Betrachte es als einen kurzen Urlaub. Ich komme wieder. Die Welt ist klein. Es gibt Telefone. Und Briefe.«

Er knurrte.

»Du mußt mich mal besuchen kommen!«

Er warf ihr nur einen Blick zu.

»Also wirklich, das ist nicht fair«, schmollte sie, aber nur zum Spaß. Sie wollte das Ganze nicht tragisch nehmen. Trotzdem wußte sie, daß er nie ins Gringo-Land kommen würde.

In der letzten Nacht vor der Abreise lag er mit einem Notizbuch in der Hängematte. »Ich möchte, daß du mir Rezepte diktierst, damit ich dem Dienstmädchen erklären kann, wie du kochst.«

»Gute Idee!« sagte Maia fröhlich. »Okay, beginnen wir mit Hackbraten!«

Nachdem Miguel Angel einige Minuten lang die Zutaten und Anweisungen aufgeschrieben hatte, ließ er den Kugelschreiber sinken und klappte das Notizbuch zu. »Das reicht«, sagte er ärgerlich und verletzt zugleich. Er versuchte, seine Gefühle zu verbergen, aber es ging einfach nicht. Er verschränkte die Hände hinter dem Kopf und starrte vor sich hin.

Maia rührte der Anblick seiner Traurigkeit so sehr, daß sie zu ihm in die Hängematte stieg. Als er sie nicht in den Arm nahm, umarmte sie ihn. Tränen rannen ihr die Wangen hinab, aber er weigerte sich noch immer, sie zu berühren, lag nur stocksteif da. Sie hielt und streichelte ihn, als könne sie sich damit selbst beruhigen.

Als sie zu Bett gingen, nahm Maia an, daß sie noch einmal miteinander schlafen würden. »Warte mal, ich habe eine Idee«, sagte sie und steckte eine Kassette in den Recorder. Es war *Einer mit Herz*, die Musik, die sie sich ganz am Anfang, in jenen Tagen der magischen Liebe, unter dem Moskitonetz gemeinsam angehört hatten.

Anstatt sich jedoch von der Melodie inspirieren zu lassen, begannen beide zu weinen, weil sie daran zurückdachten, wie wunderschön diese ersten Tage gewesen waren. So taten sie nichts weiter, als einander im Arm zu halten und zu streicheln, bis sie eingeschlafen waren.

Als sie am nächsten Nachmittag nervös auf den Plastikstühlen des Flughafens von Mérida saßen und auf Maias Abflug warteten, brachten beide kaum ein Wort heraus.

»Es ist doch nur für ein paar Monate«, sagte sie tadelnd wie zu einem Kind. »Wir bleiben in Kontakt.«

Er nickte und wandte den Blick ab.

Maias Flug wurde aufgerufen. »Schon?« fragte sie mit belegter Stimme und einem sinnlosen Blick auf ihre Armbanduhr.

Alles kam ihr vor wie in Zeitlupe.

Mit einem tauben Gefühl ließ sie sich von Miguel Angel zum Flugsteig begleiten.

»*Yo por ti y tu por mi*«, sagte sie fröhlich und drehte sich zu ihm, um ihn zum Abschied zu umarmen.

Aber er gab ihr nur einen flüchtigen Kuß auf die Wange.

Er blickte grimmig drein, als er kehrtmachte und rasch die

Rolltreppe hinab verschwand. Maia holte tief Luft und machte sich entschlossenen Schritts auf den Weg in die offenen Arme der Continental.

# 37

Das Flugzeug ging in Startposition und hob ab, schien jedoch nicht weiter an Höhe zu gewinnen. Die Triebwerke dröhnten dumpf. Es klang merkwürdig. Die Passagiere warfen einander nervöse Blicke zu.

»Hey, was ist los?« murrte ein Mann.

»Wir steigen nicht!« schrie eine Frau.

Maia wurde es unbehaglich zumute. »Es ist bestimmt alles in Ordnung«, murmelte sie nervös vor sich hin.

Aber es war nicht alles in Ordnung. Das Flugzeug stieg nicht, sondern schwebte weiterhin ziemlich niedrig über der Landschaft.

Unter den Passagieren hatte sich Unruhe breitgemacht. Maia sah den Stewardessen ins Gesicht, um sich zu beruhigen, aber auch sie starrten besorgt aus den Fenstern.

»Hey! Was ist eigentlich los?« brüllte ein Mann.

Erst als die Angst der Leute sich schon zu einer leichten Panik gesteigert hatte, ertönte aus den Lautsprechern die Stimme des Piloten. »Ich hoffe, daß Sie diesen Rundflug bei Sonnenuntergang, den ich Ihnen da biete, alle genießen! Ich werde Chichén Itzá niedrig überfliegen, damit Sie sich vom Land der Mayas verabschieden können. Lehnen Sie sich zurück und genießen Sie den Blick! Das Bordpersonal wird Ihnen gleich Cocktails und das Abendessen servieren.«

Ein kollektives Aufseufzen ging durch das Flugzeug. Die Stewardessen grinsten breit. »Das hätte er uns ankündigen müssen!« schimpfte die Frau links von Maia. Einige Minuten später heulten die Triebwerke auf, das Flugzeug düste in den Himmel und ließ Yucatán hinter sich.

Während des Flugs schwankte Maia zwischen einer unerklärlichen Euphorie und wachsender Furcht. Immer wieder sagte sie sich, daß sie nicht nach New York zurückkehrte, weil sie diese Stadt liebte oder weil sie Mexiko nicht eine Sekunde länger ertrug, sondern weil sie sich um ihre Angelegenheiten kümmern mußte. »New York ist die Stadt, in der ich mein Hab und Gut untergebracht habe, deshalb ist es im Augenblick auch meine Heimat«, stellte sie nüchtern fest.

Sie täuschte sich nicht darüber hinweg, daß sie nach New York flog, ohne auch nur eine der wichtigen Fragen, die sie beschäftigten, beantwortet zu haben. Wohin gehöre ich? Was soll aus mir werden? Wie will ich mein Leben leben? Warum mündet jede Veränderung, die ich vornehme, in Chaos? fragte sie sich verärgert. Warum kann nicht einfach alles einfacher sein – ein klarer, scharfer Schnitt? Schwarzweiß, statt dieser grauen Soße?

»Du kannst mit New York nicht abschließen, solange du hier bist«, hatte Miguel Angel vergangene Nacht im Bett gesagt, nachdem sie in letzter Minute doch noch Bedenken geäußert hatte. »Du mußt dorthin zurückkehren, um es hinter dir lassen zu können.«

Es hatte so weise geklungen. Und so realistisch.

Auf dem Weg durch den John-F.-Kennedy-Flughafen überkam sie zu ihrer Überraschung ein Gefühl großer Dankbarkeit für alles. Die makellos sauberen Toiletten, die verlockenden Zeitschriftenstände, die einladenden, neonbeleuchteten Snackbars. Das Allererstaunlichste aber war: Sie fügte sich nahtlos in dies alles ein! Sie war keine Gringa mehr! Sie hatte sich nicht klargemacht, welche Belastung das für sie gewesen war, wie sehr es ihr Leben in Mexiko beeinflußt hatte. Sie staunte nur

so über die Bequemlichkeit, die pulsierende Energie und vor allem über die Sauberkeit, die hier herrschten.
Natürlich mußte ich einen Taxifahrer erwischen, der mir aus der Hand lesen möchte, stöhnte sie, während das Taxi den Van Wyck Expressway hinunterfuhr. Typisch New York! Vielleicht hat er es ja wieder vergessen, wenn wir in Manhattan sind. Aber nein, als sie in Maias Straße angekommen waren, suchte er sich eine Stelle, wo er in zweiter Reihe stehenbleiben konnte, und ließ sich nicht mehr davon abbringen. Er schaltete den Motor aus, drehte sich um und nahm ihre Hand. »Die Sache hat keinen Haken«, versicherte er. »Das mache ich nur für besondere Fahrgäste. Und Sie sehen aus wie ein besonderer Fahrgast.«
Maia war hin- und hergerissen: Ihr mexikanisches Ich sagte ihr, daß sie sich geehrt fühlen sollte; ihr Manhattan-Ich dagegen warnte sie. Nervös suchte sie nach dem Namensschild und prägte sich die Taxinummer ein, für den Fall, daß er ihr komisch kommen wollte.
»Sie sind sehr einsam«, teilte er ihr in einer Art Singsang mit. »Und sehr stark. Ihren Seelenfreund haben Sie schon gefunden. Die Zeit wird alle Wunden heilen«, schloß er geheimnisvoll.
Er meint Stephen, dachte sie traurig. Sie sah dem Taxifahrer in die Augen und fragte sich, woher er es wohl wußte. Sie wollte ihn gerade etwas fragen, da erstarrte sie plötzlich. War das seine Art der Anmache? Sagte er jeder Frau, die allein vom Flughafen nach Manhattan fuhr, irgend etwas, damit sie sich verletzlich fühlte?
Sie zahlte und blieb auf dem Gehweg stehen, bis er weg war; sie wollte nicht, daß er erfuhr, in welchem Haus sie wohnte. Dann ging sie auf die Nummer 161 zu, ein schon leicht baufälliges rötliches Brownstone-Haus. Die Vertrautheit, die sie empfand, tat fast weh. Sie hantierte mit dem Schlüssel

herum, versuchte, sich an die kleinen Tricks zu erinnern, derer es bedurfte, um die Haustür zu öffnen. Als sie sie aufstieß, ertönte das gleiche Quietschen wie früher; im Treppenhaus herrschte eine dumpfe Stille wie eh und je, und sofort stieg ihr wieder das alte Gemisch aus Küchendüften und Müllgestank in die Nase. Während sie ihre Reisetaschen über die knarzenden Stufen ins vierte Stockwerk hinaufschleppte, fielen ihr zwei Veränderungen auf: Die positive bestand in einem neuen Teppichboden und neuer Tapete; die negative war, daß beides fast genauso geschmacklos aussah wie zuvor.

Weil sie das Treppensteigen nicht mehr gewohnt war, kam sie ganz außer Atem vor ihrer Wohnung an. Sie schloß die Tür auf und schaltete das Licht ein. »Oh!« rief sie erfreut, als sie eine Vase mit frischen Blumen auf dem Tisch sah. Wirklich süß von Lulu, daß sie daran gedacht hatte!

Maia ging in der winzigen Wohnung umher; ihre Schritte hallten von den größtenteils leeren Wänden wider. Alles war so sauber und aufgeräumt, als wäre sie nie fortgewesen. Lulu hatte das Apartment tadellos hinterlassen. Maia ging zum Tisch, wo die Post der letzten Zeit in zwei Stapeln aufgehäuft lag – Werbung und persönliche Briefe. Der Kühlschrank war vollgestopft mit frischer Milch, Saft, Kaffee, Bagels und Frischkäse. Das Bett war frisch bezogen, das schwarze Telefon säuberlich abgestaubt. Sie fuhr mit dem Finger die Bücher entlang; es war so schön, sie immer noch da stehen zu sehen. Sie öffnete den Kleiderschrank und betrachtete alle ihre Schuhe, italienische natürlich, wunderschöne, die auf sie gewartet hatten wie alte Freunde. Sie spürte, wie unglaublich stark sie an all dem hing, und brach in Tränen aus. Es war das kleine bißchen, das sie im Leben hatte – und alles daran war wundervoll!

Gemächlich duschte sie sich den Staub Yucatáns ab. Dann rief sie bei Szechuan Kitchen an, dem Chinesen um die Ecke an der Amsterdam Avenue. »Ich möchte gedämpfte Fleischbällchen

und scharf-saure Suppe bestellen«, sagte sie und gab ihre Adresse an. Ihr war ganz schwindlig, so voller Energie fühlte sie sich.
Als nächstes rief sie in der Pizzeria an. »Liefern Sie Pizza auch in einzelnen Schnitten? Nein? Na, dann bringen Sie mir eine ganze! Anchovis und Zwiebeln.« Wie wunderbar, wie unglaublich wunderbar!
Als letztes telefonierte sie mit dem afghanischen Deli. »Warten Sie ... Ich möchte einen Sechserpack Budweiser und eine Schachtel Ben-&-Jerry's-Eiskrem mit Pralinengeschmack.« Wie sie es genoß, daß selbst um elf Uhr nachts jeder gern bereit war, ihre Bitten zu erfüllen! Sie schaltete den kleinen Schwarzweißfernseher an und wartete auf das Defilee der Lieferjungen. Innerhalb von zwanzig Minuten waren die kulinarischen Köstlichkeiten da. Kichernd bezahlte sie die Jungen und fragte sich, ob sie sie wohl für eine Verrückte hielten; aber den Jungs war das alles herzlich egal, solange das Trinkgeld stimmte. Ach, diese Freude, etwas ins Haus geliefert zu bekommen!
Sie kickte die Schuhe von den Füßen und vertiefte sich in den Genuß, barfuß herumzugehen, ohne an beißende Ameisen und an Kakerlaken denken zu müssen. Im Bett sitzen zu können, ohne vorher alles nach Skorpionen absuchen zu müssen! Das Essen stehenlassen zu können, ohne ständig Fliegen wegscheuchen zu müssen!
Das Telefon klingelte.
Ihr eigenes Telefon, das ihr ganz allein gehörte!
»Wie geht's?« fragte Pooch langsam, vorsichtig, mit bedeutungsvollem Tonfall.
»Super! Wirklich, echt super!«

In den folgenden Tagen lebte sie sich wieder in das Großstadtdasein ein. Morgens ging sie schon sehr früh in einen kleinen griechischen Coffee-Shop an der Ecke, um den Pulsschlag der

Stadt zu spüren. Sie beobachtete, wie die anderen ihr Frühstück hinunterschlangen und an den Arbeitsplatz hasteten, während sie mehrere Tassen heißen, frischen Kaffee trank, genüßlich an köstlichen großen Muffins knabberte und sich mit Hilfe der *New York Times* auf den neusten Stand brachte. Dann ging sie in ihre Wohnung zurück, setzte sich an den Tisch und brachte ihre Angelegenheiten in Ordnung, überprüfte ihre Kontoauszüge, beglich Rechnungen, informierte sich über den Stand ihrer Kapitalanlagen, unterschrieb den neuen Mietvertrag. Und sie versuchte, Aufträge als freie Mitarbeiterin an Land zu ziehen.

»Ich habe ein paar aussichtsreiche Sachen für dich«, teilte Pooch ihr am zweiten Tag nach ihrer Rückkehr mit und reichte ihr eine Liste mit Leuten, die nach freien Mitarbeitern suchten. Maia machte sich an die Arbeit und verbrachte mehrere Stunden am Tag damit, wildfremden Menschen telefonisch Honig ums Maul zu schmieren – allerdings nannte man das heutzutage *power telephoning*.

Alle waren überrascht und sehr erfreut, wieder von ihr zu hören. Schwangen nicht auch Respekt und wehmütiger Neid in ihren Stimmen mit? Ja, sie war eine Art Mythos geworden; ihr Aufenthalt in Yucatán hatte für die anderen einen exotischen, interessanten Menschen aus ihr gemacht. Man sah jetzt in ihr eine Frau, die alles im Griff hatte, eine Frau, die mitten im größten Erfolg abhauen und wieder zurückkommen konnte, ohne befürchten zu müssen, den Anschluß zu verlieren. Wenn die wüßten! dachte Maia.

»Wir müssen unbedingt mal zusammen zum Lunch!« wurde sie am Ende jedes Telefongesprächs eingeladen. Lunch mit Maia Rose war sowohl amüsant als auch steuerlich absetzbar. »Was möchten Sie denn gern essen?« war die typische New Yorker Frage, wenn sie zugesagt hatte.

»Alles, nur nicht mexikanisch!« lautete ihre sarkastische Standardantwort, und alle lachten über ihren Humor. Sie wurde in Restaurants mit französischen Landspezialitäten, französischen Bistrospezialitäten, norditalienischen Spezialitäten, japanischen, griechischen Spezialitäten eingeladen. Und jedesmal aß sie einen Salat – einen ganz großen …

Nachmittags schlenderte sie durch Manhattan; endlich verstand und empfand sie das Erstaunen, das alle Touristen angesichts dieser Stadt befiel – ein Erstaunen, das in ihr abrupt versiegt war, als Stephen starb. Midtown, Upper West Side, East Side, Greenwich Village, SoHo, Lower Fifth Avenue. Während sie umherspazierte, nahm sie alles intensiv und bewußt wahr, nichts entging ihr, sie roch, betastete alles mit nie gekannter Verwunderung. Beim Schaufensterbummeln sah sie alles mit neuem Blick, betrachtete die schönen Dinge ganz genau. Da gab es Geschäfte, die nichts anderes als Haarschmuck führten oder ausschließlich Kaffee und Tee oder nur Lampenschirme. Alles erschien ihr so elegant, so zivilisiert – der Service, die Schnelligkeit, die Unkompliziertheit, mit der alles geschah.

Für ihr Apartment machte sie einige neue Anschaffungen. Erst verliebte sie sich in eine antike Geschirrvitrine und in ein altes Nachtkästchen. Dann erwarb sie einen Kelim und einige neue Kissen für ihre Couch. Und sie bestellte Vorhänge und kaufte neue Handtücher.

Und dann tat sie etwas ganz Verrücktes. Sie ging zu Bloomingdale's, sah sich inmitten all der zukünftigen Ehefrauen in der Besteckabteilung um und suchte sich ein Silberbesteck aus. Für den Anfang würde ein Satz für zwei Personen reichen.

»Ich habe keine Ahnung, warum ich das tue«, sagte sie nervös grinsend, als die schicke Verkäuferin ihre Bestellung aufnahm. Dann seufzte sie. »Aber wenn ich warte, bis ein Mann daherkommt, werde ich nie Sterling besitzen.«

»Ja, da ist es vernünftiger, wenn Sie gleich anfangen, sich etwas

Schönes zu gönnen«, erwiderte die Verkäuferin, die einen großen Diamantring an der linken Hand trug. »Sie haben es sich verdient.«
Maia nickte. Ja, sie hatte es sich verdient. Sie war dabei, sich ein heimeliges Nest einzurichten, und sie fühlte sich gut dabei. Die Erinnerungen an Mexiko verblaßten wie die Erinnerung an einen Traum. Niemand hier würde sich je vorstellen können, wie sie dort gelebt hatte. Und mit jeder Sekunde, die verstrich, konnte sie selbst es sich weniger vorstellen.
Am Ende der ersten Woche wurde ihr ein Job als freie Mitarbeiterin bei Avalon, dem Kosmetikgiganten, angeboten. Die Firma brauchte jemanden für die nächste Frühjahrs-Farben-Promotion. Dem Angebot von siebenhundertfünfzig Dollar pro Tag konnte Maia nicht widerstehen.

## 38

Okay, machen wir's!« sagte Maia und starrte auf ihr Spiegelbild in dem rot drapierten Rahmen, während Albertos Hände durch ihr Haar fuhren und es hierhin und dorthin wuschelten.
»Gute Entscheidung, Baby«, sagte Alberto und winkte die Haarfärbespezialistin herbei. »Wenn du mit dem Färben fertig bist, komme ich und mache den Schnitt.«
Zu den Vorbereitungen für den neuen Job bei Avalon zählte auch Maias Entscheidung, sich die Haare schneiden zu lassen. Jetzt hatte Alberto sie überdies zu Strähnchen in einem dunkleren Ton überredet, was eine Art »Schildpatteffekt« ergebe. Während das Färbemittel einwirkte, ließ sie sich die Beine mit Wachs enthaaren und eine Maniküre und Pediküre angedeihen. Das alles waren altvertraute Prozeduren, aber ihr früheres

Selbstvertrauen war erschüttert. Die ganze Zeit im Salon verbrachte sie mit Überlegungen darüber, was sie an ihrem ersten Arbeitstag anziehen sollte.

»Ich muß aussehen wie eine Frau, die *Bescheid weiß*«, erklärte sie Alberto, der von solchen Dingen etwas verstand. »Wie eine Frau, die so selbstbewußt und so wunderbar anzusehen ist, daß jede andere sein möchte wie sie – das heißt, wie ich. Sie müssen mich um meine Frisur, mein Make-up, meine Handtasche, meine Schuhe und meine Ausstrahlung beneiden.«

»Aber das Wichtigste ist, daß du aussiehst, als ob dir das alles völlig egal wäre«, gurrte Alberto mit seinem puertorikanischen Akzent. »Dein Chic muß mühelos wirken, bloß nicht einstudiert.«

Maia hatte Angst, nach ihrem Lotterleben in Dolores genau das nicht zu schaffen. Sie gehörte nicht mehr zum New Yorker Mainstream und befürchtete, die Leute würden es ihr sofort anmerken. Obendrein galt Avalon als der übelste Arbeitsplatz in ganz Manhattan. Die Firma war dafür berüchtigt, die Leute auszusaugen und dann fallenzulassen. Irgendwann wurde jeder gefeuert.

Am zweiten Montag im Juni stand Maia also wieder am Fuß des Beauty Building, Ecke Fifty-Ninth Street/Fifth Avenue. Wie eh und je ragte der weiße Marmor steil in die Höhe, und Maia überkam die altvertraute montagmorgendliche Mischung aus Aufregung und Angst; eine neue, lange Arbeitswoche lag vor ihr.

»Verdammt! Ausgerechnet heute muß ich meine Periode bekommen!« hatte sie geflucht, als sie nach einer schlaflosen Nacht mit Krämpfen und dem vertrauten anschwellenden Schmerz im Unterleib aufgewacht war. Der erste Tag war immer der schlimmste. Am liebsten wäre sie daheim geblieben, hätte Motrin genommen und mit einer Wärmflasche auf dem Bauch ein Buch gelesen. Aber sie mußte ja unbedingt Miss

Sie-können-sich-glücklich-schätzen-mich-eingestellt-zu-haben spielen!
»Und so haben WIR unsere Farbkollektion für das nächste Frühjahr konzipiert.«
Als erstes hatte Maia eine Besprechung mit dem *fashion tracker* von Avalon, einer Art Mode-Spürhund namens Ms. Bobbi Bill, die Maia mehrere Schautafeln mit Collagen zeigte – Stoffmuster, Farbschraffuren, aus *Vogue, Harper's, Elle* ausgeschnittene Modefotografien. Bobbi Bill benützte Ausdrücke wie »Lip-Nail-Story« oder »die Silhouette der Saison«.
Maia hörte aufmerksam zu, während Bobbi weiterschwadronierte. »Ich habe Meetings mit Leuten, die mir die Farben der nächsten Saison vorhersagen, besuche die Designer und Textilhersteller in Frankreich, Italien und England, die mir ebenfalls die kommenden Farben und den kommenden Stil verraten, so daß WIR immer schon ein Jahr im voraus unsere Farben für Lippenstift, Rouge und Nagellack angleichen können. Vielleicht klingt das wahnwitzig, aber es funktioniert sehr präzise.«
»Natürlich«, sagte Maia.
»Mit dieser Farbe kommen wir als nächstes auf den Markt«, schloß Bobbi ihren Vortrag, schürzte die Lippen wie ein Manager und legte eine Hand auf die letzte Schautafel, die DIE Farbe zeigte.
Maia starrte auf die Farbe, die Avalon zu propagieren beabsichtigte.
»Also, dieses *color statement* ...« Maia brachte kaum die Worte über die Lippen. Mein Gott, ich bin wirklich raus aus der Szene, dachte sie. »Das kann man doch als ... Pink bezeichnen, oder?« Von Sekunde zu Sekunde schien ihre Stimme leiser zu klingen. »Es ist doch eine Art Pink, nicht wahr?«
Bobbi Bill erschauderte, als hätte Maia ein obszönes Wort ausgesprochen, und nahm sich viel Zeit, ihre perfekt manikürten Fingernägel zu begutachten. Wie kam diese Provinztussi –

denn das war sie zweifellos – dazu, Farben zu benennen, wenn sie doch ganz offensichtlich keine Ahnung hatte?

»Nein!« zischte sie. »Das ist kein … *Pink.*« Sie flüsterte das Wort, als ob sie es kaum über sich brächte, es auszusprechen. »Es ist frisch! Pikant! *Eine Farbe, die noch kein Mensch je zuvor gesehen hat!* Es ist *Blau* darin«, flüsterte sie. Dann kehrte sie zu ihrer normalen Lautstärke zurück. »Es ist wie Himbeere, aber es *ist* nicht Himbeere! Es ist viel *profunder* als … Pink!« Daraufhin gönnte sie sich eine verächtliche Pause und schloß das Thema mit den Worten: »Pink ist einfach zu altmodisch. Das reizt doch keine Konsumentin mehr!«

Maia kam sich vor wie eine kleine graue Maus. Bobbi Bill war ihr vom ersten Augenblick an unsympathisch gewesen. Während sie darauf warteten, daß der Kaffee serviert wurde, nutzte Bobbi die Zeit, ihr zu erzählen, daß sie jedes Wochenende mit ihrem Freund nach Florida zu den Keys flog, wo »wir ein Boot haben. Wir lieben es! Es ist zweiundzwanzig Meter lang. Wollen Sie mal ein Foto von unserem Captain sehen?« Bevor Maia etwas erwidern konnte, fügte Bobbi hinzu: »Es ist schon ein extravaganter Lebensstil. Also, das muß ich zugeben – ich habe einen sehr extravaganten Lebensstil!«

Den Rest des Tages verbrachte Maia in einem leeren, sterilen Büro, wo sie die nackten weißen Wände anstarrte, hin und wieder auf einer Schreibmaschine herumhackte, die meiste Zeit jedoch die Kosmetikdamen von Avalon dabei beobachtete, wie sie auf dem Gang hin- und herparadierten. Gelegentlich brauchte eine von ihnen ein Versuchskaninchen und bat Maia, bei einem Parfumtest behilflich zu sein oder ein neues Produkt an sich ausprobieren zu lassen, wobei sie hinterher einen Fragebogen mit ihrer Bewertung ausfüllen mußte. Sie wurde besprüht, gesprayed, gemousst, gegelt, eingecremt und gekämmt.

Schließlich beschloß Maia, ein paar Zeitschriften zu durchblättern, um sich inspirieren zu lassen, alles über die neuesten Trends zu erfahren und ihren eigenen Ideen freien Lauf zu lassen. Statt dessen stieß sie auf einen nervigen und sinnlosen Slogan nach dem anderen: Wenn Sie nicht gut aussehen, sehen wir auch nicht gut aus. Wo das Mädchen aufhört und die Frau beginnt. Die richtige Wahl. Coke ist es. Zeit für die guten Dinge des Lebens. Dieses Bud ist für Sie. Eintauchen und sich wohl fühlen. Das liest man in der Business Class. Es war schon immer etwas Besonderes, einen guten Geschmack zu haben. Gehen Sie nicht ohne ihn aus dem Haus. Genau das Richtige. Am Ende ihres Siebenhundertfünfundsiebzig-Dollar-Tages war sie fix und fertig. Wie sollte sie diese Farbe bloß nennen? Es *war* doch Pink. Sie konnte darin nur Pink sehen. Hatte sie ihr Talent verloren? Zweifel stiegen in ihr auf. Nein, sie würde sich schon etwas einfallen lassen. Irgend etwas fällt mir letztlich immer ein, sagte sie sich.

Nachdem sie fünf Tage lang die Farbe angestarrt, inhaliert, eingesogen hatte, war ihr immer noch nichts eingefallen. Nun ja, sie hatte jede Menge Wörter in ihre Schreibmaschine getippt, aber keines davon fand sie außergewöhnlich. Schließlich erwartete man von ihr, daß sie mit einem perfekten, verlockenden Das-Ding-brauche-ich-unbedingt-Namen Millionen von Dollars umsetzte. *Und was, wenn sie es nicht schaffte?* Die Leute fanden einen solchen Namen natürlich immer erst phantastisch, *nachdem* er von den Konsumentinnen akzeptiert worden war. Davor war er nichts weiter als schwarze Buchstaben auf dem Papier, die Maia vom Schreibmaschinenblatt entgegenstarrten.

An diesem elenden Freitagnachmittag saß sie in ihrem Büro hoch oben im fünfzigsten Stock, starrte aus dem Fenster und ertappte sich dabei, wie sie an den spätnachmittäglichen Himmel Yucatáns dachte, an jenes sonderbare Licht, das sie so liebte, und an die Wolkenshow, die sie dort immer zu sehen bekommen hatte. Sie versuchte sich den Jasminduft vorzustellen, der dann durchs Fenster drang, und die tiefe Stille kurz vor dem Ende der Siesta – sie warf einen Blick auf ihre Armbanduhr –, ja, ungefähr jetzt.

Sie beschloß, für heute Schluß zu machen, und schlenderte die Park Avenue hinauf. An diesem dunstigen Sommerabend fühlte sie sich wie eine Fremde in Twilight Zone: Die kleine Maia wandert durch graue, von hohen Steingebäuden gesäumte Betonstraßen.

Die Türsteher der Park Avenue brachten ihre Dienstzeit unterschiedlich hinter sich; manche saßen in den Häusern, wo es kühl war, andere standen draußen herum, überblickten träge und in Hemdsärmeln ihr Terrain oder beäugten ihr jeweiliges Gegenüber auf der anderen Straßenseite. Bei jedem Baldachin, unter dem Maia durchging, schielte sie in die aufwendig gestalteten Lobbys und überlegte, wie ein Leben in einem solchen Haus wohl wäre. Den kühlen Schwall aus den Klimaanlagen, der ihr jedesmal entgegenströmte, genoß sie. Sie beobachtete eine Park-Avenue-Mami, die von der Arbeit heimkam und von ihrem emanzipierten, leicht gealterten Elite-Universitäts-Absolventen von Ehemann begrüßt wurde, der ihr, einen teuren englischen Kinderwagen schiebend, entgegenkam, im Schlepptau ein haitianisches Kindermädchen und ein vor sich hinstolperndes Kleinkind. Das sind die Leute, die New York lieben, die es zu ihrer Heimat gemacht haben, dachte Maia.

Am nächsten Morgen zählte sie achtzehn Pickel in ihrem Gesicht und betupfte jeden einzelnen mit Zahnpasta. »Das ist bestimmt der Streß bei Avalon«, sagte sie, während sie sich im Spiegel betrachtete. Sie sah einfach lächerlich aus.

Sie blickte aus dem Fenster, während sie an ihrem Morgenkaffee nippte, und beobachtete fasziniert die Partyvorbereitungen, die gerade in einem Penthousegarten einige Häuser weiter getroffen wurden. Eine große weiße Markise wurde ausgefahren, viele Leute eilten geschäftig hin und her, Luftballonsträuße und chinesische Lampions flatterten verführerisch im leichten Wind. »Bestimmt eine Hochzeit«, dachte sie. Junge Männer bauten eine Bar auf, reihten Gläser und Flaschen aneinander. Jemand gab mit lauter Stimme Anweisungen und schickte die Lieferanten in eine andere Ecke. Irgendwo, stellte sie sich vor, saß jetzt die Braut beim Lunchen mit den Brautjungfern: Krabbencocktail, Salat, knusprige Brötchen und eine Baisermuschel gefüllt mit bunten Sorbetkugeln. Köstliches Gebäck und Kaffee.

Die Stadt war leer an diesem schönen Junisamstag, Maia konnte bequem ihre Einkäufe und anderes erledigen. Sie ging in den Supermarkt, zum Bäcker, in die öffentliche Bibliothek und zur Post. Danach blieb ihr der ganze Nachmittag zum Sonnenbaden im Central Park. Dort las sie auch, auf einer Decke liegend, in der *Village Voice* über eine nicaraguanische Politveranstaltung, die abends im *Taller Latinomaericano* stattfinden sollte.

Um acht Uhr abends betrat sie – mit einiger Überwindung – einen stickigen, verräucherten Kellerraum am Rand der Lower East Side. Kaum hatte sie sich im Dunkeln hingesetzt, fühlte sie sich umgeben von der ihr so vertrauten Atmosphäre, die immer dann entsteht, wenn *latinos* und unkonventionelle Hippie-Gringos zusammenkommen. Eine Frau, die der Vereinigung »Ventana« angehörte (Künstler, Autoren, Schauspieler, die sich mit der Revolution solidarisierten), zeigte Dias von einer kurz zurückliegenden zehntägigen Reise nach Managua. Nach dem Diavortrag wurden die Tische und Stühle zur Seite geschoben, und eine Marimba-Band erschien. Wenige Minuten später hatte sich der Raum in eine Fiesta verwandelt – wilder Tanz, scharfes Essen, kaltes Bier. Maia stand in einer Ecke, knabberte an einer *empanada* und betrachtete den fröhlichen Haufen.

*»Hola«*, sagte ein junger Mann im Overall mit großen, braunen, ausdrucksstarken Augen. Das Auffälligste an ihm war sein braunes Haar, das er sich zu einem langen Zopf geflochten hatte.

*»Hola«*, erwiderte Maia lächelnd den Gruß, legte die *empanada* auf den Teller und wischte sich die fettigen Finger an einer Serviette ab, um ihm die Hand zu schütteln.

»Ich bin Paolo aus Argentinien.«

»Ich bin Maia aus New York.« Es war so schön, wieder spanisch sprechen zu können.

Ihr müheloser, fast akzentfreier Umgang mit der Sprache beeindruckte ihn. »Wo hast du so gut Spanisch gelernt?«

»Ach, ich hatte einen ausgezeichneten Lehrer«, sagte sie neckisch. »Mexiko.«

Sein Spanisch mit dem schwungvollen italienischen Akzent ließ sie dahinschmelzen. Sie lachten, weil er sein Englisch verbessern, sie dagegen ihr Spanisch auffrischen wollte, so daß sie sich schließlich in beiden Sprachen unterhielten und einander dabei korrigierten.

»Tanzt du mit mir?« fragte er.

*»Me encantaria.«*

Sie stürzten sich ins Getümmel und tanzten mehrere Stunden lang; hin und wieder legten sie eine Pause ein, um sich abzukühlen, ein kaltes Bier zu trinken, den Schweiß abzuwischen und, so gestärkt, von neuem zu beginnen. Maia glaubte, ein bißchen in ihn verknallt zu sein – allerdings nur so lange, bis er, vom wilden Tanzen erhitzt, sein Hemd auszog und sie seinen blassen, knochigen Rücken und die langen, dünnen Arme sah. Mit einem Schlag waren die kleinen Anflüge von Verliebtheit wie weggeblasen. Sie war enttäuscht, andererseits blieb ihr auf diese Weise ein weitergehendes Abenteuer erspart. Als die Fiesta zu Ende war, begleitete er sie zur First Avenue und wartete mit ihr, bis ein leeres Taxi auftauchte. Sie tauschten ihre Telefonnummern aus, aber Maia wußte, das daraus nichts weiter werden würde. Was sie betraf, so verbuchte sie den Abend als einen Erfolg – sie war allein ausgegangen und hatte ihren Spaß gehabt.

Am nächsten Morgen trank sie ihren Kaffee wieder am Fenster; die Penthouse-Party fiel ihr ein, sie hob den Blick. Nichts war zu sehen, alles verschwunden! Hatte sie sich das nur eingebildet? Nein, die Vorbereitungen gestern waren real gewesen. Bittersüße Wehmut stieg in ihr auf. War dies die Hinfälligkeit allen Glücks, daß es sich verflüchtigte von einem Tag auf den anderen?

Dann war der Montagmorgen da, und sie blickte einer neuen Woche Avalon entgegen. Sie fühlte sich als völlige Außenseiterin. Tag für Tag kamen irgendwelche Kosmetikdamen in ihr Büro und wollten irgendwelche Produkte an ihr testen. Heute handelte es sich um ein Wangenrouge im Bürstchenpumpspender, »besonders geeignet für die Anwendung im Flugzeug«, hörte sie eine Sekretärin sagen. Genau so etwas hatte der Welt noch gefehlt! Maia fand es gut, daß es schön gekleidete, makellos frisierte, perfekt manikürte, modisch gestylte Frauen gab, die ihre Arbeitszeit damit verbrachten, sich Gedanken über die Kosmetikbedürfnisse der Amerikanerinnen zu machen, »denn ich gehöre nicht mehr dazu«. Verdrießlich starrte sie aus ihrem Bürofenster mit dem Millionen-Dollar-Ausblick. Blue Pink, True Pink, Pink As, Verrückt nach Pink, Chic Pink, Kelly Pink, Pink Vanille, Fuzzy Pink, Punk Pink, Pink Fizz tippte sie in ihre Schreibmaschine.

Sie beschloß, sich besser einige Tage mit dem »Himbeer-Konzept« zu beschäftigen, tauchte in ein Meer von Himbeer-Wörtern, trieb ihren Geist, ihre Phantasie an, frische neue Wörter für »Himbeere« zu finden. Unter der Dusche, beim Einschlafen, beim Aufwachen murmelte sie Himbeer-Wörter vor sich hin. Himbeer-dies, Himbeer-jenes, jedes zweite Wort war

»Himbeere«. Sie lackierte sich die Nägel himbeerfarben, kaufte kartonweise Himbeeren, stierte sie an, aß sie schließlich auf und brütete stundenlang vor einem Bouquet himbeerfarbener peruanischer Lilien, das sie auf dem koreanischen Markt gekauft hatte. Hunderte von Himbeer-Wörtern später hatte sie immer noch nichts gefunden.

Ihr Apartment füllte sich mit Musterpackungen, die sie von Avalon erhielt. Rings um die Dusche standen verschiedene Shampoos und Conditioner. Auf dem Regal neben dem Waschbecken drängten sich die Moisturizer, Sonnenschutzcremes, Foundations, Nachtcremes, Augencremes, Morgengels. Im Kühlschrank sammelten sich Nagellackfläschchen und Lippenstifte in Farbtönen, die sie nicht in einer Million Jahre auflegen würde.

Zu Beginn der dritten Woche versuchte sie nur noch zu überleben. Es war soweit, jetzt ging es ums Ganze. Sie bemühte sich nach Kräften. Immerhin stand ihr Ruf auf dem Spiel. Der grauenhafte Augenblick rückte näher und näher. Am Freitagnachmittag betrat sie einen Raum voller Kosmetik-Wölfe, die sich alle gegenseitig haßten und am Ende doch auf etwas einigen mußten.

»Kein Tamtam, keine Ansprachen!« sagte der Creative Director mit einer ungeduldigen Handbewegung. »Geben Sie einfach Ihre Namensvorschläge ab!« blaffte er Maia an, bevor sie auch nur ein paar witzige Sätze sagen konnte, um die Atmosphäre etwas aufzulockern.

Sie teilte Kopien ihrer Liste mit den zweihundert Namen aus und blieb schweigend stehen, während die Firmenleitung die Seiten überflog. Nicht einmal einen Stuhl hatte man ihr angeboten.

»Und was ist Ihr Favorit?« wollte der fünfundsechzigjährige, glatzköpfige, zigarrenkauende Hab'-alles-schon-gesehen, Binüberall-gewesen-Vizedirektor Marvin Levy wissen. Seine Stimme triefte vor Sarkasmus. Er hatte schon viele von diesen »Kreativtypen« fertiggemacht.

»Pink on the Brink«, sagte Maia entschieden – was soviel hieß wie »Äußerstes Pink«. Sie war fest entschlossen, sich von diesem Monster nicht einschüchtern zu lassen.

Er lehnte sich in seinen Sessel zurück und ließ den Blick über die Mitglieder der Geschäftsleitung schweifen. »Und warum ist ›Pink on the Brink‹ gut?« fragte er, woraufhin all die hohen Firmentiere ihre stählernen, ausdruckslosen Blicke an Maia wetzten.

Selbstverständlich wußte sie, daß ihre Wahl Ausdruck ihrer persönlichen Situation war – aber aus einem solchen Grund würden diese Leute niemals einen Millionen-Dollar-Namen akzeptieren. Sie atmete tief durch, bot ihr ganzes altes Beauty-Selbst auf und hielt ein leidenschaftliches Plädoyer, das so wirkte, als hätte sie sich alles ganz genau überlegt. Woher ihr die Worte zuflogen, würde sie später nie zu sagen wissen.

»›Pink on the Brink‹ ist der perfekte Name für den Beginn des Fin de siècle, die neunziger Jahre. ›Pink on the Brink‹ geht bis zum Äußersten, es ist eine Farbe außer Rand und Band. Am Ende eines Jahrhunderts hat man keine andere Wahl, als einen Sprung zu tun – einen Sprung von der Klippe der Vorsicht hinein in den Canyon des Lebens. Antreiben oder getrieben werden, verstehen Sie! Alle sind an einem Wendepunkt angelangt.«

Stille.

»Oder finden Sie nicht?«

»Danke, Miss Rose«, sagte Marvin Levy.

Maia verstand, daß sie entlassen war, damit die Geschäftsführung intern über ihre Liste beraten konnte.

Dies war das Ende ihres Aufenthaltes in Avalons Land der Schönheit. Als sie ihr Büro für das Wochenende aufräumte,

teilte man ihr mit, am nächsten Montag brauche sie nicht mehr zu erscheinen.
»Offenbar passen Sie nicht so recht zu uns ...« erklärte die Personaldame entschuldigend.
Maia war weder überrascht noch am Boden zerstört, sondern ziemlich erleichtert und spazierte im größten Seelenfrieden durch die Stadt. Pooch hatte sie »auf eine Kleinigkeit zum Essen« eingeladen. Maia wußte, daß es Spaghetti geben würde, denn bei Pooch bekam man immer Pasta.
Als sie Poochs Maisonettewohnung betrat, kam Pooch ihr frisch geduscht, in Leinenhose und einem blaßgelben Lacoste-Shirt entgegen – ein Sinnbild kühler sommerlicher Eleganz.
»Kannst du mir helfen, diese Geranien für die Terrasse umzupflanzen?« waren, statt eines Hallos und der Frage nach dem Erfolg von Maias Präsentation, Poochs erste Worte.
Maia sah zwölf zartrosarote Geranienstöcke, die nur darauf zu warten schienen, daß man sich um sie kümmerte. Nachdem die Arbeit getan war, gingen Pooch und Maia in die Küche, wo, nicht gerade zu Maias Überraschung, auf dem Herd ein Topf mit blubbernder Tomatensauce aus der Dose sowie auf dem Tisch ein Gefäß mit altbackenen Grissini standen – wohl mehr des schicken Effekts willen als zum Essen gedacht.
»Es gibt Pasta!« verkündete Pooch, als wäre das eine ungeheure Neuigkeit.
»Super!« erwiderte Maia, als wäre sie hocherfreut über diese Überraschung.
Pooch nahm eine Flasche Weißwein aus dem Kühlschrank und goß gut einen Achtelliter in ein übergroßes Lalique-Kristallglas, das schon leer ungefähr ein Pfund wog und sehr unbequem in der Hand lag, vom Trinkkomfort ganz zu schweigen. Sie nahmen die Drinks, gingen hinaus auf die Terrasse und sprachen über Maias berufliche Lage, über Poochs Landhaus, den Niedergang Manhattans, Maias Schuhe, die Pooch bewun-

derte, sowie über die Kapuzinerkresse, die Pooch aus Samen gezogen hatte und im Garten der »Farm« – so nannte sie ihr Landhaus – einpflanzen wollte.
Wieder in der Küche, merkte Maia, daß sie schon völlig betrunken war. Während Pooch das Essen zubereitete und servierte, fungierte Maia als Ratgeberin in Liebesfragen – was sie bei Pooch schon oft getan hatte. Barney, ihr letzter Freund, war ausgezogen, und sie wollte sich nun ganz auf Maias jahrelange Erfahrung im Alleinleben verlassen, um die Nacht zu überstehen.
»Weißt du was – nach dem Essen gehen wir aus und sehen uns Männer an«, flötete Pooch, »du weißt schon – das Terrain sondieren!«
An diesem Punkt brach Maia in Tränen aus.
Poochs erste Reaktion war alles andere als Mitgefühl – im Gegenteil, sie blickte Maia zuerst wütend, dann enttäuscht, schließlich unbehaglich an. Sie hatte sich darauf verlassen, daß Maia sie aufbauen würde, aber was sollte sie mit einer Maia anfangen, die weinte wie ein Schloßhund?
»Entschuldige, entschuldige«, sagte Maia immer wieder, während ihr die Tränen herabliefen.
»Ist ja schon gut, komm«, tröstete Pooch leicht genervt. Aber es war ja alles andere als gut.
»Ich glaube, ich kriege einen Nervenzusammenbruch«, schluchzte Maia. »Ich weiß nicht, was in mich gefahren ist.« Sie versuchte, sich zusammenzureißen. »Ich habe schwierige Wochen hinter mir. Ich glaube, es ist besser, wenn ich gehe. Ich muß einfach mal gründlich ausschlafen, das ist alles.«
Als sie daheim ankam, waren zwei Nachrichten in ihren Anrufbeantworter gesprochen. Die eine stammte von Avalon – sie teilten ihr mit, daß ihr »Pink on the Brink« akzeptiert worden war.
Und dann ertönte Miguel Angels Stimme. Es rauschte und

knackte furchtbar in der Leitung, und das einzige, was Maia hörte, war sein Fluchen, daß er nicht sie selbst, sondern nur die Maschine angetroffen hatte.

# 39

Um vier Uhr morgens schreckte sie aus einem Alptraum hoch und lag von da an weinend im Bett; endlos rannen ihr die Tränen übers Gesicht. Was mache ich hier? stöhnte sie. Wohin will ich eigentlich? Und was will ich? Warum weiß ich das einfach nicht? Sie ließ ihre Augen in der dunklen Wohnung umherwandern und sah nur ihre eigene Traurigkeit. Das ist ja wirklich ein Nervenzusammenbruch, dachte sie.

Plötzlich sehnte sie sich nach Miguel Angel und seiner Lebensklugheit. Sie dachte zurück an ihre Ankunft in New York vor einem Monat. Sie war so beschäftigt gewesen, so aufgeregt, wieder in New York zu sein, daß sie kaum je an ihn gedacht hatte. Warum vermisse ich ihn nicht? hatte sie sich beunruhigt gefragt. Aber dann hatte sie ganz deutlich gespürt, daß ihr das recht war, denn ihn nicht zu vermissen bedeutete für sie, daß es vorbei war.

Und jetzt tauchte mit einemmal sein Gesicht vor ihr auf. Nein, das ist doch unmöglich! Das ist alles unmöglich, ich kann nicht dorthin zurückkehren! Aber hierbleiben kann ich auch nicht! Wütend und verzweifelt ging sie in ihrer Wohnung hin und her, wie besessen von dem Wunsch erfüllt, zu erfahren, was mit ihr passiert war.

Plötzlich fiel ihr Adrian ein, die Astrologin des *Chic*-Magazins. Adrian! Ich muß mit Adrian sprechen! Sie kann mir sagen, was los ist.

Sie suchte im Telefonbuch nach dem Namen. Er stand nicht drin. Sie rief die Auskunft an. Die Nummer war nicht registriert.

»Tut mir leid, daß ich dich aufwecke, aber ich brauche die Telefonnummer von Adrian«, erklärte Maia der schlaftrunkenen Pooch. »Du hast doch ein Verzeichnis der Privatadressen aller Angestellten von *Chic*, oder?« Ihre Stimme klang so barsch und kommandierend, daß Pooch gar nicht erst anfing, sich zu beschweren.

»Ruf mich später noch mal an«, war alles, was sie sagte; dann las sie Maia die Nummer vor.

Trotz der frühen Stunde rief Maia sofort bei Adrian an.

Das Telefon klingelte nur einmal, schon meldete sich die heisere Stimme. »Ich kann nur hoffen, daß es sich um etwas Wichtiges handelt ...«

»Adrian!«

»Wer ist da?« wollte Adrian wissen.

»Maia Rose.«

»Ah ...« Adrian entspannte sich hörbar. Maia hörte, daß sie sich eine Zigarette anzündete. »Maia Rose ...« Sie zog an der Zigarette und blies den Rauch aus. »Was gibt's?«

»Ja, also – ich muß mit Ihnen reden«, stotterte Maia, plötzlich doch etwas verlegen, aber dann sprach sie weiter: »Ich bin ganz durcheinander. Es ist alles so kompliziert. Ich möchte einen Termin mit Ihnen vereinbaren, so bald wie möglich. Ich muß einiges über mich herausfinden.«

Am anderen Ende der Leitung herrschte Stille. Maia konnte geradezu spüren, wie Adrian ihren spirituellen Sender einstellte.

»Sie brauchen keinen Termin. Es ist alles in Ordnung.«

»Nein, gar nichts ist in Ordnung! Ich weiß nicht mehr, was ich tue!« sprudelte es aus Maia heraus.

»Verschwenden Sie nicht Ihr schwer verdientes Geld mit einem

Termin bei mir, *bubbula.*« Adrians Stimme klang ruhig und entschieden. »Es ist ja weiß Gott schwer verdient – diese Leute haben sie angeheuert und gefeuert!« Sie lachte, als sähe sie Maias Plackerei bei Avalon deutlich vor sich. »Die Planeten spielen zur Zeit verrückt, deshalb rasten alle ein bißchen aus – haben Sie das nicht bemerkt?« fragte sie kichernd.

Aber dann ging sie zu einem anderen Tonfall über, sprach ganz langsam, wie zu einem hysterischen Kind. »Maia, seit ich Sie das letzte Mal gesehen habe, hat sich nichts verändert. Ich habe nie behauptet, daß es leicht sein würde, aber Sie sind auf dem richtigen Weg. Sie schaffen das schon!«

Maia brachte keinen Ton heraus. Adrians Worte erschreckten und beruhigten sie gleichzeitig.

»Immer dran denken: Die einzigen Dinge, die man im Leben bereut, sind die, die man *nicht* getan hat!«

Alles – und nichts – war klar.

»Und machen Sie sich keine Sorgen wegen der Arbeit. Das Geld wird Sie schon finden.«

Maia wußte nicht, was sie sagen sollte.

»Rufen Sie mich in einem Jahr wieder an«, fuhr Adrian fort. »Gott segne Sie, Maia Rose.« Sie legte auf.

Völlig erschöpft kroch Maia zurück ins Bett und döste ein; Erinnerungen stiegen in ihr auf, verschwanden wieder.

Als sie einige Stunden später erwachte, hatte sie das überwältigende Bedürfnis, mit Miguel Angel zu reden. Sie sah ein, daß sich etwas ihrer bemächtigt hatte, das stärker war als sie. Sie konnte Miguel Angels Liebe nicht entgehen. Sogar bis nach New York war diese Liebe ihr gefolgt.

Es ergab keinen Sinn, voneinander getrennt zu sein.

Hatte sie nach New York zurückkehren müssen, um das zu kapieren?

Und liebte er sie überhaupt noch?

Die einzige Nummer, unter der sie ihn erreichen konnte, war

die des Hotel Coco. Niemand anderer ihrer Bekannten dort hatte ein Telefon, nicht einmal Anna, die jahrelang versucht hatte, sich einen Apparat anschließen zu lassen. Maia mußte das Hotel anrufen, eine Nachricht hinterlassen und warten, daß Miguel Angel zurückrief. Sie wählte die Nummer, und während die Computer klickten und die Leitungen knisterten, fühlte sie, wie ihr Herz gen Süden flog.

*»Bueno!«* meldete sich Leticia.

»Leticia! Hier ist Maia aus New York!«

*»Hola mi amor! Que sorpresa! Como estás?«*

»Leticia, ich möchte mit Miguel Angel sprechen. Kannst du ihm, wenn du ihn siehst, sagen, daß er mich anrufen soll? Per R-Gespräch!«

*»Momentito«*, sagte Leticia und ließ Maia warten.

Sie war wohl Papier und Bleistift holen gegangen. »Hey, das ist ein Ferngespräch!« rief Maia in die Muschel.

*»Hola muchacha!«* Seine Stimme floß wie Honig durchs Telefon.

Das mußte Schicksal sein – daß er genau in dem Augenblick, in dem sie anrief, am anderen Ende des Ortes im Hotel Coco war!

*»Hola«*, seufzte Maia erleichtert.

»Ich habe schon geglaubt, du hättest mich vergessen ... Kein Anruf ... Keine Briefe ...«

Sie schämte sich. »Ich wollte nur herausfinden, ob ich dich vermisse ...«, sagte sie kleinlaut. Wie grauenhaft das klang!

»Ich verstehe. Und?«

»Ja, ich vermisse dich. *Mucho.*«

»Das ist gut.« Er schwieg eine Weile vor sich hin. »Das Schuljahr endet in der zweiten Juliwoche. Ich dachte, ich komme dich besuchen.«

»Wirklich?«

»Ja.« Er sang das Wort beinahe.

»Das wäre wunderbar«, versicherte sie ihm atemlos.
»Ich rufe dich an, wenn ich weiß, wann ich fliege. Ich hasse das Fliegen – das kannst du dir gar nicht vorstellen!«
Sie wußte nicht, was sie sagen sollte. »Okay. Dann also auf Wiedersehen. Ich liebe dich.«
*»Cuanto?«* fragte er lachend.
*»Tanto.«* Wie seine warme Stimme sie beruhigte!
»Und ich?« fragte er neckisch.
»Du liebst mich vielleicht ein kleines bißchen.«
»Mehr, als du je ahnen kannst.«
Sie legten auf. Maia war von einer lichten Ruhe durchdrungen. Niemand hätte mehr als sie erstaunt sein können über das, was da gerade geschehen war. Eine Tür hatte sich geöffnet.

# 40

Nie in ihrem Leben würde sie den Augenblick vergessen, als Miguel Angel aus der Abfertigungshalle kam. Er wirkte nervös und mißtrauisch, bereit, gegen Drachen zu kämpfen, wenn es denn nötig sein würde. Maias Herz hämmerte vor Liebe und Freude.
Kaum hatte er sie hinter der Absperrung entdeckt, entspannten sich seine Züge, und er verschlang sie geradezu mit seinen Blicken. Er eilte zu ihr und nahm sie in die Arme.
*»Hola niña«*, sagte er mit seiner wunderbaren tiefen Stimme.
Lange standen sie schweigend da, wie in einem Rausch. Endlich konnten sie einander in den Armen halten.
»Wie war der Flug?« fragte Maia lächelnd und noch ein bißchen scheu und stupste ihn mit der Nase.
*»Terrible«*, stöhnte er. »Und der Flughafen von Miami war am allerschlimmsten. Eure Einwanderungsbehörde hätte mich beinahe nach Mexiko zurückgeschickt.«

»Nein!« sagte sie ungläubig.
»Das sind wirklich *cabrones* dort. Aber ich kann es verstehen – ganz Lateinamerika versucht über Miami reinzukommen.«
Sie wußte nicht, was sie darauf erwidern sollte. »Was ist in der Tüte da?«
Er öffnete die Plastiktüte, damit Maia einen Blick hineinwerfen konnte.
»Oh!« rief sie, steckte die Hand hinein und betastete das Moskitonetz, das in der Tüte lag. »Süß! Aber in Manhattan gibt es keine Moskitos!« sagte sie lachend.
»Dann schützt es uns eben vor Vampiren!« Er stürzte sich noch einmal gierig auf sie, umarmte sie, küßte ihren Hals. Dann murmelte er: »Laß dich mal ansehen«, trat einen Schritt zurück und begutachtete sie von Kopf bis Fuß. »Du siehst so ... verändert aus. Deine Frisur, dein Make-up, deine Kleidung ...«
Sie strich sich über das frisch geschnittene und gefärbte Haar und sah hinab auf ihren schwarzgeblümten Rock, das leicht verknitterte Seidentop und die schwarzen Sandalen. Ihre Fingerspitzen glitten über die teure, winzige Handtasche. »So bin ich eben!«
Sie waren beide noch ein bißchen scheu miteinander, während sie warteten, daß Miguel Angels Gepäck auf dem Kofferkarussell erschien. Maias Gefühlszustände wechselten zwischen glücklich, nervös, ängstlich und aufgeregt. Am stärksten war die Unsicherheit.
»Ich bin gleich wieder da«, entschuldigte sie sich und deutete auf den Trinkbrunnen gegenüber. Sie mußte etwas tun, um sich zu entspannen. Sie beugte sich hinunter und trank einen großen Schluck, und als sie fertig war, blieb sie noch einen Augenblick stehen und beobachtete Miguel Angel aus der Distanz. Er wirkte so verletzlich inmitten all der rauhbeinigen, geschäftig im Flughafen umhereilenden Ostküstler. Sie seufzte, weil sie auf einmal die Last der Verantwortung spürte, die sie

nun zu tragen hatte – sie mußte dafür sorgen, daß er sich wohl fühlte, mußte mit ihm Dinge unternehmen, die ihm Spaß machten … Wie würde er hierhin passen, in ihr Leben?

*»Bueno«*, sagte er, als sie wieder bei ihm war, und deutete auf seinen Koffer, den er gerade vom Band geholt hatte. »Geh voraus!«

Seine Anwesenheit machte sie sehr befangen. Sie ertappte sich dabei, alles mit seinen Augen zu sehen. Alles war plötzlich ganz intensiv – die Geräusche, der Anblick der sauberen gelben Taxis, die in einer Schlange warteten, während der Zuteiler, ein massiger, spanisch vor sich hinplappernder Mann, die Fahrgäste zuteilte.

Miguel Angel sah ihn sich genauer an. »Er kommt aus Puerto Rico«, sagte er.

»Woher weißt du das?« flüsterte Maia.

»Sein Akzent.« Er verzog das Gesicht. »Das tut mir in den Ohren weh. Im puertorikanischen Spanisch werden viele Vokale und Konsonanten verschluckt.«

Ein leeres Taxi fuhr vor; der Zuteiler winkte Maia und Miguel Angel nach vorn. Der Fahrer sprang aus dem Wagen und öffnete den Kofferraum. Noch ein *Latino*-Gesicht.

*»De donde eres?«* fragte Miguel Angel, als sie sich auf die Rückbank setzten.

»Honduras«, antwortete der Fahrer, und dann ließen die beiden Maia mit einem Schwall von spanischen Sätzen allein, während sie auf dem New Jersey Turnpike zurück zum Lincoln Tunnel und nach Manhattan hinein fuhren. Sie lehnte sich zurück und versuchte, so viel wie möglich von dem Gespräch mitzubekommen. Dieser José lebte seit eineinhalb Jahren in den Vereinigten Staaten und hauste mit zehn anderen *compadres* aus Tegucigalpa in einem Einzimmerapartment in Queens. Sie schliefen schichtweise, da sie ganz unterschiedliche Arbeitszeiten hatten, aßen meistens auswärts und schickten soviel wie möglich von ihrem Lohn nach Hause zu ihren Familien. Er war verzweifelt, weil er seine Familie nicht besuchen konnte.

»Warum denn nicht?« flüsterte Maia.

»Illegal«, gab Miguel Angel ihr zu verstehen.

»Oh.« Sie ließ sich in den Sitz zurückfallen. Sie kam sich wie eine Außenseiterin vor in diesem plötzlich ganz neuen Manhattan.

In Maias Wohnung bat Miguel Angel sie als erstes um Hammer und Nägel und brachte das Moskitonetz über dem Bett an. Dann duschte er, während sie Margaritas nach Manhattan-Art zubereitete.

»Der Wasserdruck ist unglaublich«, sagte er, als er mit einem Handtuch um die Hüften aus dem Bad kam. »Diese Dusche war wirklich ein Vergnügen. Und soviel heißes Wasser!«

Sein Anblick in ihrer Wohnung verblüffte sie aufs neue. »Ich kann immer noch nicht glauben, daß du wirklich hier bist«, sagte sie verlegen und wandte den Blick von seinem feuchten Männerkörper ab.

Er ging zu ihr, gab ihr einen Kuß und bugsierte sie aufs Bett. »Kannst du es jetzt glauben, daß ich hier bin?« fragte er lachend, während das Moskitonetz sich langsam um sie schloß.

Als erstes fiel ihr auf, wie kosmopolitisch er war. Er war, was immer die Stadt von ihm verlangte. Nichts machte ihn stutzig – weder die hohen, imposanten Gebäude und der starke Verkehr noch die Massen von verrückten, geistesabwesend umherhetzenden New Yorkern. Wenn sie in einer unsicheren Gegend mit verdächtig aussehenden Typen aus der Subway nach oben stiegen, verhielt er sich vorsichtig, als lebte er schon seit Jahren hier, wirkte aber beim Spaziergang über die Madison Avenue mit ihren edlen Geschäften ebenso heimisch. Schaufensterbummel absolvierte er, als hätte er sein Leben lang nichts

anderes getan; selbst bei den höchsten Preisen zuckte er nicht einmal mit der Wimper.
Von einem Menschen, der in einem Dorf im Hochland Guatemalas aufgewachsen war, hatte sie alles erwartet, nur das nicht. In den Tagen vor seiner Ankunft hatte sie sich den Kopf darüber zerbrochen, wie er sich wohl in New York machen würde, wie sie ihm alles beibringen sollte. »Es ist wichtig, daß du mein New Yorker Leben kennenlernst, damit du mich besser verstehen kannst«, hatte sie ihm kurz nach ihrem Telefonat geschrieben. Jetzt wurde ihr klar, welche Vorurteile sie gehegt hatte. Er zeigte ihr, daß es nicht wichtig war, woher man kam, sondern wer man war. Ihre Scham darüber behielt sie für sich.
Ständig wurde er mit Dingen konfrontiert, die er zum allererstenmal sah oder tat: sein erster Dove-Schokoriegel, seine erste Fahrt mit der Subway, sein erster amerikanischer Hamburger, sein erstes chinesisches Essen, sein erster Bummel durch Bloomingdale's, sein erster amerikanischer Supermarkt.
»Jetzt verstehe ich, warum du dich in Dolores beklagt hast, es gebe nichts Gutes zu essen«, sagte er, als sie durch die vollgestopften Gänge des Food Emporium schlenderten. »Genau wie in Dolores«, bemerkte er sarkastisch, während er zusah, wie die kleinen Kühldüsen mikrofeinen Eisdampf über den knackfrischen Waren versprühten.
»Und sieh dir das an!« sagte Maia, zog ihn zur Delikatessentheke und machte eine ausladende Armbewegung wie eine Moderatorin, die in einer Fernsehshow Preise präsentiert. Sie wollte, daß ihn die vor Sauberkeit funkelnde Auswahl an Fleisch, Käse und Salaten beeindruckte. Und er war beeindruckt.
Auf dem Weg zurück in die Wohnung kamen sie an The Gap vorbei. »Halt, halt, hier müssen wir unbedingt rein!« sagte Maia. »Ich glaube, das wird dir gefallen.«

Und wirklich, jedes einzelne Kleidungsstück faszinierte ihn. Er befühlte die Blue Jeans, hielt Pullover an sich hoch, bewunderte die Verarbeitung der Hemden. Er ließ sich von Dingen fesseln, die sie nicht einmal bemerkt hätte.
»Welche Hosengröße hast du?« fragte sie.
»Ich weiß nicht«, antwortete er, ein Etikett studierend, auf dem die Größe stand. »Das hier sind Gringo-Größen.«
Eine yuppiehaft gestylte Verkäuferin, die sie beobachtet hatte, trat zu ihnen und flötete: »Kann ich Ihnen helfen?«
»Ja, äh – ich weiß nicht, welche Hosengröße er hat«, sagte Maia, etwas peinlich berührt. Sollte eine Frau nicht die Größe ihres Freundes kennen? Die Verkäuferin warf einen Blick auf Miguel Angel und teilte mit, er habe Größe 34. »Ziehen Sie mal die hier an, dann sehen wir schon!«
Sie schaufelten ganze Armvoll Hemden, Pullover und Hosen zusammen. Maia saß mit im Umkleideraum, während er jedes Kleidungsstück anprobierte, sich ausführlich von allen Seiten betrachtete und jedesmal eine Bemerkung über die Besonderheiten eines Hemdes oder einer Hose machte. Er genoß alles in vollen Zügen. »Ihr Gringos!« sagte er, anerkennend den Kopf schüttelnd. »Wie diese Sachen geschnitten sind ... Und der Stoff so weich!« Er drückte sich ein Hemd an die Wange.
»Du siehst so schön aus in diesen Sachen«, sagte Maia, den Blick gebannt auf den Mann gerichtet, der sich da vor ihren Augen verwandelte. In der Khakihose und dem Jeanshemd wirkte er gänzlich anders als der Mann, der aus dem Flugzeug gestiegen war. Sie hatte sich lauter unnütze Sorgen gemacht. Wieder überkam sie ein heimliches Schamgefühl.
»Am liebsten würde ich alle meine alten Kleider wegschmeißen«, seufzte er, den Blick auf sein Spiegelbild gerichtet.
»Ich kaufe dir was«, sagte Maia.
»Nein!« Die Vorstellung schockierte ihn offenbar.
»Doch, wirklich, such dir aus, was du willst!«

»Ich lasse mir meine Kleider nicht kaufen!« Er begann das Hemd, das er gerade anprobiert hatte, aufzuknöpfen.
»Bitte! Es ist ein Geschenk.«
»Neunzigtausend Pesos für eine Hose ...« Er schüttelte den Kopf.
»Aber in Dollars ist das ganz billig. Für mich ist das überhaupt kein Betrag. Bitte! Ich möchte so gerne! *Yo por ti y tu por mi* – erinnerst du dich?«
Die Sachen standen ihm so gut und ihm gefiel so sehr, wie er in ihnen aussah, daß er klein beigab. »Okay. Aber nur dieses eine Mal.«
Sie verließen das Geschäft mit vollen blauen Gap-Tüten und schleppten alles lachend in Maias Wohnung. *»Gracias«,* sagte Miguel Angel, warf die Tüten aufs Bett und nahm Maia in den Arm.
*»De nada«,* erwiderte sie. Wenn er glücklich war, war auch sie glücklich.

»Ich gebe eine kleine Cocktailparty für euch zwei«, erklärte Pooch am Telefon. »Donnerstag abend. Sag jetzt bloß nicht, daß ihr da schon etwas vorhabt! Ich weiß nämlich, daß das nicht stimmt.«
»Nein!« sagte Maia. Poochs Großzügigkeit rührte sie zwar, aber der Gedanke an eine Party war für sie mindestens ebenso entsetzlich wie erfreulich. »Ich bin noch nicht soweit.«
»Für was?«
»Du weißt schon – mich mit Miguel in der ›Öffentlichkeit‹ sehen zu lassen.«
»Wovor hast du denn Angst?« fragte Pooch.
»Vor gar nichts«, erklärte Maia wenig überzeugend.
»Also, du kannst ihn doch nicht einfach versteckt halten. Außerdem wird er sowieso früher oder später alle kennenlernen, also – was soll's?«

»Aber das wird so peinlich!« sagte Maia nervös kichernd.
»Für dich vielleicht, nicht für uns«, sagte Pooch. »Donnerstag um sechs.«
Als sie Miguel Angel von der Party erzählte, war er hocherfreut. Sie aber blieb skeptisch. Bisher hatten sie ganz in ihr gemeinsames Glück zurückgezogen gelebt, und sie wollte nicht, daß sich das änderte.
Das Taxi, mit dem sie am Donnerstag zu Pooch fuhren, blieb im Stoßverkehr stecken, so daß sie eine halbe Stunde zu spät eintrafen. Als sie Poochs Wohnung betraten, erkannte Maia auf den ersten Blick, daß die Gäste noch viel nervöser waren als sie selbst. Alle wirkten ein bißchen steif und schütteten hastig Champagner in sich hinein, um lockerer zu werden.
Miguel Angel änderte das sofort. Wie ein Politiker arbeitete er sich durch den ganzen Raum, und nach fünfzehn Minuten war jeder sein größter Fan. Maias Befürchtungen, daß er zu diesen Leuten nicht passen werde, waren wie weggewischt. Mit vor Bewunderung offenem Mund stand sie neben ihm und übersetzte hin und wieder ein schwieriges Wort oder einen Satz.
»Daaahling«, gurrte Todd, der Fashionstylist, »er ist ganz wun-der-bar!« Er zog Maia zur Seite, um ihr Champagner nachzuschenken. »Gibt es dort unten noch mehr von der Sorte?« fragte er und verpaßte ihr einen neckischen Rippenstoß. Sein Freund und er hatten sich vor kurzem getrennt.
»Er ist ja sooo hübsch!« platzte es Lulu, Maias ehemaliger Sekretärin, heraus, die gerade ein Tablett mit blanchiertem jungem Spargel und Senf-Dill-Sauce herumreichte. »Das ist alles so romantisch!«
»Ich bin richtig neidisch«, gestand seufzend die Moderedakteurin Margie, Maias ehemalige Kollegin. »Er ist sexy *und* intelligent!« Sie war mit einem intelligenten, aber wenig sexy wirkenden Harvard-Betriebswirtschaftler verheiratet.
Ehe Maia sich's versah, war die Party zu Ende. Alle Gäste waren

gegangen; sie wollte noch dableiben und beim Aufräumen helfen, aber Pooch ließ das nicht zu. »Haut ab, ihr zwei«, sagte sie und scheuchte sie lachend zur Tür.

Sie fuhren mit dem Taxi zurück nach Uptown. Maia fand, es sei an der Zeit, daß Miguel Angel einmal einen griechischen Coffee-Shop erlebte. Sie bestellten zwei Spezialhamburger.

»In Dolores gab es für uns keine Zeit des Werbens umeinander«, sagte Miguel Angel, versonnen an einem Stück Pommes frites knabbernd. »Wir sind zusammengezogen und haben sofort den gemeinsamen Kampf mit dem Alltag aufgenommen. Und dann kam schon die Zeit, wo wir unsicher waren, ob du abreisen würdest.«

Aber jetzt hatten sie einander und konnten ihre Liebe in aller Ruhe genießen, sie wirklich erkunden, ohne Angst. An jedem einzelnen der schwülen Tage waren sie unterwegs. Sie schlenderten die Rampe im Guggenheim-Museum hinab, spendeten Kerzen in St. Patrick's, machten eine Führung durch das Gebäude der Vereinten Nationen mit. Chinatown, Little Italy, Wall Street – sie besichtigten alles. An einem sternenklaren Abend packte Maia Picknicksachen ein, sie setzten sich im Central Park auf eine Decke und lauschten zusammen mit Tausenden anderen Luciano Pavarotti und dem Orchester der Metropolitan Opera. Ein andermal gingen sie abends ins S.O.B. und tanzten zu heißer Livemusik Salsa, Merengue und Tropicale. Am liebsten aber waren ihnen die Abende, an denen sie in Maias Bett lagen, Leihvideos mit spanischen Untertiteln ansahen und angeliefertes chinesisches Essen aßen. »Das ist mein neues Laster«, erklärte Miguel Angel feierlich und spießte eine der knackigen Erbsenschoten auf seine Gabel.

# 41

Eines Abends kam Maia von einem ihrer Freiberufler-Jobs nach Hause und fand die Wohnung leer vor. Sie sah sich nach einem Zettel von Miguel Angel um, fand jedoch keinen. Sie streifte sich die Schuhe von den Füßen, öffnete eine Flasche Corona und saß gelangweilt herum.

Sie akzeptierte alle Aufträge, die man ihr anbot, so daß sie bald wieder bei siebenhundertfünfzig Dollar pro Tag angelangt war, während Miguel Angel daheim blieb und Englisch lernte. Das war ihre Idee gewesen. Eine Freundin von Pooch hatte eine Lehrerin namens Lila empfohlen, die jeden Tag in die Wohnung kam und Miguel Angel zwei Stunden lang unterrichtete.

»Sie gibt sich Mühe, aber sie ist so nervös«, beklagte er sich bei Maia. Als er herausfand, daß Lila dreißig Dollar pro Tag verlangte, explodierte er. »Das ist ein *escandalo!*«

»Schon gut, es macht mir nichts aus, das zu bezahlen«, erwiderte Maia fröhlich und fügte witzelnd hinzu: »Schließlich dient es ja einem guten Zweck.«

»Nein. Ich kann mich nicht konzentrieren, wenn ich weiß, daß du dafür täglich hundertachtzigtausend Pesos hinlegst!« fuhr er sie an.

»Bitte!« schmeichelte sie.

»Na gut, aber nicht mehr lange«, sagte er, wenig überzeugt.

Sie hatte das Bier ausgetrunken und gerade eine Bluse zu bügeln begonnen, als Miguel Angel mit einer Einkaufstüte hereinkam.

»Ich habe eine Bodega gefunden. Du würdest da nie reingehen. Sehr *latino,* düster und nicht übertrieben sauber. Aber die hatten alles! Frische Tortillas, Käse aus Oaxaca, *salsa verde, chiles.*« Er ging geschäftig in der Küche hin und her und stellte einen Topf mit gefleckten Bohnen auf den Herd.

Sie versuchte, erfreut zu tun, aber irgend etwas paßte ihr ganz und gar nicht. »Ach, ich habe eine spanische Zeitung für dich gekauft«, sagte sie und gab ihm eine Ausgabe von *El Diario,* die ihr auf dem Heimweg an einem Zeitungsstand ins Auge gestochen war.

Er machte es sich auf dem Bett bequem und begann zu lesen. Nach etwa fünfzehn Minuten warf er den *Diario* auf den Boden.

»Schund!« knurrte er ärgerlich. »Ich weiß wirklich nicht, was schlimmer ist, Kanal 41 oder diese Zeitung! Morde, Drogen, Sexskandale, Babys, die in Mülltonnen geworfen werden. Kein Wunder, daß die Gringos eine schlechte Meinung von den *latinos* haben!«

Maia verzog das Gesicht. Erst vor kurzem hatte sie Miguel Angel von Kanal 41 erzählt, dem spanischsprachigen Fernsehsender, in der Hoffnung, er würde sich damit mehr zu Hause fühlen. Jeden Abend sah er sich die Nachrichten an, um sich ein Bild von der US-Version der lateinamerikanischen Kultur zu machen, aber alles, was sie brachten, waren Skandalgeschichten aus New York. Maia hatte sich so darüber gefreut, *El Diario* entdeckt zu haben – jetzt war auch dieser Schuß nach hinten losgegangen. In letzter Zeit hatte sie jedesmal, wenn sie ihm etwas Gutes tun wollte, den Eindruck, daß daraus etwas völlig anderes entstand, und zwar immer etwas Negatives.

Daß seit einiger Zeit fast jedes zweite Gesicht, das sie sah, einem mehr oder weniger heruntergekommenen Lateinamerikaner gehörte, machte die Sache nicht besser: Carlos, der Hausmeister in ihrem Apartmenthaus, der in seinem fleckigen Overall gekommen war, um den tropfenden Wasserhahn in der Küche zu reparieren, der Türsteher an der Ecke, der ihnen das Taxi aufhielt, die Müllmänner, die zu jeder Zeit, Tag und Nacht, Mülltonnen schleppten, die Lieferjungen aus den Restaurants, die Hot-Dog-Verkäufer und die verzweifelten Neuankömm-

linge, die den Insassen vorbeifahrender Autos verwelkte Blumensträuße feilboten.
»Es braucht dir nicht meinetwegen peinlich zu sein«, hatte Miguel Angel gestern zu ihr gesagt, als ihnen einmal mehr ein solcher Lateinamerikaner begegnete – diesmal ein Hilfskellner, der ihren Tisch im Hamburger Haven abräumte. »Die Menschen, die hierherkommen, stammen nun mal aus den unteren Schichten und suchen Arbeit. Die Gebildeten und Reichen haben ja keinen Grund, ihre Heimat zu verlassen.«
Schon seit Tagen hatten sie nicht mehr miteinander geschlafen. Er hat bestimmt Heimweh, dachte Maia. Daß er den ganzen Tag in der Wohnung blieb, wirkte sich auch nicht gerade günstig aus ... Er kam ihr vor wie ein in ihren winzigen Großstadtkäfig eingesperrter exotischer Vogel.
»Da draußen ist eine ganze Stadt«, sagte sie aufmunternd und drückte ihm den *Michelin* in die Hand. »Besichtige doch mal die Met, fahr aufs Empire State Building, geh aus, amüsier dich, sei Tourist!«
Er explodierte. »Du sagst mir, was ich tun soll, was ich anziehen soll, was ich essen soll, wohin ich gehen soll, was ich kaufen soll – und daß ich nicht rauchen soll! Ich halte das nicht mehr aus! Ich bin doch nicht dein *pendejo!* Ich bin kein Affe, den du zum Vorzeigen in die Zivilisation geschleppt hast! Ich will keinen Englischunterricht mehr! Und bitte – kauf mir nie mehr irgend etwas!« brüllte er.
Sie saß da wie erstarrt. Ihr Gesicht war rot angelaufen. »Ich wollte doch nur nett zu dir sein«, sagte sie leise.
»Dein ewiges Nettsein bringt mich noch um!« Er warf sich aufs Bett. »Ich fühle mich überhaupt nicht mehr als Mann.« Es klang sehr traurig.
»Das verstehe ich nicht«, sagte Maia und brach in Tränen aus.
Er sah sie genervt an. »Du schämst dich wegen mir.«
»Nein!« sagte sie schockiert.

»Du versuchst mich umzukrempeln, mich zu verändern und die Tatsache zu verbergen, daß ich ein *latino* bin. Du machst dir Sorgen, daß die Leute mich nicht akzeptieren könnten, aber in Wirklichkeit akzeptierst *du* mich nicht!«

Seine Vorwürfe hatten sie so erschüttert, daß sie den restlichen Abend hindurch kein Wort mehr sprach. Er sah sich eine Varieté-Show auf Kanal 41 an. Als sie zu Bett gingen, blieb er stur auf seiner Seite liegen.

Das Bett kommt mir so riesig vor, dachte Maia. Wieder und wieder ließ sie die vergangenen Wochen Revue passieren. Alles hatte so schön begonnen, aber dann hatten sich ihre Liebe und Zärtlichkeit gegen sie selbst gekehrt. Er hatte recht. Sie hatte ihn entmännlicht. Sie reagierte überempfindlich auf die Diskriminierung der Lateinamerikaner, die sie um sich wahrnahm, und wollte ihn davor bewahren, indem sie sich hektisch bemühte, ihn zu verändern. Wütend auf sich selbst, schlief sie ein. War sie wirklich ein so unsicherer Mensch?

Am nächsten Morgen sagte sie den Englischunterricht ab und überließ Miguel Angel sich selbst. Quälende Tage voller Schweigen vergingen. Er hatte sich im *Taller Latinoamericano* mit einigen Leuten, die kurz zuvor aus El Salvador geflohen waren, angefreundet, was sie aus den spanischen Telefongesprächen schloß, die er jetzt immer führte. Ohne viele Worte aßen sie zu Abend und schliefen jeder auf seiner Seite des Betts. Wie lange soll das so weitergehen? fragte sie sich. Eines Abends fand sie im Badezimmer das *Ven-A-Mi*-Pulver, das sie an ihrem ersten gemeinsamen Tag auf dem *mercado* gekauft hatte. Komm zu mir. Sie riß die Tüte auf und rieb sich voller Hoffnung mit dem Pulver ein.

Am nächsten Tag arbeitete sie bis spät in die Nacht, um einen Auftrag von Revlon termingerecht abgeben zu können. Ich werde keine Aufträge mehr annehmen, solange Miguel Angel hier ist, murmelte sie, als sie die Treppe zu ihrer Wohnung hochstieg. Sie schloß die Tür auf; alles war dunkel. Dann sah sie Kerzen in sanften Lichtwolken flackern. Er lag im Bett. Das Moskitonetz wehte im leichten Augustwind, der durch das Fenster hereinströmte.

»Wir müssen miteinander reden«, sagte er leise.

Vor diesem Gespräch graute ihr schon lange.

Er wartete geduldig, bis sie sich ausgezogen und das Gesicht gewaschen hatte und zu ihm unter das Moskitonetz gekrochen war. Zu ihrer Überraschung standen dort auf einem Tablett eine Flasche Wein und zwei Gläser. Miguel Angel goß den Wein ein und hob sein Glas.

»Auf was trinken wir?« fragte sie nervös.

»Auf einen Neubeginn.« Er stieß mit ihr an, nahm einen Schluck und sah zu, wie sie trank. »So«, sagte er dann und stellte sein Glas auf dem Tablett ab. »Warum, glaubst du, bin ich nach New York gekommen?«

Maia rutschte nervös im Bett hin und her.

»Laß mich noch einmal von vorne beginnen.« Er überlegte einen Augenblick. »Nach unserem Aufenthalt in *Nueva Esperanza* –«

Die beiden Wörter kamen ihr hier, bei französischem Wein und dem Hupen der Autos draußen auf der Straße, unglaublich deplaziert vor.

»– habe ich mich in mich verkrochen, und dann mußtest du, zu deinem Glück, abreisen. Über die Fahrt ins Lager haben wir nie richtig miteinander geredet.«

Sie nickte.

»Der Hurrikan hat dein Leben verändert. Mein Leben hat das Lager verändert. Für mich war das der Beginn eines Heilungsprozesses – sicherlich ein sehr schmerzhafter Anfang.

In den Wochen nach deinem Abflug stellte ich mir viele Fragen. Wie komme ich von der Vergangenheit los? Wie befreie ich mich von jener Tragödie, die mich nicht losläßt? Wie schaffe ich es, meine Schuldgefühle zu überwinden? Wie soll ich mein Leben in Zukunft leben? Habe ich nach all dem Leid, das ich erfahren habe, überhaupt das Recht, glücklich zu sein?«

Maia holte tief Luft und sah zu Boden.

»Auch du kennst diese Fragen«, sagte er.

Sie erwiderte nichts.

»Du hast immer noch Angst davor, glücklich zu sein.«

»Nein!« unterbrach sie ihn. Sie begann zu weinen. Er tat nichts, um sie zu trösten. Nach einiger Zeit sagte Maia: »Wahrscheinlich ist es Stephen gegenüber nicht fair, wenn ich wieder glücklich werde. Irgendwie würde ich dadurch meine Liebe zu ihm verraten. Ich habe Angst, daß ich ihn vergessen würde, wenn ich wieder glücklich wäre.«

Miguel Angel nickte. »Du glaubst, dein Schmerz ist das einzige, was ihn am Leben erhalten kann.«

Sie vergrub das Gesicht in den Händen. »Ich weiß, daß andere Menschen sich wieder fangen, wenn jemand gestorben ist. Du mußt mich ja geradezu für albern halten, schließlich hast du ... alles verloren.«

Er schüttelte den Kopf. Seine Stimme klang sehr sanft. »In den vergangenen Wochen habe ich gelernt, daß genau das *Gegenteil* richtig ist. Wir sind es den Toten schuldig, das zu tun, was ihnen am wertvollsten war, das zu tun, was sie nicht mehr können: *ein erfülltes Leben leben,* so gut es eben geht. Das hätten sie sich am meisten gewünscht. Es liegt in unserer Hand, für *sie* zu leben.«

Das Telefon klingelte; keiner von beiden machte Anstalten, den Hörer abzunehmen. Sie lauschten dem beharrlichen Läuten, bis es ebenso abrupt aufhörte, wie es begonnen hatte.

»Im Lager sah ich, daß meine Leute sich von mir gelöst hatten und daß für mich die Zeit gekommen war, mich von ihnen zu lösen. In der Vergangenheit zu leben, ist sinnlos. Das war eine harte Lektion für mich.« Die Erinnerung an den Besuch im

Lager schien wieder in ihm aufzuleben. Er seufzte. »In dir ...« Er brachte den Satz nicht zu Ende. »Ich hatte eine zweite Chance bekommen.«
Er strich ihr mit den Fingern übers Gesicht. »Wir haben genug getrauert, Maia. Die Zeit hat meine Wunden geheilt. Ja, in mir ist eine Traurigkeit, der ich nicht entrinnen kann. In dir ist sie auch. Aber das Zusammensein mit dir hat mir geholfen. Du heilst mich, du machst mich lebendig. Einen Menschen zu lieben, heißt nicht, die Vergangenheit zu leugnen. Was immer wir füreinander empfinden, steht im Zusammenhang mit unserer Vergangenheit. Gerade das macht uns Menschen zu dem, was wir sind. Denk daran, wie außerordentlich und mannigfaltig wir dadurch werden!«
Er nahm sie in den Arm. »So. Und ich bin nach New York gekommen, weil mir klargeworden war, daß ich mehr aus meinem Leben machen muß, daß ich die Chance nutzen muß. Ich will wieder auf den Zug des Lebens aufspringen. Ich möchte dich fragen, ob du mich heiraten willst.«
Maia war sprachlos.
Schließlich platzte es aus ihr heraus: »Aber was ist mit unserem ... Streit, der schon so lange anhält?«
»Ach, das ...« Er winkte ab. »New York ist eine so verrückte Stadt. Wir haben uns von dieser Verrücktheit anstecken lassen, das ist alles. Wir haben uns um irgendwelche Kleinigkeiten gezankt, um das wirklich wichtige Thema zu umgehen. Du gehörst nicht in diese Stadt, und das weißt du auch. Sie ist viel zu künstlich. Selbst mitten in der Nacht kann man hier so leben, als wäre es hellichter Tag – in einem Restaurant essen, in den Waschsalon gehen, Videokassetten ausleihen, im Büro sitzen, sich mit einem Computer unterhalten.« Er lachte. »Ich erinnere mich, daß du mir einmal gesagt hast, Mexiko sei das Land ohne Regeln, aber ich sage: New York ist das Land ohne Regeln.«

Adrian hatte ihr prophezeit, daß sie nicht in New York leben würde.
Er wollte sie heiraten.
Sie konnte keinen klaren Gedanken mehr fassen.
»Ich glaube nicht, daß ich in Dolores leben kann«, sagte sie wie in Trance. Es klang so dumm.
»Und ich glaube nicht, daß du in New York leben kannst«, gab er zurück. »Na und? Es bleibt uns die gesamte restliche Welt, um uns ein Plätzchen zu suchen.« Er kicherte.
»Ich weiß nicht, was ich sagen soll«, gestand Maia verunsichert.
»Bleib einfach in meinen Armen und hör auf dein Herz.«
Sie lehnten sich in die Kissen zurück und betrachteten die flackernden Kerzen. Das Moskitonetz bauschte sich im Luftzug. Maias Kopf schwirrte von Gedanken und wirren Gefühlen. Sie beugte sich zu Miguel Angel hinüber und gab ihm einen forschenden, sehnsüchtigen Kuß. Er sah sie überrascht an. »Sag nichts«, bat sie ihn flüsternd und küßte ihn wieder und wieder, zuerst langsam und innig, dann immer rascher und fordernder, als suchte sie in diesen Küssen die Antworten auf ihre unausgesprochenen Fragen. Sie bedeckte seinen ganzen Körper mit ihren Küssen, jeden einzelnen Teil von ihm wollte sie für sich, und als sie sich liebten, geschah es zum erstenmal in ihrem eigenen, neuen Land gegenseitigen Verstehens.

»Ach, übrigens, du hast einen Brief aus Mexiko bekommen«, sagte Miguel Angel hinterher und stöberte im Bett nach dem Umschlag.
»Von Anna!« rief Maia, als sie die unverkennbare Handschrift sah. Sie riß das Kuvert auf, zog die Karte heraus und las begierig, was Anna ihr mitzuteilen hatte. »Super! Sie kommt auf ihrem Weg nach England in New York vorbei.« Maia wendete die Karte, um sich das Bild anzusehen. Ihr stockte der Atem. »Das kann doch nicht wahr sein!«

Miguel Angel nahm ihr die Karte aus der Hand und betrachtete Frida Kahlos Gemälde. *»La novia que se espanta de ver la vida abierta«*, las er vor. Fragend hob er die Augenbrauen; aber Maia lächelte nur.
Die Braut erschrickt vor dem offenen Leben.

## 42

Als sie am nächsten Morgen aufwachten, sagte Miguel Angel spontan: »Heute lade ich dich auf eine Bootsfahrt um Manhattan ein. Ich habe in deinem Führer davon gelesen; das darf man sich nicht entgehen lassen, steht dort.«
Maia betrachtete sein strahlendes Gesicht; er wollte ihr eine Freude bereiten. Sie erschrak.
Er bemerkte ihr Unbehagen. »Was ist denn? Hast du diese Rundfahrt schon einmal gemacht?«
Sie nickte. »Ja, einmal.«
Es war einmal ... Die Circle Line – einer der ersten Ausflüge, die Stephen und sie nach ihrem Umzug nach New York unternommen hatten. Stephen hatte in der ersten Woche eine Pause bei der Jobsuche einlegen wollen und vorgeschlagen, die große Rundfahrt mitzumachen. Es war neblig und regnerisch gewesen; sie hatten sich im verglasten Innenraum des Schiffes aneinandergekuschelt und das scherzhaft als eine Metapher dafür interpretiert, wie sie in Zukunft gemeinsam die Unbilden des Lebens meistern würden.
»Ja, natürlich«, sagte Maia, um Fassung ringend. »Wir machen es!«
Sie quälten sich durch zwei Subwayfahrten und eine Busfahrt nach Westen, zahlten den skandalösen Preis von dreißig Dollar

für zwei Tickets und gingen, umgeben von Touristen aus dem Mittleren Westen und einigen wenigen Europäern, an Bord des glänzenden weißen Auflugsboots.
Dieses Mal herrschte strahlendes Sommerwetter. Das kleine Schiff legte mit tief dröhnendem Hupen und der Ernsthaftigkeit eines Ozeanriesen ab, der auf monatelange Seereise ging. Der Wind wehte, die Flaggen flatterten. Das Ganze wirkte in seiner übertriebenen Hektik dermaßen komisch, daß sie sich übermütig umarmten und der Stadt nachwinkten, als würden sie sich aus der Realität verabschieden.
Aber genau so war es. Nach wenigen Minuten hatte Manhattan sich in ein metallenes Legoland verwandelt; das grelle Sonnenlicht glitzerte auf dem Wasser und brachte die Häuser zum Funkeln. Anstatt in Erinnerung an Stephen zu Tränen gerührt zu sein, wie Maia es erwartet hatte, fühlte sie sich wunderbar leicht und frei, als sie sich an Deck auf ihrem Stuhl in Miguel Angels Arme schmiegte.
»Jetzt sind wir nirgendwo«, sagte sie glücklich. »Nicht in New York und auch nicht in Dolores.«
»Ja. Ist das nicht wundervoll?«
»Es ist wie unter einem Moskitonetz«, sagte Maia verträumt. »Wir haben beide das Leben des anderen ausprobiert und herausgefunden, daß unsere Welten wohl zu verschieden sind, als daß wir die Kluft je überbrücken könnten. Aber unter dem Moskitonetz ist alles gut. *Wir fühlen uns gut.* Wenn wir unter dem Moskitonetz ganz allein miteinander sind, uns unterhalten, miteinander leben, dann haben wir unsere gemeinsame Wahrheit ...«
Er nickte.
»Aber das ist nicht das wirkliche Leben«, sagte Maia.
»Nein – im Gegenteil, die Außenwelt ist nicht wirklich! Sie ist nur ein Konstrukt unserer Einbildung. Wir müssen unser Leben, unser eigenes Verständnis vom Leben selbst erschaffen.

Und wenn wir in Schwierigkeiten geraten, müssen wir uns unter dem Moskitonetz treffen und neu beginnen.«
Maia saß zurückgelehnt auf ihrem Stuhl und sog seine Worte in sich auf. In einträchtigem Schweigen betrachteten sie die berühmtesten Gebäude Manhattans, deren Umrisse sich klar vom blauen Himmel abhoben, während das Boot den East River entlangtuckerte.
Nach einer Weile sah Miguel Angel sie an. »Nun, hast du über unser Gespräch gestern abend nachgedacht?«
»Ja.«
»Und?«
»Ich weiß nicht recht …« antwortete Maia zögernd. »Ich habe immer geglaubt, ›Heiraten‹ wäre etwas unwahrscheinlich Schönes. Aber warum bin ich dann so nervös, wenn ich nur daran denke?« Sie kicherte verlegen.
»Weil du klug bist und es besser weißt!« Miguel Angel lachte. »Außerdem sind wir beide schon älter und wissen: Heiraten bedeutet nicht, bis ans Ende aller Tage im Glück zu schwimmen.«
»Was wird es dann für uns bedeuten?«
Er schürzte nachdenklich die Lippen. »Für uns kann es nicht mehr bedeuten, als daß wir versuchen, den Lebensweg gemeinsam mit einem anderen Menschen zu gehen. Wenn wir heiraten, sind wir enger mit dem Leben verbunden. Heiraten kann *mehr* Leben bedeuten.« Er legte seine Hand auf Maias Bauch. Sie sah ihn an, und plötzlich waren all die Fragen darüber, wo und wie sie leben würden, unwichtig – solange sie zusammenblieben. Mit einemmal war alles möglich. Sie würden es schaffen.
*»Feliz Cumpleaños muchacha«*, flüsterte er ihr mit zärtlicher Stimme ins Ohr.
»Ach!« rief Maia. Die Niedergeschlagenheit wegen ihres Streits und der Gefühlswirrwarr nach dem Gespräch am Abend zuvor

hatten sie ihren Geburtstag vergessen lassen! Heute wurde sie zweiunddreißig.
»Ich habe ein einsames kleines Geschenk für dich.«
»Was denn?« fragte sie mit aufgeregter, kindlicher Stimme.
Er öffnete seine Hand.
Sie griff nach dem schmalen goldenen Ring mit dem Rubin, ihrem Geburtsstein.
»Den hat ein Juwelier in Dolores für mich angefertigt. Gefällt er dir?«
Er nahm ihr den Ring aus der Hand und streifte ihn ihr über den Finger. »Es kann dein Geburtstagsring sein oder aber dein Verlobungsring. Das mußt du entscheiden.«
Da wußte sie, daß er immer versuchen würde, sie glücklich zu machen. Sie wußte, daß alles gut werden würde.
Er umschlang sie mit den Armen, stupste sie mit der Nase und küßte sie die ganze dreistündige Fahrt hindurch. Fast wurde ihr seine Offenherzigkeit ein bißchen peinlich. »Die anderen!« protestierte sie sanft und deutete verlegen auf die neben ihnen sitzenden Touristen. »Was sollen die von uns denken?«
»Wen kümmert das schon?« sagte er achselzuckend und flüsterte ihr ins Ohr: »Genieß es, *muchacha!* Solche Momente sind sehr rar. Sie kommen einmal und nicht wieder. Und dieser Moment, gerade jetzt, gehört dir!«
Sie kuschelte sich wieder in seine Arme und ließ sich seine Küsse bedenkenlos gefallen. Das Rauschen des Hudson River und der scharfe Wind entführten sie wie durch Zauberkraft aus Zeit und Raum. Ja, so würde ihr gemeinsames Leben vielleicht sein – nicht hier, nicht dort, sondern mutig und frei, auf die Zukunft gerichtet. Miteinander.
»Ja.« Sie wandte ihr Gesicht dem Wind zu, der Sonne, dem Himmel, dem Wasser, und blickte zu Miguel Angel. Dieser Mann und dieser Augenblick gehörten ihr.